JESSICA BROCKMOLE

FLORENCE

JESSICA BROCKMOLE

FLORENCE

ROMAN

Aus dem Amerikanischen
von Uta Rupprecht

DIANA

Von Jessica Brockmole sind im Diana Verlag erschienen:
Eine Liebe über dem Meer
Ein französischer Sommer
Florence

MIX
Papier aus verantwortungsvollen Quellen
FSC® C014496
FSC
www.fsc.org

Verlagsgruppe Random House FSC® N001967

Deutsche Erstausgabe 01/2019

Die Originalausgabe erschien 2017 unter dem Titel
Woman Enters Left bei Ballantine Books, an imprint of Random House,
a division of Penguin Random House LLC, New York.

Redaktion: Nina Lieke
Umschlaggestaltung: t.mutzenbach design, München
Umschlagmotiv: © Richard Jenkins; Rusya007,
Oxy_gen, Toscanini, Ethan Quin/Shutterstock
Satz: Leingärtner, Nabburg
Druck und Bindung: GGP Media GmbH, Pößneck
Printed in Germany

ISBN 978-3-453-35995-6

www.diana-verlag.de
Besuchen Sie uns auch auf www.herzenszeilen.de
Dieses Buch ist auch als E-Book lieferbar

Für Ellen und Owen,
die noch viele Reisen vor sich haben

KAPITEL 1

1952

Filme fangen oft mit einem Panoramablick an.

Eine Skyline. Ein Strand. Eine Wüste mit Kakteen. Paris, Rom, Honolulu, New York City.

Dieser Film beginnt in Los Angeles.

Im Jahr 1952 hat die Stadt eigentlich noch keine richtige Skyline. Niedrige Häuser breiten sich vor den Santa Monica Mountains aus. Ein paar davon erkennt man: den langweiligen Kasten des United Artists Theatre, das Eastern Columbia Building mit seiner türkis gekachelten Fassade. Einzig der Umriss des höchsten Gebäudes der Stadt, die City Hall mit ihrer goldenen Spitze, zeichnet sich deutlich vor den dunklen Bergen ab.

Wir zoomen näher. Ohne das Eröffnungspanorama könnte es sich um eine beliebige amerikanische Stadt Mitte Dezember handeln, mit Cafés, Hotels, Kinos und protzigen Bürogebäuden. Die Schaufenster dekoriert mit Flitter und Kunstschnee. Es könnte New York oder Chicago sein. Oder die Hintergrundkulisse eines Filmsets. Schöne Menschen eilen geschäftig durch die Straßen. Sie winken Taxis herbei, steigen aus Straßenbahnen, drängen sich an den Eingängen der

Gebäude. Sie sind beladen mit Einkaufstüten und unhandlichen Paketen. Sie werfen Kleingeld in die roten Sammelbüchsen der Heilsarmee. Alle haben sie etwas vor, verfolgen ein bestimmtes Ziel. Geschäftsleute mit Filzhüten und gefalteten Zeitungen. Junge Frauen mit geschminkten Lippen und schmal geschnittenen Kleidern. Ältere Frauen mit Handtaschen, die in der Armbeuge baumeln. Es könnten beliebige Archivaufnahmen von städtischem Weihnachtstrubel sein.

Aber dann entdecken wir zwischen den Girlanden und Lichterketten Palmen und Sonnenschein. Wir sehen die Leuchtschriften der Kinopaläste – das Pantages, das Paramount, die unverwechselbaren Bauten des Egyptian und des Chinese Theatre. Wir erkennen das Knickerbocker Hotel und das Garden of Allah, die Türme des Shoppingcenters Crossroads of the World und diese neun riesigen weißen Buchstaben, die sich so hell vor den Hügeln abzeichnen, und wir wissen: Das sind keine Archivaufnahmen. Das ist Hollywood.

Eine Frau kommt ins Bild.

Sofort wissen wir, dass es sich um unsere Hauptdarstellerin handeln muss. Inmitten der ähnlich gekleideten Büroangestellten, der geschminkten Frauen fällt sie auf. Sie schwingt nicht die Hüften, lächelt den entgegenkommenden Männern nicht zu. Sie überprüft nicht unauffällig ihr Aussehen in den Schaufenstern. Hübsch ist sie nicht, wenn wir ehrlich sind, aber beeindruckend. Sie verfügt nicht über die üppige Schönheit einer Lana Turner oder einer Rita Hayworth, nicht über die Frische einer Doris Day. Aber ihre Art zu gehen, Augen geradeaus, Schultern zurück, strahlt eine Sicherheit aus, die unendlich viel attraktiver ist.

Sie ist gepflegt gekleidet, dunkelblaues Kostüm, gestärkte

weiße Bluse. Der Rock weder zu lang noch zu kurz, die Jacke weiblich, aber nicht verspielt. Unter dem hochgestellten Kragen trägt sie einen schmalen narzissengelben Schal mit einem flachen, eckigen Knoten, der an eine Krawatte erinnert. Möglicherweise ist das beabsichtigt.

Sie könnte eine Abteilungsleiterin sein, die gerade aus einer Sitzung kommt. Oder eine Geschäftsfrau, die soeben einen lukrativen Vertrag abgeschlossen hat. Bei sich trägt sie eine Aktentasche aus weichem braunem Leder mit deutlichen Gebrauchsspuren an den Ecken. Ohne ihren Beruf zu kennen, wissen wir, sie ist eine Frau, die es gewöhnt ist, in einer Männerwelt zurechtzukommen.

Ihre Schritte sind entschlossen, kraftvoll, zuversichtlich – bis sie an eine Kreuzung kommt. Dort bleibt sie stehen und schaut in alle vier Richtungen. Unter einer Straßenlaterne, auf der ein dekorativer Weihnachtsbaum aus Metall befestigt ist, schließt sie kurz die Augen, als gleiche sie die beiden sich kreuzenden Straßen mit einem inneren Stadtplan ab. Dann nickt sie zufrieden und geht weiter.

Schließlich biegt sie von der Hauptstraße ab. Nun sind die Gehsteige weniger belebt, es ist eine Wohngegend, weiß verputzte Häuser mit roten Ziegeldächern. Keine Villen von Filmstars, von Produzenten mit dicken Zigarren, die auf einem dieser »Hier wohnen die Stars«-Pläne verzeichnet sind. An der Straßenfront reihen sich ruhige Mietshäuser an einfache Hotels.

Ein paar Querstraßen weiter bleibt sie vor einem leuchtend blau gestrichenen Gebäude stehen, das sich hinter einem schattigen grünen Innenhof verbirgt. Es ist ein Apartmenthaus, das in der Gegend der »Blaue Engel« genannt wird, obwohl die Dietrich hier nie gewohnt hat. Keine so berühmte Adresse wie das El Greco oder der Hollywood Tower, aber die Wohnungen stehen nie lange leer.

Sie stellt die Aktentasche auf dem Gehsteig vor dem Blauen Engel ab, öffnet ihre große Lederhandtasche und beginnt zu suchen. Ein Mann mit Einkaufstüte muss um sie herumgehen, genau wie eine Frau mit einem kleinen, wild kläffenden Hündchen. Der Mann wirft ihr über die Schulter hinweg einen aufmerksamen Blick zu, aber sie, vertieft in den Inhalt ihrer Handtasche, bemerkt es nicht. Endlich zieht sie ein spitzengesäumtes Taschentuch hervor und tupft sich damit die Stirn ab. Es ist nicht besonders warm. Vielleicht tupft sie sich Kopfschmerzen oder einen unangenehmen Tag weg. Dann faltet sie das feuchte Tuch wieder zusammen und schaut auf eine kleine goldene Armbanduhr. Es ist eine schmale, kupferrot glänzende Longines. Wie sie das Handgelenk zu sich dreht und in einer routinierten Bewegung den Ärmel zurückschüttelt, zeigt, dass sie eine Frau mit Terminen ist. Sie lässt das Taschentuch wieder in die Handtasche fallen, greift nach der abgeschabten Aktentasche und geht auf den Torbogen zu, der in den Innenhof führt.

Im Hof wachsen Laubbäume und üppige Bougainvilleen, ein farbenfroher, wild wuchernder Hintergrund für diese Frau in ihrem strengen Kostüm mit dem geknoteten Schal. Ein Mann in einer abgetragenen schwarzen Jacke blickt von einem Geranientopf auf.

»Louise Wilde«, sagt sie, ehe er fragen kann.

Der Mann in der Jacke wischt sich die Hände ab. Er mustert sie, scheint sie aber nicht zu erkennen.

Seit 1939 arbeitet sie als Filmschauspielerin. Zwei Dutzend Filme hat sie schon gedreht, fast zwei pro Jahr, um genau zu sein. Aber mit Sicherheit keine Filme, die er sich ansehen würde. Dieser alte Mann mit Erde unter den Fingernägeln mag keine seichten Streifen über Showgirls und ihre Romanzen. Die Betsey-Barnes-Serie, *Stepptanz ins Glück*, *Heißblütige Rita* oder dieser neue Film, der in der High Society spielt. Alle drehen sich um »ein Kleinstadtmädel, das von der großen Stadt träumt«, wie es das Studio gerne beschreibt, in jedem wird aus dem hässlichen Entchen ein hübscher Schwan, der am Ende einen Ehemann findet. Er hat keinen davon gesehen, das weiß sie genau.

Der Mann in der schwarzen Jacke wartet immer noch neben seiner Geranie.

»Ich bin mit Mr. French verabredet«, fügt sie hinzu.

Er tippt sich an den Kopf. »Diesem Rechtsanwalt? Er hat nicht gesagt, dass er ein Mädel erwartet.«

Sie umklammert die schwarze Handtasche fester.

»Na ja, er ist oben.« Der Mann stößt die Eingangstür auf und deutet auf eine Metalltreppe. »Nummer zwölf.«

Ohne Begleitung steigt Louise die Treppe hinauf. Der Mann hat sich schon wieder seiner Geranie zugewandt. Sie findet die Tür, auf der »12« steht, sie ist mit einem dürren Kranz geschmückt. Und natürlich ist sie blau.

Einen Moment lang bleibt sie vor dieser blau gestrichenen Tür stehen. Es war ein langer Tag, und sie wäre jetzt lieber in ihrem Bademantel zu Hause als hier. Den ganzen Vormittag hat sie im Studio verbracht und Einwände gegen das neue Drehbuch vorgebracht. Ohne jeden Erfolg. Sie haben genickt, gelächelt und ihr erklärt, sie solle einfach am Montag ans Set kommen. Und dann findet sie in ihrer Garderobe einen Stapel Nachrichten von einem Rechtsanwalt mit der Bitte, ihn im Blauen Engel aufzusuchen. Wie gerne hätte sie jetzt einen Manhattan.

Ehe sie sich entscheiden kann, ob sie anklopfen soll oder nicht, geht die Tür auf.

Mr. French sieht aus, wie ein Rechtsanwalt auszusehen hat, er trägt einen dreiteiligen Wollanzug und hat unnatürlich weiße Zähne. Sein Haar ist gefärbt und mit einer zentimeterdicken Schicht Frisiercreme überzogen. Er dürfte mindestens fünfzig, wenn nicht sechzig sein, darüber kann auch das unter die Augen gekleisterte Make-up nicht hinwegtäuschen. Er ist mehr Hollywood als sie selbst.

»Mrs. Wilde?«

Sie streckt den Rücken durch. »Miss.« Ihre Selbstsicherheit ist wieder da. »Miss Wilde.«

»Sie bekommt man ja nicht leicht zu fassen.« Er späht über ihre Schulter. »Ist Ihr Ehemann nicht mitgekommen?«

»Steht er denn auch im Testament?«

»Haha!« Mr. French schenkt ihr ein blitzendes Lächeln. »Natürlich nicht. Aber ich dachte ...«

»Für meine Ehe mit ihm gab es viele Gründe. Seine juristische Sachkenntnis gehörte nicht dazu.« Sie stellt die Füße nebeneinander. »Wollen wir dann zum Geschäftlichen kommen?«

Einen Moment lang starrt er sie an, als wolle er herausfinden, ob das nun eine Beleidigung war oder nicht. »Natürlich. Ja. Wenn Sie bitte eintreten möchten?«

Die Wohnung ist klein und ordentlich, mit hellgelb gestrichenen Wänden und einem sauber gewischten Fliesenboden. Auf einem Eckregal steht ein kleiner, mit Lametta überladener Weihnachtsbaum, das einzige Zugeständnis an das bevorstehende Fest. Beim Eintreten streift sie sich die Handschuhe ab. »Das überrascht mich alles sehr. Ich weiß überhaupt nicht, wie ich zu der Ehre komme, in Miss Daniels'

Testament erwähnt zu werden. Wie ich bereits am Telefon sagte, ich habe sie kaum gekannt.«

»Sind Sie sicher?« Mr. French schließt hinter Louise die Tür und geht zu einem winzigen Esstisch, auf dem ein Papierstapel und eine Lesebrille mit Horngestell liegen. »Ich dachte, sie wäre eine Freundin der Familie.«

Louise ist in Newark, New Jersey, bei ihrem verwitweten Vater aufgewachsen, mit dem sie viel zu oft Schach spielen musste. Außer Onkel Hank, einem fast glatzköpfigen Mann mit ständig fleckiger Krawatte, der zusammen mit ihrem Vater die Metzgerei führt, kam nie jemand zu Besuch. Fast jeden Sonntag erschien Onkel Hank zum Abendessen und brachte stets einen Kuchen mit Meringehaube mit. Er war der Einzige. Andere Freunde oder Freundinnen der Familie gab es nicht, und ganz bestimmt niemand so Aufregenden wie eine Drehbuchautorin aus Hollywood.

»Ich habe sie erst kennengelernt, als ich hierher gezogen bin.« Louise legt ihre weißen Handschuhe und die Handtasche auf den Tisch. Die Aktentasche verstaut sie unter dem Stuhl. »Aber so richtig gekannt habe ich sie nicht. Wir sind uns lediglich auf ein paar Partys begegnet. Einmal beim Essen im Brown Derby. Und in den Gängen von MGM haben wir uns ein paarmal gegrüßt. Ich wusste bis heute nicht einmal, dass sie im Blauen Engel wohnt.«

Er hat drei Pappbecher mit Kaffee besorgt. Offensichtlich hat er tatsächlich damit gerechnet, dass Arnie mitkommt. Und das ist auch nicht verwunderlich. *Movieland* hat sie einmal »die überschäumende Muse des Genies Arnold Bates« genannt, und *Modern Screen* meinte, sie bringe »Schwung und Glanz« in seine Drehbücher. Als wäre sie lediglich eine hübsche, lustige Dreingabe zu Arnolds solider Arbeit. Als wären ihre Karrieren durch das Eheversprechen unweigerlich miteinander verknüpft. Wenn die Scheinwerfer ausgeschaltet sind, ist sie nie überschäumend, aber das kann Mr. French nicht wissen. Denn wenn man den Hollywoodgazetten nicht glauben kann, wem dann?

Einer der Becher ist halb leer, die anderen beiden sind mit Pappdeckeln verschlossen. Sie fragt sich, wie er sie alle drei vom Diner weiter unten an der Straße sicher bis in die Wohnung gebracht hat. Er macht beide Becher auf, um den mit der Milch zu finden, der eindeutig für sie vorgesehen ist. Aus einer verknoteten Serviette will er noch zwei Stück Zucker holen, doch sie erspart ihm die Mühe und greift nach dem anderen Becher.

Verwundert zieht er die dichten Augenbrauen hoch. »Sie trinken ihn schwarz?«

Der Kaffee ist lauwarm und bitter, aber sie gibt nicht nach. »Wer tut das nicht?«

Sie setzt sich und legt einen Fuß über den anderen. Das ist die Haltung, die diese Szene verlangt. Der Hauptdarsteller, mit seinen wichtigen Papieren und den Neuigkeiten, steht im Zentrum. Die Hauptdarstellerin – sie lässt sich zusammensinken, schlägt die Beine übereinander, senkt die Schultern, blickt hinab auf ihre Finger, die den Pappbecher umfassen. Der Kaffee schmeckt scheußlich, aber wenigstens hat sie etwas zum Festhalten.

Mr. French spielt den Helden sehr gut. Das ist bei seinem kunstvoll gelegten Haar auch nicht anders zu erwarten. »Wie ich bereits am Telefon sagte, bin ich Florence Daniels' Testamentsvollstrecker. Sie werden im Testament erwähnt.«

Louise war die Todesanzeige in der Zeitung nicht aufgefallen, aber nach Mr. Frenchs Anruf hatte sie sie herausgesucht. Sie war kurz und knapp.

> DANIELS, Florence verstarb am 13. Dezember 1952 im Mount Sinai Hospital. Sie kam am 12. Juni 1898 in Orange, New Jersey, zur Welt. Statt Blumen wird um Spenden an die Screen Writers Guild gebeten. Gottesdienste finden statt in der Blessed Sacrament Church am Sunset Boulevard.

»Darf ich fragen, woran Miss Daniels gestorben ist?«

»Es war Krebs, glaube ich.« Er klappt seine Lesebrille auf. »Als sie den Termin für ihr Testament machte, sagte sie, das sei das zweite Mal, dass der nahe Tod auf ihrem Terminplan stehe, und vielleicht werde sie es dieses Mal einfach durchziehen.«

Unwillkürlich entschlüpft Louise ein halbes Lachen. Mr. French sieht angemessen schockiert aus. Sie schäumt nicht über? Von wegen.

»Sie hat das Testament persönlich geschrieben. Gegen Ende konnte sie nicht mehr viel tun, aber es stammt aus ihrer eigenen Hand.« Er schiebt sich die Brille auf die Nase. »Ich, Florence Jane Daniels, verfasse im Vollbesitz meiner geistigen Kräfte und meines mehr oder weniger vollständigen Körpers (von einem völlig überflüssigen Blinddarm und zwölf Zähnen mal abgesehen) meinen letzten Willen, mein Testament, die letzte Szene im Drehbuch meines Lebens.«

Dieses Testament ist besser als die meisten Drehbücher, die Louise vorgelegt bekommt. »Auch wenn ich sie nicht gut gekannt habe – ihr Sinn für Humor war berühmt«, sagt sie.

Mr. French legt das Blatt auf den Tisch. »Ich habe Sie in Miss Daniels' Wohnung gebeten anstatt in mein Büro, weil … Nun ja, Sie werden nicht nur einfach in dem Testament erwähnt, Sie sind die Alleinerbin von Florence Daniels.«

Louise schüttet sich einen Schwall lauwarmen Kaffees über den Handrücken.

Er springt rechtzeitig auf, um das Testament in Sicherheit zu bringen, aber der Kaffee fließt über den Tisch zu ihren weißen Handschuhen. Während er in der Küche etwas zum Aufwischen sucht, spricht er weiter. »Ich habe die gerichtliche Testamentseröffnung bereits eingeleitet. Aber es wird keinen Einspruch geben. Das bedeutet …«

»Ich weiß, was das bedeutet.«

»Natürlich.« Mit einer Handvoll Papierservietten kommt er zurück ins Zimmer und reicht sie ihr. »Wie ich schon sagte, das Testament wird nicht angefochten werden. Sie hatte keine lebenden Eltern oder Geschwister und, wie Sie wissen, keinen Ehemann und keine Kinder. Dafür hatte sie bei all der Filmerei vermutlich keine Zeit.«

Louise tupft ihre Hand, den Tisch und die durchweichten Handschuhe ab. Noch immer versucht sie zu begreifen, was Mr. French ihr eröffnet hat. Eine Frau, die sie bewunderte, ohne je mehr als zwei Dutzend Worte mit ihr gewechselt zu haben, hinterlässt ihr ihren gesamten Besitz.

»Es sind nur noch ein paar Dinge zu verteilen, dann gehört Ihnen der Rest der Habe. Die Wohnung hier und alles, was sich darin befindet, ihre Ersparnisse und ein Schwinn-Fahrrad, das im Schuppen des Gärtners steht.« Er nimmt einen Schluck Kaffee, kratzt sich am Kinn und greift wieder nach dem Testament. »Dem Hollywood Studio Club hat sie einen Tausender hinterlassen, und jeweils hundert Dollar gehen an die Blessed Sacrament Church, die Entertainment Industry Foundation, die Los Angeles Public Library und den Besitzer von Chen's Dragon Café. Sechsundzwanzig Jahrgänge der *Variety* bekommt ein gewisser Howard Frink. Sie hat außerdem drei Dollar und …« Er kneift die Augen zusammen und rückt die Brille zurecht. »Drei Dollar und einen orangefarbenen Sombrero Miss Anita Loos hinterlassen, ›als Dank für diese Rumba‹.«

»Miss Loos bin ich schon einmal vorgestellt worden. Ich glaube, das war, als sie gerade an *When Ladies Meet* gearbeitet hat.« Sie nimmt noch einen Schluck von dem Kaffee in ihrem Becher und verzieht das Gesicht.

»Ist der Kaffee so schlecht?«, fragt er.

Das ist er, aber sie will nicht unhöflich sein. »Das ist nicht der Grund. Es ist nur alles so seltsam.«

Mit einer Hand nimmt Mr. French seine Brille ab und reibt sich mit der anderen den Nasenrücken. »Auch wenn Sie Miss Daniels kaum kannten, sie scheint Sie durchaus gekannt zu haben und hat offenbar viel von Ihnen gehalten. Howard Frink war siebzehn Jahre lang ihr Nachbar, und alles, was er bekommt, ist ein Haufen alter Zeitungen.«

Als sie wieder nach ihrem Kaffeebecher greift, sieht sie, dass er einen kreisförmigen Fleck auf dem Tisch hinterlassen hat. Auch wenn der Tisch jetzt, technisch gesehen, ihr gehört, fühlt sie sich doch schuldig. Während sich Mr. French wieder seinem Papierstapel zuwendet, verreibt sie den Fleck mit dem Daumen.

»Ich glaube, ich habe vor Kurzem etwas über Ihren Gatten gelesen.«

Hoffentlich meint er nicht diesen Artikel im *American Legion Magazine* über Drehbuchautoren in Hollywood und ihre »roten« Neigungen. Mr. French scheint ihr genau der Typ für die American Legion zu sein.

»Es muss irgendetwas über Korea gewesen sein.« Sie zwingt sich zu einem Lächeln. »Er ist gerade heimgekommen, wissen Sie.«

»Das muss es gewesen sein.« Er spricht, ohne sein Lesen und Paraphieren zu unterbrechen. »Na, bestimmt ist er froh, wieder hier zu sein. Das Essen zu Hause ist mit Sicherheit um Längen besser als der Fraß in der Army. Oder war er in der Navy?«

»Weder noch. Er ist als Journalist gefahren.«

»Tatsächlich? Na, das hört sich besser an als das ewige Marschieren durch den Dschungel. Als ich auf den Philippinen war, habe ich die ganze Zeit von den Sahnetorten meiner Frau geträumt. Backen Sie?«

»Selten.«

Jetzt blickt er auf und zwinkert ihr zu. »Dann wäre jetzt vielleicht ein passender Moment, um damit anzufangen.«

Sie weiß nicht, was sie darauf antworten soll, daher behält sie das Lächeln einfach bei.

»Ich muss die Dinge sichten, die nicht hierbleiben.« Er sieht sich im Zimmer um. »Und ich muss einen orangefarbenen Sombrero finden.«

»Ich kann Ihnen beim Suchen helfen.«

In Wahrheit möchte sie sich umschauen, das Leben sehen, das sie geerbt hat.

Er nickt, offenbar ist er erleichtert.

Sie bringt den Kaffeebecher in die enge Küche und leert ihn ins Spülbecken. Ein einsamer Stieltopf liegt umgekehrt auf einem Geschirrtuch. Nach dieser Kombüse zu urteilen, hat Miss Daniels von Salzgebäck, Erdnussbutter, Rosinen und unendlich vielen Dosen Tomatensuppe gelebt. Ein ganzes Regalbrett enthält nichts anderes als rot-weiße Campbell-Dosen. Der Kühlschrank bietet nicht viel mehr – Mineralwasser, ein halbes Glas Silberzwiebeln und ein in Papier gewickeltes Stück Schokoladenkuchen, von dem der Zuckerguss abgekratzt wurde.

Vielleicht hat Miss Daniels sich wirklich so ernährt. Eine klassische Hollywooddiät, wie von den Frauenzeitschriften empfohlen. Louise kann das gut verstehen, sie hält sich seit fünfzehn Jahren daran. Geschlagenes Eigelb zum Frühstück, zum Mittagessen einen Schlag Thunfischsalat, angerichtet auf einem einzelnen grünen Salatblatt, und am Abend Kalbfleisch.

Oder Miss Daniels hatte einfach keine Lust zu kochen. In den Schränken findet Louise nichts außer Salz und Pfeffer, was nicht gerade für gehobene Kochkunst spricht. Die Kochbuchbibliothek beschränkt sich auf ein maschinengeschriebenes Rezept für Hühnerkroketten, das an der Innenseite einer Schranktür befestigt ist.

Das Wohnzimmer wurde wohl häufiger benutzt als die Küche. Nahe der Tür befindet sich der kleine Esstisch mit zwei Stühlen, den die Papiere des Rechtsanwalts fast vollständig bedecken. Ein niedriges Sofa voller Samtkissen steht gegenüber einer Reihe von Bücherregalen und einem gerahmten Plakat von *Dämon Weib*. Louise fragt sich, ob das ein Lieblingsfilm von Miss Daniels war oder ob sie daran mitgearbeitet hat. Schließlich begann ihre Karriere in den Zwanzigerjahren, in denen sie sich vom Skriptgirl bis zur Drehbuchautorin hocharbeitete.

Über dem Sofa hängt ein kleines Gemälde in Orange, Blau und Moosgrün. Vor einem Pueblo sitzen zwei Frauen, eine kämmt der anderen die Haare. Es ist ein stilles kleines Aquarell, nichts Besonderes. Auf dem Papier kann man noch die feinen Striche der Vorzeichnung erkennen. Doch irgendwie passt es zu dieser unprätentiösen Wohnung.

Ein kleiner, auffällig unordentlicher Schreibtisch klemmt in der Ecke am Fenster. Beherrscht wird er von einer Underwood-Champion-Schreibmaschine, um die mehrere Stapel weißes Papier verteilt sind. Auf den Blättern stehen hier und da gerahmte Fotos. In der Wohnung gibt es weder einen Fernseher noch einen Radioapparat, dafür einen alten Kurbelplattenspieler und einen bescheidenen Stapel Schallplatten. Hauptsächlich alter Jazz, Bessie Smith und Ethel Waters.

Mit dem Zeigefinger fährt Louise an den Reihen der Bücher entlang. Wenige Romane, auch wenn Miss Daniels alles von Elinor Glyn und Radclyffe Hall zu besitzen scheint. Mit dem Titelbild nach vorne lehnt eine nagelneue Ausgabe von *Salz und sein Preis* von Patricia Highsmith im Regal, irgendwo in der Mitte steckt ein Lesezeichen.

Den meisten Platz nehmen natürlich schwarz gebundene Drehbücher ein. Eins nach dem anderen zieht Louise die Manuskripte aus den Fächern und blättert darin. Einige kennt sie. Das da, Miss Daniels Adaption von Halls Roman *Miss Ogilvy finds herself.* Mit diesem Film hat sie zum ersten Mal Aufsehen erregt. Und ihre Drehbücher zu *Im Sturm* und *So ist die Liebe*. Louise erinnert sich, dass sie *Im Sturm* als Mädchen an einem verregneten Nachmittag gesehen hat und sich danach leidenschaftlich schwor, eines Tages selbst zu einem solchen Abenteuer aufzubrechen. Ihr eigenes Abenteuer hatte sie zwar nicht nach Afrika geführt, aber Hollywood war für eine Achtzehnjährige mit gerade mal dreißig Dollar in der Tasche und sehr viel mehr Entschlossenheit schon weit genug.

Von anderen Manuskripten im Regal hat sie noch nie etwas gehört. Florence Daniels war bekannt für ihre Adaptionen von Frauenromanen, der Art von Filmen, bei denen George Cukor oder Edmund Goulding Regie führten und die Frauen zuhauf in die Kinos lockten. Aber nicht alle dieser Manuskripte stammen von ihren bekannten Adaptionen.

Louise schlägt Originaldrehbücher auf, unbekannte, unveröffentlichte, nie produzierte Drehbücher. Sie überfliegt die Titelseiten, blättert darin. Die Seiten sind sehr weiß – offenbar hat sie noch nie jemand zu Gesicht bekommen. Keine braunen Ringe von Kaffeetassen, keine schwarzen Fingerabdrücke. Diese Manuskripte wurden nie an die Studios geschickt.

Es sind Geschichten über Frauen, starke und erfolgreiche Frauen, die in einer sie zu vergessen entschlossenen Welt ihre Spuren hinterlassen. Frauen, die sich nicht so sehr von Louise und Florence Daniels unterscheiden. Eine handelt von einer Schauspielerin, die während einer nicht sehr befriedigenden Ehe weiterarbeitet, eine andere von einer jungen Mutter, die sich an eine schon fast vergessene Leidenschaft aus ihrer Jugend klammert, eine dritte von zwei Freundinnen, die langsam an einer Radiumvergiftung sterben und dennoch ihr Leben leben. Es sind genau die Geschichten, die Louise im Kino gerne sehen würde. Sie überlegt bereits, wer in diesen Filmen mitspielen könnte, stellt sich die einzelnen Szenen, die Gesten, die Wendepunkte, die Kameraeinstellungen vor. In dieser Rolle sieht sie Gene Tierney. Vielleicht auch Constance Bennett. In der da die zarte und kraftvolle Pier Angeli.

Und diese hier, findet sie, könne man einzig und allein mit Lauren Bacall besetzen.

Die Blätter auf dem Schreibtisch enthalten Skizzen für weitere Drehbücher, Ideen, die auf die Ausarbeitung einer Geschichte warten. Sie wühlt in den Papieren, aber dann wecken die gerahmten Fotos ihre Aufmerksamkeit. Miss Daniels auf einer Premiere neben Anderson Lawler. Auf einer Kostümparty mit Sonya Levien, beide als biblische Königinnen in herrschaftlichen Gewändern. Mit anderen Leuten am Pool von George Cukors Villa, in weiten geblümten Hosen und einem Sonnenhut. Miss Daniels war eine attraktive Frau.

Aber auf einem der Fotos sind keine Hollywoodberühmtheiten zu sehen, und auch nicht Florence Daniels selbst. Es ist etwas älter als die anderen und ein bisschen unscharf, wie mit einer alten, billigen Brownie aufgenommen. Der Schnappschuss zeigt eine junge Frau, die in die Sonne blinzelt, neben einem Felsen in der Wüste. Dunkles, kinnlanges Haar schaut hervor unter einem Schal, den sie um den Kopf geschlungen hat. Sie ist blass, weil ihr die Sonne direkt ins Gesicht scheint, weil der Film schlecht entwickelt wurde oder weil die Reise anstrengend war, aber sie lächelt. Was auch immer das für ein Felsen sein mag, was für eine Wüste, sie freut sich, dort zu sein.

Louise erkennt die Frau, obwohl sie nicht berühmt ist. Sie kennt sie von einem anderen Foto, einem steifen Studioporträt, das sie sehr oft betrachtet hat. Kein Wunder, denn das Bild von einem Paar in bescheidenen Hochzeitsgewändern stand in den letzten zweiunddreißig Jahren auf dem Klavier ihres Vaters.

Tausend verschiedene Gedanken schießen ihr durch den Kopf, vor allem aber verspürt sie ein Gefühl der Erleichterung. Das ist die Verbindung. Florence Daniels kannte ihre Mutter.

Vielleicht ist das gar nicht so überraschend. Dad hat immer erzählt, dass Mom nach Kalifornien unterwegs war. Dass sie den weiten Weg durch das ganze Land zurückgelegt hatte, nur um irgendwo zwischen zu Hause und Kalifornien zu sterben. Vielleicht war sie doch bis nach Los Angeles gekommen. Vielleicht hatte sie in den letzten Tagen ihres Lebens eine junge Drehbuchautorin kennengelernt.

Sobald Louise die Schreibtischschublade aufzieht, weiß sie, dass es nicht so war. Darin liegt ein großer, schwerer Umschlag, in dem sich weitere Fotos befinden.

Sie verteilt die Bilder vor sich auf der Schreibmaschine und den Manuskriptstapeln. Ihre Mutter, die in ihrer Erinnerung immer jung sein wird, ist darauf zu sehen, aber auch eine junge Florence Daniels. Arm in Arm posieren die beiden Frauen vor Bäumen, Bergen, Seen und einem alten Ford Model T, es sind Schnappschüsse von einem Abenteuer, das vor sehr langer Zeit stattgefunden hat. Auch ohne die verschmierten Beschriftungen auf den Rückseiten zu lesen, weiß Louise, dass die Fotos ihre Mutter auf ihrer letzten Reise zeigen.

Die beiden Gegenstände, die zuletzt aus dem Umschlag fallen, bestätigen das.

Der erste ist ein liniertes Heft, wie es Schulmädchen für Aufsätze verwenden. Es ist mit Bleistift vollgeschrieben, manchmal sauber und fließend, manchmal verkrampft und voller Emotionen. Ein notdürftiges Reisetagebuch aus dem Jahr 1926. Sie blättert es durch, um herauszufinden, wann es endet. Die Tagebucheinträge nehmen etwa ein Drittel des Heftes ein, das zweite Drittel enthält ein skizziertes Drehbuch. Der Titel lautet *Als sie König war*, genau wie bei einem der Drehbücher auf dem Regal. Und ganz hinten im Heft, nach Dutzenden leerer Seiten, steht eine einzige, einsame Zeile: »Als ich deine Hand hielt, hatte ich plötzlich nicht mehr so viel Angst.«

Der zweite Gegenstand ist ein Büchlein mit Pappumschlag, ein Werbegeschenk. Ein kleines Haushaltsbuch mit dem Aufdruck »Feldman-Apotheke – Wir verkaufen Vitamin-A-Milch«. Es hat vorgedruckte Seiten, damit man den Überblick über die wöchentlichen Ausgaben behält, und eine Jahresübersicht. In den Tabellen stehen tatsächlich Dinge, die den Haushalt betreffen: Lebensmitteleinkäufe, sonstige Ausgaben, Ideen für Mahlzeiten, alles in winzigen Druckbuchstaben. Auf manchen Seiten finden sich in den Ecken kleine Strichzeichnungen, Bäume und Autos, das Gesicht eines kleinen Mädchens, Windmühlen und Kakteen.

Beim Weiterblättern entdeckt Louise noch mehr als Listen und Pläne. Da gibt es private Bemerkungen, die an die Grenzen des knappen Formats eines Haushaltsbuches gehen oder es gar sprengen. Manchmal nur ein paar Worte, ein kurzer Absatz, aber sie erlauben einen Blick auf die Frau hinter der Hausfrau.

Die Einkaufslisten, die Alltagsnotizen zu Tomatendosen oder Brathühnchen sind in der gleichen Schrift geschrieben wie Louises Geburtsdatum vorne in der Familienbibel. Unerwartet treten ihr Tränen in die Augen.

»Ist alles in Ordnung mit Ihnen?« Einen orangefarbenen Sombrero in der Hand, kommt Mr. French aus dem Schlafzimmer.

Louise blinzelt und sammelt schnell die Fotos ein. Sie hat ganz vergessen, dass sie nicht allein in der Wohnung ist. Eine Schauspielerin steht immer vor der Kamera. »Ja.« Sie schüttelt den Kopf, um den Nebel daraus zu vertreiben. »Und Sie haben fast alles gefunden?«

»Ja, auch diese Jahrgänge von *Variety* habe ich entdeckt. Ich gehe mal schnell zum Hausmeister und bitte um ein paar Kartons.«

»Sehr gut.« Sie dreht den Umschlag um, weil sie die Fotos hineingleiten lassen will. Es ist ihr vorhin nicht aufgefallen, aber der Umschlag ist an sie adressiert, in den gleichen kleinen Tintenbuchstaben. Adressiert, aber nie abgeschickt. »Für A.L., die noch viele Reisen vor sich hat«, steht auf der nicht zugeklebten Klappe.

Abgesehen von dem Hochzeitsfoto und ihrem frühen Tod weiß Louise fast nichts von ihrer Mutter. Dieser Umschlag mit den Fotos und dem improvisierten Tagebuch, versteckt in der Wohnung einer Fremden, enthält mehr über das Leben ihrer Mutter, als sie jemals erfahren hat.

Während sie darauf wartet, dass Mr. French zurückkehrt, gießt sie sich ein Glas Mineralwasser ein, Gin findet sie nicht. Mit dem Glas in der Hand setzt sie sich an den Tisch und öffnet ihre Aktentasche, zieht mit zwei Fingern das Drehbuch heraus. *Die Prinzessin vom Las Vegas Boulevard.* Vorhin bei der Sitzung hat sie es nur angeblättert. Es war so kitschig und pubertär, dass sie eigentlich ein paillettenbesetztes Titelblatt erwartet hätte. Sie blättert weiter und wünscht, sie hätte es nicht getan. Nichts als gekünstelte Dialoge.

Sie legt das Drehbuch neben das Glas, steht auf und geht zurück zum Regal.

Was würde sie darum geben, bei einem dieser Drehbücher eine Hauptrolle zu bekommen. In einem Film über kluge, mutige, tatkräftige Frauen, die mehr tun dürfen, als zu erröten und den männlichen Helden anzuseufzen. Ihre Sehnsucht nach einer derartigen Rolle ist so stark, dass sie die Süße fast auf der Zunge schmecken kann. Angezogen von dem Titel *Als sie König war*, nimmt Louise das Drehbuch vom Regal. Ihr gefällt das Paradoxe des Titels und die Tatsache, dass das Wort »Prinzessin« darin nicht vorkommt.

Es fesselt sie sofort.

Klar und knapp, mit amüsanten Dialogen. Die Figuren so lebendig, dass man ihnen fast die Hand schütteln kann. Soweit sie es beim Überfliegen mitbekommt, geht es um zwei Frauen, die auf einer Fahrt durch das ganze Land ihre Freundschaft wiederbeleben. Campingplätze, Kartenspiele und ein unverwüstlicher Ford Model T. Tränen, Reue und geheimes Verlangen. Sie hätte gerne gewusst, ob das Vorbild dafür die letzte Reise ihrer Mutter war. Vielleicht hatte Florence Daniels deshalb auf den letzten Seiten ihres Reisetagebuchs daran zu schreiben begonnen.

Von draußen hört sie Mr. Frenchs Stimme und schiebt das Drehbuch schnell in ihre leere Aktentasche. Dann nimmt sie ein weiteres Buch vom Regal und noch eines, bis ihre Tasche voll ist.

Diese wenigen Seiten von *Als sie König war* haben in ihr heftigen Trotz wachgerufen. Zwei Frauen, die durchs Land fahren, so entschlossen wie Louise, als sie vor so vielen Jahren nach Hollywood ging. Bis zu diesem Moment hatte sie fast vergessen, wie stur sie damals war. »Genau wie deine Mutter«, hat ihr Vater immer gesagt. Sich auf solch eine Reise zu begeben, mit nichts als einem Ford Model T zwischen einem selbst und den ungepflasterten Straßen der Vereinigten Staaten, dazu gehört einiges.

Mr. French kommt mit einem Karton in der Hand zurück, und Louise schließt ihre Aktentasche. Auch wenn das alles jetzt ihr gehört, darf sie bestimmt noch nichts mitnehmen; Rechtsanwälte leben von Bürokratie und Formularen. Sie weiß nicht einmal genau, warum sie eine Aktentasche voller Drehbücher aus der Wohnung schmuggeln will. Vielleicht, weil die Lektüre sie an ihre Mutter und deren Mut erinnert. Und weil sie sich wünscht, selbst ebenfalls so mutig zu sein, im Drehbuch und im wirklichen Leben.

Sie greift nach ihren kaffeefleckigen Handschuhen und der Handtasche, verabschiedet sich von Mr. French mit den üblichen Höflichkeiten und hofft, dass ihm die Lücke im Regal nicht auffällt. Er bemerkt sie nicht.

Erst als sie draußen auf dem Bürgersteig steht, fällt ihr ein, dass sie den Umschlag mit den beiden Tagebüchern auf dem Schreibtisch liegen gelassen hat.

KAPITEL 2

1952

Es hat zu regnen begonnen.

Louise nimmt ein Taxi. Mit ihrer vollgestopften Aktentasche fühlt sie sich beinahe so, als wollte sie verreisen. Der Taxifahrer erkundigt sich sogar, ob sie zum Flughafen möchte. Sie legt die Tasche neben sich auf den Sitz, wischt sich die Regentropfen von den Ärmeln ihres Jacketts und nennt ihm eine Adresse am Rodeo Drive.

In der Stadt gehen bereits die Lichter an. Der Hollywood Boulevard ist ein Meer aus Neonschriften und Weihnachtsbeleuchtung. An jedem Laternenmast hängt ein Metallbaum mit farbigen Lichtern. Quer über die Straße sind Girlanden mit Glocken, Adventskränzen und hell leuchtenden Sternen gespannt. Louise lehnt ihren Kopf gegen das Fenster.

Die Menschen, die unter Regenschirmen nach Hause eilen, werden weniger, als das Taxi in den Rodeo Drive einbiegt. Statt der strahlenden, glitzernden Kinopaläste leuchten hier gelbe Verandalampen. Schnee aus weißem Filz und Lichterketten zieren die Dachkanten. Sie liebt den Rodeo Drive mit seinen ruhigen Bungalows und dem alten Saumpfad, der in der Mitte der Straße immer noch sichtbar ist. In den Vierecken der erleuchteten Fenster stehen Frauen mit Schürzen in Einbauküchen, Kinder beugen sich über Hausaufgaben und Männer gießen sich Whiskey ein.

»Sie kommen zu spät zum Abendessen, stimmt's?«, bemerkt der Taxifahrer, und einen Moment lang wünschte Louise, sie könnte ihm eine andere Adresse nennen. Könnte auf eines dieser warm erleuchteten Häuser deuten, und wenn sie hineinginge, bekäme sie Kotelett oder Eintopf serviert oder was sonst gerade auf dem Herd steht.

Aber sie antwortet nicht. Der weiß gestrichene Bungalow, vor dem sie anhalten, ist dunkel. Keine Lichterketten. Kein glitzernder Weihnachtsbaum im Fenster. Früher wuchsen Nachtkerzen und hellgelbe Pelargonien im Vorgarten. Selbst in der Dämmerung sieht man, dass die Veranda gestrichen werden müsste. Der Taxifahrer dreht sich zu ihr um und will noch eine Bemerkung machen, doch Louise gibt ihm schnell sein Geld und steigt aus.

Es ist still im Haus. Sie legt die Aktentasche auf den Teppich an der Eingangstür und steigt aus ihren hohen Schuhen. Auf Strümpfen geht sie in die Küche und lässt dabei Regentropfen wie Brotkrumen hinter sich fallen. Sie löst die Hutnadeln aus ihrem weißen Hut – das nasse Leinen ist völlig durchweicht – und wirft ihn zusammen mit der Handtasche und dem dunkelblauen Jackett auf einen Küchenstuhl. Ihre Arme sind mit Gänsehaut überzogen. Erst jetzt schaltet sie das Küchenlicht ein.

Der Raum sieht so aus, wie sie ihn am Morgen verlassen hat. Die nassen Vorhänge schlagen gegen das offene Fenster, ihre Schüssel vom Frühstück steht noch auf der Theke, auch sie nass vom Regen. Auf dem Herd steht ein kleiner Topf mit geronnenem Fertiggrießbrei. Louise stößt einen leisen Fluch aus, einen dieser verlegenen Flüche, die ihr Vater immer vor sich hingemurmelt hat. Dann leert sie den Brei in den Abfalleimer und stellt den Topf zum Einweichen ins Spülbecken. Als sie sich über die Spüle beugt, um das Fenster zu schließen, fällt ihr geknoteter Schal in den Strahl des Wasserhahns. Sie tritt zurück, wischt sich die Tropfen von der Bluse und bemerkt ein rotes Lämpchen. Der Kaffeeperkolator ist noch immer eingesteckt. Sie zieht das Kabel heraus und verbrennt sich die Hand an der heißen Kanne. Mit einem Geschirrtuch hebt sie den Deckel an, der Kaffee hat sich in Schlamm verwandelt. Auf einmal würde sie am liebsten heulen.

»Wo bist du gewesen?«

Louise dreht sich nicht um, sondern schüttet den abgestandenen Kaffee ins Spülbecken. »Das könnte ich dich auch fragen.« Während sie den Hahn hin und her bewegt, sieht sie zu, wie der Kaffee im Abfluss verschwindet. »Warum hast du das Licht nicht eingeschaltet?«

»Ich habe nicht gemerkt, dass es schon dunkel ist.«

Sie hofft, der Grund dafür ist, dass er geschrieben oder getippt oder wenigstens Zeitung gelesen hat.

»Hast du Hunger?«, fragt sie, dreht den Hahn zu und greift nach dem Geschirrtuch. »Ich wollte gerade …«

Aber nun hat sie sich umgedreht und sieht Arnie im Türrahmen. Um sechs Uhr abends ist er noch im Schlafanzug.

»Hast du dich heute überhaupt nicht angezogen?« Sie wirft das Geschirrtuch auf die Arbeitsfläche. »Du hast dein Frühstück nicht gegessen, hast das Fenster offen gelassen, hast dich nicht mal angezogen.«

Er antwortet nicht, wendet lediglich den Blick ab.

Louise hat den Tag damit verbracht, sich mit Männern auseinanderzusetzen, die sie »Süße« nennen und ihr eine tolle Rolle mit Bikini und Ukulele versprechen. Und was hat Arnie währenddessen gemacht? Sein Schlafanzugoberteil hat braune Flecken. »Offensichtlich hast du es wenigstens kurz aus dem Bett geschafft, um dir einen Kaffee zu holen.«

Für einen Moment glaubt sie, in seinen Augen einen Funken Verletzung aufblitzen zu sehen. Einen Funken Wut. Aber sofort ist seine Miene wieder ausdruckslos. Als er sich ins Schlafzimmer zurückzieht, sinkt Louise an der Spüle in sich zusammen.

Sie hätte das nicht sagen sollen. Das weiß sie doch genau.

Am Tag vor Arnies Rückkehr hat ihre Nachbarin Pauline einen Hackbraten vorbeigebracht. Pauline ist mit einem nicht sonderlich erfolgreichen Schauspieler verheiratet, der Westernfilme aufgegeben hat, um zur Army zu gehen. Von nachbarschaftlichen Abendessen oder Bridgepartien hält sich Louise weitgehend fern, aber Pauline ist jung und einsam und fest entschlossen, nett zu ihr zu sein.

»Als Bert aus Korea heimkam, war er eine Zeit lang ziemlich verändert«, erzählte sie Louise. Sie standen auf der Veranda neben der mit einem Geschirrtuch abgedeckten Reine mit dem Hackbraten. »Nicht nur, dass er nicht mehr gut hören konnte, er war einfach nicht mehr derselbe wie zuvor.«

Über Paulines Schulter hinweg konnte Louise Bert zum Auto gehen sehen. Er war seit ein paar Monaten wieder da und sah eigentlich nicht viel anders aus. Nur wenn er einen darauf hinwies, merkte man, dass er auf einem Ohr taub war.

»Aber jetzt ist alles wieder gut«, sagte Pauline, vielleicht ein bisschen zu fröhlich. »Wirklich prima.«

»Das freut mich.«

»Haben Sie Geduld mit Arnie.« Sie reichte ihr den Hackbraten. Die Form war noch warm. »Am Anfang wird er Ihnen vielleicht fremd vorkommen. Aber er ist noch er selbst, tief im Inneren ist er genauso wie früher.«

Hab Geduld. Das sagte sich Louise auf der gesamten Fahrt zum Flughafen vor. Sie wiederholte es während des ersten verlegenen Abendessens, bei dem es Hackbraten in Scheiben, eine dünne Tomatensoße und Salzkartoffeln gab. Und auch noch, als sie in der ersten Nacht neben ihm im Bett lag. Sie hielten beide den Atem an und taten so, als würden sie schlafen. *Hab Geduld.*

Louise sagt es auch jetzt wieder zu sich selbst, während sie in der kalten Küche an der Spüle lehnt. Geduld. Auch wenn seine Rückkehr mittlerweile schon Wochen zurückliegt. Sie hat zehn Pfund abgenommen, was die Leute vom Studio toll finden, und Ringe unter den Augen bekommen, was überhaupt nicht auf Begeisterung stößt. Sie ist so vorsichtig mit Arnie umgegangen, hat so aufgepasst, was sie sagt. Aber es hatte nicht mehr als einen langen Tag gebraucht, bis sie Paulines Rat vergessen hatte.

Nun holt Louise tief Luft, legt die Hand an die Brust und zählt im Rhythmus ihres Herzschlags bis zehn. Das hat ihr Vater ihr beigebracht, als sie jung und trotzig war und zu zornigen Wutausbrüchen neigte.

Tief durchatmen. Sie steuert die gedrungene Hausbar im eleganten, modernen Wohnzimmer an. Das ist ihr liebster Raum. Ein niedriges Sofa, in der Farbe des Pazifiks und geschwungen wie eine Welle. Zwei runde orangefarbene Stühle, die wie umgedrehte Eimer aussehen. Ein breiter Couchtisch mit Glasplatte, auf dem mit großer Sorgfalt zwei weiße Vasen und ein Buch über die Bilder von Jackson Pollock arrangiert sind. Die Wände waren früher hellbraun, jetzt sind sie in einer Farbe gestrichen, die sich Columbiagrün nennt. Zur

Feier von Arnies Rückkehr hat sie das Zimmer vollständig renovieren lassen; als er ankam, roch es noch nach frischer Farbe. Sie hat ihm sogar einen silbernen Googie-Aschenbecher gekauft, der aussieht wie eine fliegende Untertasse, obwohl sie es nicht ausstehen kann, wenn er im Haus raucht. Und dennoch hat er sich, seit er wieder daheim ist, insgesamt kaum länger als eine Stunde im Wohnzimmer aufgehalten.

Obwohl es nicht einmal mehr zwei Wochen bis Weihnachten sind, hat Louise noch keine Weihnachtsdekoration angebracht, weder die elektrischen Lichterketten noch die Stechpalmenschnüre aus Plastik. Es gibt keine Schüssel mit kunstvoll gestalteten Glaskugeln und keinen einzigen Mistelzweig. Sie hat noch keine Schallplatten mit Weihnachtsliedern aufgelegt und die Weihnachtskarten ungeöffnet weggeworfen. Der Ebenezer Scrooge vom Rodeo Drive. Eigentlich ist ihr Weihnachten zurzeit ziemlich egal.

Louise schaltet die Lampe an, die einer aus dem Boden wachsenden Blume nachgebildet ist. Sie holt Whiskey, süßen Wermut und Angostura aus dem Barschrank und gießt die Zutaten für einen Manhattan in ein Glas. Auf dem Weg zur Küche trinkt sie so viel, dass noch Platz für zwei Eiswürfel aus dem metallenen Eiswürfelbereiter ist. Die Schlafzimmertür ist geschlossen, aber durch den unteren Spalt ist Licht zu sehen.

Der Manhattan zeigt seine Wirkung, und sie entspannt sich allmählich. Wärme fließt ihr durch die Schultern in die fröstelnden Arme. In der Küche schaltet sie das kleine grüne Radio an und dreht so lange an den Knöpfen, bis sie Jo Stafford singen hört. Sie nimmt einen weiteren Schluck. Aus der Speisekammer und dem Kühlschrank holt sie Dosen, Päckchen und Flaschen. Regen trommelt gegen das Fenster. Sie lässt Butter schmelzen, schneidet Zwiebeln und getrocknetes Rindfleisch, gießt viel zu viel Milch dazu. Der Toaster wirft Brotscheiben aus. Als sie ihren Cocktail ausgetrunken hat, sind zwei Teller mit Rindfleisch in weißer Soße auf Toast servierfertig. Die Diät kann ihr gestohlen bleiben.

Louise mixt noch einen Manhattan und stärkt sich mit einem herzhaften Schluck, ehe sie mit einem der Teller zur Schlafzimmertür geht. Erst will sie anklopfen, dann überlegt sie es sich anders. Es ist auch ihr Schlafzimmer. »Arnie, ich habe dir etwas zu essen gemacht.« Sie öffnet die Tür.

Er sitzt in seinem Rollstuhl neben der Frisierkommode, das verschlungene Schlafanzugoberteil halb über dem Kopf, und stößt einen unverständlichen Fluch aus.

»Ach, Arn!« Schnell betritt sie das Zimmer und stellt den Teller auf der Kommode ab. »Warte.«

Sie fasst an seine Brust, wo sich die Pyjamajacke verdreht hat, aber er zuckt zusammen, als hätte sie ihn mit einem heißen Bügeleisen berührt. Sie beißt sich in die Innenseite der Wange. Vorsichtig, ohne seine Haut zu berühren, zieht sie ihm das Oberteil über die Schultern.

Er nimmt ihr das Kleidungsstück aus der Hand. »Das hätte ich auch allein geschafft.«

Früher war Arnie bis zum Roxbury Park und zurück gerannt, ohne einen einzigen Schweißtropfen zu vergießen. Jetzt sitzt er, über ein Schlafanzugoberteil gebeugt, atemlos im Rollstuhl.

Im grauen Licht, das durchs Fenster fällt, zeichnen sich die Rippen an seinem Brustkorb ab. Seit dem Unfall nimmt er fast nichts außer Kaffee und Salzcracker zu sich. Obwohl Louise nicht gerne kocht, hat sie sich von Pauline Kochbücher ausgeliehen und bereitet Schüsseln mit Grießbrei, töpfeweise Vanillepudding oder Austernsuppe und Platten voll Leber mit Zwiebeln oder gebratenen Koteletts zu. Was immer der Doktor empfiehlt. Nach einem Drehtag, an dem sie ständig gierige Blicke ignorieren und zwickende Finger abwehren musste, kommt sie todmüde nach Hause und spielt die Köchin. Tut so, als wäre sie eine richtige Hausfrau, die sich den ganzen Tag um ihren Ehemann kümmert. Sie wünscht sich, sie wäre in dieser Hinsicht von Anfang an besser gewesen.

Aber Arnie isst nichts von dem, was Louise auf den Tisch stellt. Sie hat sogar ein Betttablett gekauft, damit er zum Essen nicht aufstehen muss, aber er lehnt es ab. Er sitzt immer nur in seinem Sessel am Schlafzimmerfenster, bis sie klein beigibt und ihm die Dose mit den Salzcrackern bringt. Er ist so mager wie eine streunende Katze.

»Soll ich dir …«, setzt sie an und deutet auf seine Taille, aber er schüttelt viel zu schnell den Kopf.

»Die Hose ist noch in Ordnung.« Er wirft die Pyjamajacke aufs Bett.

»Du hast sie schon seit Tagen an.«

Sie kennt den Grund für seine Weigerung: Er kann es nicht ertragen, angefasst zu werden, zumindest nicht von ihr. Als er ihr gleich nach seiner Rückkehr noch erlaubt hat, ihm in die Badewanne zu helfen, musste sie das Licht im Badezimmer dimmen. Jetzt hat er eine Stange an der Fliesenwand und schafft es ohne ihre Hilfe.

»Ich habe gesagt, sie ist in Ordnung«, fährt er sie an. »Warum kannst du mich nicht in Ruhe lassen?«

Sie hätte ihn gerne gefragt: Wenn ich das täte, wer würde sich dann um dich kümmern? Wer wäre dazu überhaupt bereit? In ihrem Mund breitet sich der Geschmack von Whiskey und Bitternis aus.

Er sieht sie an. »Ist noch Kaffee da?«

»Nein, aber ich habe hier Abendessen für dich. Es steht auf der Kommode.«

»Ich habe dir doch gesagt …«

»Arn, du musst etwas essen.«

»Ich habe keinen Hunger.« Er rollt hinüber zum Bett. Eine Hand auf das Bett gestützt und die andere auf den Rollstuhl, hievt er sich auf das zerknitterte Laken.

»Soll ich nicht lieber …«

Er streckt sich aus und dreht sich zur Wand. »Warum kannst du mich nicht in Ruhe lassen?«, wiederholt er.

Sie versucht es ja. Jeden Tag geht sie früher als nötig ins Studio. Dann wartet sie mit einem Glas Tomatensaft und dem Drehbuch auf dem Schminkstuhl, bis um halb sieben die Maskenbildnerin mit ihren Pinseln und Schwämmchen erscheint. Nach dem Dreh bleibt sie länger. Sie schlüpft in Hosen und Pullover, geht den Text für den nächsten Tag durch und schminkt sich sehr, sehr sorgfältig ab, bis der Wagen kommt, der sie nach Hause fährt. Jeden Tag entfernt sie sich ein bisschen mehr von zu Hause.

Aber so kann es nicht weitergehen. »Sie haben mir mit einer Sperre gedroht.«

Arnie erstarrt, dreht den Kopf. Nur ein winziges Stück, aber das genügt ihr, um zu wissen, dass er zuhört.

Sie greift nach dem Teller mit dem kalt gewordenen Essen. »Fröhliche Weihnachten, Louise.« Damit verlässt sie den Raum.

Als er auftaucht, sitzt sie auf dem Boden im Wohnzimmer, den Rücken an die Wand gestützt. Sie hat den blauen Rock und die Strümpfe ausgezogen und isst das Soßenrindfleisch auf Toast, den Teller auf den nackten Knien. Eigentlich sollte sie anfangen, *Die Prinzessin vom Las Vegas Boulevard* zu lesen, aber aufgeschlagen vor ihr liegt *Als sie König war.* Auf dem Buch über Pollocks Bilder steht ihr dritter Manhattan.

»Die Soldaten nennen so etwas ›SOS‹«, sagt er und nimmt ein Streichholzheftchen aus dem Aschenbecher. »Sehr offensichtliche Scheiße.«

Louise blickt erstaunt auf. Nicht wegen der Sprache, sondern weil er zum ersten Mal den Krieg erwähnt.

Sie schluckt den letzten Bissen Toast mit Soße hinunter. »Ich weiß.«

Jetzt schaut er sie überrascht an.

»Ich habe deinen Artikel gelesen«, sagt sie. »Den darüber, dass sich die Soldaten nach dem heimischen Essen sehnen.«

»Pah!« Er wirft das Streichholzheftchen zurück in den Aschenbecher. »Da habe ich geschrieben, was sie mir diktiert haben. Was die Leute zu Hause gerne hören wollen. Was ein braver Amerikaner eben so sagen würde. Hast du tatsächlich geglaubt, das sei wahr?«

In den letzten dreizehn Jahren hat sie Showgirls und Studentinnen, Sekretärinnen und Debütantinnen gespielt. Sie war eine Prinzessin und das Mädchen von nebenan. Von Vortäuschen versteht sie etwas. Aber wenn die Artikel, die er aus Korea nach Hause geschickt hat, nicht die Wahrheit erzählen, wenn die Soldaten nicht bloß Dosenfleisch gegessen und sich nach ihren Frauen gesehnt haben, was ist dann wahr? Arnies Jeep auf der Straße nach Taegu, die Mine, die Stunden, die er unter dem Fahrzeug lag, bis ihn jemand fand. Die drei Särge, die sich mit ihm im Flugzeug befanden. Das ist wahr.

Aber darüber redet er nicht. Sie weiß nur, was sie in seinen Artikeln gelesen hat.

Plötzlich hat sie ein Loch im Magen. »Willst du wirklich nichts essen?«, fragt sie.

Er schüttelt verneinend den Kopf, und sie zieht seinen Teller zu sich heran.

Während sie isst, sitzt er schweigend da. Vielleicht wartet er, bis er reden kann oder bis sie etwas sagt. Das ist merkwürdig. Er verlässt das Schlafzimmer nur selten. Und dann geht er so gut wie nie ins Wohnzimmer. Er sieht sie auch nie so abwartend an.

Louise beugt sich über den Teller und stopft sich den Mund voll. Sie weiß nicht, wie sie ein Gespräch beginnen soll.

Als Arnie endlich etwas sagt, ist es das: »Was hast du mit dem Klimt gemacht?«

Der Kunstband, der früher auf dem Couchtisch lag, enthielt nur goldene Klimt-Gemälde. Strenge und Mythos. Sie ist sich nicht einmal sicher, ob sie Jackson Pollock mag, aber der Innenausstatter hat ihr versichert, er sei so modern wie die Einrichtung.

»Auf den Speicher getan.«

»Den haben wir in London gekauft«, sagt er, ohne sie anzusehen. »Erinnerst du dich?«

»Das war in Irland.«

»In London.«

Im Sommer 1944 war sie mit der USO-Truppenbetreuung in Europa. Alle Soldaten wollten Betsey Barnes sehen, und so kicherte und wedelte sie genau wie Betsey, während sie »A Polka in My Pocket« sang. Arnie arbeitete damals für Associated Press und befand sich weiter von der Front entfernt, als ihm recht war. Louise störte das nicht – er war in Plymouth, um sie vom Schiff abzuholen. Sie nannten es ihre verspätete Hochzeitsreise.

Damals kaufte er ihr die Longines. Die Armbanduhr war schon seit einigen Jahren nicht mehr in Mode und wirkte neben den juwelenbesetzten Cartieruhren und den glänzenden Omegas eher unauffällig. Es war ihnen zügellos und ausschweifend vorgekommen, mitten im Krieg in London eine Luxusuhr zu erstehen, aber zu Hause lebten sie von Hotdogs, billigem Bier und viel zu vielen Küssen. Es war natürlich auch zügellos und ausschweifend gewesen. Arnie sagte, die Uhr sei ein Hochzeitsgeschenk, damit sie immer pünktlich ans Set komme.

»Es könnte beides gewesen sein«, sagt Louise. »Entweder London oder Dublin.« Das stimmt, denn nach den Cocktails schwirrt ihr der Kopf. »Wir waren mehr als zwei Monate dort.«

»Was hast du gesagt, wo das Buch ist?«

»Im Speicher.« Sie stellt den Teller auf den niedrigen Tisch. »Soll ich es holen?«

»Nein.« Er schüttelt den Kopf. »Nicht.«

Sie hat keine Ahnung, warum er gerade jetzt davon angefangen hat. Aber ihr fehlen die Worte, um ihn das zu fragen.

So ist es früher nie gewesen. Es hatte eine Zeit gegeben, in der sie nächtelang zusammensaßen und bei Kerzenschein und zahllosen Kannen Kaffee redeten. Kein Hollywoodklatsch oder so etwas, sondern über Bücher, Politik, Philosophie. Das war, als sie beide nicht so oft Arbeit hatten. Es reichte, um die Miete zu bezahlen und immer genug Erdnussbutter und Ritz-Cracker in der Speisekammer und Hotdogs im Kühlschrank zu haben. Bevor der erste Betsey-Barnes-Film herauskam. Ehe sie beide in den Strudel Hollywoods gezogen wurden.

Selbst dann hatten sie noch miteinander geredet. Sie war

jeden Tag nach Hause gegangen, sobald die letzte Klappe gefallen war. Und sobald er ihren Schlüssel im Schloss vernahm, legte er die Hülle über seine Schreibmaschine und schaltete die Schreibtischlampe aus. Sie waren jung, clever und verrückt nacheinander.

Aber irgendwann zwischen damals und heute waren all diese Worte spurlos verschwunden.

Er räuspert sich und bewegt sich in seinem Rollstuhl. In einer Hand schüttelt er etwas, sie weiß, dass es eine Tablette ist. Fläschchen mit Pillen stehen aufgereiht auf seinem Nachttisch. An manchen Abenden betrachtet sie die Fläschchen im Licht, das aus dem Flur ins Zimmer fällt, und fragt sich, ob da auch etwas für sie dabei wäre.

Auf den Knien richtet sie sich auf und greift nach ihrem Glas. Es hat auf dem Bildband einen nassen Kreis hinterlassen, den sie mit dem Ärmel ihrer Bluse wegzureiben versucht.

Arnie räuspert sich erneut. »Hast du noch einen davon?«

Seit seiner Rückkehr hat er noch keinen Tropfen angerührt. Vermutlich wäre es nichts Ungewöhnliches, aus dem Krieg zurückzukommen und zum Alkoholiker zu werden. Vorwürfe hätte sie ihm nicht gemacht. Aber so ist Arn nicht.

»Klar.« Louise springt auf, schwankt einen Moment lang. »Willst du den hier?« Das dritte Glas enthält fast nur noch Whiskey.

»Ich kann warten«, sagt er.

Ihr ist, als täte sie genau das schon seit Wochen.

»Ich hole noch mehr Eis.«

Sie nimmt den Eiskübel mit in die Küche und lässt sich Zeit. Das Radio spielt noch immer, gerade singt Rosemary Clooney. Louise wäscht die Teller und trocknet sie mit einem

Geschirrtuch ab, ehe sie den Eiswürfelbereiter aus dem Gefrierfach zieht. Es sind nur noch vier Würfel da. Früher hat Arnie immer daran gedacht, ihn rechtzeitig aufzufüllen.

Sie legt sich die Hand auf die Brust und zählt noch einmal bis zehn, einmal für jeden Herzschlag. Ehe sie die Küche verlässt, dreht sie das Radio lauter.

Als sie zurückkommt, ist er noch dort, wo sie ihn verlassen hat. Es ist ihr zuvor nicht aufgefallen, aber er hat einen frischen Schlafanzug angezogen. Weiß, mit einem dünnen roten Streifen, der auf und ab verläuft. An der Hausbar mischt sie ihm den Cocktail und fragt sich, ob er sie beobachtet, wie sie so dasteht, nur in Bluse und Unterwäsche. Aber als sie sich umdreht, hat er den Blick auf seine Hände gerichtet.

Sie reicht ihm das Glas. Er zögert, dann sagt er leise: »Danke.« Während Rosemary noch singt, wirft Arnie die Tablette ein und spült mit dem Manhattan nach.

Sie lässt sich wieder auf den Boden sinken und lehnt sich gegen die columbiagrüne Wand. Sie gibt frisches Eis in ihr Glas, es ist feucht an ihren Handflächen.

»Wann hast du die Sperre bekommen?«, fragt Arnie schließlich. Die Frage, für die er den frischen Pyjama angezogen hat. Die Frage, für die er das Schlafzimmer verlassen hat.

»Am Montag.«

»Wie meinst du das, am Montag?«

Eins, zwei, drei, vier … Sie atmet ein und aus. »Ich war heute im Studio, um das neueste Drehbuch zu besprechen.« *Fünf, sechs, sieben …* »Ich habe diese Drehbücher satt. Solche Rollen will ich nicht mehr spielen. Charlie war auch dabei. Beim nächsten Vertrag wird er auf Drehbuchfreigabe bestehen.« Sie nimmt einen Schluck und wischt sich undamenhaft mit dem Handrücken über den Mund. »Ich hatte sogar meinen Glücksschal an.«

»Den gelben?«

Louise nickt. »Es hätte nur noch gefehlt, dass sie mir den Kopf tätscheln. Sie wüssten, was für mich am Besten sei. Und es sei die perfekte Rolle für mich.« Sie starrt in ihr Glas. »Die Tochter eines Taxifahrers, die zum Stolz von Las Vegas wird.«

»Na klar.«

»Na klar.«

Er rutscht ungeduldig in seinem Stuhl hin und her. »Also hast du abgelehnt.«

Sie nickt. »Ich dachte, ich zeige ihnen, dass ich auch Nein sagen kann.« Sie fährt sich mit der Zunge über die Lippen. »Sie haben mich gar nicht beachtet. Haben verkündet, Drehbeginn sei am Montag in Las Vegas. Ich solle zusehen, dass ich nach Nevada komme und pünktlich am Set sei, sonst ...«

»Und du hast dich für das ›sonst ...‹ entschieden.«

»Ja.« Sie seufzt. »Ja. Nein. Ich weiß nicht.« Sie trinkt den Rest des Manhattans. »Es gibt nur dann eine Sperre, wenn ich nicht auftauche. Vielleicht bekomme ich doch noch den Vertrag, den ich haben will.« Sie schaut in das leere Cocktailglas und schnaubt. »Vielleicht.«

Einen Moment lang sind nur das Radio und das Klirren der Eiswürfel zu hören. »Es könnte doch eine brauchbare Rolle sein. Wer hat das Drehbuch geschrieben?«

»Rachmann.«

Er trinkt einen Schluck. Seine Lider werden schwer. »Könnte doch eine brauchbare Rolle sein«, murmelt er noch einmal.

Sie rappelt sich auf und stellt ihr Glas auf die Hausbar, neben die Flaschen und den tropfenden Eiskübel. Als sie ihr Gleichgewicht wiedergefunden hat, stolpert sie durch die

Wohnung zur Eingangstür, wo immer noch die Aktentasche steht. Sie kommt ihr nun noch schwerer vor, aber sie schleppt sie ins Wohnzimmer.

»Was ist das?«

»Eine brauchbare Rolle.« Sie öffnet die Aktentasche über dem Couchtisch. Gebundene Manuskripte purzeln auf die Tischplatte. Der Aschenbecher fällt auf den Teppich. Arnie lässt sein Glas fallen, aber sie ist zu betrunken, um darauf zu achten.

Er macht keine Anstalten, eines der Bücher in die Hand zu nehmen, obwohl er früher selbst vom Drehbuchschreiben gelebt hat. Damals hätte er sofort danach gegriffen und sie durchgeblättert. Jetzt aber starrt er sie nur an, als hätte es im Wohnzimmer Schlangen geregnet. Entweder kann er sie vom Rollstuhl aus nicht erreichen oder er versucht es gar nicht erst. Sie ist immer noch wütend wegen der heutigen Sitzung und weil er ihren Ärger so einfach beiseite gewischt hat. Wütend auf diese Drehbücher, die da so still und vergessen in Florence Daniels' Bücherregal standen. Und wütend auf Arnie, auf ihr dunkles Schlafzimmer, sein Pyjamaoberteil mit den Kaffeeflecken und den glänzenden, noch nie benutzten Googie-Aschenbecher.

Louise packt eines der Drehbücher und wirft es ihm mit einem warnenden Blick auf den Schoß. »Auf solche Rollen sollte ich mich bewerben.« Sie nimmt noch eines und gibt es ihm. »Das sind die Drehbücher, die du schreiben solltest.« Und noch eines. »Solche Figuren sollte man auf die Leinwand bringen. Ich weiß, dass du mir zustimmen wirst.«

Verblüfft hält Arnie die Drehbücher in der Hand. »Woher hast du die?« Er späht hinab auf einen der weißen Aufkleber auf dem Umschlag. »Florence Daniels?«

»Sie hat sie mir gegeben.« Louise hat keine Lust, alles zu erklären, jetzt noch nicht.

»Und du hast sie mit nach Hause genommen … Warum? Du darfst dir deine Drehbücher nicht aussuchen.« In seiner Stimme klingt wieder eine Spur von Ärger durch.

»Nein, ich darf es nicht. Noch nicht.«

»Was willst du dann damit?«

»Ich will sie lesen. Um vorbereitet zu sein.« Sie nimmt zwei weitere Bücher und legt sie auf den Stapel in seinen Armen. »Ich will, dass wir beide sie lesen.« Die Mischung aus Alkohol und Wut macht sie mutig. Sie blickt ihm in die Augen. »Kannst du dich erinnern, wie wir das früher immer gemacht haben, Arn?«

Als die Betsey-Barnes-Filme groß einschlugen und er einen Vertrag bei MGM bekommen hatte, schrieb er immer weniger für Zeitungen und Zeitschriften. Sie genoss es, dass er jeden Tag am Drehort war und mit ihr zu Mittag aß. Er genoss es, dass er sich ab und zu davonschleichen konnte, um ihr auf dem Set zuzusehen.

Sie durfte nicht über die Drehbücher diskutieren, die sie bekam, aber sie konnte sie nach Hause mitnehmen und gemeinsam mit Arnie darüber brüten, neben den schmutzigen Tellern vom Abendessen. Er half ihr dabei, den zentralen Punkt in der Geschichte zu erkennen, die wichtigen Sätze zu finden. Wenn sie das Drehbuch mit Arnie zusammen las, erfasste sie den Charakter ihrer Figur noch vor dem ersten Drehtag.

Einen Moment lang wird sein Blick ganz weich. Vielleicht ist es der Cocktail, vielleicht die Tablette, oder vielleicht, ganz vielleicht, erinnert er sich ebenfalls an diese Zeit.

»Wenn du sie gelesen hast, könntest du mit dem Studio

sprechen. Auf dich würden sie hören.« Weil er ein Mann ist, sagt sie sich, weil er selbst Drehbuchautor ist und außerdem ein beschädigtes Relikt eines Krieges, der niemanden interessiert. Weil er diesmal näher an die Front gekommen ist. »Es sind gute Plots, Arn. So wie das, woran wir immer gemeinsam arbeiten wollten. Lies sie einfach und sieh selbst.« Sie stapelt ihm immer mehr Bücher auf die Arme, bis sie ihm fast bis ans Kinn reichen. Dann sammelt sie lose Manuskriptseiten auf und legt sie ungeordnet dazu. »Wenn ich spiele und du schreibst, wird es sein wie in alten Zeiten.«

Er hat das Bett verlassen. Er hat einen Manhattan getrunken. Zum ersten Mal seit Wochen reden sie wirklich miteinander. Und aus der Küche singt Eddie Fisher »That's What Christmas Means to Me«. Ganz kurz fühlt sich alles ganz normal an.

Aber dann sagt er: »Hör auf!«, und der Augenblick ist vorüber. »Louise, du hast zu viel getrunken.«

Das stimmt, aber sie weiß nicht, was das mit dem Thema zu tun hat. Sie ist an den meisten Abenden betrunken. Das heißt noch lange nicht, dass sie am Ende ist. Das heißt nicht, dass sie bereit ist, ihre Schauspielkarriere aufzugeben.

Louise hebt das letzte Manuskript vom Boden auf, das, in dem sie beim Abendessen gelesen hat. »Aber du brauchst ein Projekt. Wenn du nur …«

»Hör auf«, sagt er wieder und beugt sich vor, um den Stapel von Manuskripten auf den Couchtisch zu legen. Aber wegen der Tablette, dem Whiskey, dem hohen Papierstapel beugt er sich zu weit vor und verliert das Gleichgewicht. In einem Regen aus gebundenen Manuskripten fällt er aus dem Rollstuhl auf den Boden.

Sie springt vor, aber es ist zu spät, sie kann ihn nicht mehr auffangen. Lang ausgestreckt liegt er auf dem Teppich, hilflos.

»Arn.«

Sie streckt ihm die Hand hin, aber er schlägt sie weg. »Lass mich in Ruhe.« Dieser Satz, den sie seit seiner Rückkehr so oft gehört hat, ist ein wütendes Fauchen.

Sie krabbelt zurück zur Wand. Und schluckt.

Langsam, mühevoll kämpft er sich hoch, bis er sich auf die Hände stützen kann. Als er endlich zum Sitzen gekommen ist und am Couchtisch lehnt, atmet er schwer.

»Arn«, sagt sie und nähert sich ihm erneut, sehr vorsichtig.

»Das hat keinen Sinn.« Er wischt sich mit der Hand übers Gesicht. »Siehst du denn nicht, dass ich das nicht kann?«

Louise stolpert ins Badezimmer. Sie fällt beinahe über die kleine Bank mit seinen Toilettenutensilien, stößt gegen das niedrige Regal mit seinem nicht benutzten Rasierzeug, fängt sich an dem silbernen Griff neben der Badewanne ab. All das erinnert sie daran, dass er es nicht kann. Mit der Hand auf der Brust zählt sie bis zehn, ehe sie den Wasserhahn aufdreht. Das Wasser ist eiskalt. Die Tränen warten, bis sie unter der Dusche steht. Dann hebt sie ihr Gesicht in das herabströmende Wasser und weint.

Louise erwacht auf dem meerblauen Sofa. Sie kann sich nicht erinnern, die Lampe ausgeschaltet zu haben oder hier eingeschlafen zu sein.

Auf ihrer Brust liegt das Drehbuch. Sie weiß noch, wie sie aus der Dusche gekommen ist und sich einen weiteren Manhattan zusammengerührt hat. Nach dem Duschen war sie hellwach. Sie hatte keine Lust, ins dunkle Schlafzimmer und in das viel zu stille Bett zu stolpern. Sie wollte sich in den Bergen von Pennsylvania verlieren, in den Prärien des Mittleren Westens. Sie wollte einen Reifen wechseln, im Zelt Karten spielen und Fotos vom Sonnenaufgang über der Wüste machen. Und so legte sie die Füße hoch und schlief bei der Lektüre von *Als sie König war* ein.

Sie hat nur einen Bademantel an. Draußen ist es noch dunkel. Das Licht der Straßenlaternen schiebt sich zwischen den Vorhängen hindurch. Sie wirft einen Blick auf die Wanduhr, bei der sie immer ans Weltall denken muss, an Planeten, die um die Stunde kreisen. Der Morgen ist eben erst angebrochen.

Ihre Zunge fühlt sich pelzig an, und ihr Kopf ist wie mit Watte gefüllt. Sie dehnt die Waden, ehe sie aufsteht. Lieber würde sie weiterschlafen, aber die Nächte sind nie so lang, wie sie sein sollten. Der Küchenfußboden ist kalt. Ganz automatisch löffelt sie die passende Menge Kaffee aus der blauen Dose, füllt den Perkolator mit Wasser und steckt ihn ein.

Während der Perkolator blubbert, wäscht sie sich im Badezimmer das Gesicht, wischt sich die Reste der Wimperntusche ab. Mit nassen Händen fährt sie sich durchs Haar. Nachdem sie es gestern Abend gewaschen hat, ist es wellig getrocknet. Sie reibt Lockencreme hinein und kämmt es, wickelt einzelne Strähnen und steckt sie fest, bis ihr ganzer Kopf voll loser, hochgesteckter Locken ist. Nicht perfekt, aber so sieht sie wenigstens nicht aus, als hätte sie auf dem Sofa geschlafen.

Dann schminkt sie sich neu. Kein vollständiges Make-up, nur so viel, dass sie aus dem Haus gehen kann, ohne sich halb nackt zu fühlen. Sie trägt Puder auf, malt die Augenbrauen nach, legt etwas hellrosa Lipgloss auf. Ihre Verwandlung in »Schauspielerin« beginnt.

Als Louise auf Arnies Rasierpinsel tritt, kommt ihr die vage Erinnerung, dass sie in der Nacht sein kleines Regal umgestoßen hat. Sie bückt sich, um alles aufzusammeln, was unter das Waschbecken gerollt ist. Seine Zahnbürste und eine Tube Pepsodent. Sein Kamm. Sein Old-Spice-Rasierbecher, die Seife, der Rasierer, ein ungeöffnetes Päckchen Gilletteklingen, der in zwei Teile zerbrochene Rasierspiegel. Sie ordnet alles wieder auf dem Regal an, abgesehen vom Spiegel, den sie ganz nach unten in den Abfalleimer schiebt.

Ganz nebenbei rückt sie seine Toilettenerhöhung zurecht, drückt die Luftblasen aus der Gummibadematte und legt sein Handtuch ordentlich auf den niedrigen Halter. Es ist strohtrocken.

Nachdem der Kaffee durchgelaufen ist, trinkt sie eine ganze Tasse, an die Küchenspüle gelehnt. Frühstücken kann sie jetzt nicht. Sie kann es kaum ertragen, wach zu sein. Der Badezimmerspiegel stimmt ihr zu. Ihr Gesicht ist schneeweiß, unter jedem Auge befindet sich ein dunkelblauer Halbkreis. Sie tupft mehr Puder auf, ehe sie die Haarnadeln herauszieht und die Locken ausbürstet.

Früher hat Arnie sie jeden Morgen gefahren. Mit einer Hand am Lenkrad hat er im Auto seine zweite Tasse Kaffee getrunken. Er fuhr immer butterweich, nie hat er etwas verschüttet. Wenn sie gewollt hätte, hätte sie auch selbst fahren können. Sie hat ein Auto in der Garage, ein Studebaker-Champion-Cabrio. Tiefrot und glänzend wie ein frischer Apfel. Arnie hat es ihr gekauft, am Tag vor seiner Abreise. Aber sie hat den Champ nie gefahren, nicht in all den Monaten, die er fort war. Hinter dem Steuer zu sitzen macht sie nervös. Abgesehen davon ist es einfach nicht dasselbe.

Also schickt das Studio einen Wagen. Sie wirft noch einen Blick auf die Uhr, diesmal die Küchenuhr, so rund und sonnig wie ein Spiegelei. Noch fünf Minuten. Unter ihrem Morgenrock ist sie noch immer nackt.

Im Schlafzimmer ist es dunkel, aber das Flurlicht genügt ihr, um sich zurechtzufinden. Unterwäsche in der oberen Schublade, Strümpfe darunter. Ein steifer, gefalteter Hüfthalter. Sie öffnet den schmalen Schrank und tastet sich durch seidige Viskose, festes Leinen und weiches, zärtliches Jersey, wählt ein tannengrünes Kleid mit langen, engen Ärmeln und weißen Manschetten. Das hat sie einmal für eine Beerdigung gekauft, weil sie Schwarz nicht tragen mochte. Sie bindet die weißen Schleifen am Kragen. Dann schlüpft sie in ihre Krokodillederpumps und befestigt, wie immer zuletzt, die goldene Uhr am Handgelenk.

Erst als Arnie sich auf die Seite rollt und murmelt: »Wohin gehst du denn?«, fällt es ihr wieder ein.

Der Wagen kommt nicht. Keine Maskenbildnerin wartet auf sie. Bei MGM erwartet sie niemand.

»Fährst du nach Las Vegas?« Sogar im Halbschlaf kann er sich noch an den gestrigen Abend erinnern. Sie ist so betrunken gewesen, dass sie alles vergessen hat.

Gestern war Louise wütend. Was sie über die drohende Sperre und ihren Widerstand gegen die Warnung des Studios gesagt hat – daran waren nur die Manhattans schuld. In Wirklichkeit kann sie das nicht machen. Wenn sie nicht erscheint, wird sie gesperrt, und wenn sie tatsächlich aufhört, wer kauft dann den Kaffee? Das Trockenrindfleisch und den Toast? Die Googie-Aschenbecher? Es ist sehr lange her, dass Arnie zuletzt ein Honorar bekommen hat. Sie muss nach Las Vegas.

Eine brave Schauspielerin. Mehr wollte sie das ganze vergangene Jahr nicht sein.

»Ich habe keine andere Wahl«, sagt sie und geht hinaus in den Flur.

In Arnies Arbeitszimmer schaltet sie die Schreibtischlampe an. Es ist ewig her, seit sie diesen Raum zum letzten Mal betreten hat. Für Arnie offenbar auch. Der Schreibtisch ist grau vor Staub. Sie bläst auf die Abdeckung der Schreibmaschine, eine Wolke steigt auf. Alles sieht so aus, wie er es verlassen hat, um nach Korea zu reisen. Die grüne Schreibtischunterlage. Die zugedeckte Remington in der Mitte. Drei gespitzte Ticonderoga-Bleistifte und ein einzelner roter Stift in einem Souvenirbecher von der Golden Gate Exposition. Sein Pfeifenständer und das schwarze Telefon. Am Rand der Schreibtischunterlage malt sie mit einem Finger »Lou war hier« in den Staub, dann wischt sie es mit der Handkante wieder weg.

Louise hätte ihre Reisebuchungen gestern erledigen sollen, ehe sie das Studio verließ. Aber nach der Sitzung und dem Telefongespräch mit dem Rechtsanwalt hat sie überhaupt nicht mehr daran gedacht. Nun ist Samstag. Sie muss es selbst machen.

Das Telefonbuch liegt in der oberen rechten Schreibtischschublade. Sie weiß nicht, welche Fluglinie nach Las Vegas fliegt, fängt aber mit Trans World an. Mit dieser Linie ist sie auf ihrem einzigen Transkontinentalflug geflogen, als sie damals vor der Abreise nach Europa mit der Truppenbetreuung ihren Vater besucht hat. Acht Jahre sind lang, wenn man nur miteinander telefoniert. Vielleicht, wenn dieser Film abgedreht ist. New Jersey läuft ihr zwar nicht davon, aber sie vermisst ihren Vater.

Die Trans-World-Angestellte ist viel zu munter für diese frühe Morgenstunde. Ja, sie fliegen nach Las Vegas. Möchte Madame eine Reservierung machen?

Louise nimmt einen Bleistift aus dem Becher und zieht die Schublade auf, in der Arnie das Notizpapier aufbewahrt. Das Papier ist da, aber da liegt auch ein gefaltetes rosafarbenes Blatt. Sie liest »Kongress der Vereinigten Staaten« und »Komitee für unamerikanische Umtriebe« und legt, ohne zu antworten, den Hörer auf.

Langsam geht sie zum Schlafzimmer, die Vorladung zwischen den Fingerspitzen. Arnie liegt noch im Bett, aber sie weiß, dass er nicht schläft.

»Wann ist das gekommen?«, fragt sie. Sie kocht. Sie schnaubt.

Er gibt keine Antwort.

»Ich weiß, dass du wach bist. Wann ist das gekommen?«

Sie erklärt nicht, was »das« ist, er weiß es ohnehin. Die Bettdecke bewegt sich. Ein Schulterzucken. »Ich weiß nicht. Vor einer Woche.«

»Und du wolltest es einfach ignorieren? Es in eine Schublade sperren und so tun, als hätte es dich nie erreicht?«

»Vielleicht.« Ein weiteres, ganz winziges Schulterzucken. »Vielleicht vergessen sie mich.«

»Das haben sie in neun Monaten nicht getan. Solche Leute vergessen nichts. Arnie, das ist eine Vorladung des Kongresses.«

Das Flurlicht malt einen gelben Fleck auf die Bettdecke. Arnie rührt sich nicht, und er sagt auch nichts mehr.

Louise geht in die Küche und gießt sich eine weitere Tasse Kaffee ein, trinkt aber nicht. Sie marschiert vom Tisch zur Speisekammer, von der Spüle zum Kühlschrank. Dann stellt sie mit großer Entschlossenheit die immer noch volle Tasse auf die Theke.

»Wir machen einen Termin mit Dr. Keller«, sagt sie, als sie das Schlafzimmer erneut betritt. »Deine Anhörung in Washington ist nächsten Monat.« Sie knöpft ihre Manschetten auf. »Ich weiß, dass du deine Übungen nicht machst. Du bist noch nicht kräftig genug, um vor dem Ausschuss zu stehen.«

Er rollt sich herum. »Stehen?«

Sie errötet und ist froh um die Dunkelheit. »Du weißt, was ich meine.«

»Ja, das weiß ich.« Er schiebt sich hoch auf einen Ellbogen. »Du meinst, ich muss mich schön machen, damit ich vor dem Komitee für unamerikanische Umtriebe erscheinen und nett sein kann. Genau das, was du im März nicht wolltest.«

Im März hätte eine Vorladung eine Autorenkarriere unterbrochen, die auf Hochtouren lief. Jetzt gab es nichts mehr zu unterbrechen. Sie warf die Vorladung auf die Frisierkommode. »Sei nett. Oder sag ihnen, sie sollen dich in Ruhe lassen. Tu etwas. Irgendetwas.«

Er legt sich wieder hin. »Vielleicht ist irgendetwas genau das, was ich nicht tun möchte.«

Sie hat die Nase voll von der staubigen, unbenutzten Schreibmaschine und dem Wäschekorb, in dem nur Schlafanzüge liegen. Sie hat die Nase voll von den Crackerkrümeln im Bett. Sie hat die Nase voll von ihm, weil er sich überhaupt keine Mühe gibt, bei gar nichts. Nicht beim Essen, nicht bei seinen Übungen, nicht dabei, wieder mit der Arbeit anzufangen. Nicht einmal beim Kampf für die Dinge, an die er glaubt. Sie fragt sich, ob er überhaupt noch an etwas glaubt.

Louise ist müde. Erschöpft. Von den mit Absicht besonders langen Tagen im Studio. Den einsamen Abendessen

Den stillen Nächten. Aber sie findet sich damit ab. So wie mit der Wäsche.

Sie will, dass er ebenfalls etwas tut. Nachgeben oder kämpfen, was davon, spielt keine Rolle. Nachgeben würde Sicherheit bedeuten für sie beide, aber kämpfen, das wäre ein Hauch des früheren Arnies. Des Arnies, der durchaus schon – ja, verrat es niemandem – auf der einen oder anderen Kundgebung gewesen ist.

»Du erklärst mir immer, ich soll nicht klein beigeben«, sagt sie. »Du hast immer gesagt, dass du hinter mir stehst und mir wieder auf die Füße helfen würdest.«

Er hat ihr den Rücken zugedreht. »Falls es dir noch nicht aufgefallen ist«, sagt er zur Wand hin, »zurzeit kann ich mir nicht einmal selbst auf die Füße helfen.«

Sie kniet sich auf den Boden und langt unter das Bett nach einem Koffer. Sie besitzt ein ganzes Set – weiß, mit Monogramm und goldenen Schnallen –, das sie vor ihrer Reise mit der Truppenbetreuung in einer Kauforgie erstanden hat, aber danach sucht sie nicht. Der Koffer, den sie hervorzieht, ist alt. Sie hat ihn seit vielen Jahren nicht mehr benutzt. Ein altes, schäbiges Ding, das sie vor vierzehn Jahren auf der Busfahrt von New Jersey hierher bei sich hatte. Ein ausgebleichter Korbkoffer, ausgekleidet mit einem fast übertrieben blumigen Stoff in dunklem Rot und Rosa und sehr hässlich. Er hat ihrer Mutter gehört. Jetzt gehört er ihr, und er ist genau richtig.

Sie geht ins Wohnzimmer und wirft den Koffer auf den Couchtisch, mitten auf die verstreuten Manuskripte, dann kehrt sie ins Schlafzimmer zurück. Graue Morgendämmerung kriecht unter den Vorhängen herein. Sie reißt den Schrank auf, zieht die Schubladen auf. »Ich fahre.«

Arnie ist wach, er zieht sich in eine sitzende Position hoch. »Wie meinst du das, du fährst?«

»Nach Las Vegas.« Sie holt Kleidung heraus, wie sie ihr gerade in die Hände fällt. Röcke, Blusen, Pullover, Schals. Kleider und Schlafanzüge. Eine Shorts aus Drillich. Strümpfe, Unterwäsche, Strumpfhalter, BHs. Ein dünner, weicher Seidenschal. »Ich werde ein bis zwei Tage brauchen.« Ein schwarzer Strumpf rutscht ihr vom Arm. »Ich will nicht zu spät kommen.«

Sie trägt die Kleidung ins Wohnzimmer und wirft sie aufs Sofa. Mit sicherer Hand faltet sie ein Stück nach dem anderen zusammen und packt alles in den Korbkoffer, gestapelt und gestopft. Der Koffer ist riesig, darin würden die Kleider für eine ganze Woche Platz finden. Wenn sie vorausgeplant und die Kombinationen auf dem Bett ausgelegt, mit einer Liste überprüft und zwischen Seidenpapierblätter gefaltet hätte, dann hätte sie vermutlich auch so viel untergebracht. So aber ist es kaum die Hälfte.

Louise eilt zurück ins Schlafzimmer und beugt sich über den Schuhschrank. Hochhackige graue Schuhe, glänzend schwarze Pumps mit Fersenriemen, ein hübsches Paar flache Schuhe in Rot. Ihre Lieblingssandalen, mit Riemchen um die Knöchel. Ein Paar unberührte weiße Keds, falls sie zufällig etwas Sportliches machen muss. Sie erfährt nie, wie lange der Dreh dauert. Und auf Tennisspielen sollte eine Frau immer vorbereitet sein.

»Wie kommst du denn hin?« Arnie sitzt jetzt am Bettrand.

Sie denkt an die Tagebücher, den Umschlag mit den Fotos. An die zwei Frauen allein in ihrem Ford Model T. »Vielleicht fahre ich einfach mit dem Auto«, sagt sie plötzlich.

So albern ist das gar nicht. Auch wenn sie den Champ

noch nie allein gefahren hat, weiß sie doch, wie es geht. Ehe Arnie nach Korea aufbrach, hatte er mit ihr und dem Auto einen Ausflug unternommen, um sie miteinander bekannt zu machen. Sie ist noch langsamer gefahren als er, aber immerhin nirgendwo angestoßen.

Er antwortet nicht, bietet ihr nicht an, sie zu fahren, wie er das früher getan hätte. Er bewegt sich, hängt erst ein, dann das andere Bein über den Bettrand. Natürlich macht er diesen Vorschlag nicht.

»Ich schaffe das schon«, sagt sie. Sehr entschlossen.

»Aber das muss nicht sein. Es gibt vielleicht einen Zug …«

»Ich habe gesagt, ich schaffe das. Lass mich in Ruhe«, fährt sie ihn an, ohne sich bewusst zu sein, dass sie sich mit seinem eigenen Satz gegen ihn zur Wehr setzt. »Ich brauche keinen Zug. Ich brauche deine Hilfe nicht.«

»Das Studio sollte …«

»Die Liste der Dinge, die das Studio tun sollte, fängt an mit ›zuhören‹, ›Respekt zeigen‹ und ›mich wie einen erwachsenen Menschen behandeln‹. Für den Rest der Liste brauchen wir den ganzen Vormittag.«

»Warum verteidigst du dich so?« Er fährt sich mit der Hand durchs Haar. Er hat einen Haarschnitt und eine Rasur nötig.

»Warum glaubst du nicht, dass ich allein zurechtkomme?« Im Studio lässt sie sich die vielen Probleme zu Hause nie anmerken. Eine gute Schauspielerin. »Was, meinst du, habe ich all diese Monate getan?«

»Das habe ich doch nicht gesagt. Ich habe mich nur nach deiner Fahrt nach Las Vegas erkundigt. Ich werde …«

Er beendet den Satz nicht. Sie wartet. … *mir Sorgen machen … auf dich warten. … dich vermissen.* Es gibt so viele Möglichkeiten, diesen Satz zu beenden. Selbst … *ohne dich zurechtkommen* … könnte sie akzeptieren, denn das würde bedeuten, dass er aufstehen und mehr als Salzcracker essen muss.

Aber was er sagt, ist: »Ich werde dich in Ruhe lassen.« Und: »Kein Problem.«

Es fühlt sich an wie ein Stich ins Herz. Sie zieht die Schultern nach hinten, damit sie ihre Haltung nicht verliert. »Das können wir immer noch am besten.« Sie dreht sich auf dem Absatz um und verlässt das Zimmer.

Obwohl ihr die Idee, im roten Cabrio nach Las Vegas zu fahren, aus einer Laune heraus kam, ist sie jetzt fest dazu entschlossen. Das ist Unabhängigkeit, Flucht, ein Beweis. Für was, weiß sie nicht. Aber sie muss es tun. Sie kann es sich jetzt vorstellen, eine Filmeinstellung in Technicolor. Der rote Wagen, die braune Wüste, die dunkelhaarige Schauspielerin, die mit ihrem Korbkoffer vor allem davonläuft.

Louise gräbt in den Ecken des Koffers nach Löchern, um die Schuhe zu verstauen. Fügt noch einen Satinbeutel mit Ohrringen, einer Perlenkette und einem mit Türkisen besetzten Silberarmband dazu. Im Badezimmer sammelt sie Lockenwickler und Haarnadeln, Duschhaube, Cremes und Make-up-Utensilien ein. Oben im Schrank findet sie ihren alten blauen Kosmetikkoffer, den sie damals, als sie noch so unwichtig war, dass sie sich selbst schminken musste, immer mit ins Studio geschleppt hat, und packt ihre Kosmetiksachen hinein. Sie stellt noch eine Flasche Four Roses Whiskey dazu. Im Schlafzimmer füllt sie eine Hutschachtel aus Pappe.

Arnie findet sie schließlich im Wohnzimmer, wo sie gerade vor dem Koffer und dem Kosmetikkoffer kniet und die Schlösser zuschnappen lässt. Seine Hände liegen auf den Rädern des Rollstuhls.

»Fährst du jetzt tatsächlich los?«

»Ich kann nicht den ganzen Tag im Bett liegen. Ich kann nicht von Tabletten, Kaffee und Gejammer leben. Ich kann mich nicht vor dem Ausschuss verstecken und so tun, als wäre nichts. Jemand muss Entscheidungen treffen. Jemand muss da rausgehen und arbeiten. Jemand muss sich um alles kümmern.«

»Aber du hast erzählt, das Drehbuch sei Mist. Dass sie dir den Kopf getätschelt und dir gar nicht zugehört haben.«

»Was willst du mir damit sagen, Arn?« Die Schnalle des Kosmetikkoffers klemmt. Sie versetzt ihr einen Handkantenschlag. »Dass ich meinen Glücksschal umlegen und es noch einmal versuchen soll?«

»Alles ist besser, als aufzugeben.«

Gestern Abend hatte sie sich gewünscht, dass er das sagt. Und auch, als sie ihm die Vorladung vor die Nase hielt. Einen Satz, der sich nach dem früheren Arnie anhört, als es noch hieß: Gemeinsam sind wir stark. Einen Satz, der ihr das Gefühl gibt, dass es sich zu kämpfen lohnt.

Sie steht auf, sehr groß in ihren hochhackigen Krokodillederschuhen, und blickt auf ihn hinab. »Das ist vielleicht nicht die Karriere, die ich mir gewünscht habe, aber es ist wenigstens etwas. Zumindest einer von uns beiden muss doch etwas haben.«

Die Cocktailgläser von gestern Abend sind noch da, seines leer auf dem Boden, ihres auf dem Barschränkchen, klebrig und halb voll mit geschmolzenem Eis. Sie trägt sie in die Küche. Er würde sie ja doch nicht aufräumen, während sie weg ist. Ehe sie die Gläser in die Spüle stellt, trinkt sie das ihre leer. Sie schmeckt noch eine Spur von Whiskey im Wasser.

Im Flur kauert Arnie immer noch in seinem Rollstuhl.

Sie steckt sich einen geschwungenen weißen Hut mit einem Bausch aus Netzgewebe auf den Haaren fest, nimmt ihren Mantel von der Garderobe. Nerz, mit scharlachrotem Futter. Als würde sie zu einer Premiere aufbrechen, hält sie ihn Arnie hin.

»Lou«, sagt er und zögert, »wann kommst du wieder?«

Morgen, würde sie gerne sagen. Gar nicht. Sie weiß nicht, was sie antworten soll. »Ich weiß es nicht.«

Er nimmt den Mantel und holt tief Luft. Dann knöpft er ihn auf und schüttelt ihn aus. In seinem Rollstuhl hält er ihn ihr hin, so hoch er kann.

Sie beugt sich nach hinten und schlüpft hinein.

Beim Umdrehen zieht sie den Mantel fest zusammen, als würde ihn offen zu lassen bedeuten, dass auch ihr Herz offen ist. Arnie starrt auf ihre fest geschlossenen Hände. »Gestern Abend hast du gesagt, du willst nicht fahren. Du willst die Sperre. Den Kampf.«

»Arn«, sagt sie und greift nach ihrem Gepäck, »ich weiß nicht mehr, wofür es sich zu kämpfen lohnt.«

Szene: Vorne in einem vollgestopften Ford Model T. Zwei Frauen sitzen darin, beide tragen Regenmäntel und Regenhüte. BERYL hat sich umgedreht, sie kniet auf dem Beifahrersitz und betrachtet durch das rückwärtige Fenster, wie die Stadt hinter ihnen verschwindet. FRANCIE fährt und blickt entschlossen nach vorne.

Beryl nimmt ein Taschentuch von ihren Augen und winkt damit der Stadt zu.

FRANCIE

(lächelnd)
Sie wird bestimmt nicht zurückwinken.

BERYL

Mach dich nicht lustig über mich.
(sieht Francie an und streckt die Zunge heraus)
Ich sage der Stadt Adieu.

FRANCIE

Du wirst doch wieder zurückkommen.

BERYL

(dreht sich um und setzt sich)
Du bist es doch, die nicht mehr zurückkommt. Willst du denn nicht Auf Wiedersehen sagen?

FRANCIE

Auf Wiedersehen? Nein.
(hält die Augen auf die Straße gerichtet)
Nicht, wenn so viele Hallos vor mir liegen.

Ausschnitt aus dem unproduzierten Drehbuch *Als sie König war*

KAPITEL 3

1926

*MRS. CARL WILD: HAUSHALTSBUCH
WOCHE VOM 4. BIS 10. APRIL 1926*

Sonntag

Abendessen: Schmorbraten und Karotten.
Zum Nachtisch Popovers mit Pflaumensahne.
Carl hat zwei Portionen gegessen.

Rindfleisch, Hüfte	gratis
Salzfleisch	gratis
Tomaten, Dose	12½¢
Karotten, Bund	5¢
Pflaumen, Schachtel	25¢

Montag

Zwei Bibliotheksbücher zurückgegeben, zwei neue für diese Woche ausgeliehen. *Der Zauberer von Oz* für Anna Louisa, *Die junge Diana* für mich. Sie hat gesagt, sie hätte lieber den neuesten Hopalong Cassidy. Offenbar liest Carl ihr das vor.

Abendessen: Fleischkroketten mit weißer Soße

Petersilie	2¢

Dienstag

Heute Regen.

Abendessen: Schweinekoteletts mit Buttererbsen

Schweinekotelett, drei	gratis
Erbsen, zwei mittelgroße Dosen	20¢

Mittwoch

Regen.

Abendessen: Schinken mit gekochten Zwiebeln

Schinkensteaks	gratis
Ein Pfund Perlzwiebeln	9¢

Donnerstag

Florrie Daniels stand plötzlich vor meiner Tür. Sieben Jahre, drei Wochen und zwei Tage, seit ich sie zum letzten Mal gesehen habe. Habe ihr Kaffee angeboten (den guten), aber sie sagte, sie wolle sich bloß verabschieden. Sie zieht nach Kalifornien. Ich hätte nie gedacht, dass sie tatsächlich fortgeht.

Abendessen: Hühnchen à la King
mit ~~Kartoffelbrei~~ Toast

Brathuhn	gratis
Pilze	6¢
Piment, Dose	10¢

Freitag

So viel Regen, dass der Garten überflutet ist. A.L. hat ein Floß aus Streichhölzern gebaut.

Abendessen: Schweinekoteletts (schon wieder)
und Bratkartoffeln

Schweinekotelett, drei	gratis

Samstag

Abendessen: Schweinekoteletts. Außerdem hat Carl mich verlassen.

Schweinekotelett, eines 11½¢

DAS TAGEBUCH VON FLORRIE DANIELS

10. April 1926

Als ich dieses Notizbuch kaufte, dachte ich an ein Reisetagebuch, das mir Gesellschaft leistet (natürlich, nur eine Schriftstellerin kann mit einem NOTIZBUCH befreundet sein). Wie viele einsame Nächte sind es zwischen New Jersey und Kalifornien? Ein Zelt, ein Faltbett und genug Tinte für dreitausend Meilen. Ich würde alles durch das Fenster des Ford Model T betrachten – jeden Umriss eines Berges, jede Brise in einem goldgelben Feld, jedes Stück einsamer Wüste – und dann ins Notizbuch kritzeln, sobald ich am Abend mein Zelt aufgeschlagen hätte. Ich habe eine Kodak-Brownie-Klappkamera dabei, die mir helfen soll, die Reise zu dokumentieren – das heißt, sobald ich die Gebrauchsanleitung gelesen habe. So eine Reise muss doch einfach inspirierend wirken. In der Anzeige in der *Variety* hat MGM jedem hoffnungsvollen Drehbuchautor einen Vertrag versprochen (für drei Monate!) und Lohn (fast fünfundsiebzig Dollar in der WOCHE), aber die Ideen, die muss ich selbst mitbringen.

Doch als ich dann von der Wohnung wegfuhr, die Klapperkiste vollgestopft mit allem, was ich nicht verkaufen konnte, hörte ich, wie jemand meinen Namen rief. Und auf einmal brauchte ich das Notizbuch nicht mehr, weil ich eine Freundin hatte, eine echte Freundin. Durch den Regen kam Ethel den Bürgersteig entlanggelaufen, einen Koffer in der Hand. Es sah aus wie die letzte Einstellung eines Films, nur platschte sie geradewegs in den Anfang von diesem. »Nimmst du mich mit?«, fragte sie. Während ihr die Tränen übers Gesicht strömten, sprudelte sie Erklärungen hervor, über Carl und ihre Tochter, und dass sie bis Nevada mitfahren wolle, aber alles, was ich denken konnte, war: Sie ist hier, und: Ja.

Ich hatte sie in dieser Woche besucht. Als sie mich vor ihrer Tür stehen sah, fiel ihr die Schüssel mit Kartoffeln aus den Händen. Kartoffeln und Butter und Scherben verteilten sich über meine Schuhe und die Gänseblümchen, aber ich war zu nervös, um etwas zu sagen. Es war zu lange her, seit ich sie zum letzten Mal gesehen hatte, und sie sah so anders aus, aber doch noch genauso wie damals. Ich stand einfach da, während mir die Butter die Strümpfe durchweichte, und hörte mir ihr Geplapper an, darüber, was sie an diesem Tag, in dieser Woche, in den letzten sieben Jahren gemacht hatte. Sie lud mich zum Kaffee ein, aber ich war gekommen, um Auf Wiedersehen zu sagen, jetzt und für immer, und ich wusste, wenn ich das Haus betrat, würde ich sie nie mehr verlassen wollen. Dass ich unsere Freundschaft vor so vielen Jahren beendet hatte, tat immer noch weh.

Aber das musste es gar nicht. Denn als ich gerade von Newark und allem wegfahren wollte, kam Ethel mit ihrem durchweichten Koffer in meine Klapperkiste gekrabbelt, und ich musste nicht Auf Wiedersehen sagen. Sie habe die ganze

Nacht geweint, sagte sie. Carl habe sie verlassen und Anna Louisa mitgenommen, sagte sie. Ein paar Monate Aufenthalt auf der Ranch seiner Tante in Nevada würden für eine schnelle »Reno-Scheidung« genügen. Ich sagte die Dinge, die man in so einem Fall wohl sagt, wie »Das ist ja schrecklich« und »Natürlich helfe ich dir«, aber in Wirklichkeit klopfte mein Herz wie wild.

Also muss ich es doch nicht allein tun. Muss nicht allein durchs Land fahren, allein zelten oder in der Prärie und der Wüste nach Inspirationen suchen. Obwohl ich es kaum glauben kann, ist Ethel bei mir, und ich muss, wenigstens erst einmal, nicht Auf Wiedersehen sagen.

Später

Ethel weinte sich in den Schlaf. Wir waren noch sieben Meilen von Wilmington entfernt, als sie eindöste und immer tiefer und tiefer in den Sitz sank, bis ihr Kopf auf meiner Schulter lag. Als wir zum Campingplatz kamen, saß ich eine halbe Minute lang einfach nur so da. Ihr Haar roch nach Watkins-Kokosnussöl, und außerdem wollte ich sie nicht wecken.

Ich bezahlte unsere fünfundzwanzig Cent für den Platz, stellte das Zelt aber nicht auf, auch wenn ich es gestern noch kaum erwarten konnte, es auszuprobieren. Stattdessen schüttelte ich die Decke aus, die rote Tartandecke, die, wie der Mann im Kaufhaus geschworen hatte, warm genug sein soll für Nächte in der Arktis. Sie war groß – ich hatte vorgehabt, sie zweimal um mich herumzuwickeln –, aber ich wickelte sie um Eth, die immer noch ausgestreckt auf dem Vordersitz lag. Dann holte ich meine Ersatzpullover aus der Reisetasche, die am Trittbrett festgebunden war, und machte es mir auf der Rückbank gemütlich.

Ich schreibe das hier beim Licht meiner neuen Batterietaschenlampe. Morgen werde ich sie nach Carl fragen. Was bloß der Grund sein kann, dass er sie verlassen hat, ausgerechnet sie? Ich werde sie fragen, was sie tun will, wenn sie in Nevada ist. Ich werde sie fragen, ob es das alles wert ist.

Das mache ich morgen. Heute aber genügt es mir, einfach nur ihrem Atem zu lauschen.

Da habe ich so viel darüber geschrieben, dass ich das Tagebuch als Freundin nicht brauche, und was habe ich ihm da gerade alles anvertraut …

FRANCIE

Meinst du, ich brauche ein Pseudonym?
Viele Drehbuchautoren haben eines.
Frances Marion hat eines.

BERYL

Na, das wäre doch ein gutes. Nimm das.

FRANCIE

Findest du, ich sehe wie eine Velma aus?
Oder wie eine Blanche? Eine Myrtle?

BERYL

Gibt es jemanden, der wie eine Myrtle aussieht?

FRANCIE

Dafür habe ich einfach nicht die richtigen
Wangenknochen.

BERYL

War es nicht Shakespeare, der gefragt hat:
»Was ist ein Name?«

FRANCIE

Ich glaube, es war Will Rogers.

BERYL

Nein! Wirklich?

FRANCIE

Na ja. Aber ich wüsste gerne, was er zu diesem Thema sagen würde.

BERYL

Vielleicht: »Namen sind wie Socken. Man wechselt sie nur, wenn sie stinken.«

FRANCIE

Das würde er nie sagen. Das ist ja eklig.

BERYL

Meinetwegen. Dann sage ich es frei nach Shakespeare:
»Was uns Francie heißt, wie es auch hieße,
würde nicht so lieblich duften.«

Ausschnitt aus dem unproduzierten Drehbuch *Als sie König war*

KAPITEL 4

1952

Seit Jahrzehnten hat sie niemand mehr Anna genannt, nicht, seit sie sich offiziell von Anna Louisa Wild, Metzgerstochter aus New Jersey, in Louise Wilde, MGM-Star, Hollywoodschönheit und Ostküstenerbin verwandelt hat. Letzteres war zumindest nicht gelogen. Irgendwann wird sie ein gebrauchtes Klavier und eine umfangreiche Sammlung Gurley-Weihnachtskerzen erben. Ihre Presseleute halten das einfach etwas vage.

Aber als sie vor einem Motel außerhalb von Ludlow haltmacht, unterschreibt sie im Anmeldebuch nicht mit »Louise Wilde«. Sie zieht den Hut tiefer ins Gesicht und unterschreibt mit dem Namen, den sie achtzehn Jahre lang getragen hat. Ohne nachzudenken, schreibt sie die As und Ls so geschwungen wie ein Schulmädchen. Die Empfangsdame, ein junges Mädchen mit Pferdeschwanz und pinkfarbenem Lippenstift, lächelt nur breit.

»Hatten Sie eine gute Fahrt?«, fragt sie.

Das kann sie eigentlich nicht sagen. Die ersten sechzig Meilen hat sie nervös das Lenkrad umklammert, die nächsten sechzig ist sie in Gedanken versunken dahingefahren und die letzten sechzig zutiefst gelangweilt. Aber die junge Frau blickt so hoffnungsvoll, dass Louise höflich erwidert: »Ja, sie war nicht schlecht.« Kein platter Reifen, kein Zusammenstoß, kein Tier unabsichtlich überfahren. Das kann man bestimmt als erfolgreichen Reisetag bezeichnen. »Es war nicht viel Verkehr.«

»Sie kommen aus ...« Sie wirft einen Blick ins Anmeldebuch. »Oh, aus Los Angeles! Das ist aber eine ganz schön weite Strecke!«

Die Empfangsdame beginnt, vom Cajon Canyon und dem Mount Pisgah zu schwärmen, von den trockengefallenen Seen und den Vulkankratern. Louise hat nicht viel davon mitbekommen, sie war auf die Schilder und den sinkenden Benzinpegel konzentriert. Links und rechts Wüste, in der Ferne Berge, schimmernd wie Luftspiegelungen.

Louise unterdrückt ein Gähnen. »Ich fürchte, ich habe nicht angehalten.«

»Das beste Stück der Route 66 haben Sie ja noch vor sich.« Die Frau kramt eine Handvoll farbenfroher Broschüren unter der mit Weihnachtslichtern besteckten Empfangstheke hervor. »Morgen Vormittag werden Sie am Bristol Dry Lake vorbeikommen. Er liegt bei Amboy, nicht weit von der Straße entfernt.« Sie schiebt Louise einen der Prospekte zu, auf dem ein Foto so etwas wie einen ausgetrockneten Seegrund zeigt. »Da gibt es außerdem kleinere Trockenseen und Lavahügel. Die Marble Mountains. Den Colorado River. Es lohnt sich auch, in Oatman anzuhalten. Da gibt es eine Menge alter Minen.« Sie hält einen Glanzprospekt hoch, auf dem ein begeistertes Kind ein Goldnugget präsentiert. »Haben Sie hier in der Gegend schon einmal Urlaub gemacht?«

Als würden sich in Ludlow, Kalifornien, die Filmstars

drängen, um ein bisschen auszuspannen. Sie ist gerade durch die Stadt gefahren. Palm Springs ist es nicht gerade. »Ich bin auf Geschäftsreise«, sagt sie.

Das Mädchen zwinkert nur kurz. »Geschäftsreise.« Ihr pinkfarbenes Lächeln wird noch breiter. »Aber wenn Sie schon mal unterwegs sind, wollen Sie doch sicher die Sehenswürdigkeiten mitnehmen.« Sie gräbt weitere Broschüren hervor, auf allen sind glänzende Autos und lächelnde Familien abgebildet.

Louise ist zu müde, um sich zur Wehr zu setzen, daher lässt sie zu, dass die forsche Empfangsdame immer weitere Prospekte über den Tresen schiebt. Auf jedem ist ein Auto zu sehen (immer eine vernünftige Familienkutsche), in der ein Mann und eine Frau sitzen (beide modisch schlank und viel zu gut gekleidet) und zwei Kinder (stets ein Junge und ein Mädchen, aus Gründen der Fairness), sauber geschrubbt, mit roten Wangen und begierig auf alles, was Amerika zu bieten hat. Eine glückliche Familie auf der Suche nach dem Abenteuer, unter der Bedingung, dass das Abenteuer gutbürgerlich und nicht zu teuer ist.

Sie unterbricht das fröhliche Geplapper. »Haben Sie etwas über Las Vegas?«

»Machen Sie einen Umweg?«

»Nein, das ist mein Ziel.« Sie reibt sich die Augen. »Dort habe ich geschäftlich zu tun.«

»Oh!« Die junge Frau wirft einen Blick auf Louises Hand, auf den schmalen Streifen ihres Eherings. »Oh!«

Jetzt würde Louise gerne den Namen im Buch durchstreichen und der Empfangsdame erklären, wer sie wirklich ist und warum sie nach Las Vegas fährt. Nicht für ein Rendezvous, eine Scheidung oder ein skandalöses Wochenende

Aber sie ist müde und hat keine Lust, die Sache zu vertiefen. Das Mädchen meint es ja nicht böse. »Las Vegas?«, drängt Louise.

Die Empfangsdame hat die Augen immer noch auf Louises Ring gerichtet. »Sie sind auf der Touristenroute nach Nevada, Ma'am.«

»Tatsächlich?« Louise ist bestürzt. Sie ist immer nach den Schildern gefahren. Sie dachte, sie wäre auf dem richtigen Weg. Viele Meilen auf einer geraden Straße durch die Wüste. Sie ist noch keinen Tag unterwegs und kann schon keinen Sand mehr sehen. »Wo sind wir hier noch mal?«

»Ludlow, Kalifornien«, erwidert die junge Frau eine Spur zu stolz. »So kommen Sie auch hin, aber mein Tipp wäre die Route 91 ab Barstow gewesen.«

«Na, wenn ich in Las Vegas gewinnen will, brauche ich wohl gute Tipps.«

Das Mädchen kneift die pinkfarbenen Lippen zusammen. Offenbar kann sie mit Witzeleien nicht viel anfangen.

Louise seufzt. »Wie weit bin ich denn von der richtigen Straße entfernt?«

Arnie verfährt sich nie. Selbst die paar Mal, als sie die Stadt verließen, um auf eine Party oder eine Preview zu fahren, musste er nur einen Blick auf die Karte werfen und wusste genau, wie man hinkam. Deshalb hat sie auch nichts dagegen, wenn er immer am Steuer sitzt. Er bringt sie dorthin, wo sie hin muss.

Er hat sie hingebracht. Vergangenheit. Er wird nie wieder Auto fahren. Trotz ihrer Nervosität und ihres schlechten Orientierungssinns wird das jetzt immer sie machen müssen.

Sie holt tief Luft. »Können Sie mir das auf der Karte zeigen?«

Die Empfangsdame entfaltet eine Landkarte und zeichnet mit einem Bleistift ein, wo Louise auf die 95 abbiegen und nach Norden fahren muss. »Es ist nicht mehr weit, wenn Sie erst mal in Nevada sind. In Needles können Sie tanken.«

»Und wie weit ist es von dort noch nach Las Vegas?«

»Vier Stunden, vielleicht fünf. Länger, wenn Sie sich noch etwas ansehen.« Mit einem pinkfarbenen Fingernagel tippt sie auf die Karte. »Sie kommen ganz nahe am Colorado River vorbei. Und Sie könnten sich die Flora und Fauna entlang der Dead Mountains ansehen.«

Als würden Flüsse und Canyons und interessante Wüstenlandschaften irgendetwas an der Einsamkeit ändern, die Louise bis ins tiefste Innere erfasst hat.

Am liebsten wäre sie sofort ins Bett gegangen, aber sie fragt: »Wo kann man denn hier gut essen?«

Obwohl da bestimmt nicht viele Lokale infrage kommen, schiebt die Empfangsdame die Unterlippe vor und denkt einen Moment lang nach. »Da kann ich Ihnen das Ludlow Cafe empfehlen.« Sie nickt. »Aber Sie sollten sich beeilen, wenn Sie den Hochbetrieb vermeiden wollen.«

Louise kann sich nicht vorstellen, dass sich in Ludlow so viele Leute verstecken, dass es irgendwann Hochbetrieb gibt, erwidert das Nicken der Empfangsdame aber verständnisinnig. »Dann tue ich das. Vielen Dank.«

»Ihr Zimmer ist auf der linken Seite.« Die junge Frau überreicht ihr einen Schlüssel, der an einem viel zu großen Plastikring hängt. »Sie haben wirklich das beste Hotel in Ludlow gewählt.«

Das Motel war vielleicht 1932 auf der Höhe seiner Zeit, aber jetzt, 1952, sieht es etwas heruntergekommen aus. Hinter der Empfangstheke läuft in einem kleinen Fernseher *Das ist Ihr Leben.*

»Vergessen Sie Ihre Prospekte nicht. Dann haben Sie etwas, was Ihnen beim Essen Gesellschaft leistet.«

Louise rafft die Faltblätter zusammen. »Vielen Dank«, sagt sie noch einmal und hievt ihren Korbkoffer hoch. »Wenigstens bin ich dann nicht allein.«

Der Stapel Broschüren landet neben dem Aufzug im Abfalleimer unter dem Aschenbecher.

Das Schlimmste an den zweihundert Meilen heute war das Alleinsein. Während sie im Neonlicht vor dem Aufzug steht, kann sie sich das eingestehen. Sie ist es gewöhnt, den ganzen Tag von Menschen umgeben zu sein. Sobald der Fahrer sie morgens abgeholt hat, ist sie nicht mehr allein. Maskenbildnerinnen, Friseure, Männer mit Drehbüchern, Frauen mit haufenweise Kleidern im Arm, Assistentinnen mit Kaffee, Sandwiches und aufgesetzter Fröhlichkeit.

Selbst Arnie ist da, auch wenn er sich zurückzieht und sich nicht um sie kümmert. Er schnarcht, er stöhnt, manchmal jammert er. Aber sie weiß ihn immer in ihrer Nähe. Sie schläft ein, und der Platz neben ihr im Bett ist warm.

Sie ist gewöhnt an Menschen. Sie ist nicht gewöhnt an deren Abwesenheit.

Das Hotelzimmer ist nichts Besonderes, aber sauber. Grüner Teppich, strahlend weiße Bettwäsche, die Vorhänge eine Orgie von Wüstenblumen. Der Schreibtisch ist vom jahrzehntelangen Ablegen der Koffer zerkratzt. Sie stößt einen viereckigen Aschenbecher zur Seite und wirft ihre Handtasche, die Schlüssel und den Kosmetikkoffer auf die Tischplatte. Den Koffer hebt sie aufs Bett. Sie holt ein Kleid für morgen heraus, schüttelt es auf und legt es über den Schreibtischstuhl.

Dann schleppt sie den Kosmetikkoffer in das winzige Badezimmer und beginnt mit dem Auspacken. Sie muss ihren vorübergehenden Aufenthalt organisieren, muss Creme und Zahnpasta zurechtlegen, damit sie beim Schlafengehen alles gleich findet. Sie redet sich ein, dass das eine Notwendigkeit ist und nicht der Versuch, das Essen allein zu vermeiden. Es ist doch nur ein Abendessen.

In den Monaten, die Arnie weg war, musste Louise zu oft allein essen. An zu vielen Abenden hat sie einfach irgendetwas gegessen. Unkomplizierte Sachen wie Tomatensuppe oder Reis mit Butter oder Ananasringe direkt aus der Dose. Sie ließ das Radio den leeren Raum füllen, hörte alles Mögliche. Guy Lombardo, Patti Page, Johnnie Ray. Sendungen wie *Jack Armstrong, the All-American Boy*. Baseballspiele. Jeden Abend trank sie so viel, dass sie in einen traumlosen Schlaf sank. Es half. Während Arnie weg war und nachdem er wieder da war, half es.

Aus dem Kosmetikkoffer zieht sie, neben der Duschhaube, der Lockencreme und dem Talkumpuder, die Whiskeyflasche heraus. Auf dem Tisch stehen zwei Gläser mit dem Rand nach unten neben einem Plastikeiskübel, und sie füllt eines davon mit zwei Fingerbreit Whiskey. Aber sie trinkt nicht. Sie spaziert hinüber zum Fenster und lehnt sich gegen die Scheibe, während der Whiskey im Glas warm wird.

Durch das Fenster sieht Louise in der Ferne einen Gebirgszug, eine farbige Unterbrechung im Blau des Himmels. Etwas anderes als die niedrigen Hügel, als immer nur Wüstensalbei und niedrige Sarcobatus-Büsche, ab und zu die Spitze eines Kaktus oder einer Palme. Am Horizont entlang erstreckt sich die Abendsonne, ein orangefarbener Streifen vor dem Blau und dem Braun, aber noch hat die Dämmerung nicht ganz eingesetzt. Sie sollte gehen und sich etwas zum Abendessen suchen, aber sie tut es nicht. Sie lehnt an diesem Fenster, neben den wild geblümten Vorhängen, die nach Zigarettenrauch und altem Parfüm riechen, und sieht zu, wie sich die Sonne langsam davonmacht.

Erst als das Orange verschwunden ist und die Finger der Dunkelheit allmählich nach dem Fenster greifen, kippt Louise den Whiskey mit einem Schluck hinunter und tastet auf dem Schreibtisch nach dem Autoschlüssel. Sie lässt die Vorhänge offen, als sie die Tür hinter sich ins Schloss zieht.

Am nächsten Vormittag geht Louise das Benzin aus.

Sie ist spät aus Ludlow weggefahren, nach einem Frühstück im Café, bei dem sie drei Mal erklären musste, dass sie die Eier pochiert möchte. »Rühreier?«, hat die Kellnerin nachgefragt, als könnte sie sich keine andere Art der Eierzubereitung vorstellen. »Pochiert«, hatte Louise mit fester Stimme erwidert.

Es gab keine Grapefruit, keine Melone, überhaupt kein Obst auf der Karte. Sie hatten winzige Gläser mit Orangensaft, was dasselbe sei, wie die Kellnerin erklärte. In Los Angeles hält jeder Diät, und Louise musste sich daran erinnern, dass sie nicht mehr in Los Angeles war.

Schließlich ließ sie sich breitschlagen, ein Stück Walnusskuchen mitzunehmen, bereits fertig in Klarsichtfolie verpackt. »Der beste Kuchen auf dieser Seite des Pazifiks!«, schwärmte die Kellnerin. Louise überlegte, ob sie wohl wusste, dass das die halbe Erdkugel war. Sie gab ein zu üppiges Trinkgeld, weil sie nicht genug Kleingeld bei sich hatte.

Aber als ihr Auto mitten im Nirgendwo von Nevada stehen bleibt, ist sie froh um den Kuchen. Laut Karte befindet sie sich sieben Meilen vor der hoffnungsvoll Searchlight – Suchscheinwerfer – genannten Stadt, wo es eine Shell-Tankstelle gibt. Auf der Motorhaube des Wagens sitzend, isst sie den Kuchen mit den Fingern. Hier gibt es nicht viel, was ihr Gesellschaft leisten könnte, abgesehen von einem verwitterten grünen Schild, einer dahinschlendernden Schildkröte und den fernen Dead Mountains. Das Schild hat ungefähr die Form eines Kaktus. Die Farbe blättert ab, und die Schrift ist nicht mehr zu lesen. Vielleicht ist es die Werbung einer Kaktusfeigenfarm, vielleicht verweist es aber auch auf den Ort einer längst vergessenen Schlacht gegen diese Pflanzen oder erinnert an einen frühen Tod durch Kaktusstacheln. Louise wird es nie erfahren. Uninteressiert spaziert die Schildkröte dahin.

Es ist heiß, und auf der Straße ist nichts los. Im Dezember sind zwischen Needles und Las Vegas nicht viele Touristen unterwegs. Immer, wenn ein Auto vorbeikommt, überlegt sie, ob sie es aufhalten soll. Sie könnte den Rock ein Stück hochziehen und ihre Waden zeigen, so wie Claudette Colbert. Aber damit kann man sich alles Mögliche einhandeln, von einem gestohlenen Koffer bis zu einem eiligen Begräbnis in der Wüste. Sie leckt sich Walnüsse und Zucker von den Fingern und sehnt sich nach einem Schluck Wasser.

Die Sonne steigt höher, und das Haar klebt Louise im Nacken. Sie tupft sich Schläfen und Oberlippe mit einem Taschentuch ab. Eigentlich sollte ihr nicht so heiß sein. Sie trägt ein gestärktes weißes Kleid mit einem weiten Rock und einem kleinen Kragen. Den letzten Schliff hat sie ihm mit einem breiten weißen Hut gegeben, ganz im New Look. Es ist weit nach dem Labor Day, aber Kleiderregeln sind etwas für Hausfrauen und Langweiler. Sie hingegen, mit klebrigen Händen auf der Motorhaube sitzend, ist keins von beiden. Eine Hausfrau hätte die Benzinanzeige nie aus dem Auge verloren. Ein Langweiler wäre die sieben Meilen bis zur Tankstelle zu Fuß gegangen.

Arnie achtet immer wie besessen auf die Benzinanzeige. Im Handschuhfach hat er ein Notizbuch, in das er jeden Liter Benzin einträgt und wie viele Meilen er vor dem Tanken zurückgelegt hat. Er fährt einen riesigen Hudson. Das heißt, er hat ihn gefahren. Manchmal haben sie damit am Wochenende einen Ausflug an den Strand gemacht. Dort saßen sie ganz eng aneinandergeschmiegt, die Zehen in den Sand gegraben, lasen sich durch zahlreiche Drehbücher und futterten sich durch einen Picknickkorb voll Hühnersandwiches und Tomatensalat. Arnie liebte dieses Monster von einem Auto. Ihm wäre in der Wüste von Südnevada nie das Benzin ausgegangen.

Nicht zum ersten Mal in den letzten vierundzwanzig Stunden schließt sie die Augen und ruft sich sein Gesicht ins Gedächtnis. Das hat sie monatelang gemacht, während er in Korea war. Immer wieder hat sie versucht, sich an die kleinen Merkmale zu erinnern – wie er seine Lider gesenkt hält, als wäre er ständig schläfrig, dass seine Fliegen stets etwas schief saßen und wie er ihr immer zublinzelte, ehe er das Haus verließ, als teilten sie ein großes, wunderbares Geheimnis. Vielleicht war das früher auch so. Sie schlingt die Arme um den Körper. Jetzt bestimmt nicht mehr.

Beim Geräusch von Reifen auf Kies schlägt sie die Augen auf. Eine Limousine, so schwarz und nüchtern wie ein Priester, bremst am Straßenrand langsam ab, und Louise knüllt die Zellophanfolie zu einer Kugel. Ganz automatisch schiebt sie ihren weißen Rock so zurecht, dass er in Falten über die Motorhaube fällt. Die Steine auf ihrem Türkisarmband verleihen dem vielen Weiß einen Hauch von Farbe. Sie stellt sich den Anblick vor, gesehen durch die Linse einer Kamera. Viele Winkel und strahlende Farben. Eine dieser Einstellungen, die so künstlich ist, dass es in den Augen wehtut.

Ein Mann in einem kurzärmligen karierten Hemd beugt sich aus dem Autofenster. Er sieht so adrett aus wie ein Marineoffizier, aber Jack the Ripper sah wahrscheinlich auch respektabel aus.

»Alles gut bei Ihnen, Madam?«, fragt er. Trotz seiner freundlichen Worte mustert er sie so genau, als wolle er herausfinden, ob sie harmlos sei. Vielleicht verbarg sie ja eine Machete unter dem weißen Rock.

»So gut, wie es in Nevada eben sein kann«, erwidert sie und lässt sich von der Motorhaube gleiten.

Er ist jünger als sie und hat ein paar hübsche Midwest-Sommersprossen über die Nase verteilt. Auf seinem Schoß windet sich ein gefleckter Beagle. »Brauchen Sie Hilfe?«

Sie wischt sich die Krümel vom Kleid, antwortet aber nicht.

Er legt einen Unterarm auf die Fensterkante. Unter dem Ärmel ist eine Army-Tätowierung zu erkennen. Dafür, dass er bereits in der Army war und wieder entlassen wurde, ist er noch ziemlich jung. Sie wischt sich mit einem Taschentuch über den Nacken. Vielleicht sind auf dem anderen Arm die Telefonnummern der Schauspielerinnen eintätowiert, die er unter seiner Garage begraben hat, aber inzwischen hat sie richtig Durst und beginnt zu schwitzen.

Sie wirft das Zellophan durch ihr offenes Wagenfenster ins Innere und holt ihre Tasche und die weißen Handschuhe heraus. »Offenbar brauche ich Benzin. Fahren Sie zufällig nach Searchlight?«

»Immer rein mit Ihnen.«

Er heißt Duane. Auf seinem anderen Arm befindet sich eine tätowierte Rose, für seine Frau. Louise krault dem Beagle die Ohren und hört Duane zu, der nicht aufhört, von seiner Frau zu erzählen. Sie arbeitet als Mannequin, eines dieser großbusigen Mädchen, die Louise am Strand beim Posieren in Sarongs oder gerüschten Bikinis gesehen hat. »Vielleicht ist sie Ihnen schon einmal aufgefallen«, sagt er. »In einer Zeitschrift oder einem Katalog.« Er senkt den Blick auf das Lenkrad. »Einmal war sie auch in einem Kalender.«

Louise hat früher selbst ein wenig als Mannequin gearbeitet, um die Sandwiches zwischen den Castinganrufen zu bezahlen. Nichts besonders Riskantes – damals war sie noch zu schüchtern, um in einem Badeanzug zu posieren, und zu mager, als dass sie jemand dazu aufgefordert hätte –, aber es gibt doch ein paar Werbeanzeigen für Radkappen oder Ivory-Seife, auf denen sie als junges Mädchen zu sehen ist.

Es sind solche lächerlichen Dinge, die das Komitee für unamerikanische Umtriebe ausgräbt. »Miss Wilde, haben Sie sich wissentlich in staatsgefährdender Weise mit diesem Seifenstück in Pose gestellt? Wussten Sie, dass diese Seife nicht nur an moralisch einwandfreie Bürger, sondern auch an Kommunisten verkauft wird?« Bei Arnie ging es um eine einzige Kundgebung, die er in Berkeley besucht hatte, als er noch ein Teenager war. Jugendliche Begeisterung, die er nun bereut.

Sie will keinesfalls auf einer roten Liste landen. Inzwischen meidet sie Partys, geht nur noch selten in Buchhandlungen.

Sie weiß nicht mehr, bei welcher Lektüre man Probleme bekommen könnte, wenn man damit gesehen wird. Sie überprüft ihre Drehbücher gründlich, denn es könnte gefährlich sein, einen hitzigen Satz mit zu viel Überzeugung zu sagen.

Aber Stöckelschuhe und Stepptanz sind sicher. Singen und Tanzen und albernes Gekicher vor der Kamera auch. Eine brave Schauspielerin.

Duane erkennt sie nicht, aber er scheint auch nicht gerade der Typ für die Betsey-Barnes-Filme zu sein. Sie lügt ihn nicht an. Sie fahre aus geschäftlichen Gründen nach Las Vegas, sagt sie. Er zuckt nicht zusammen, als sie sich als Anna vorstellt.

Searchlight, Nevada, hat nicht viel vorzuweisen. Ein paar Häuser, sehr viel Staub. Eine Handvoll Bars und schäbige Casinos. Vielleicht wäre sie doch besser am Randstreifen der Route 95 geblieben.

Nachdem er ihr den Benzinkanister gefüllt hat, lädt Duane sie in ein Hamburgerlokal zum Mittagessen ein. Louise war noch ein Teenager, als sie zum letzten Mal einen Hamburger gegessen hat. Als er sie fragt, ob sie Zwiebeln oder Chili auf ihrem möchte, kann sie sich nicht mehr erinnern.

Duane isst seinen mit etwas von allem. Essiggurken, Zwiebeln, Chili, Käse und eine Alibischeibe Tomate. Sie nimmt den Hamburger mit einem Löffel gehackter Zwiebeln und einer dünnen Scheibe orangefarbenem Käse. Der erste Biss begeistert sie, beim zweiten fühlt sie sich schuldig, aber beim dritten kehrt die Begeisterung zurück. Einen kurzen, irrationalen Augenblick lang schwört sie sich, jeden Tag einen Hamburger zu essen, solange sie in Nevada ist.

»Vor drei Jahren bin ich Mavis zuliebe nach L.A. gezogen. Sie ist das Tollste, was Comstock jemals hervorgebracht hat.«

»Das schmeckt gut, oder?«, sagt sie zwischen zwei Bissen.

Offenbar will er sich jemandem anvertrauen, und Louise, in ihrem weißen Kleid wie eine vestalische Jungfrau, sieht vertrauenswürdig aus. Duane erzählt ihr von Castingterminen und Probeaufnahmen am frühen Morgen, wie sie schließlich einen Produzenten kennenlernte, der sich aber als Lump erwies, und dann einen Fotografen, der nicht viel besser war. Statt Filmschauspielerin zu werden, wolle sie nun eine andere Laufbahn einschlagen. Auch ohne Mavis zu kennen, weiß Louise, wie die Geschichte verlaufen ist.

»Für sie ging es gerade richtig los, als ich eingezogen wurde. In ihren Briefen hat sie mir von dieser Werbekampagne und jener Zeitschriftenanzeige berichtet. Es hörte sich auf jeden Fall wichtig an.« Duane fährt sich mit der Hand über die Stoppelhaare. »Die Sache sah gut aus.«

»Sie hatte ihren Durchbruch.«

Er seufzt in seine Colaflasche. »Aber dann wurde ich vor ein paar Monaten entlassen, kam zurück nach L.A., und sie war nie zu Hause. Ständig auf diesem oder jenem Dreh.«

Ihr Hamburger interessiert sie viel mehr als sein Gejammer. Sie bemüht sich, ihm Aufmerksamkeit zu schenken. »Aber sie hatte Erfolg.«

»Sie war in dieser Kühlschrankanzeige. Erinnern Sie sich, die mit der Champagnerflasche? Das war Mavis.«

»Die habe ich überall gesehen.«

»Natürlich. Ich schlage irgendeine Zeitschrift auf und sehe ihr Gesicht.« Er leert die Flasche. »Der Rest des Landes sieht meine Frau öfter als ich.«

»Sie arbeitet. Die meisten Frauen tun das nicht.«

»Ja, sie arbeitet. Und ich sitze währenddessen zu Hause vor dem Bügelbrett.«

Sie legt ihren Hamburger weg. »Was haben Sie denn erwartet, als Sie zur Armee gegangen sind? Dass sie sich zurücklehnt und auf Ihre Lohnschecks wartet? Sie musste doch etwas tun.«

»Das ist es nicht, was ich …«

»Nein?« Sie wischt sich den Mund ab und knüllt die Serviette zusammen. »Wenn Sie so nett wären, mich jetzt zu meinem Wagen zurückzubringen. Wie Ihre Frau muss auch ich arbeiten.«

Auf der Rückfahrt zu der Stelle, wo Louises Auto wartet, reden sie nicht viel. Duane hat den Rest ihres Hamburgers in eine Papierserviette gewickelt und mitgenommen, der Hund auf dem Rücksitz verschlingt ihn freudig.

»Wissen Sie, ich denke darüber nach, mich scheiden zu lassen«, sagt er leise.

Sie schüttelt bloß den Kopf.

»Hergekommen bin ich, um mit meinem Bruder angeln zu gehen. Ein paar Wochen Camping am Lake Mead. Da sieht man Sterne, die es in Los Angeles gar nicht gibt.«

Sie denkt an den vergangenen Abend, als die Sonne still über dem Wüstensalbei und dem Sand unterging. Das kann sie verstehen. Diese Ruhe hat durchaus etwas für sich.

»Aber da draußen am See, mit nichts außer meiner Angel und meinen Gedanken, da kam ich ins Grübeln. Ich meine, in Nevada kann man in sechs Wochen geschieden sein. Mavis würde mich nicht einmal vermissen.«

»Warum erzählen Sie mir das alles?«

Aus dem Augenwinkel sieht sie, wie er mit den Schultern zuckt. »Ich weiß nicht. Ich dachte, Sie verstehen mich.«

Sie antwortet nicht. Stattdessen holt sie den Lippenstift

heraus und schminkt sich vor dem Spiegel die Lippen. Es gibt keinen Grund für ihn, von ihr Verständnis zu erwarten, ihr so viel zu gestehen und Absolution zu erhoffen. Sie lässt den Lippenstift wieder in ihre Handtasche fallen. In der Ferne glänzt ihr roter Champion.

Duane hält hinter ihrem Auto, schaltet den Motor jedoch nicht ab. Er legt die Unterarme auf das Lenkrad. »Wissen Sie, ich bin noch nicht lange entlassen. Nichts ist so, wie ich es mir vorgestellt habe.«

»Ist das im Leben nicht immer so?«, fragt sie und sieht ihn endlich an. »Nichts entwickelt sich, wie wir es erwarten.«

»Ich hätte das alles nicht bei Ihnen abladen sollen. Aber ich habe seit Tagen mit niemandem gesprochen, und das ist keine Übertreibung. Mavis und ich, wir sprechen kaum noch miteinander.«

Sie schließt ihre Handtasche, macht aber die Tür nicht auf.

»Vermutlich wollte ich einfach, dass mir jemand sagt, wie dumm das ist. Diese ganze Idee mit der Scheidung.« Draußen frischt der Wind auf, Sand wirbelt über den Boden. »Dass mir jemand sagt: Wenn es sich nicht lohnt, für eine Ehe zu kämpfen, dann lohnt sich überhaupt nichts.«

»Aber würden Sie mir das glauben?«

Er zuckt die Achseln.

»Sie waren im Krieg. Aber wenn es darum geht, welche Schlachten zu Hause sich lohnen, dann wissen Sie nicht, wohin Sie zuerst zielen sollen.«

Er langt nach hinten zur Rückbank und hievt den Benzinkanister nach vorne. »Vergessen Sie den nicht.«

Sie versteht die Andeutung und nimmt den Kanister. »Danke, dass Sie mich gefahren haben, Duane.«

Louise wartet, bis er weg ist, ehe sie mühsam hantierend den Tank füllt. Das reicht mindestens, um es bis in die Stadt zu schaffen. Und dann sind es noch fünfzig Meilen bis Las Vegas. Wenn sie dort ankommt, wird sie sofort in die Badewanne steigen. Ihre Kleider aufbügeln lassen. Herausfinden, wo sie sich morgen früh melden soll. Und vielleicht einen oder auch drei Manhattan trinken.

Erneut wischt sie sich das Gesicht mit dem Taschentuch ab. Ihr ist klar, dass sie an den Straßenrand fahren und ihr Make-up erneuern muss, ehe sie vor dem Flamingo aussteigt. Eine Schauspielerin weiß nie, ob sie nicht jemand beobachtet. Angesichts der Schlagzeile LOUISE WILDE SCHWITZT würde das Publikum kollektiv in Ohnmacht fallen.

Will sie sich auf das alles wirklich wieder einlassen? Wenn sie morgen am Set erscheint, wenn sie dieses abgeschmackte Drehbuch mit Bikini und Ukulele akzeptiert, dann ist es vorbei. Dann braucht sie gar nicht mehr den Versuch zu machen, einen besseren Vertrag auszuhandeln. Um bessere Rollen zu kämpfen. Dann hätte sie klein beigegeben.

Aber nachgeben ist besser, als sich zu verstecken. Besser, als die Probleme nicht zu beachten, in der Hoffnung, dass sie von selbst wieder weggehen. Denn das wird nicht geschehen. Im Leben braucht man Geduld, und genau die fehlt ihr zurzeit.

Louise lässt sich auf den Fahrersitz gleiten und zieht die Handschuhe an. Darunter kann sie die ganz leichte Wölbung des Eherings erkennen. Sie startet den Wagen und schaut nach vorne auf die Straße.

Aber sie fährt nicht sehr weit, denn ihr fällt wieder das wie ein Kaktus geformte Schild ins Auge. Dort zweigt eine andere Straße ab, kaum mehr als eine Spur im Staub zwischen den

Salbeibüschen. Plötzlich realisiert sie, dass sie genau weiß, was auf diesem Schild steht. Obwohl sie wegen der Farbe, die in der erbarmungslosen Sonne fast vollständig abgeblättert ist, tatsächlich keinen einzigen Buchstaben der Beschriftung erkennen kann, weiß sie plötzlich, dass sie es schon einmal gelesen hat. KAKTUSFEIGENRANCH – EINE OASE IN DER WÜSTE.

Las Vegas muss warten.

Sie biegt ab.

BERYL

Was sagt ein Krokodil, das einen Clown gefressen hat?

FRANCIE

Keine Ahnung …

BERYL

«Schmeckt irgendwie komisch.«

FRANCIE

(stöhnt)
Oh, Beryl, der ist ja miserabel.

BERYL

Aber du hast gelächelt. Ich finde, das macht ihn ziemlich gut.

Ausschnitt aus dem unproduzierten Drehbuch *Als sie König war*

KAPITEL 5

1926

Sonntag

Regen. Passt zu meiner Stimmung. F. sollte das besser nicht mitbekommen. Sie hat schon genug Probleme mit den schlechten Straßen.

Abendessen: im Restaurant – Krabbeneintopf, Kaffee, ein Stück Cremetorte zu zweit

Campingplatz Boonsboro	50¢
Benzin	$1.96
Briefmarke	2¢

11. April 1926

Ethel saß nicht mehr auf dem Vordersitz, als ich aufwachte.

Ich fand sie draußen am Feuer bei den Nachbarn, wo sie mit zerzausten Haaren aus einem geliehenen Zinnbecher trank. »Ich wollte dich nicht aufwecken«, sagte sie, »da habe ich mich mit ihnen angefreundet.« Sie bot mir Kaffee aus der Kanne der Nachbarn an. Typisch Eth, wo immer sie auch ist, zeigt sie lächelnd ihre Grübchen und kommt mit den Leuten ins Gespräch. Sie trug eine geborgte Wolljacke und aß ein Donut. Ihre Wohltäter waren gerade beim Duschen.

Heute Morgen sah sie fröhlicher aus. Alles herausgeweint. Während sie schluckweise den abgestandenen Kaffee trank, erzählte sie mir, was gestern passiert war. Als sie vom Markt nach Hause kam, war das Haus leer. Jeder der beiden hatte ein gefaltetes Brieflein hinterlassen. Anna Louisa schrieb, Daddy fahre mit ihr in die Ferien, und dort werde sie Pferde und Wüstensalbei und Cowboys sehen. In Carls Brief stand ohne jede Erklärung, er wolle sich von ihr scheiden lassen. Das leere Haus habe gehallt wie ein Echo, sagte sie. A.L. ist erst sechs. Ethel vermisst sie unendlich.

Es ist ebenfalls sechs Jahre her, seit ich Carl zum letzten Mal gesehen habe. Als wir noch in der Schule waren, hätte ich nie gedacht, dass er der Typ ist, der seine Frau verlässt und seiner Tochter die Mutter nimmt. Er war ein braver Junge, ruhig und fleißig. Fast zart gebaut. Ein sagenhaft guter Klavierspieler. Liebte Shakespeare, Eiscreme und Jazz. Wir drei waren unzertrennlich. Wir musizierten und sangen und spielten Theater, und ich schrieb die Drehbücher dazu. Zu dritt saßen wir im Kreis, Knie an Knie, und schworen mit verschränkten kleinen Fingern, dass wir im Filmgeschäft Karriere machen würden. Aber wir wurden erwachsen. Carl musste zur Armee, er und Eth heirateten, und ich blieb allein mit meinem Plan, nach Hollywood zu gehen. Vielleicht ist es jetzt schon zu spät, aber besser so als niemals.

Sieben Jahre später ist mir Ethel fremd geworden und Carl auch. Ich weiß nicht, was diesen lieben, schüchternen Jungen dazu gebracht haben könnte, einfach fortzugehen und sie allein und weinend zurückzulassen. Ich würde niemals weggehen. Jedenfalls nicht noch einmal.

Später

Es hatte zu regnen begonnen, ehe wir losfuhren. Bis zum Mittagessen hatten wir es durch Delaware geschafft und zu einem Campingplatz außerhalb von Frederick, Maryland, wo wir beschlossen, es für heute gut sein zu lassen. Jede Menge Hügel. Viel zu viel Regen. E. bemüht sich um fröhliche Konversation, hauptsächlich über Carl und die Filme, die sie gesehen haben (sie finden beide Gareth Hughes ganz großartig), und über Anna Louisa und die Bücher, die sie mit ihr liest. (A.L. liest die Oz-Bücher, wenn Ethel hinschaut, und billige Westernromane, wenn nicht.) Ich hielt dabei das Lenkrad umklammert und spürte, wie ich allmählich ärgerlich wurde.

Aber dann sagte sie, ich solle mich doch entspannen, ich würde ausgezeichnet fahren. Sie fasste meine Hand und drückte sie. Sie vertraue mir, sagte sie. In diesem Moment hörte der Regen auf, und wir sahen ein Stück blauen Himmel, worauf sie »I'm Always Chasing Rainbows« zu singen anfing. Da kamen mir die Hügel und die Schlaglochstraßen mit den Pfützen gleich nicht mehr so schlimm vor.

Am Campingplatz stand ich einen Moment lang nervös und unschlüssig vor dem Haufen aus Zeltleinwand und Stangen, bis E. fragte, was los sei. »Ich habe nur eines«, sagte ich. Es sollte nicht so entschuldigend klingen, ich hatte ja nicht gewusst, dass sie mitkommt. Ein einziges Zelt und ein einziges Faltbett.

Sie winkte ab, als wäre das gar kein Problem, als hätte mich die Tatsache, dass sie bei mir war, nicht letzte Nacht stundenlang wachgehalten. »Wie nennt man das heutzutage, eine Pyjamaparty?«, sagte sie. »Das haben wir doch früher auch gemacht. Kannst du dich noch erinnern, als du bei mir übernachtet hast? Da haben wir beide in meinem Bett geschlafen.«

Und ob ich mich erinnere.

Ich sprach sehr schnell. Erklärte ihr, das ginge nicht, wir hätten zu zweit unmöglich genug Platz auf dem Klappbett. Ich könnte ohne Weiteres im Auto schlafen und ihr das Bett überlassen, wenigstens, bis wir ein zweites Bett gekauft hätten. Schließlich ging sie ins Auto. Ich liege allein im Zelt, nur ich und das Notizbuch und der Regen, der auf die Zeltleinwand über mir trommelt.

Montag

Regen. Mir ist schwindlig, und mir sind die Stärkungstropfen ausgegangen. Schmerzen im Knöchel. Wenn es nur endlich aufhören würde zu regnen. Wenn ich nur schon in Nevada wäre. Wenn ich nur wüsste, was in meinem sorgsam gepflegten kleinen Leben gerade passiert.

Abendessen: Sandwiches (schon wieder)

Shipway's Touristencamp	50¢
Benzin	73¢
Parson's Stärkungstropfen	78¢
Aspirintabletten	98¢
Briefmarke	2¢

12. April 1926

Noch so ein Tag voller Hügel und strömendem Regen. Noch ein Tag in Maryland. E. musste zweimal aussteigen, um uns in Gummistiefeln und Regenmantel aus dem Schlamm zu schieben. Um mich zu beruhigen, hat sie mir alle Witze erzählt, die sie kennt. (»Kennst du den Witz mit der Showtänzerin und der Posaune?«) Es regnete so sehr, dass das Wasser unter der flatternden Abdeckung hereinlief. Die Salamisandwiches, die ich am Morgen gemacht hatte, waren durchgeweicht, und wir mochten sie nicht essen.

Durch das viele Rauf und Runter und die Pausen, die ich brauchte, um meine Finger zu dehnen, schafften wir es heute nur bis Flintstone. Der Campingplatz ist ein einziger Matsch, aber man bekommt Proviant. E. hinkt, erwähnt das aber mit keinem Wort.

Dienstag

Schmerzender Knöchel und heftiger Regen. Nasse Socken. Zu viele Sandwiches. Parson's Stärkungstropfen helfen kaum.

Ich wäre so gerne wieder daheim, im Lehnsessel mit A.L. und ein paar Büchern. Würde ihr sogar erlauben, einen Western zu lesen.

Heute fühle ich mich geradezu zerbrechlich. Ein heftiger Blitz, und ich würde einfach zusammensinken. Wenn F. nicht dabei wäre, würde ich das auch tun.

Abendessen: Erdnussbutter, zwei Esslöffel

Hotel Auld, 1 Nacht ohne Frühstück	$2.00
Benzin	$1.50
Erdnussbutter, Dose	25¢
Briefmarke	2¢

13. April 1926

Wachte auf, weil es auf meinen linken Fuß tropfte. So erschöpft wie E. gestern war, kann ich mir nicht vorstellen, dass sie auch nur eine Minute geschlafen hat. Heute Morgen sah sie schrecklich aus. Ich sah, wie sie zu ihrem kalten Kaffee eine Handvoll Aspirintabletten schluckte. Ich packte so gut es ging unsere durchweichten Sachen zusammen, während sie (vergeblich) versuchte, uns einen Teller mit irgendetwas Heißem zu erbetteln. Nach einer Weile gaben wir auf und aßen schnell das trockene Brot, ehe es nass wurde. Als ich die Rolle mit der Zeltleinwand festband, saß sie im Regenmantel auf dem Trittbrett und klopfte sich mit einer Schachtel Sweet Caporals gegen das Handgelenk. Ich habe sie noch nie rauchen sehen, nicht ein einziges Mal. Ich frage mich, was ich in den letzten sieben Jahren noch alles verpasst habe.

Später

Ein Halt, um Mittag zu essen und uns ein bisschen zu bewegen, obwohl draußen alles viel zu sehr durchweicht war, um auszusteigen. Im dampfigen Auto aßen wir Erdnussbuttersandwiches und eingelegtes Gemüse. Wir sind noch feucht von letzter Nacht, und hier drinnen ist es entsetzlich, alles beschlagen und klamm. Ich habe meine Socken auf die Sitzlehne gehängt, und im Auto riecht es nach durchnässtem Schaf.

Durch die seitlichen Fensterklappen sieht man nicht viel, aber was ich sehe, ist hübsch. Alles weich und verschwommen, wie eine Landschaft von Monet. Viele Grün- und Brauntöne mit roten und gelben Flecken, wo Tulpen blühen. Bestimmt hat Pennsylvania außer Regen und kurvigen Straßen noch viel zu bieten. E. stieß den ganzen Morgen immer wieder begeisterte Rufe aus, aber ich hielt den Blick stur nach vorne gerichtet.

Später

Wir sind rückwärts einen Hügel hinuntergerollt, direkt in einen Baum.

Ich habe mir den Kopf gestoßen, aber die arme E.! Mit einem spitzen Schrei fiel sie einfach aus der Tür, hinaus in den Regen. Obwohl mein Kopf heftig pochte, krabbelte ich ihr nach. Sie lag mit ausgestreckten Armen und Beinen in einer Pfütze und zitterte wie eine neugeborene Katze, hatte sich aber nicht verletzt. Ich hievte sie hoch – natürlich hinkte sie wieder – und schob sie hinter das Lenkrad, damit sie steuerte, während ich die Klapperkiste zurück auf die Straße schob. Dort begann der Wagen vorwärts zu rollen, und ich konnte gerade noch rechtzeitig durch die Beifahrertür hineinspringen, ehe er zu schnell wurde. E. rutschte auf die rechte Seite und ließ mich ans Steuer. Sie schniefte auf der gesamten Strecke bis Lincoln Hill.

Der Campingplatz hier ist genauso durchgesuppt wie der

letzte. Überall klebt Schlamm. Als E. die Tür aufmachte, trug der Wind ihren blauen Hut davon, den mit dem Federfächer, er landete in den rußigen, durchnässten Resten eines Lagerfeuers. Ich konnte mich nicht zurückhalten und fing an zu weinen.

Jetzt komme ich mir albern vor, aber in diesem Moment wusste ich einfach nicht, was ich sonst tun sollte. Ich war nass, mir war kalt, alles tat mir weh und die ganze Unternehmung kam mir lächerlich vor. Ich erklärte ihr, es täte mir leid, ohne mich und meinen überladenen Ford T könnte sie jetzt zu Hause in Newark sitzen, warm und trocken und mit einem einwandfreien Hut.

Sie stapfte durch die Pfützen, um den Hut zu retten. »Ich habe darauf bestanden« sagte sie. »Du hattest gar keine Wahl.« Trotz ihrer Galoschen war sie schlammbespritzt bis über die Knie. »Außerdem, was hätte ich denn dort? Nichts als ein leeres Haus.«

Wir opferten ein ordentliches Abendessen und quartierten uns stattdessen ein paar Meilen vor dem Campingplatz in einem Hotelzimmer ein. Ich breitete unsere nassen Röcke und Decken zum Trocknen aus, während sie im Badezimmer unsere Socken ausspülte. Dann saßen wir in zwei meiner chinesischen Pyjamas auf dem Bett und aßen Erdnussbutter direkt aus der Dose. Sie schlief vor mir ein, zusammengerollt auf einer Hälfte des Bettes. Unter dem Vorwand, das hier noch schreiben zu wollen, wartete ich, bis sie leise schnarchte. Nachdem sie jetzt fest schläft, kann ich aufstehen. Es gibt zwar kein zweites Zelt, aber das Zimmer hat einen Teppich. Sie wird es gar nicht mitbekommen.

Mittwoch

DEN GANZEN TAG NICHT EIN BISSCHEN REGEN. Der erste Tag, an dem ich nicht mit nassen Augen aufgewacht bin. Wenn man als Erstes draußen über der Stadt einen Regenbogen sieht, kann das auch schwerlich anders sein.

F. hat mich heute Nachmittag allein gelassen. Ich erschrak darüber, wie allein ich bin. C. und A.L. sind weg. Ich fahre zu ihnen, aber was ist, wenn sie nicht zurückkommen wollen?

Abendessen: Du kannst es erraten – Sandwiches.

National Trail Camp	25¢
Benzin	44¢
Briefmarke	2¢

14. April 1926

Wir nutzten den Sonnenschein und machten heute früher Schluss, weil unser feuchtes Zelt einen Tag Trocknen in der Sonne vertragen konnte. E. bestand darauf, das Zelt aufzubauen, darum fuhr ich ohne sie nach Wheeling. Die Stadt war groß genug für einen Laden, in dem ich ein zweites Zelt, ein Faltbett aus Aluminium und zusätzliches Bettzeug kaufen konnte. So, wie E. jeden Morgen hinkt, weiß ich, dass ihr das improvisierte Bett auf der Rückbank nicht guttut.

Ich kaufte ihr außerdem eine Überraschung. Wenn ich am Abend dasitze und in dieses Notizheft schreibe, ist E. immer so still, dass ich mich frage, was sie wohl sonst um diese Zeit tun würde. Ich habe sie einmal gefragt, wie sie die Abende verbracht hat, ob sie Zeitschriften gelesen, Kreuzworträtsel gelöst oder Solitär gespielt hat. Sie zuckte nur die Achseln. »Ich habe das Geschirr vom Abendessen gespült und mir überlegt, was ich am nächsten Tag koche. Ich habe A.L. ins Bett gebracht und ihr noch etwas vorgesungen.«

Ich wusste, dass das nicht alles sein konnte. Eth war mehr als bloß eine Mutter und Hausfrau. Essensplanung und Schlaflieder? Früher war sie das interessanteste Mädchen der ganzen Straße. Sie malte, sie fluchte, sie machte Leute nach und sang wie Fay Templeton. Sie tanzte den Cakewalk so gut wie jeder Varietédarsteller. Ihre Energie war unwiderstehlich. Wenn sie aus der Tür trat, erleuchtete sie die Straße wie ein Silvesterkracher.

Darum konnte ich sie auch überreden, während des Krieges zusammen mit mir in der Radiumfabrik zu arbeiten und Zifferblätter zu bemalen. Sie sang bei der Arbeit und erzählte die schrecklichsten Witze. Sie hatte ein überschäumendes Temperament. Wohin ist das alles verschwunden? Die Ehe muss doch ein viel wirkungsvollerer Dämpfer sein, als ich dachte.

Also besorgte ich eine Überraschung für sie. Es ist nichts Großes. Vielleicht sogar albern. Ich habe ihr einen Malkasten gekauft, so einen für Kinder, in einer mit gelben Sternen bedruckten Aluminiumschachtel. Vielleicht wird sie lachen oder ihn in den Koffer stecken und nie wieder herausziehen, aber vielleicht, vielleicht erinnert er sie an die Person, die sie einmal war. Vielleicht erinnert er sie an sie selbst.

Donnerstag

Noch einmal gelesen, was ich gestern geschrieben habe. Es ist wahr, vielleicht kommt C. nicht mehr zurück. Vielleicht werde ich eine Geschiedene sein, eine Frau, der jeder aus dem Weg geht. Vielleicht werde ich nie Antwort auf meine Fragen bekommen.

F. hat mir einen Malkasten geschenkt. Eine kleine Geste, mit der sie vielleicht gar nichts sagen wollte, aber sie hat mich zum Lächeln gebracht, so richtig zum Lächeln. Ich sehe mich immer als »verlassene Frau« oder als »nicht mehr gebrauchte Mutter«, eine Frau, die plötzlich ihre Arbeit verloren hat, während sie in mir noch immer einfach Ethel sieht.

Abendessen: RICHTIGES ESSEN, das uns Kraft geben soll.
Schinken, Soße, Backkartoffeln und Nachtisch.
F. ist völlig begeistert.

Camp Summerford	25¢
Benzin	$1.60
Eier	30¢
Milch, halber Liter	10¢
Butter, 1 Pfund	49¢
Mehl	6¢
Weißweinessig	11¢
Mazola-Öl	47¢
Hershey's Schokolade, 3 Tafeln	15¢
Kartoffeln, 7,5 Pfund	25¢
Weiße Bohnen	9¢
Rote Bohnen	11¢
Reis	15¢
Schinken, 4 Pfund	11¢
Briefmarke	2¢

15. April 1926

Ethel hat im Laden des Campingplatzes Eier gekauft und sie im Kaffeetopf wachsweich gekocht. Irgendwann sollte ich mal einen richtigen Topf besorgen, wenn sie weiterhin so etwas wie Eier zubereitet. Sie sagte, das gebe uns genug Energie, um Ohio in Angriff zu nehmen. Die Männer nebenan sind erfahrene Reisende, sie nickten weise und sagten, um es durch Ohio zu schaffen, brauche man unbedingt so etwas.

Nachdem wir jetzt ein zweites Zelt haben, sollte ich im Interesse der Nachwelt unser kleines Übernachtungsarrangement doch ein wenig beschreiben. Ich bin ziemlich stolz darauf.

Die beiden Segeltuchzelte sind niedrige Anlehnzelte, die an das Dach des Wagens gebunden werden. Das Auto zwischen den Zelten benutzen wir als eine Art Umkleidekabine, aus der wir durch die beiden Türen in das jeweiligen »Schlafzimmer« schlüpfen. In jedem Zelt befinden sich ein Aluminiumfaltbett, ein Stapel Decken und eine elektrische Lampe. Sonst haben wir nicht viel, abgesehen von einem Paar Campingstühle, die am Feuer als Wohn- und Esszimmer dienen. Wir essen von Blechtellern, die wir auf dem Schoß halten. Eine Waschschüssel genügt für Geschirr und Wäsche. Unsere kleine Küche besteht lediglich aus einem faltbaren Kochgitter mit einem abnehmbaren Kocher und einem Windschutz, einer Bratpfanne mit Klappgriff und dem Kaffeetopf. Praktischerweise kann man alles zu einem Paket zusammenpacken. E. hat die Bratpfanne nachdenklich angesehen. Ich frage mich, ob sie Schinken braten kann.

Später

E. bat mich, sie in der Stadt beim Lebensmittelladen abzusetzen, während ich vorausfuhr, um die Zelte aufzubauen. Sie sagte, sie wolle Vorräte kaufen. Wir haben genug Brot und Salami und Essiggurken, eine volle Dose Kaffee und ein bisschen Erdnussbutter, darum weiß ich nicht so recht, was wir sonst noch brauchen.

Ich dachte, sie besorgt vielleicht etwas so Feines wie Marmelade, die wir uns auf die Erdnussbutter streichen können, aber als sie kam, schwankte sie unter dem Gewicht eines Flaschenkastens und an einer Hand baumelte ein Kartoffelsack. Sie zeigte mir ihre Einkäufe nicht, sondern scheuchte mich und mein Notizbuch weg. Ich kann nur raten.

Später

Heute gab es richtiges Abendessen! Hübsch gebratene Schinkenscheiben mit knusprigen Rändern und ein bisschen Soße aus der Pfanne. In den Kohlen gebackene Kartoffeln mit ganz viel Butter. Und als wäre das noch nicht genug, ein kleiner Topf Schokoladenpudding! E. machte sich viele Umstände mit unserem improvisierten Esstisch (eigentlich der Deckel unserer Lebensmittelkiste, über einen Baumstumpf gelegt) und »entschuldigte« sich, es sei leider nicht viel, aber mehr habe sie in der kurzen Zeit nicht geschafft. Ich sah neue Töpfe und Pfannen rund um das Feuer und wurde rot bei dem Gedanken, was E. wohl von meinen endlosen, immer gleichen Sandwiches gehalten haben muss.

Ich aß und aß, bis ich beinahe platzte. Ich weiß nicht, was ich getan habe, um so ein warmes Essen zu verdienen (mit einem warmen Nachtisch!), aber ich beschwere mich nicht. Überhaupt nicht.

Beim Abwasch bemerkte ich noch etwas Neues: Ein Stück Holz, aus einem Getränkekasten gerissen und glatt gerieben, lehnte an der Frontscheibe unserer Blechkiste. Darauf stand in fröhlichen Blockbuchstaben: HOME, SWEET HOME.

Es fühlt sich tatsächlich fast so an.

Freitag

Sonnig. F. ist daher sehr fröhlich aufgewacht. Heute noch mehr Ohio, was wohl jedem die Laune verhageln kann. Ich plane eine kleine Überraschung zum Mittagessen.

Abendessen: Gebackene Bohnen und Schinken.
Irgendwie hat F. ihren Appetit verloren.

McDonald's Camp	40¢
Benzin	44¢
Briefmarke	2¢

16. April 1926

Gerade als ich merkte, wie sehr mir Ohio auf die Nerven ging (und es ist erst Mittag, was einiges über diesen Staat aussagt), rief E. eine Mittagspause aus und deckte allerlei Köstlichkeiten auf. Schinkensandwiches. Kartoffelsalat mit einem der hart gekochten Eier und einem Glas eingelegtem Dill-Gemüse, fein gehackt. Es gab sogar noch warmen Kaffee in einem Glas, das sie in ein Handtuch gewickelt hatte. Sie breitete eine Decke auf der Wiese am Straßenrand aus und stellte alles vor uns hin. Es war sehr viel eleganter als meine üblichen Erdnussbuttersandwiches, vornübergebeugt auf dem Vordersitz gegessen. Sie brach sogar einen Blütenzweig von einem Kirschbaum ab und legte ihn in die Mitte der Decke. Das war so liebevoll – ich weiß nicht, ob jemals irgendjemand so liebevoll zu mir war –, dass ich herausplatzte: »Das fühlt sich an, als würdest du mich zu einem Picknick einladen.«

Ich wurde sofort knallrot, und sie schwieg. Picknicks sind etwas für Verliebte und Familien. Carl hat sie vermutlich dutzende Male zum Picknick eingeladen. Sie verteilte den Kartoffelsalat und wischte dann den Löffel ab, während ich mich fragte, warum ich nicht nachgedacht hatte, ehe ich so etwas sagte. Dabei bin ich mein ganzes Leben lang so vorsichtig gewesen.

Obwohl das gute Essen mehr Zeit verdient hätte, aß ich schnell. Ich wollte wieder zurück auf die Straße, wo ich der notwendigen Konzentration die Schuld an meinem Schweigen geben konnte.

Während E. die Decke ausschüttelte und die Gabeln und Teller spülte, schlich ich mich kurz davon, um das hier aufzuschreiben. Aus irgendeinem Grund fühle ich mich besser, wenn das Geschehene auf Worte reduziert worden ist.

Wir waren erst ein paar Meilen gefahren, als sie sagte: »Carl hat mich nie zu einem Picknick eingeladen.« Damit war das Schweigen gebrochen. Ich fragte: »Niemals, auch nicht, als ihr miteinander ausgegangen seid?« Eigentlich konnte ich mich nicht erinnern, dass sie je miteinander ausgegangen sind, weder zum Tanzen noch ins Kino oder auf Stadtspaziergänge. Ich hielt den Blick auf die Straße gerichtet, aber aus dem Augenwinkel nahm ich ein knappes Achselzucken wahr. Vielleicht konnte sie sich auch nicht ans Ausgehen erinnern.

Ich wusste noch, dass alles sehr schnell ging. Gerade noch waren Eth, Carl und ich die Drei Musketiere, treu und unzertrennlich. In den Kriegsjahren geriet alles aus den Fugen, aber sie waren bald vorbei. Carl war drüben, Ethel und ich hier, in der Zifferblattfabrik. Ich hatte sie für mich allein. Auf seine Rückkehr freute ich mich längst nicht so wie sie. Aber dann war er wieder da, sie war glücklich, und ein paar Wochen später waren die beiden verlobt.

Sie hatte den blühenden Kirschzweig ins Auto mitgenommen und zwirbelte ihn jetzt zwischen den Handflächen. »Weißt du noch, wie wir diese vielen Paare im Branch Brook Park gesehen haben, die kaltes Hühnchen und Schokoladenkuchen aßen, viel zu eng aneinandergeschmiegt?«, fragte sie. »Und dass wir darüber geredet haben, wann wir alt genug wären, um selbst eingeladen zu werden? Junge Männer mit steifen Strohhüten, Sommertage, Blütenblätter und erste Küsse. Weißt du noch, wie wir uns das alles vorgestellt haben?«

Ich erinnerte mich an die Spaziergänge mit ihr im Branch

Brook Park, an die Blütenblätter, die wie Regentropfen aus den Kirschbäumen fielen, an diese Mädchenträume, aber damals hatte ich mir keine jungen Männer in Strohhüten vorgestellt und auch nicht die Picknicks, die sie beschrieb. Damals nicht und heute auch nicht.

Aber Schinkensandwiches und Kartoffelsalat auf einer karierten Decke am Rand einer Straße in Ohio, das war schon mal ein Anfang. Wenigstens konnte ich so tun, als ob.

Samstag

Auch Mütter bestechen gelegentlich mal. Ich habe Schokolade gekauft, um uns die Ödnis des Mittleren Westens zu versüßen. Wer hätte gedacht, dass dieses Land so groß ist? Allerdings habe ich sie vor allem gekauft, um F. zum Lächeln zu bringen. Gestern war sie so still.

Abendessen: Brot und Butter. F. aß nichts.

Camp	25¢
Benzin	$ 1.17
Hershey's Schokolade, 4 Tafeln	20¢
Mittagessen im Restaurant (Steak, Pommes frites, Salat, Kaffee und Kekse)	40¢
Briefmarke	2¢

17. April 1926

Heute durch Indiana. Schon kurz nach dem Aufbruch merkten wir, dass es kein bisschen interessanter war als Ohio, und beschlossen, den ganzen Staat auf einen Schwung hinter uns zu bringen. Zur Unterstützung kaufte Ethel einen Haufen Schokolade. Ihre Regel: Für jede Stadt, durch die wir kamen, brach sie für jede von uns ein Stück ab. Nach der Hälfte gaben wir einfach auf und aßen die restlichen Tafeln auf einmal, um uns aufzumuntern. »Manche Dinge ändern sich nie«, sagte sie. »Du bist immer noch eine Naschkatze.«

Inzwischen habe ich allerdings ständig Zahnweh. Wenn sie von den vielen Zahnarztbesuchen und den Diagnosen wüsste … Aber ich werde nicht darüber reden. Weder mit ihr noch mit mir selbst. Ich will mir diese kurze, goldene Zeit nicht verderben.

Ethel sprach immer noch über meinen Appetit auf Süßigkeiten, über die vielen klebrigen Bonbons, Karamellstücke und Buttertoffees, die wir auf dem Heimweg von der Schule gegessen hatten, sobald wir einen Penny oder zwei übrig hatten. »Natürlich hast du dann irgendwann diese Tafel Schokolade geklaut«, fügte sie hinzu, und ich wäre vor Verblüffung beinahe von der Straße abgekommen.

Mein erster und einziger Versuch, in einem Laden etwas zu stehlen, und ausgerechnet Ethel hatte es gesehen. Wir waren elf, und es war mir sofort danach zutiefst peinlich, dass ich so etwas getan hatte. Ich konnte diese Tafel Schokolade nicht essen, weil sie so ein neues Gefühl von Schuld in mir auslöste, daher schenkte ich sie gleich am nächsten Tag Eth. Sie hat nie ein Wort darüber gesagt, dass sie mich beim Klauen gesehen hat. »Du hast das damals mitbekommen?«, fragte ich und hoffte, dass es nicht so war, dass es sich nur um eine treffsichere Vermutung handelte. Sie warf mir einen merkwürdigen Blick zu. »Ich habe damals auf alles geachtet, Flor«, sagte sie. »Ich wollte nicht den kleinsten Moment mit dir verpassen.«

Während ich dasaß, rot vor Verlegenheit, und mein Gesicht bei jedem ihrer Worte noch heißer wurde, richtete sie sich plötzlich auf und leckte ihren Daumen an. »Du hast da ein bisschen Schokolade.« Sie streckte die Hand aus, und ich spürte ihren feuchten Daumen an meinem Mundwinkel. Ohne nachzudenken, drehte ich den Kopf ein bisschen, sodass meine Lippen ihren Daumen berührten. Ich hätte in ihn hineinflüstern, ihn küssen können. Sie sah mich an. »Da«, sagte sie und zog den Daumen zurück, »ich hab's.«

Vermutlich hat sie schon zigmal einen Mund abgewischt. Eine Mutter denkt über so eine Geste wohl kaum nach. Aber ich dachte darüber nach. Viel zu viel. Ich konnte ihre Berührung noch bis Indianapolis spüren.

Später

Ethel isst noch ihr Mittagessen auf. Mir gehe es nicht so gut, habe ich zu ihr gesagt, ich würde mich, ehe wir weiterfahren, im Auto ein bisschen hinlegen. In Wirklichkeit habe ich einfach keinen Appetit mehr.

Wir kamen in Indianapolis an. Sie sagte, sie lade mich zum Mittagessen in ein richtiges Restaurant ein, und ich solle, während sie weg sei, etwas suchen, wo das Essen nicht mehr als fünfzig Cent koste. Ich fand eines mit einem exotischen Namen, dessen Spezialität gebratene Steaks waren. Als E. zurückkam, hatte sie einen kleinen Stapel Umschläge dabei und einen hoffnungsvollen Ausdruck im Gesicht. »Sie haben geschrieben«, sagte sie und fächerte die Briefe auf. »Carl und A.L. haben mir nach Indianapolis geschrieben.«

Unterwegs hat sie ständig Briefe losgeschickt und die beiden gebeten, ihr hierher ans Hauptpostamt zu antworten. Jeden Tag wirft sie Briefumschläge in den Briefkasten an der Campingplatzrezeption, damit sie mit der Morgenpost rausgehen. Jeden einzelnen Tag. Zwischen den Picknicks und den Erinnerungen an früher und dem Daumen auf meinen Lippen schreibt sie an ihren Mann. Es war albern von mir zu glauben, da wäre etwas, irgendetwas.

BERYL

Wer fährt denn überhaupt nach Nevada?

FRANCIE

Sünder und Ölsucher.

BERYL

Ist das nicht das Gleiche?

FRANCIE

Wenn ich einen Ölsucher treffe, werde ich dir erzählen, was ich von ihm halte.

Ausschnitt aus dem unproduzierten Drehbuch *Als sie König war*

KAPITEL 6

1952

Auf der Fahrt bis zum Tor der Kaktusfeigenranch bekommt Louise Gänsehaut.

Sie weiß nicht, warum sie sich auf einmal an diese ausgebleichte, verfallene Ferienranch mitten im Nirgendwo erinnert hat. Nicht einmal eine richtige Straße führt dorthin, nur eine staubige Zufahrt, die ihren roten Champion durchrüttelt und mit hellbraunem Sand überzieht. Sie nimmt den Hut ab und steigt aus.

Die versteckt liegende Ranch ist nichts Besonderes und schon gar nicht die »Oase«, die auf dem Schild versprochen wurde. Ein schief stehender Zaun umgibt ein von Unkraut überwuchertes Grundstück. Ein paar niedrige weiße Gebäude ducken sich eng um einen Innenhof. In der Mitte sprudelt ein rostiger Springbrunnen. Weiter hinten erkennt sie die Vertiefung eines leeren Schwimmbeckens, dessen Kacheln moosige Ränder haben. Sie weiß, dass es auch Ställe geben muss, nimmt die Sonnenbrille ab und beschattet die Augen, bis sie eine schiefe Holzhütte entdeckt, die aussieht, als würde sie gleich in sich zusammenbrechen. Die armen Pferde darin tun ihr leid.

Eine Eidechse huscht an der Wand einer Schlafbaracke hinauf. Ein Mann tritt heraus, und Louise setzt die Sonnenbrille wieder auf. Es ist ein Cowboy, allerdings nicht die mit Fransen und Stickerei besetzte Hollywoodversion. Er trägt ein Hemd mit Druckknöpfen und eine sehr abgetragene Bluejeans mit einer zerrissenen Hosentasche. Er könnte um die fünfzig sein, vielleicht aber auch schon sechzig. Schwer zu sagen. Auf der Veranda bleibt er stehen, kratzt sich am Kopf, schiebt seine Gürtelschnalle zurecht. Unter der abgegriffenen Krempe seines Stetson strahlen seine Augen blau.

Er hat sie bemerkt, denn er schiebt den Hut nach hinten und zwinkert. »Ich wusste nicht, dass heute jemand ankommen sollte.« Er schnippt einen Zigarettenstummel über die Brüstung.

Sie wirft ihren Hut auf den Vordersitz des Wagens. »Das tue ich auch nicht.«

»Ankommen?« Er runzelt die Stirn. »Na, nicht mehr.«

Der Innenhof ist menschenleer. Sie hört nur den Wind und das pfeifende Gurgeln des Springbrunnens. »Ich wollte mich nur mal ein bisschen umsehen, wenn Sie das nicht stört. Ich bleibe nicht.«

Er hustet und zündet sich noch eine Zigarette an. »Ich wüsste nicht, wieso.«

»Warum ich nicht bleibe?«

»Warum Sie sich umsehen wollen.« Er stochert sich eine Tabakfaser aus den Zähnen. »Aber machen Sie nur.«

Sein Akzent hört sich nicht nach dem Westen des Landes an, nicht nach langen Tagen im Sattel, Lagerfeuern, Mondschein, Rindern und Lassos. Er spricht kultivierter, ein bisschen wie ein Ausländer, so als wäre er ein preußischer Graf, der sich unters gemeine Volk mischt. Wenn man den Filmen glauben darf (und wer tut das nicht?), sind Ferienranches etwas für die Elite, für reiche Städter auf der Suche nach Amerikas wilden Ursprüngen. Vielleicht spricht er absichtlich so. Wegen der Atmosphäre. In L.A. kennt sie ein Restaurant, das nur Kellnerinnen einstellt, die einen französischen Akzent nachmachen können. Chichi.

Sie greift nach ihrer Handtasche. Ihr weißes Kleid und die Korksandalen sind nicht die richtige Kleidung für eine Ferienranch. So passt sie überhaupt nicht in die Wüste. Louise schiebt sich den Henkel der Tasche in die Ellbogenbeuge und kämpft sich über die verkrautete Wiese zu den Überresten eines Plattenwegs vor. Einer ihrer Absätze bleibt hängen, und sie kommt sich lächerlich vor. Der alte Cowboy lehnt an der Verandabrüstung, raucht und sieht ihr zu. Sie wünschte, er würde gehen.

An dem langen weißen Gebäude entlang spaziert sie zu dem niedrigen Springbrunnen, der sich tief in den Schmutz duckt. Für eine Ferienranch kommt er ihr viel zu elegant vor, zumindest scheint er das früher einmal gewesen zu sein. Aus der Nähe erkennt sie, dass er doch nur aus billigem Gips besteht. Inmitten des halbherzig sprudelnden Wassers sitzt Neptun mit seinem Dreizack. Seine Nasenspitze ist abgebrochen.

Louise überquert den Innenhof und kann nun den dahinterliegenden Pool sehen. Er ist trocken, und es fehlen mehr als nur ein paar Kacheln. Um ihn herum liegen Liegestühle, aufgestapelt wie Treibholz.

Der Cowboy geht ihr über die lange Veranda der Schlafbaracke hinterher. »Früher war es hier sehr nett«, sagt er.

Das bezweifelt sie. Sie hat *Die Frauen* gesehen. Sie hat im

Wartezimmer des Zahnarzts in *Town & Country* geblättert. Gepflegte Rasenflächen, türkisblaue Swimmingpools, mit Kirschen garnierte Cocktails, die von kräftigen Kellnern in Lederstiefeln serviert werden. Sie weiß, dass Ferienranches nur einen sandigen Schritt weit von den Edelresorts der Ostküste entfernt sind. Selbst neu war diese Ranch nur ein billiger Abklatsch davon.

»Wie kann es hier nett sein, wenn es nur einen einzigen Tennisplatz gibt?«, fragt sie vorlaut.

Er betrachtet sie unter seiner Hutkrempe hervor und raucht weiter.

Die Türen der Schlafbaracken stehen weit offen. Drinnen sind die Vorhänge zugezogen, die Betten sind nicht gemacht, Staubflusen schweben langsam über die Schwelle. Soweit sie das beurteilen kann, ist hier niemand zu Gast. Vielleicht ist der alte Cowboy der einzige Bewohner dieses heruntergekommenen Etablissements.

»Wissen Sie, früher kamen die Filmstars hierher.« Gelassen bläst er einen Rauchring, der über das eingesunkene Dach der Veranda davontreibt. »Sie sehen wie ein Filmstar aus.«

»Das bin ich nicht.« Sie neigt den Kopf. »Ich war noch nie hier.«

»Lügnerin.«

Louise blickt auf.

»Den Tennisplatz kann man überhaupt nicht mehr erkennen.«

Jetzt nimmt sie die Sonnenbrille ab und steckt sie in die Handtasche.

»Ein Glas Limonade?«, fragt er.

Sie nickt.

»Oder einen Whiskey.« Der Cowboy wirft seinen Zigarettenstummel in den Staub. »Was immer der Gast möchte.«

Die Limonade ist lauwarm, aber köstlich sauer. Was den Whiskey angeht, nimmt sie ihn nicht beim Wort. Noch nicht.

»Die Zitronen züchte ich selbst«, sagt er. »Und Chilischoten auch. Mögen Sie Spanisches Omelette?«

»Ich habe schon gegessen.«

»Ich nicht.« Er stellt den Blechkrug ab. »Juana!«, ruft er. »Haben wir noch Tomaten?« Er verschwindet in einem Raum, bei dem es sich wahrscheinlich um die Küche handelt, und lässt sie mit der Limonade und einem abstoßenden ausgestopften Rotluchs allein.

Den zentralen Raum mit langen Holztischen und Kerzenleuchtern aus Geweihen hat er »Messe« genannt, wie in der Armee. Er dient als Speisesaal und zugleich als Aufenthaltsraum, wie die um einen Wagenradtisch gruppierten Sofas am anderen Ende zeigen, die mit verziertem Leder überzogen sind. In einem kleinen Regal stehen zerlesene Exemplare von beliebten Romanen. *Ein Baum wächst in Brooklyn. Die Bucht des Franzosen. Die Iden des März. Früchte des Zorns*, das sie zuletzt vor einem Jahrzehnt in der Hand hatte. Bücher, die man mit einem großen Glas Eistee auf der Veranda liest. Sie nimmt den mit zahlreichen Eselsohren versehenen Steinbeck-Roman heraus und blättert darin.

Oben auf dem Bücherregal stehen Kerzenfiguren, die gleiche kitschige Sammlung, wie sie ihr Vater jedes Weihnachten aufstellt. Hier besteht sie aus einer Kirche mit rotem Turm und einer Gruppe erschreckend großer Weihnachtssänger auf einem rechteckigen Stück Watte. Dieses trockene Eck von Nevada hat vermutlich noch nie eine Schneeflocke gesehen, aber der kleine Haufen Chorsänger steht knöcheltief im Schnee. Einen Weihnachtsbaum gibt es hier in der Wüste nicht, aber einen Kaktus im Topf, der mit einer blauen Lichterkette umwickelt ist. Und zu allem Überfluss hat der ausgestopfte Rotluchs eine lustige Weihnachtsmannmütze auf.

Der an der Wand befestigte Kopf eines Dickhornschafes beherrscht den Raum. Sie stellt sich den Saal vor, wie er früher gewesen sein muss, voll mit Gästen, die Grillhähnchen, Maisbrot oder saftige Stücke Pfirsichkuchen essen. Wenn die Fenster offen stehen und ein leiser Wind durch den Raum streicht, könnte das ganz angenehm sein. Abgesehen von dem Rotluchs.

Fast die ganze Wand ist mit gerahmten Fotos bedeckt, die meisten zeigen Pferde. Es gibt auch tatsächlich ein paar Bilder von Hollywoodgrößen, der Cowboy hat nicht gelogen. Einige mittelmäßige Westerndarsteller, eine ehemalige Schauspielerin, die sie aus dem Studio Club kennt, ein paar anspruchslose Komiker und ein unglaublich machohafter Regisseur, mit dem sie einmal das Pech hatte, arbeiten zu müssen. Die Fotos sind mit Autogrammen versehen und »Steve« oder »Marjorie« oder einfach »der Kaktusfeigenranch« gewidmet.

Louise hört Schritte und lässt das abgegriffene Exemplar von *Früchte des Zorns* in ihre Handtasche gleiten, ohne zu wissen, wieso sie das tut.

Der Cowboy taucht wieder auf, eine Schüssel mit Biskuitbrötchen in der Hand. »Sie macht uns eine Kleinigkeit. Heute ist es sowieso viel zu heiß, um groß aufzukochen.«

Louise setzt sich mit ihrem Glas an einen der Tische. »Ich habe wirklich keinen Hunger.«

Er nimmt den Stetson ab und hängt ihn an ein Horn des

Dickhornschafes. »Möchten Sie noch etwas trinken?« Dann schiebt er den Stecker der Lichterkette am Kaktus in die Steckdose.

Sie schüttelt den Kopf. Von der Ranch hat sie genug gesehen. Die Toilette würde sie gerne vermeiden.

»Sind Sie Steve?«, fragt sie mit einem Nicken zu den Fotos hinüber.

»Ein Name ist so gut wie der andere«, erwidert er, was eigentlich überhaupt keine Antwort ist.

Sie trägt seit einem Dutzend Jahren einen falschen Namen. Vielleicht ist »Steve« auch nicht sein richtiger Name. Hier draußen könnte er ein gestrandeter Schauspieler, ein Psychopath oder ein Gangster auf der Flucht sein. Vielleicht sogar alles drei. Sie umfasst ihre Handtasche fester.

Er bemerkt es, grinst wölfisch, und sie fühlt sich nicht unbedingt besser.

Mit einem Achselzucken sagt er: »Nach dem Krieg kam ich hierher, um in den Minen von Searchlight zu arbeiten.«

Für den letzten Krieg sieht er eindeutig zu alt aus, daher fragt sie: »Erster Weltkrieg?«

»So nennt ihr Amerikaner ihn.« Erneut fällt ihr sein Akzent auf. Er ist kaum wahrnehmbar, aber sie kennt sich aus in der Welt des gesprochenen Wortes. Vielleicht ist er tatsächlich ein preußischer Graf in Bluejeans.

»Mein Vater war damals Soldat.«

Er gießt sich selbst ein Glas Limonade ein. »Ich weiß.«

Das sagt er mit dreister Selbstverständlichkeit. Im Geist geht sie Louise Wildes offiziellen Lebenslauf durch, aber darin steht nichts über die Dienstzeit ihres Vaters. Vielleicht ist das einem der Presseleute herausgerutscht. Oder ihr selbst.

»Ich war in Searchlight«, sagt sie. »Das ist kein besonders erstrebenswertes Ziel.«

Er setzt sich rittlings auf die Bank und behält dabei die Küchentür sowie Louise im Blick. »Man hatte mich enterbt. Was blieb mir anderes übrig?«

»Es gibt bestimmt leichtere Wege, sein Glück zu machen.«

»Glauben Sie, es ging mir tatsächlich darum, Geld zu verdienen?« Plötzlich wird er ernst. »Ich bin nicht der erste Mensch, der sich auf der Suche nach Frieden und Vergebung in die Wüste begeben hat.«

Sie schweigt einen Moment und fragt dann ebenfalls ernsthaft: »Haben Sie sie gefunden? Vergebung, meine ich.«

Er nimmt sich ein Biskuitbrötchen aus der Schüssel, wirft es von einer Hand in die andere. »Soweit es möglich war.«

In der Küche singt eine Frau mit federleichter Stimme etwas Spanisches.

Er streicht sich mit der Hand durch sein farblos gewordenes Haar. »Sind Sie deswegen hier?«

»Ich bin zufällig vorbeigekommen«, sagt Louise, als würde das als Erklärung genügen, warum sie sich überhaupt auf der Route 95 befand. »Als ich an dem Schild vorüberfuhr, habe ich es wiedererkannt.«

Bestimmt weiß er, dass das Schild unleserlich geworden ist. Auf keinen Fall schickt es jemanden diesen staubigen Weg entlang hierher. Aber er nickt, als hätte sie etwas vollkommen Logisches gesagt.

»Ich weiß nicht, warum ich mich an diese Ranch im Nirgendwo erinnern kann. Die Straße findet sich nicht einmal auf der Karte. Mir ist auch nicht klar, wieso ich von einem Tennisplatz weiß, den es längst nicht mehr gibt.«

»Ich bin einmal an einer Kirche in New Mexico vorbeigekommen und hätte schwören können, dass ich sie schon einmal gesehen habe. Ich wusste sogar, welche Farbe das Taufbecken hatte. Juana sagt, vermutlich war ich in meinem letzten Leben dort.«

Sie sieht sich im Speisesaal mit den glasäugigen Tieren um und kann sich keinen unangenehmeren Ort für ein früheres Leben denken. »Das glauben Sie aber nicht, oder? Dass ich in einem früheren Leben ausgerechnet hier gewesen bin?«

Er schnaubt. »Solchen Blödsinn? Nein, natürlich nicht.« Er nimmt einen tiefen Schluck Limonade, seine Kehle macht Wellenbewegungen. »Ich habe Sie wiedererkannt. Sie waren in *diesem* Leben schon einmal hier.«

Aber ehe er das erklären kann, schwingt die Tür zur Küche auf, und eine Frau erscheint, einen Teller in jeder Hand. Sie hat ein Hohlkreuz und ist mit einer Lücke zwischen den Zähnen und den orangerot gefärbten Haaren nicht besonders hübsch. Aber bei ihrem Anblick wechselt der Ausdruck in Steves Gesicht. Von einem Moment zum anderen wirkt er nicht mehr angespannt, sondern zufrieden.

Die Frau stellt die Teller auf den Tisch und zieht zwei Gabeln aus ihrer Schürzentasche. Steve berührt ihren Handrücken, nur ganz kurz, aber es genügt, um der Frau ein Lächeln ins Gesicht zu zaubern.

Louise wartet, bis Juana gegangen ist und Steve wieder seine Maske, die des eisenharten, eiskalten Cowboys, aufgesetzt hat. »Sie haben gesagt, Sie hätten mich erkannt«, ermuntert sie ihn dann.

Er nickt und zieht einen der Teller zu sich heran. Juana hat neben jedes der versprochenen Omelettes noch eine in Scheiben geschnittene Wurst gelegt. »Sie sind die Schauspielerin, die immer in diesen ganzen Sing-und-Tanzfilmen mitspielt.«

Ihre Hand bewegt sich zur Tasche, in der die Sonnenbrille ist. »Nein, das stimmt nicht.«

»Sie waren in dem Cowboyfilm dabei, wo Sie einen Stepptanz am Rand der Pferdetränke aufgeführt haben.«

»Tut mir leid, das war ich nicht.« Sie macht den Verschluss der Tasche auf und zu.

»Und Sie waren auf dem Titelbild von *Life* in einem Kleid, das bloß aus Federn bestand.«

Das verdammte Ding war in der Mauser gewesen und hatte bei jedem Schritt kleine Federchen hinterlassen.

Er verteilt Salz über allem, dem Omelette und der Wurst. »Sie sollten das mal probieren. Ich erinnere mich, dass Sie gerne Eier mochten.«

Das stimmt. Als sie Eier noch in Butter gebraten, mit holländischer Soße besprenkelt und mit Käse belegt essen durfte. »Wie meinen Sie das, Sie ›erinnern‹ sich?«

»Hab ich doch gesagt.« Er schneidet sich ein Stück Omelette ab. »Sie waren schon einmal hier.«

»Sie müssen mich mit jemandem verwechseln.« Sie macht eine abwehrende Geste. »In dieser Gegend war ich noch nie. Einmal habe ich in Bakersfield gedreht. Aber niemals in Nevada.«

Er hat den Mund voll Ei und kaut. »Sie waren noch klein, aber ich kann mir nicht vorstellen, dass Sie das vergessen haben. Sie waren mit Ihrem Vater hier.«

Es gab einmal eine Zugreise mit ihrem Vater, vor sehr langer Zeit. Damals trug sie einen Pony und hatte noch ihre Milchzähne. An viel kann sie sich nicht erinnern, abgesehen vom Rattern der Gleise, von den Postkarten, die sie mit Daddy in jeder Stadt kaufte, und daran, dass sie einmal seine Kaffeetasse austrinken durfte.

»Sie kennen meinen Vater?«

»Marjorie, der damals die Kaktusranch gehörte, hat ihre Neffen immer wieder eingeladen, sie doch einmal im Westen zu besuchen. Carl war der Einzige, der jemals kam.«

»Und ich war dabei?«

»Erinnern Sie sich nicht mehr?«

Sie schüttelt den Kopf, aber so ganz sicher ist sie sich nicht.

Die Gabel noch in der einen Hand, zündet er sich mit der anderen eine Zigarette an. »Ich war damals Cheftreiber. Mit Ihnen und Ihrem Vater bin ich reiten und angeln gegangen, wir haben Eidechsen gefangen. Reiten fanden Sie toll. Ein richtiges Cowgirl. Sogar im Regen wollten Sie unbedingt rausgehen. Wir konnten uns nicht gegen Sie durchsetzen.« Er lacht leise und wischt sich den Mund ab. »›Mr. Steve‹ haben Sie mich genannt. Und ich nannte Sie ›die Kaiserin‹.« Die Kaiserin. Er sagt diesen Spitznamen als wäre er von Bedeutung. Als müsste sie das wissen. Und plötzlich, ganz plötzlich, fühlt sie es.

Sonnenbrand und aufgeschlagene Knie. Viel zu große Jeansoveralls. Die Sonne auf den Haaren, der warme Sattel an ihren Beinen, ihre Finger in einer weißen Mähne verkrallt. »Ich bin auf einem Pferd geritten, das Odin hieß.«

Steve schenkt Louise ein schiefes Lächeln und sticht mit der Gabel in ein weiteres Stück Ei. »Es gab kein sanfteres Pferd als den Gott der Ekstase.«

Ganze Zitronen essen, frisch vom Baum. Eidechsen und Taschenmäuse fangen. Lagerfeuer und Kaktusfeigen und Sand zwischen den nackten Zehen. »Wie alt war ich damals?« Offenbar noch so jung, dass ihre Erinnerung an den Aufenthalt nur aus Gefühl, Geschmack und Geruch besteht.

»Sechs? Oder sieben?«

Die Bilderfolgen kommen zum Stillstand. »Als meine Mutter starb.«

Jetzt schmeckt sie nur noch Tränen in der Kehle.

Steve hört auf zu kauen. »Ein schwieriger Sommer.«

Louise steht auf, lässt Tasche und Limonadenglas stehen und geht zum Fenster. Ja, dieser Sommer war unerträglich gewesen. »Sie war jung, jünger, als ich jetzt bin. Und er hat sie geliebt. Er zerbrach völlig, als sie starb.«

Draußen im Hof steht eine apathische Ziege vor einer einzelnen verkrüppelten Akazie. Die Bank knarzt, aber Steve erhebt sich nicht.

»Wir sind aber vor ihrem Tod hierhergekommen, nicht danach. Ich weiß noch, dass ich ihr Briefe geschrieben habe. Ihr Bilder gemalt habe mit Wachsmalkreiden, die immer halb geschmolzen waren.« Sie blättert durch die Schnappschüsse in ihrer Erinnerung. Die Postkarten an den Bahnhöfen, die Ausritte, die Eidechsen und die Zitronen. Auf Dads Schoß am Lagerfeuer sitzen. Im Zug seinen Kaffee austrinken. Mom hätte das nie erlaubt. »Auf der Fahrt hierher war sie nicht dabei.«

»Nein, Ma'am«, sagt er, »das stimmt.« Steve hat sein Omelette aufgegessen und raucht jetzt wieder. »Sie ist später gekommen.«

»In einem alten Ford Model T.« Und plötzlich passt alles zusammen. Ihre beiden Reisen – eine mit dem Zug, eine mit dem Auto – haben sich auf dieser Ranch in Nevada gekreuzt. Sie kennt Tante Marjorie von Familienfotos, eine Frau mit messingfarbenem Haar, üppigem Busen und lackierten Fingernägeln. »Sie ist aber nicht lange geblieben, oder?«

Rauch kräuselt sich um Steves Finger. »Nein.« Er betrachtet sie aufmerksam.

Sie erinnert sich, wie sie in einem Ford Model T saß – in ihrem Nachthemd? –, es roch nach warmem Leder und Pferdehaar. Wie sie eng an Mom geschmiegt in einem großen Bett mit verknäulten Laken lag. Wie sie im Garten saß, den Schoß voll blühender Nachtkerzen, und daraus eine Krone flocht. »Ich weiß nur noch so wenig.«

»Sie waren noch sehr jung. Außerdem erzählen Erwachsene den Kindern nie die ganze Geschichte.«

Es zieht vom Fenster her, oder vielleicht kommt die Kälte aus ihrem Inneren. »Was steckte denn sonst noch hinter dieser Geschichte, außer dass ein Vater mit seiner kleinen Tochter für einen Monat zum Reiten fuhr?«

»Ich weiß, für Sie war er Ihr Vater, aber er war nicht anders als die anderen Leute, die sich auf der Ranch aufhielten. Ihr Vater war nach Nevada gekommen, um sich scheiden zu lassen.«

»Wie bitte?«

»Sie wissen nichts von der Scheidung?«

Louise sinkt auf das Sofa. »Ich fürchte, jetzt brauche ich doch einen Whiskey.«

Er nickt. »Das glaube ich auch. Sie sind so bleich wie ein Gespenst.«

»In all diesen Jahren hat mein Vater kein Wort von einer Scheidung gesagt. Sie lügen doch.«

»Wenn es Sie beruhigt, er hat sich am Ende doch nicht scheiden lassen.«

Sie würde gerne an eine glückliche Versöhnung glauben, aber bei Freunden hat sie schon zu viele dieser Geschichten erlebt. Die Sache aufzugeben, so kurz bevor man sein Ziel erreicht hat, als ortsansässig gilt und die Scheidung endlich einreichen kann – das ergibt keinen Sinn. »Warum?«

Steve schiebt seine Bank zurück und steht auf. »Vielleicht sollte ich Ihnen jetzt den Whiskey holen.«

Er geht in die Küche.

Louise braucht keinen Whiskey. Sie braucht keine Geschichten. Sie muss nicht daran erinnert werden, dass sie ihre Mutter eigentlich kaum gekannt hat. Was sie wirklich braucht, ist ihr Vater.

Ohne darauf zu warten, dass Steve zurückkommt, nimmt Louise ihre Handtasche und geht.

BERYL

Manchmal frage ich mich, ob Ahnungslosigkeit nicht doch ein Segen ist.

FRANCIE

Sein Brief?

BERYL

Sein Brief.
(blickt auf Umschlag in ihrer Hand)
Man glaubt, jemand sei glücklich, und erfährt, dass es ihm elend geht. Und dann sind beide unglücklich.

FRANCIE

Es gibt einiges, was ich lieber nicht wissen würde. Aber Ahnungslosigkeit ist auch nicht gut. Wäre ich ahnungslos, dann befände ich mich vermutlich noch immer in New Jersey.

BERYL

Und ich würde vielleicht gerade Kartoffelbrei auf den Abendbrottisch stellen.

Ausschnitt aus dem unproduzierten Drehbuch *Als sie König war*

KAPITEL 7

1926

Sonntag

Stapelweise Briefe von C. und A.L. Es ist wie Weihnachten!

Beide haben geschrieben, aber die meisten sind von A.L. Zig Seiten voll mit großen, runden Buchstaben und optimistischer Rechtschreibung. Sie schreibt mir alles über Berge und Wüsten, Pferde und das Ausreiten mit den »Kaubois«, und dass sie Chili con Carne löffelt, bis ihr die Zunge brennt. Sie klingt so *glücklich*. Und das macht mich glücklich. Glaube ich.

C.s Brief ist kürzer. Vor allem entschuldigt er sich. Wenn das kein Zeichen der Hoffnung ist, dann weiß ich auch nicht.

Abendessen: Eier mit Schinken, Pflaumenkompott, Kaffee.

Campingplatz	50¢
Benzin	$ 1.40
Briefmarke	2¢

18. April 1926

Ich wusste nicht, dass sie ihnen schreibt. Ehrlich nicht. Obwohl ich es mir hätte denken können. Natürlich vermisst sie ihre Tochter ganz schrecklich. Natürlich schreibt sie ihr Briefe, selbst wenn sie keine Antwort bekommt, einfach nur, um sich A.L. trotz der Entfernung nahe zu fühlen.

Aber Carl? Sie redet fast nie über ihn. Ab und zu schon, aber nicht mehr so verletzt, sehnsüchtig und verheult wie in der allerersten Nacht. Ich habe mir eingebildet, dass sie überhaupt nicht mehr an ihn denkt. Wie dumm ich bin. Wie dumm zu glauben, dass Ethel an etwas oder jemand anderen denkt als an den Mann, den sie mit dieser Reise zurückholen will.

Später

Erst Mittag, und der Tag ist jetzt schon viel zu lang. Auf der Fahrt heute Morgen hat E. pausenlos geplappert, über A.L. und ihre Pferde, über C. und seine Entschuldigung. Ich habe den Brief nicht gelesen, aber wenn man sie so reden hört, dann muss C.s Schreiben so anrührend sein wie die Briefe von Abelard. Es tue ihm leid, dass er auf diese Weise gegangen sei, hat sie gesagt. »Und Reue bringt Menschen zurück.«

Reue kenne ich gut. Der Schmerz sticht dir genau zwischen den Rippen hindurch und geht nicht mehr weg. Ich habe ihn gefühlt, als E. mir erzählte, sie und Carl würden heiraten, habe ihn gefühlt, als sie in einem hellblauen Kreppkleid das Standesamt betrat, und fühle ihn seitdem jeden einzelnen Tag. Reue über all das, was so viele Jahre lang ungesagt blieb.

Aber es hat diese ganze Zeit über lediglich an mir genagt. Zu ihr zurückgebracht hat es mich nicht.

Wir hielten an, um Mittag zu essen. Sie hatte Käsesandwiches gemacht, beide Scheiben gebuttert, so wie ich das mag. Aber ich konnte nichts essen, weil sie so glücklich und hoffnungsvoll dasaß. »Wenn es klappt und ich Carl zurückbekomme, dann nur wegen dir«, sagte sie, und ich musste aufstehen und weggehen. Eine gute Freundin wäre nicht eingeschnappt. Eine gute Freundin würde niemandem zeigen, wie es wirklich in ihr aussieht.

Später

Konnte mich nicht aufs Fahren konzentrieren und nicht auf E. Tat so, als hätte ich Bauchweh, um früher Schluss machen zu können. Eigentlich hätte ich echtes Bauchweh verdient, weil ich E. ihr Glück so missgönne. Und nach einer Weile glaubte ich meine Lüge selbst.

E. forderte mich auf, mich ins Auto zu legen, während sie die Zelte aufbaute. Als sie draußen war, nahm ich C.s Brief aus ihrer Tasche.

Ich weiß nicht, warum ich das tat. Wirklich nicht. Vielleicht wollte ich ihn in tausend Fetzen zerreißen. Oder herausfinden, was C. hat, was ich nicht habe. Vielleicht wollte ich auch nur einen Blick auf die Adresse werfen, damit ich ihm ebenfalls schreiben konnte. Oder alles zusammen. Aber ich las den Brief und wusste auf einmal nicht mehr, was ich tun sollte.

Das Schreiben war nicht lang. »Liebe Eth, ich hätte nicht einfach so wegfahren sollen, nur mit einem Zettel auf dem Tisch. Das tut mir leid. Ich hätte warten sollen, bis Du nach

Hause kommst, um es Dir persönlich zu sagen, aber ich bin ein Trottel und ein Feigling. Was auch immer ich gesagt hätte, Du hättest mir Vorwürfe gemacht. Eth, ich bin so durcheinander, ich musste einfach davonlaufen. Vor Dir, unserem Haus, unserem Leben. Vor allem, nur nicht vor A.L. Zurzeit ist sie das Einzige, was sich für mich richtig anfühlt.« Wie gesagt, ein kurzer Brief.

Und ziemlich unverständlich. C. hat schon immer um den heißen Brei herumgeredet, anstatt das zu sagen, was er eigentlich sagen will. Aber es war nicht die Entschuldigung, die E. daraus machte. Er flehte sie nicht an, ihm zu verzeihen, versprach ihr nicht, alles würde wieder gut. Begriff sie das denn nicht? Vielleicht wusste sie es auch, redete sich aber ein, es wäre nicht so.

Ich weiß nicht, ob ich ihr sagen soll, was ich davon halte. Es würde sie vernichten. Außerdem müsste ich ihr dann gestehen, dass ich den Brief aus ihrer Handtasche genommen habe. Ist es denn so schlimm, wenn sie sich Hoffnungen macht? Ich weiß es nicht. Bis gestern dachte ich noch, ich dürfte mir Hoffnungen machen.

Montag

F. ist heute voller Unruhe. Als Kind war sie häufig so. Zappelig und ungeduldig. Immer dann, wenn sie über etwas reden musste, das ihr nicht gefiel. Als ihr Vater seine Arbeit verlor. Als ihre Familie viel zu weit weg in einen anderen Teil der Stadt zog. Als ich ihr erzählte, C. und ich würden heiraten. Über Letzteres haben wir nie gesprochen.

Abendessen: Erdnüsse und Gin. Das Abendessen der Sieger.

McCracken's Camp	25¢
Benzin	$ 1.20
Briefmarke	2¢

19. April 1926

Heute Abend hat E. vergessen, das Essen zu machen.

Sie ist in die Stadt gegangen, um ein Hähnchen zu kaufen, und kam stattdessen mit einem Lippenstift, einem Döschen Kajal und der Nachricht zurück, dass es in der Nähe eine Flüsterkneipe gebe. Ich musste mir das Lächeln verbeißen, weil sie wie eine Halbstarke statt wie eine Hausfrau redete, so als gäbe es hier mitten im Nirgendwo von Illinois Wunder was Interessantes. Aber vielleicht hat E. verborgene Seiten, die ich nicht kenne. Wie sie sich die Lippen schminkte – granatrot wie Clara Bow – und ihre Strümpfe nach unten rollte, das sah aus, als würde sie jeden Abend in Flüsterkneipen gehen. Sie sagte, ich solle mich setzen, zog ein kleines Bürstchen aus ihrem Schminkzeug und schminkte mir, ohne mich zu fragen, Lippen und Augen. Sie glich so sehr der früheren Ethel – sprühend, dynamisch, anmaßend –, dass ich keinerlei Widerstand leistete.

Ich musste die Augen zumachen, aber sie war ganz nah und warm. Ich hörte, wie sie atmete, und wusste, dass sie die Zunge zwischen die Zähne geklemmt hatte, wie immer, wenn sie konzentriert ist. Ihr Atem roch nach Sen-Sen-Lakritzbonbons. Es war wie damals in der Uhrenfabrik, als wir uns gegenseitig die Leuchtfarbe für die Zifferblätter auf Lippen und Augenlider strichen. Ich trug immer mehr als sie. Es war die einzige Möglichkeit, so zu leuchten wie Ethel.

Ich erinnerte sie daran, an die langen Tage, die wir malend an den Fabriktischen saßen, während die Sonne durch die Fenster fiel, und wie sie gesungen hatte. Ich dachte, ich könnte ihr mit diesen Erinnerungen ein Lächeln entlocken, ihr Sen-Sen-Lachen auf meinem Gesicht spüren. Aber sie lachte nicht. Sie hielt inne und trat einen Schritt zurück. Obwohl ich die Augen noch geschlossen hielt, spürte ich es. Die Luft fühlte sich leer an. Ich schlug die Augen auf, und sie betrachtete mich. Sie war so ernst, so still, so ausdruckslos, nur an ihren Augen war etwas zu erkennen. Die Augenwinkel waren angstvoll zusammengekniffen.

Da wurde mir klar, dass sie Bescheid wusste. Darüber, dass sie sterben würde. Und dass sie panische Angst hatte, jemand könnte es herausfinden.

Ich überlegte, wie lange sie es wohl schon wusste. Wie lange sie dieses Geheimnis schon vor C. und A.L. verborgen hielt. Wie viel Zeit ihr noch blieb. Obwohl ich wegen meiner lockeren Zähne monatelang zum Zahnarzt gerannt bin, oft entsetzliche Kopfschmerzen oder Halsweh hatte, habe ich es erst vor zwei Wochen erfahren. Kann sein, dass mir auch nicht mehr viel länger bleibt. Von den zwei Zähnen, die ich seit unserem Aufbruch verloren habe, oder von den Schmerzen in meiner Schulter habe ich E. nichts erzählt. Ich habe es mir noch nicht einmal selbst eingestanden.

Sie blinzelte, und der angstvolle Blick war verschwunden. »Ich habe deine Augen völlig falsch geschminkt«, sagte sie, und ihre Stimme klang traurig und belegt. »So siehst du aus wie eine Leiche.« Mit einem Taschentuch wollte sie mir den Kajal von den Augen wischen, aber ich fing ihre Hand ab.

Ich vergaß die Schmerzen, vergaß das Picknick, die Briefe, die Schokolade auf den Lippen, und zog sie fest an mich. Sie fühlte sich an wie der Stängel eines Gänseblümchens, biegsam, grün und unwahrscheinlich dünn. In diesem Moment war es mir egal, was sie dachte. Mir war alles egal. Ich wollte sie umarmen, so wie ich das früher getan hatte, ehe wir dafür zu alt waren, ehe es mehr war als eine Schulmädchenschwärmerei, ehe ich mich aus unserer Freundschaft zurückzog. Ich wollte, dass sie mich spürt, dass sie weiß, ich bin da und werde immer da sein, solange sie mich braucht. Ich werde bis zum Ende bei ihr bleiben oder wenigstens so lange, bis sie wieder bei ihrer Familie ist.

Ich hielt sie vielleicht einen Augenblick länger als nötig, einen Augenblick länger, als eine freundschaftliche Umarmung dauern sollte, hielt sie, bis sie in meinen Armen erstarrte, und ließ sie dann los. In diesem Moment ließ sie endlich ein leises Lachen hören. »Ach je, Flonnie, ich hatte ganz vergessen, wie fest du mich immer umarmt hast.« Sie drehte sich um und beschäftigte sich mit ihren Make-up-Utensilien, und ich drückte die Hände gegen den Leinenbezug des Sitzes. Denn sie zitterten, sie zitterten so sehr.

Seit Jahren hatte ich sie nicht mehr umarmt. Ich habe sie nicht einmal berührt, etwa, um ihr über die Schulter zu streichen. Das habe ich früher gemacht, wie Schulmädchen das so tun. Wir sind schon seit einer Ewigkeit Freundinnen. Früher gingen wir Arm in Arm, berührten im Klassenzimmer über den Gang zwischen den Pulten hinweg die Finger der anderen, lagen Hüfte an Hüfte auf dem Bürgersteig und schauten hinauf in die Wolken. Aber dann, schon in der

Highschool, kam der Tag, als sie, ausgerechnet bei einem Footballspiel, über die voll besetzte Tribüne hinweg meinen Namen rief. Sie trug einen kirschroten Schal und hatte rosige Wangen. Ich war gerade gekommen und hielt nach einem freien Sitzplatz Ausschau. Sie rief nach mir und winkte, und mein Herz machte einen Satz. In diesem Augenblick wusste ich es. Wonach ich suchte, das war kein freier Sitzplatz. Es war immer nur sie.

Während ich auf meinen Händen saß und E. mit dem Make-up hantierte, machte mein Herz auch so einen Satz. Ich riss mich zusammen und sagte: »Komm, wir besaufen uns.«

Später

E. schläft tief und fest in ihrem Zelt, ich sitze noch immer draußen am Feuer. Wir sind dann doch nicht in die Flüsterkneipe gegangen. Ich kaufte den Jungs ein paar Plätze weiter einen Krug Gin ab, zumindest nannten sie das Zeug so. Ich war schon in einigen Nachtklubs und weiß, wie Schnaps schmeckt. Dieser Gin war selbst gebrannt und miserabel. Sie wollten fünfundvierzig Cent dafür, Ethel bekam fast einen Herzstillstand. Darum sagte er, ich könnte ihn für vierzig und einen Kuss bekommen. Schon beim Gedanken daran wurde ich rot. Seelenruhig gab ich ihm zwei Quarter und erklärte, wahre Ladys kauften keine Sonderangebote. Ethels Lachen war mir das Ganze wert.

Und so blieben wir daheim, nur wir beide und unser Krug mit Selbstgebranntem. Wir saßen in Ethels Zelt, hatten die Seitenwand hochgerollt und spielten Rommé beim Licht der Platzbeleuchtung. E. gewann fünfzehnmal hintereinander. Es machte mir überhaupt nichts aus. »So etwas habe ich noch nie getan«, gestand sie mir. Selbstgebrannten getrunken? Rommé gespielt? In Greenville, Illinois, gewesen? »Alles.«

Nach einer Weile kamen die beiden Jungs von nebenan vorbei. Sie grinsten, als hätten sie selbst schon ziemlich viel vom Selbstgebrannten intus. Die Flüsterkneipe sei den Fußmarsch nicht wert gewesen, sagten sie, und außerdem sei es bei uns bestimmt viel netter. Ich war nicht mehr ganz zurechnungsfähig und fing fröhlich mit ihnen zu handeln an. Dale (der mit dem Schnurrbart) gab mir meine zehn Cent zurück, ganz ohne Kuss, und Boyd (der ohne) schenkte uns eine Tüte Erdnüsse. Was großartig war, schließlich hatten wir das Abendessen vergessen.

Sie wollten wissen, wie lange wir uns schon kannten. »Achtzehn Jahre«, sagten wir in einem Atemzug. »Seit einem albernen Theaterstück, das ich geschrieben hatte«, sagte ich. »Herrlich albern«, bestätigte sie. Ich erzählte: »Ethel hat den König Heinrich gespielt«, und zur Belohnung wurde sie rot.

Sie spielten drei Partien Rommé mit uns. Dale zwinkerte mir ständig über den Tisch hinweg zu, und ich war so betrunken, dass ich mich fast geschmeichelt fühlte. Ich fragte mich, ob er mich wohl noch einmal um einen Kuss bitten würde. Nicht, dass ich es ihm erlaubt hätte. Aber es war doch nett, wenn man gefragt wurde. E. sagte nichts mehr und gewann nicht mehr. Sie legte nur schweigend die Karten aus und spielte mit dem Ehering an ihrem Finger.

Nachdem Dale und Boyd gegangen waren, aßen wir Erdnüsse und lauschten auf das Knacken des Feuers. E. warf eine Nussschale in die Flammen und fragte, warum ich Dale nicht einfach einen Kuss gegeben habe. Ich lachte und antwortete nicht. Schon der Gedanke daran war doch absurd. Begriff sie das denn nicht? Sie nahm noch einen Schluck Gin, obwohl ihre Wangen schon knallrot waren. Plötzlich fragte sie leise, warum ich eigentlich nie geheiratet hätte. »Du hast nie mit mir darüber geredet«, sagte sie. Meine Hände begannen erneut zu zittern. Wunderte sie das? Ich schob die Hände in die Hosentaschen. Sie sah mich an, wie ich auf dem Campingstuhl herumzappelte und die Fäuste in den Taschen ballte. »Warum hast du nie geheiratet?«

Ich gab keine Antwort. Ich konnte es nicht. Sie stand auf und wischte sich die Nussschalen vom Schoß. »Ich dachte, ich wüsste es«, sagte sie. »Aber vielleicht wusste ich es doch nicht.« Und sie krabbelte in ihr Zelt und ließ mich allein am Feuer zurück.

Dienstag

Eine schreckliche, holprige Fahrt, bei der mir übel wurde. Der gestrige Abend war möglicherweise keine besonders tolle Idee. Außerdem tut mir mein Knöchel weh, bis hinauf zur Hüfte. Ich vergesse ständig, Parson's Stärkungstropfen zu nehmen. Jeden Tag, hat Dr. Glass gesagt, wegen der Blutarmut. In St. Louis beschlossen wir, es mit dem Fahren für heute gut sein zu lassen.

Fand das Hauptpostamt. Nur ein einziger Brief von A.L. Keiner von C.

Abendessen: Eintopf, Biskuitbrötchen,
schnelle Vanillecreme

Bungalow Auto Camp	50¢
Benzin	$ 1.00
Wiener Würstchen	2 für 5¢

Limonade, 2	10¢
Kinokarten, 2	10¢
Popcorn	5¢
Briefmarke	2¢

20. April 1926

E. war den ganzen Vormittag über sehr still. Allerdings wusste auch ich nicht, worüber wir reden sollten, nicht nach gestern Abend. Vielleicht ging es ihr genauso. Sie saß schweigend da, starrte nach vorn auf die Straße und sagte kein einziges Wort.

Ich machte mir Sorgen, natürlich machte ich mir Sorgen. So betrunken war ich nicht gewesen, dass ich mich nicht an den Augenblick erinnert hätte, als ich die Radiumfarbe erwähnte und sie die Augen angstvoll zusammenkniff. Das hatte ich nicht vergessen. Ich wusste, was dieser Blick bedeutete. Sie war ebenfalls krank. Als ich sie so schweigend und still im Auto sitzen sah, wie sie mit der rechten Hand die Sitzkante umklammerte in dem Glauben, ich würde es nicht sehen, da war es mir klar. Ihr ging es nicht gut.

Auch ich fühlte mich nicht besonders. Ich hatte eine Entzündung an einem Backenzahn und wusste, diesen Zahn würde ich auch bald verlieren. Improvisierte Mahlzeiten aus Erdnüssen und Schokolade waren da nicht gerade hilfreich. Ob E. wohl bemerkte, dass ich mein Essen in ganz kleine Stücke schnitt und eine Aspirin nach der anderen einwarf?

Da fiel mir ein, dass sie selbst schon mehrmals eine ganze Handvoll Aspirin genommen hatte. Ich dachte an ihr Hinken am Morgen und die kalten Kompressen, die sie am Abend gelegentlich auflegte. Alles Zeichen, dass es mit ihrer Gesundheit nicht zum Besten stand. Ich war nur zu sehr mit meinem flatternden Herzen beschäftigt gewesen, um das alles ernst zu nehmen.

»Hättest du Lust, in St. Louis eine Pause zu machen?«, fragte ich. »Wir sind mittags dort.«

Sie erwiderte: »Es wäre nett, mal wieder Menschen und Straßenbahnen zu sehen, auf einer Parkbank zu sitzen und in einen richtigen Laden zu gehen.« Sie ließ die Sitzkante los. »Ja.«

Wir erreichten die Stadt und fanden eine Bank in einem grünen Park. E. sagte, sie wolle einfach ein bisschen dasitzen, mit geschlossenen Augen, und den Vögeln lauschen. Ich ließ sie dort sitzen, den Becher mit dem Kaffeerest vom Frühstück in der Hand, und spazierte in die Stadt.

In einer Apotheke füllte ich meine Aspirinvorräte auf. Ich fragte den Apotheker, ob er auch etwas Stärkeres habe. Hatte er, in irgendeinem Hinterhof hergestellt, und ich kaufte davon ebenfalls etwas. Gestern Abend schien E. mit dem Schnaps ziemlich glücklich zu sein; er half oft, wenn Aspirin nicht ausreichte.

Um die Wahrheit zu sagen, ich war am Vormittag ein bisschen wackelig auf den Beinen, in einer Weise, die nichts mit dem Radium zu tun hatte, das in meinen Knochen lauerte. Es war schon eine Weile her, seit ich zuletzt so viel getrunken hatte. Aber das hätte ich E. gegenüber nie zugegeben.

Letzte Nacht hat sie gesagt, es sei das erste Mal, dass sie Selbstgebrannten trinke. Vermutlich habe ich in den Jahren, in denen sie die Hausfrau gab, einiges mehr erlebt. Nach der Uhrenfabrik hatte ich eine ganze Reihe weiterer Arbeitsstellen. In einer Gummiwarenfabrik, in einem Kaufhaus, in einem Blumenladen, im Büro einer Tageszeitung, an der Verkaufstheke eines Billigladens. Ich hatte eine eigene Wohnung, so groß wie eine Hutschachtel und ohne warmes Wasser, und nahm meine Mahlzeiten an Imbissbuden ein. Wann immer ich am Ende der Woche etwas Geld übrig hatte, stieg ich in den Zug nach New York. Zweimal war ich dort in einer dieser Flüsterkneipen, in denen nur Frauen verkehren.

Ich verstaute meine Einkäufe im Auto, um nicht mit Alkohol unter dem Arm durch die Stadt zu laufen. E. saß noch dort, mit dem Rücken an die Bank gelehnt, die Hände im Schoß und die Augen geschlossen. Ich beugte mich so nah zu ihr, dass ich das Kokosnussöl riechen konnte, das sie in ihre Haare tut, aber ihr Atem ging regelmäßig. Sie war nur eingedöst.

Ich ließ sie auf der Bank neben dem Auto weiterschlafen und ging wieder weg, um die Hauptpost zu suchen. Für Ethel White waren zwei Briefe gekommen, einer in Anna Louisas runder Handschrift, der andere von Carl. Ein bisschen hatte ich gehofft, er würde ihr nicht mehr schreiben. Ich steckte beide Briefe in die Tasche und ging zurück zum Park.

Sie war wach, hatte den Hut abgenommen und steckte sich die Haare wieder hoch. Der leere Kaffeebecher stand neben ihr auf der Bank. »Der Sandmann hat sich heimlich angeschlichen«, sagte sie lächelnd. »Wo warst du?«

»Auf der Post«, erwiderte ich und schob die Hand in die Tasche.

Sie richtete sich auf der Bank auf und sah plötzlich so strahlend und hoffnungsfroh aus. »Ach! Waren welche da? Florrie, hast du Briefe für mich?«

»Von A.L.«, sagte ich und zog einen der Umschläge aus der Tasche.

»Ach, meine süße Kleine!« Sie nahm den Brief und berührte ihn an allen vier Ecken, als müsste sie sich versichern, dass er echt war und sich wirklich in ihren Händen befand. Sie drehte ihn hin und her, dann blickte sie zu mir auf. »Aber keiner von Carl?«

In meiner Tasche knisterte der andere Umschlag verräterisch, aber sie schien es nicht bemerkt zu haben. »Nein«, sagte ich.

Ich versuchte, mir einzureden, dass das, was ich in ihren Augen sah, eine Spur von Resignation war. Von Erleichterung, von Zufriedenheit. Aber ich wusste, das war das, was ich gerne gesehen hätte. Was ich in Wirklichkeit sah und was sie fühlte, war Enttäuschung. Die mit dem Umschlag, der sich in meiner Hosentasche verbarg, sofort verschwinden würde. Aber ich sagte: »Nein, tut mir leid.« Das war schrecklich, aber so war es.

Sie blickte auf den Umschlag in ihrer Hand hinab, drehte ihn um und seufzte. Als sie wieder aufsah, hatte sie ein Lächeln im Gesicht. »Wenigstens den hier habe ich! Wenigstens ein Mensch denkt an mich.«

Mehr als einer. Ich hoffe, sie weiß das.

Unser Mittagessen waren Wiener Würstchen von einem Mann mit einem Karren (»Das habe ich auch noch nie gemacht!«, sagte sie), und dann gönnten wir uns einen Film im Kino, genau wie früher. *That's My Baby*, mit Douglas MacLean und Margaret Morris. E. lachte den ganzen Film über lauthals. Wir teilten uns eine Fünf-Cent-Tüte Popcorn, die ich in meinem Regenschirm ins Kino geschmuggelt hatte.

Später

Ob es das Schläfchen im Park, der Brief von A.L. oder der Film und das Popcorn war, irgendetwas vor der Fahrt am Nachmittag hatte auf Ethel belebend gewirkt. Wegen der langen Pause kamen wir nur bis St. Charles, aber der Campingplatz war sauber und voll fröhlicher Menschen. Neben uns übernachteten fünf junge Frauen in einem Steilwandzelt, dicht gepackt wie die Sardinen. Sie hatten einen großen Topf Stew gekocht, den sie mit uns teilten. E. machte noch eine Ladung Biskuitbrötchen in der Pfanne und rührte eine schnelle Vanillecreme an, damit wir auch etwas beisteuern konnten.

Es war schön, mal wieder ein richtiges Tischgespräch zu führen. E. war seit Tagen nicht mehr so lebhaft gewesen. Als eine Frau sagte, sie fahre als frisch Geschiedene nach Hause, jubelten alle. E. biss sich auf die Lippe, und ich fragte mich, ob sie wohl etwas über Carl und Nevada sagen würde, aber sie schwieg. Alle stimmten »Wild Women Don't Have the Blues« an, und als sie zu »Wenn mein Mann Probleme macht, dann soll er sich was Neues suchen« kamen, schrien sie die Zeile geradezu heraus. Obwohl ich sicher bin, dass E. das Lied noch nie zuvor gehört hatte, stimmte sie beim zweiten Mal mit ein.

FRANCIE

Das ist er.
Beide treten nahe an den Rand des Grand Canyon heran und blicken in die Tiefe.

BERYL

Ich hatte keine Ahnung, dass es so etwas Großes geben kann. Da sehen meine Probleme gleich ganz klein aus, stimmt's?

FRANCIE

Du bist kein Canyon.

BERYL

An manchen Tagen kommt es mir so vor, als würde ich mit meinen Sorgen schon einen ganzen Canyon vollkriegen.

FRANCIE

Und mit deinem Glück?

BERYL

An manchen Tagen.
(sieht noch immer in den Canyon hinab)
Hier würde ich gerne jeden Morgen aufwachen.
(ruft spontan aus)
Wir sollten hierher ziehen.

FRANCIE

Wir?

BERYL

Warum wirst du rot?

FRANCIE

Weil es in Arizona zu heiß ist.

Ausschnitt aus dem unproduzierten Drehbuch *Als sie König war*

KAPITEL 8

1952

Louise fährt zu schnell. Sie hat keine Ahnung, welche Geschwindigkeitsbegrenzung hier draußen gilt. Es ist ihr auch egal. Sie will raus aus Nevada. Weg von dem, was sie gerade erfahren hat.

Sie fährt mit offenem Verdeck, und der Wind lässt ihr Haar fliegen. Trotzig lösen sich die Locken auf. Sie hat ihren Hut nicht wieder aufgesetzt, hat sich keinen Schal umgebunden. Es ist ihr egal.

Von Scheidungsranches hatte sie schon gehört. Wer nicht? Sie hat *Die Frauen* gesehen. Sie hat *The Road to Reno* gesehen. Sie hat genug Artikel über diese oder jene Berühmtheit gelesen, die inmitten von Cowboys und mit zahllosen Manhattans ihre sechs Wochen absitzen musste. Hollywood schafft es, so etwas geradezu glamourös wirken zu lassen. Eine problemlose Angelegenheit. Du meine Güte, in Hollywood gibt es keine Probleme. Hüftgürtel und dickes Make-up können alle möglichen Sünden verstecken. Das gilt, in Nevada zumindest, auch für eine Scheidung.

Sie schaltet das Radio ein. Doris Day singt ein fröhliches Lied. Louise gibt Gas. Die Berge fliegen vorüber.

Scheidung ist etwas für gelangweilte Hausfrauen. Für betrügende Ehemänner. Für junge Frauen, für Reiche, für die Spontanen, die sich nicht binden wollen. Aber nicht für ihren schweigsamen und zuverlässigen Vater. Nicht für ihre Mutter, die starb, ehe sie ihr Leben wirklich leben konnte. Und – auch wenn niemand danach gefragt hat – nicht für sie.

In Needles findet Louise ein Diner mit einem öffentlichen Telefon. Sie nennt dem Telefonisten die Nummer für ein Ferngespräch und setzt sich auf den Stuhl in der Zelle. Während das Gespräch vermittelt wird, zieht sie sich die Strümpfe zurecht und wischt sich den Staub von den Schuhspitzen. Als sie ihr Spiegelbild im Fenster des Diners erblickt, ärgert sie sich, dass sie im offenen Auto keinen Schal umgebunden hat.

Ein Telefonist ruft den nächsten an und dieser wiederum den nächsten. Sie stellt sie sich vor, wie sie einer hinter dem anderen in einer Linie durchs ganze Land verteilt dasitzen, wie Perlen an einer Kette. Mit dem Zeigefinger fährt sie sich über die Lippen und überlegt, wann sie zum letzten Mal Lippenstift aufgelegt hat.

Im Lokal sitzt ein Mann am Tresen, der sie beobachtet. Louise klopft sich die Haare flach. Ob er sie wohl durch die Scheibe der Telefonzelle erkennt, mit dem staubigen Kleid, den wirren Haaren, dem entschlossenen Gesichtsausdruck? Er schiebt seinen Hut zurück und löffelt weiter sein Chili, ohne sie aus den Augen zu lassen. Der Telefonist in Newark verkündet: »Es klingelt«, und mit einem Klicken ist die Verbindung da.

Weit weg in New Jersey hört sie ein leises »Hallo?«, und sie dreht den anderen Gästen den Rücken zu.

»Telefonanruf aus Needles, Kalifornien«, sagt der Telefonist.

»Aus Needles?«, fragt der Mann am anderen Ende. »Na, das wird schon stimmen.«

»Daddy?«, sagt sie, und ihre Stimme ist plötzlich ebenfalls ganz leise. Sie vergisst die ungeschminkten Lippen und das verfilzte Haar, schiebt die Schultern nach hinten und widmet sich ganz diesem Telefongespräch. »Ich bin's, Anna Louisa.« Als ob sonst jemand anrufen und ihn »Daddy« nennen würde.

Es knistert in der Leitung. Sie könnte nicht sagen, ob es an der Verbindung liegt, oder ob ihrem Vater der Telefonhörer aus der Hand gefallen ist. Aber danach klingt es besser. »Al«, sagt er lauter als zuvor. »Warum rufst du denn heute schon an? Es ist doch noch nicht Sonntag.«

»Doch, Dad, natürlich ist heute Sonntag. Ich wette, du hast dich wieder vorm Kirchgang gedrückt.«

Er stößt ein trockenes Lachen aus. »Ich hatte Lungenentzündung. Wenn das dem Allmächtigen als Entschuldigung nicht genügt, dann weiß ich auch nicht.«

»Bist du immer noch so schwach?«

»Ach, es geht schon.« Er hustet, aber es hört sich besser an.

»Weißt du, wo niemand eine Lungenentzündung bekommt?«, fragt sie. »In der Wüste. Wenn du herkommen würdest, wie ich es dir immer sage …«

»Ach, hör auf. Du weißt doch, dass ich in einer Gegend wohnen muss, wo es Schnee und Regen gibt und sich im Herbst die Blätter bunt färben.«

Sie schlägt die Beine übereinander. »Ich mache mir bloß Sorgen um dich, Daddy.«

»Und ich mir um dich, Al. Du hast letzte Woche nicht angerufen.«

»Du weißt doch, wie es am Schluss eines Drehs zugeht. Es ist ein absolutes Durcheinander.« Sie schlüpft mit der Ferse aus dem rechten Schuh und reibt mit dem Daumen darüber. »Und wir fangen gleich mit dem Nächsten an.« Sie zögert. »Er wird in Las Vegas gedreht.«

»Wie dieser Jane-Russell-Film?«

»*Die Spielhölle von Las Vegas?* Weniger Drama, mehr Stepptanz.«

»Hm.«

Sie erwähnt nicht, dass sie schon zum zweiten Mal nicht nach Las Vegas, sondern in die Gegenrichtung unterwegs ist. Dass sie morgen früh am Drehort erscheinen muss und noch nicht einmal in ihrem Hotel angekommen ist. Dass es Nevada ist, was ihr Angst macht – mehr als der Film, mehr als das Drehbuch, mehr als die Drohung des Studios.

Wenn sie im Flamingo eingecheckt hat und sechs Wochen lang durch die Türen des Hotels raus- und reingegangen ist, was geschieht dann? Wenn sie nichts weiter tun muss, als das Gerichtsgebäude zu betreten, um Minuten später mit den Scheidungspapieren wieder herauszukommen? Sie will nicht so lange bleiben, um darüber nachdenken zu können. Sie will nicht, dass dies eine Möglichkeit wird.

»Rufst du deshalb aus Needles an? Es ist schon eine Weile her, seit du zuletzt irgendwo anders gedreht hast. Bist du gerade unterwegs dorthin?«

Draußen vor dem Fenster rauschen Autos vorbei. Menschen auf dem Weg in neue Abenteuer. Menschen, die spüren wollen, wie groß das Land ist. Sie denkt an das Haushaltsbuch ihrer Mutter und das Tagebuch von Florence Daniels, die in einem braunen Umschlag in der Wohnung liegen. »Ich weiß es nicht.«

In der Leitung knistert es erneut. »Tut mir leid. Was war das?«

Sie weiß, dass dieser Anruf ein Vermögen kostet. Aber diese wöchentlichen Telefongespräche mit ihrem Vater sind wertvoller als alles Gold im Yukon. »Nein«, sie verbessert sich, »zumindest jetzt noch nicht.« Sie zupft mit dem kleinen Finger an der Schnur des Hörers. »Ich dachte, ich komme an Weihnachten nach Hause.«

Als sie das sagt, kann sie den Schnee, die Tannen und das Weihnachtsgebäck fast schon riechen. Sie hat einen Klumpen in der Kehle.

»Nach Hause?«

Obwohl sie seit Jahren nicht mehr dort war, obwohl dieses Wort mittlerweile ein halbes Dutzend Mal die Bedeutung geändert hat – von Apartments und Hotels bis zu dem kleinen Bungalow am Rodeo Drive –, kann sie in diesem Moment nur an ein Haus mit schwarzen Fensterläden und einer schiefgewachsenen Ulme dahinter denken. »Nach New Jersey.«

Weihnachten war immer schon ihre liebste Zeit des Jahres. Weihnachtslieder und Schneemänner und zu viel zu essen. Popcorn über dem Kaminfeuer. Sie schmeckt es schon auf der Zunge. Bis gerade eben hat sie gar nicht gewusst, wie sehr sie sich danach sehnt, dort zu sein.

Ihr Vater schweigt einen Moment, unterdrückt ein Husten. »Du wirst doch nicht fliegen, oder?«

Nach drei Unfällen im vergangenen Jahr war der Flughafen von Newark geschlossen worden. Jeden Sonntagabend hatte ihr Vater am Telefon Neuigkeiten darüber erzählt. Das dritte Flugzeug hätte um ein Haar ein Waisenhaus getroffen.

»Ist der Flughafen immer noch zu?«

»Er ist jetzt wieder geöffnet, aber, Al, du solltest wirklich nicht …«

»Nein«, sagt sie und spielt mit dem Autoschlüssel, der neben ihrer Handtasche auf der Ablage liegt, »ich fahre mit dem Auto. Ich habe einen großen roten Studebaker, Dad, so knallrot wie eine Maraschinokirsche.«

»Es ist aber eine sehr lange Fahrt.«

»Ich habe ja eine Landkarte.«

Ihr Vater hustet erneut und Louise hört ein Murmeln im Hintergrund. Sie fragt sich, ob Hank immer noch am Sonntag zum Abendessen kommt. Und ob er immer noch mit Meringe belegte Sahnetörtchen mitbringt.

»Al, das wird aber jetzt sehr teuer.«

»Also, Dad«, sie schiebt sich das Haar hinter die Ohren, »dann sehen wir uns in ein paar Tagen.«

Er sagt: »Ich liebe dich so sehr …«

»… wie die Prärien groß sind«, beendet sie.

Das ist ihr üblicher Abschied. Damit sagen sie Auf Wiedersehen, Gute Nacht, bis bald. Der Satz gehört ihnen und nur ihnen allein.

Sie will gerade den Hörer auflegen, da hält sie inne. »Dad? Bist du noch dran?«

Sie hört ein Scharren am anderen Ende. »Al? Ist alles in Ordnung?«

»Hat …« Sie hält einen Moment inne. »Hat Mom mich auch geliebt?«

Er zögert keine Sekunde. »Jeden einzelnen Moment jedes einzelnen Tages.«

Obwohl sie die Antwort zu kennen glaubt, fragt sie: »Warum hat sie mich dann nicht mitgenommen? Als sie sich auf diese Reise nach Kalifornien machte, warum war ich da nicht dabei?«

Sie fragt sich, ob er ihr die Wahrheit sagen wird. Über seine Reise mit dem Ziel, sich scheiden zu lassen, über Moms Reise mit dem Ziel, sie zu finden. Er schweigt. Vielleicht erzählt er es ihr.

Aber als er dann spricht, sagt er: »Manchmal müssen wir die Menschen, die wir lieben, verlassen. Manchmal müssen wir tun, was für uns selbst das Beste ist, und hoffen, dass sie es irgendwann verstehen.«

Sie weiß nicht, ob er damit ihre Mutter meint oder von sich selbst spricht. Oder ob er vielleicht über sie redet, die weggefahren ist und Arnie allein in Beverly Hills zurückgelassen hat. Sie legt auf, ohne den Abschiedssatz noch einmal zu wiederholen. Sie weiß nicht, was sie erwidern soll.

Louise verlässt die Telefonzelle und bestellt eine Tasse Kaffee. Er ist sehr heiß, aber sie trinkt schnell die halbe Tasse. Das ist leichter, als nachzudenken.

Sie weiß jetzt, was sie tun muss. Wahrscheinlich hat sie es gestern, als sie das Haus verließ, bereits gewusst, vielleicht auch schon beim Aufbruch aus dem Studio, nachdem sie ihr das neue Drehbuch zusammen mit dem Ultimatum überreicht hatten.

Sie betritt noch einmal die Telefonzelle und meldet ein Telefongespräch mit dem Studio an. Eigentlich hätte sie Charlie, ihren Agenten, anrufen sollen, aber sie weiß, dass er seine Sonntage dösend in der Hängematte im Garten verbringt. Charlie ist ein Freund. Sie will nicht, dass er sein Bier abstellen muss, um ans Telefon zu gehen.

Während sie wartet, bis der Telefonanruf vermittelt ist, trinkt sie langsam den Kaffee aus. Die Kellnerin betrachtet sie durch die Scheibe. Sie hätte die Tasse auf dem Tresen stehen lassen sollen. Der Telefonist verbindet mit Los Angeles, und es klingelt in der Telefonzentrale des Studios. Dort ist um diese Zeit niemand mehr, alle sollten längst zu Hause beim Abendessen sitzen. Sie wird eine Nachricht hinterlassen. Bis die Leute im Studio erfahren, dass sie nicht nach Las Vegas kommt, kann sie schon fast in New Jersey sein.

Natürlich hat sie doch kein Glück. Der Produktionsleiter arbeitet das Wochenende durch und geht mit Vergnügen ans Telefon. Sie hätte doch Charlie anrufen sollen.

Er ist sehr wütend. Damit hätte sie rechnen müssen. Sie wünscht sich, es wäre Whiskey in ihrem Kaffee. »Und was sollen wir jetzt machen?«, hört sie, und: »Für wen halten Sie sich eigentlich?« Die Antwort auf die erste Frage interessiert sie schon lange nicht mehr, und ganz allmählich ahnt sie, wie die Antwort auf die zweite lauten könnte. Sie legt den Hörer auf der Ablage ab und trägt, während das Gebrüll in der Zelle widerhallt, frischen Lippenstift auf. Als das Geschrei aus dem Hörer allmählich leiser wird, hält sie ihn wieder ans Ohr. »Sie können mich gerne sperren, wenn Sie wollen. Falls Sie über einen neuen Vertrag reden möchten, rufen Sie Charlie an.« Sie lässt den Lippenstift in ihre Handtasche fallen und schließt sie mit einem Klick. »Ich muss tun, was ich selbst für das Beste halte.«

Sie meldet noch einen Anruf nach L.A. an. Obwohl das Telefon endlos lang klingelt, hebt Arnie nicht ab.

Sie stellt die leere Tasse auf den Tresen, legt ein 10-Cent-Stück daneben und verlässt das Diner.

Louise fährt bis Williams, Arizona, ehe sie feststellt, dass sie jetzt etwas anderes sehen muss als dieses endlose schwarze

Teerband. Die Sonne steht tief am Himmel, ein orangefarbener Kürbis. Sie checkt in einem Motel ein, das sich fröhlich eines Dampfbads und einer Inneneinrichtung aus Kiefernholz rühmt. Dampfbad? Sie hat bereits den ganzen Tag im Auto verbracht. Sie schlüpft aus der Jacke. Bei offenem Fenster schaltet sie das Radio an und streckt sich der Länge nach auf dem Bett aus.

Es läuft gerade dieses neue Lied »I Saw Mommy Kissing Santa Claus«, das zurzeit alle zehn Minuten kommt, Jimmy Boyd wimmert eher, als dass er singt. Sie überlegt, den Sender zu wechseln, tut es aber nicht. Dazu hätte sie aufstehen müssen.

Kühl und still ist es, abgesehen von der Musik, und Louise döst ein.

Als sie wieder aufwacht, singt Gene Autry »Rudolph the Red-Nosed Reindeer«. Sie reibt sich mit den Daumen die Augen. Wie lange hat sie geschlafen? Ein Blick aus dem Fenster zeigt einen dunkelblauen Himmel. Sie wäscht sich das Gesicht und begibt sich in die Cocktaillounge des Hotels, wo sie sich voller Abenteuerlust Brathühnchen mit Reis bestellt. Es wird mit Mandeln bestreut serviert und schmeckt köstlich.

Auf der Bartheke versteckt sich ein Telefon unter einem übereifrigen Weihnachtsstern. Der Barmann schiebt ihr einen Old Fashioned auf einer Papierserviette zu, während sie die Nummer der Vermittlung wählt. Erneut versucht sie es bei Arnie, erneut geht er nicht an den Apparat. Sie hinterlässt etwas Kleingeld auf der Theke neben dem Telefon und nimmt ihr Glas mit an den Tisch.

Als die Kellnerin einen zweiten Old Fashioned bringt, fragt sie: »Fahren Sie morgen hin, oder waren Sie schon dort?«

Louise trinkt ihr erstes Glas aus. »Wie bitte?«

»Zum Grand Canyon.«

Diesmal liegen zwei Kirschen statt einer im Glas. »Ist er hier in der Nähe?«

Sobald sie das ausgesprochen hat, erkennt sie ihren Fehler. Die Kellnerin schnippt mit dem Finger und verschwindet. Louise schluckt eilig, weil sie weiß, dass die Frau in Kürze mit einem Stapel Broschüren wieder auftauchen wird.

Tatsächlich hat die Kellnerin, als sie zurückkommt, eine Handvoll Prospekte in Rot und Blau dabei, mit Fotos von Canyons, Flüssen und Maultierritten. »Die meisten Leute glauben ja, zwei Tage reichen, aber es gibt noch so viel mehr zu sehen.« Sie schiebt Louises leeren Teller beiseite, um für die aufgeschlagenen Werbezettel Platz zu machen. »Was man in den Filmen sieht, ist nur ein Bruchteil davon.«

Louise zieht einen der Prospekte zu sich heran. Das Foto ist atemberaubend, viel großartiger als die eintönige Landschaft, durch die sie gefahren ist. »Hier wurden schon Filme gedreht?«

»Ja, klar.« Die Kellnerin legt Messer und Gabel auf den leeren Teller. »*Grand Canyon Trail* natürlich, und *Family Honeymoon* mit Fred MacMurray. Ja, und *Der Dieb von Bagdad*. Ich hab ihn natürlich nicht gefragt, aber ich schwöre, Sabu war während der Filmarbeiten mal hier und hat etwas getrunken.«

Louise ist sich absolut sicher, dass sich ein Star wie Sabu niemals herabgelassen hätte, bloß für einen Cocktail nach Williams, Arizona, zu fahren. Andererseits, sie hätte auch nicht gedacht, dass sie selbst jemals hier sitzen und etwas trinken würde. »Kann ich den Drink mit aufs Zimmer nehmen?«

Die Kellnerin sieht beinahe erleichtert aus. Louise ist in

der Lounge die einzige Frau ohne Begleitung und die einzige, die Alkohol trinkt. »Aber gerne.« Sie zieht die Rechnung aus ihrer Schürzentasche. »Sie sollten aber wirklich am Grand Canyon haltmachen.« Sie zuckt die Achseln. »Und wenn es nur ist, damit Sie sagen können, Sie haben ihn gesehen.«

Das ist nicht der schlechteste Grund. Nach dem Auschecken am nächsten Morgen fährt Louise ins Stadtzentrum und biegt dort nach Norden ab. Nach der Landkarte, die sie dabeihat, sind es nur sechzig oder siebzig Meilen bis zum Grand-Canyon-Nationalpark.

Der Tag ist blau und warm, feine Wolken schweben hoch über der Wüste. Sie trägt wieder ihr weißes Kleid, diesmal mit den grauen Pumps, dazu passenden Handschuhen und einem taubengrauen Hut, der vorne mit einem Strauß pfeilspitz zulaufender Federn besetzt ist. Beim Fahren streifen sie das Innendach des Wagens. Sie dreht am Radio, aber hier draußen findet sie keinen Sender, der ihr gefällt. Egal, sie hat ohnehin keine Lust auf Musik.

Ehe sie heute Morgen das Hotel verließ, hatte sie bei Arnie angerufen. Das Telefon klingelte volle eineinhalb Minuten, ehe sie aufgab. Vielleicht schlief er noch. Vielleicht war er in der Badewanne. Vielleicht saß er an seinem staubigen Schreibtisch, betrachtete das klingelnde schwarze Telefon und hatte keine Lust abzuheben.

Außerdem rief sie ihren Agenten an. Es war jetzt Montagmorgen. An den Montagen saß er immer schon ab halb sieben am Schreibtisch, falls etwas passiert war. Es war noch früh genug, sodass Louise schnell durchkam. Charlie war beim ersten Klingeln dran.

»Charlie«, begann sie, »ich weiß, was du jetzt sagen wirst.«

»Lulu, hast du eine Vorstellung, wie viele Nachrichten heute Morgen auf meinem Tisch lagen?« Seine Stimme war rau vom jahrzehntelangen Kettenrauchen. »Man könnte meinen, du hättest Truman ermordet.«

»Weil ich nicht am Set erschienen bin? Nein, das ist nicht Mord, sondern Verrat.«

Er hustete. Sie konnte ein Feuerzeug klicken hören. »Also schiebst du diesen Müll jetzt mir rüber und verschwindest nach … Wohin fährst du?«

»Zum Grand Canyon.«

»Warum das denn, zum Teufel? Du weißt aber schon, dass der außerhalb von Los Angeles liegt?«

Nur Charlie konnte das, gleichzeitig den Teufel anrufen und einen Witz machen. »Wer von uns beiden kann denn reiten?«

»Wenn ich auf ein Pferd steigen würde, würde das Vieh unter mir zusammensinken wie ein Akkordeon.« Ein gedämpftes »Verdammt!« ertönte, dann fiel der Hörer auf den Schreibtisch. Als Charlie wieder am Apparat war, sagte er: »Hab meinen Kaffee verschüttet.«

»Erzähl mir was Neues.«

»Also, warum rufst du an?« Sie sah ihn vor sich, wie er hektisch seine Krawatte mit einem Taschentuch bearbeitete. Aus diesem Grund trug er nur braune Krawatten. »Das kostet doch ein Vermögen.«

»Na ja, Charlie, wen sollte ich denn sonst anrufen?«

»Du meinst, wer sonst würde sich um dein Durcheinander kümmern.«

Sie gab ihrer Stimme etwas Schmeichlerisches. »Niemand kann so gut wieder alles in Ordnung bringen wie du.«

»Weil du mir Berge von Geld zahlst.« Er hatte die Kleines-

Mädchen-Masche sofort durchschaut. Das war immer so. »Lulu, was willst du eigentlich?«

»Du weißt, was ich will. Einen besseren Vertrag. Bessere Drehbücher. Bessere Rollen, für die ich auf keinen Fall stepptanzen muss.«

»Wir können mit dem Studio verhandeln«, sagte er. »Aber nicht, wenn du gesperrt bist.«

»Sie werden mich nicht sperren. Sie wollen mich doch nicht verlieren.«

»Dann merken sie, dass du bluffst. Dass du nach den Feiertagen wieder beim Studio anklopfen und betteln wirst.«

»Wer sagt denn, dass ich bluffe?«, erwiderte sie ruhig.

Er antwortete nicht. Louise fragte sich, ob er einfach bloß rauchend dasaß. Oder ob er bereits aufgelegt hatte.

Aus dem Hörer vernahm sie Kaffeeschlürfen. »Na, meinetwegen«, sagte er schließlich krächzend. Sie hielt den Atem an. »Ich habe ein gemeines Pokerface. Was würdest du sagen, wenn wir den Einsatz erhöhen?«

Sie fragte sich, ob er ihr Lächeln sehen konnte. »Charlie, du bist ein richtiger Schatz.«

Er seufzte. »Brauchst du sonst noch etwas, Lulu?«

»Könntest du mir etwas Geld schicken, hierher, nach Williams, Arizona?« Auf der anderen Straßenseite konnte sie das flache Gebäude einer Bank erkennen. »Ich mache hier noch mal Pause, wenn ich vom Grand Canyon zurückkomme. Dann sollte es eigentlich da sein.«

»Ganz bestimmt.«

»Und, Charlie?« Sie zögerte. »Könntest du mal zu Hause vorbeischauen? Es muss nicht heute sein, aber ... Na ja, aber wenn du einfach mal hingehen würdest. Arn hat dich schon eine ganze Weile lang nicht gesehen, und ...«

»Wird gemacht, Lulu.«

Während der Fahrt zum Nationalpark ist sie froh, dass sie Charlie ans Telefon bekommen hat, und in ihren Schultern löst sich etwas. Ihr Agent sieht überhaupt nicht nach Hollywood aus, er trägt billige Anzüge, hat Essensflecken auf der Krawatte und der Bauch hängt ihm über den Gürtel, aber er ist knallhart und kann sich im Filmgeschäft mühelos durchsetzen. »Wird gemacht« ist sein Standardspruch, und sie weiß, dass sie sich darauf verlassen kann. Dieser kurze Anruf hat fast drei Dollar gekostet, aber nun weiß sie das Studio, ihr Geld und Arnie in Charlies kompetenten, nikotinfleckigen Händen.

Louise hat den Park erreicht und folgt der Straße, vorbei an einem Besucherzentrum im Blockhausstil, vorbei an einem Souvenirladen, einer Autowerkstatt, einem Bahnhof. Die Broschüren hat sie im Hotel gelassen und am Besucherzentrum, wo sich bereits jetzt Männer mit Kameras um den Hals und Frauen in karierten Hemden drängen, mag sie nicht anhalten. Vor einem langen, niedrigen Gebäude glitzern zahlreiche Autos auf einem Parkplatz, und sie stellt den Wagen ab.

Es ist ein Hotel, das El Tovar. Sie erinnert sich vage, dass es in einem der Prospekte erwähnt wurde. Aus Kiefernholz und Kalkstein, mit breiten Veranden, sieht es aus wie eine Mischung aus einem Urlaubsresort im viktorianischen Stil, einem Schweizer Chalet und einer Wüstenlodge. An einer Brüstung lehnt eine Frau in einem dunkelrosa Baumwollkleid und fächert sich bedächtig Luft zu. Sie schenkt einem Mann, der mit einem Maultier vorübergeht, einen Luftkuss.

Die Eingangshalle erinnert an eine Jagdhütte, mit ihren Geweihen und grob behauenen Holzstämmen. Kiefernzweige hängen zwischen den Deckenbalken und um den steinernen Kamin. Vor dem Telefon gibt es bereits eine Warteschlange, daher hinterlässt Louise die Nummer am Empfang und bestellt eine Tasse Kaffee, schwarz. Sie spaziert durch die Halle, während sie wartet. Durch die Fenster kann sie auf die hintere Terrasse blicken und erkennt nun, dass das Hotel direkt am Rand des Canyons steht. Sie findet die Vorstellung erschreckend, dass ein so teures Hotel unmittelbar an die Wildnis grenzt, und auch die Tatsache, dass es schon seit einem halben Jahrhundert hier ausharrt, macht das für sie nicht besser.

»Miss?« Ein Mann in Uniform wartet geduldig, bis sie ihn bemerkt. »Unter der Nummer, die Sie uns gegeben haben, meldet sich niemand. Möchten Sie, dass wir es noch bei einer anderen Telefonnummer versuchen?«

»Nein.« Louise schüttelt den Kopf. »Nein, danke.« Sie stellt die Kaffeetasse auf ein Tischchen neben einer Lampe und geht langsam auf die Terrasse hinaus.

Es ist kalt hier oben, zweitausend Meter über dem Meer. So kalt, dass sie einen Pullover vertragen könnte. Die anderen Leute auf der Terrasse nippen an Cocktails oder dampfenden Kaffeetassen und sind in Rollkragenpullover, weiche Jacken und Wollhosen gehüllt. Eine Frau trägt sogar schokoladenbraune Ohrenschützer, als wäre sie beim Skifahren.

In ihrer eleganten Freizeitkleidung passen sie alle nicht hierher. Ob das auch für sie selbst in ihrem weißen Kleid mit den hohen Schuhen gilt, weiß sie nicht. Eigentlich haben sie hier alle nichts zu suchen, denn gleich hier, direkt vor ihnen, beginnt die echte Wildnis.

Die geschwungene Terrasse ist von einem Holzgeländer

umgeben, aber das hält die Natur nicht ab. Der Rand des Grand Canyon liegt nur ein paar Meter entfernt. Orange- und Brauntöne und ein paar weiße Einsprengsel, die Schnee sein könnten. So nahe, dass sie einen Penny in die gähnende, atemberaubende Leere werfen könnte. Sie geht nach vorne und lehnt sich ans Geländer, fragt sich, wie tief hinab der Blick wohl reicht. Ein mit Steinen eingefasster Pfad windet sich in den Canyon hinunter. In der Ferne erkennt sie ein paar Maultiere mit ihren Reitern, aber sie sind so weit weg, dass sie nur das zarte Läuten der Glocken vernimmt. Selbst das Gerede hinter ihr auf der Terrasse und das Klirren der Teetassen auf den Untertassen werden ganz leise.

Louise lehnt sich vor und holt tief Luft, und bei diesem kalten Atemzug vergisst sie einen Augenblick lang alles, was sie in die Flucht getrieben hat, und auch das, was sie auf dieser Reise herausfinden möchte. Es gibt nur noch sie und die unglaubliche Tiefe des Canyons, die unglaubliche Weite des Himmels.

Einen kurzen, unkontrollierten Moment lang stellt sie sich vor, hinunterzuspringen. Nicht, um den Boden zu erreichen, sondern um die Luft zwischen hier und dort zu erleben. Sie sieht sich selbst mit geblähtem Kleid, mit wehenden Haaren, und schiebt die Schultern über das Geländer.

»Zum ersten Mal hier, Louise?«, fragt eine Stimme, erschrocken springt sie zurück.

Es ist Duane, der mit den Sommersprossen, der Limousine und der bevorstehenden Scheidung. Wenn sie überrascht ist, ihm hier in Arizona anstatt in Nevada zu begegnen, dann zeigt sie es nicht.

»Ist das so offensichtlich?«, erwidert sie.

»Wollen Sie mit nach unten kommen?«

Zu Fuß, mit dem Maultier oder schwebend auf einer bauschigen weißen Wolke, das ist ihr egal. Sie nickt nur.

Duane reicht ihr die Hand und zieht sie vom Geländer weg.

Das El Tovar mischt begeistert Luxuriöses und Wildes, Östliches und Westliches. Louise findet es großartig. Im Geist hat sie bereits ihr Haus umgestaltet, einen Elchkopf in ihr Weltraumwohnzimmer gehängt und einen Navajoteppich ins Schlafzimmer gelegt.

Sie und Duane essen im Speisesaal zu Mittag. Die klaren Linien der Einrichtung sind fast Arts and Crafts, die Stühle und Tische würden auch gut ins Haus ihres Vaters passen. Über ihnen sind behauene Balken, gelbe Hängelampen und viel zu viel Weihnachtsdekoration. In diesem ländlich anmutenden Raum blättern sie in eleganten Speisekarten mit Sellerieherzen, Krabben »Louis«, gefüllten Avocados. Sie sollte wohl besser den Obstsalat mit Hüttenkäse essen oder vielleicht den Truthahnsalat, aber dann tippt sie gleichzeitig mit Duane mit dem Finger auf den Harvey-House-Hamburger.

»Dürfen Schauspielerinnen tatsächlich so viele Hamburger essen?«

Es dauert einen Moment, bis seine Bemerkung bei ihr angekommen ist. Jetzt fällt ihr auch auf, dass er sie vorhin Louise genannt hat. »Sie wissen, dass ich nicht Anna bin, nicht wahr?«

Duane wartet erst die Bestellung ab, dann antwortet er. »Ich sollte vermutlich behaupten, dass ich nur Monsterfilme und Machowestern anschaue. Aber …«, dabei beugt er sich vor und flüstert über ihre Kaffeetassen hinweg, »was ich am liebsten mag, wenn ich allein bin, ist ein gutes Musical.«

Louise ist sicher, dass er sich über sie lustig macht, und trinkt einen kochend heißen Schluck, um eine Antwort zu vermeiden.

Er schiebt ihr Wasserglas, nass von Kondenswasser, näher an sie heran. »Warum sollte ein Mann eine gute Sing-und Tanznummer nicht genießen?«

»Ein Mann wie Sie nicht«, sagt sie. »Zumindest kann ich mir das nicht vorstellen.«

Er grinst sie breit an, und auf einmal ist es ihr egal, ob er sich über sie lustig macht oder nicht. »Tatsächlich habe ich sämtliche Betsey-Barnes-Filme gesehen. Sogar den letzten, und der war wirklich schrecklich.« Seine Augen weiten sich. »O je, tut mir leid.«

»Mir auch. Er war tatsächlich schrecklich.« Vorsichtig nimmt sie noch einen weiteren Schluck Kaffee.

»Was glauben Sie denn, was wir in Korea immer angeschaut haben? Die Jungs sehen eben gerne mal ein hübsches Gesicht.« Er faltet seine Serviette und entfaltet sie wieder. »Ich habe Sie sofort erkannt.«

»Warum haben Sie mir dann nicht widersprochen, als ich mich als Anna vorgestellt habe?«

Er zuckt die Achseln. »Ich dachte, Sie hätten Ihre Gründe.«

Die Kellnerin stellt eine überschwappende Schüssel Rindsuppe mit Gemüse vor Duane auf den Tisch. Louise hat als Vorspeise einen gekühlten Früchtebecher bestellt, um ihr Gewissen wegen des dann folgenden Hamburgers mit Pommes frites zu beruhigen. Sie sticht in einen weichen Birnenschnitz und sagt: »Sie sind nicht in L.A., also sind Sie nicht nach Hause gefahren, um sie zu küssen und sich zu versöhnen.«

Er schüttelt den Kopf.

»Aber in Nevada sind Sie auch nicht geblieben.« Sie isst das Birnenstück und angelt nach einem Schnitz Pfirsich. »Bedeutet das, Mavis und ihr eheliches Glück sind derzeit nicht in Gefahr?«

Duane grinst. »Zumindest für den Moment.« Er bröckelt einen Salzcracker in die Suppe und rührt um. »Nein, es war das, was Sie gesagt haben, dass ich nicht weiß, welche Schlachten zu Hause sich überhaupt lohnen. Das hat mir die Augen geöffnet.« Er lässt den Löffel in der Schüssel liegen. »Mavis ist nicht meine Feindin. Wir sind den ewigen Krieg leid. Er treibt einen so weit, dass man nicht mehr klar sieht. Verstehen Sie das?«

Auf jeden Fall.

»Nun ja, ich konnte sie davon überzeugen, herzukommen und sich hier mit mir zu treffen. Ein paar Tage Ferien. Ein Rendezvous zwischen zwei Jobs.« Er schlürft einen Löffel voll Suppe. »Sie hat zugestimmt und ist gerade auf dem Weg zum Grand Canyon.« Mit vollem Mund grinst er sie an.

»Ach, da bin ich aber froh«, sagt Louise und meint es auch. »Aber was ist mit dem Hund passiert?« Ihr ist gerade erst aufgefallen, dass der fröhliche Beagle nicht neben ihm sitzt und auf ein Stück Hamburger wartet.

»Der was?« Er winkt ab. »Nur ein Spaß. Er gehört eigentlich meinem Bruder. Die beiden sind auf dem Rückweg nach Comstock.« Er nimmt einen weiteren Löffel Suppe und wischt sich dann den Mund ab. »Und was ist mit Ihnen?« Er senkt den Blick auf seine Schüssel. »Das letzte Mal waren Sie auf dem Weg nach Las Vegas. Nehmen Sie es mir nicht übel, aber Sie sind ein bisschen vom Kurs abgekommen.«

»Ich fahre über Weihnachten nach Hause«, sagt sie.

»Und wo ist zu Hause?«

Ein Jahr nach ihrem Umzug nach Kalifornien bezeichnete sie es bereits als Zuhause. Ihr Zimmer im Hollywood Studio Club, ihre Nische im Diner weiter unten an der Straße, ihre »zufälligen« Begegnungen mit einem gut aussehenden Autor namens Arnie in der Wilshire Library. Aber wenn sie das Wort jetzt ausspricht, denkt sie an Schnee, Weihnachtslieder auf Dads Klavier, Schinken und zu lange gekochte Kartoffeln. Bedingungslose Wärme. Zu Hause. »Zu weit weg.«

»Ihr Zuhause ist nicht bei Ihrem Mann?«

Sie legt die Hände in den Schoß. »Ich habe nicht gesagt, dass ich verheiratet bin.«

»Das mussten Sie nicht. Ich lese die Hollywoodklatschblätter.« Als sie die Augenbrauen nach oben zieht, fügt er hinzu: »Nur die guten.«

»Arnie ist ja auch kein Geheimnis.«

»So heißt er?«

»Arnold Bates.«

»Ich weiß nicht mehr genau … Ist er Cutter?«

»Drehbuchautor.«

»Und seit vier Jahren verheiratet.«

»Zehn!«

Er verschluckt sich an seiner Suppe. »Zehn schon? Na, nach so vielen Jahren ist es nicht verwunderlich, dass Sie beide nicht mehr so gut aufeinander zu sprechen sind.«

»Nicht mehr so gut?« Sie legt ihre Gabel ab.

Er winkt mit dem Löffel. »Die Klatschblätter, Sie erinnern sich?«

Arnie liest sie – schließlich hat er früher Artikel für sie geschrieben –, aber Louise macht sowohl um Klatschzeitschriften als auch um Zeitungen einen großen Bogen.

»Seit vielleicht einem Jahr hat man Sie immer wieder mit

Don Jensen gesehen. Auf sämtlichen Premieren und Partys. Es war in allen Zeitungen.«

»Was?« Sie ist entsetzt. »Donnie ist nur ein guter Freund.« Ein guter Freund, der unbedingt eine Frau am Arm braucht, zumindest für die Fotografen. *Das* wissen die Zeitschriften allerdings nicht.

»Und er war Ihr ständiger Begleiter. Die Presse war begeistert.«

Louise schiebt den Früchtebecher beiseite, plötzlich hat sie keinen Hunger mehr. »Das wusste ich nicht«, sagt sie. »Ich lese das alles nicht.«

»Na ja, wenn Sie mit Don anstatt mit Artie auftauchen …«

»Arnie.«

»… was sollen wir sonst davon halten?«

Sie fragt sich, was er noch aus den Zeitschriften erfahren hat.

Ihr Essen wird serviert, Fleisch und Brötchen kunstvoll mit Zwiebelringen, Tomaten, Dillgemüse und einem kleinen Löffel Krautsalat garniert. Ein Haufen goldbrauner Pommes frites schmiegt sich an den Hamburger. Duane greift zu Salz und Ketchup, was Louise einen Moment zum Nachdenken schenkt.

»Er war in Korea«, sagt sie. »Arnie, meine ich.« Sie nimmt die Zwiebel von ihrem Hamburger und zerlegt sie in einzelne Ringe. »Er ist gerade erst zurückgekommen.«

Duane löst den Blick von seinem Teller. »Warum steht das nicht in den Zeitschriften? Ein Typ aus Hollywood, der eine Pause einlegt, um nach Korea zu gehen. Das wäre doch ein gefundenes Fressen. Mal was anderes als die ewig gleichen Schlagzeilen.«

Sie lässt die Zwiebelringe ungeordnet auf den Teller fallen.

»Er hat sich nicht freiwillig gemeldet, okay? Ein Schreiberling. Untauglich. Er war als Kriegskorrespondent dort, in diesem Krieg und dem davor.«

»Das war's!« Er schnippt mit den Fingern. »Ich wusste doch, dass ich den Namen von noch irgendwoher kannte. Ich war in Tokio stationiert. Ich kann mich an seine Artikel erinnern. Er hat mich mal interviewt.«

Louise richtet sich auf. »Tatsächlich? Dann kennen Sie Arn?«

»Magerer junger Mann mit Brille? Trägt gerne Fliege? Und nach ein paar Drinks fängt er an zu singen ›Skip to My Lou‹?«

Sie beugt sich über die beiden Hamburger, fasst Duanes Kopf mit beiden Händen und gibt ihm einen lauten Schmatz auf die Stirn. Er muss nicht mehr fragen, ob er den Richtigen meint.

Sie haben sich gerade ihren Hamburgern zugewandt, als Duane noch eine Frage stellt. »Wenn alles in Ordnung ist, wenn Sie nicht schlecht aufeinander zu sprechen sind und er wieder in L.A. ist, warum sind Sie dann hier?«

Sie wischt sich etwas Krautsalat aus dem Mundwinkel. »Manchmal ist die Situation eben nicht so einfach.«

»Als Sie mir gestern die Leviten gelesen haben, weil ich Mavis verlassen wollte, taten Sie so, als wäre sie das.«

»Einfach?«

Er nickt.

Louise faltet ihre Serviette so fest wie möglich zusammen. »Manchmal gibt es Probleme jenseits von Ehe und Arbeit und häuslichem Alltag.« Sie drückt die Finger in den Stoff. »Manchmal fragt man sich, wie viel man im Leben ertragen kann. Und gelegentlich wird es eben zu viel.«

FRANCIE

Beryl, wie fändest du es, wenn ich mich entschuldigen würde?

BERYL

(gähnend)
Wofür?

FRANCIE

Ach, ich weiß nicht.

BERYL

Hat das nicht bis morgen Zeit?

FRANCIE

Vielleicht.
(wartet ein, vielleicht zwei Augenblicke, während Grillen zirpen)
Nein.
(rollt sich auf ihrem Feldbett auf die Seite)
Ich habe dir nicht die ganze Wahrheit gesagt. Über … eine Menge Dinge. Wichtige Dinge. Und vielleicht werde ich das auch nie tun. Aber kannst du mir verzeihen, dass ich dir so vieles nicht erzähle? Vertraust du mir dennoch? … Beryl? Beryl?

BERYL

(schnarcht)

FRANCIE

Na ja, es ist leichter, sich zu entschuldigen,
wenn niemand zuhört.

Ausschnitt aus dem unproduzierten Drehbuch *Als sie König war*

KAPITEL 9

1926

Mittwoch

Glücklicherweise wache ich jeden Tag vor F. auf. Heute bin ich um fünf Uhr aufgestanden und in den Waschraum gegangen. Immer wieder und wieder musste ich mich übergeben, und dann saß ich einfach nur auf dem Boden neben der Kloschüssel und weinte, bis ich keine Tränen mehr hatte.

Mir geht es elend, alles, was ich will, sind mein C. und meine A.L. Habe seinen Brief aus Indianapolis vorwärts und rückwärts gelesen. Warum bietet er mir das alles an und sagt doch überhaupt nichts? Warum hat er meine Welt zerstört?

Mittagessen: Gebratene Koteletts und Kartoffeln,
Brotpudding. (Macht mich immer noch wütend,
dass ich für Fleisch jetzt zahlen muss.)

Camp Columbia	25¢
Benzin	$1.52
Milch, halber Liter	7¢
Butter	49¢

Eier	25¢
Brot	7½¢
Schweinekoteletts	54½¢
Briefmarke	2¢

21. April 1926

Schuldgefühle können einem wie ein Alb auf der Brust sitzen. Gestern Nacht habe ich kaum noch Luft bekommen, weil ich ständig an diesen Umschlag denken musste, der in meiner Reisetasche steckte. Ich weiß nicht, warum ich das getan habe. Ich bin keine Diebin (wenn man von der Tafel Schokolade vor so vielen Jahren mal absieht), aber eine Lügnerin. Darin habe ich jahrelange Übung. Das beweist allein schon die Tatsache, dass ich das hier schreibe. Dass ich behaupte, ich hätte keine Ahnung, warum ich den Brief behalten habe. Lügnerin.

Letzte Nacht konnte ich nicht schlafen. Ich lag auf meinem Faltbett, atemlos, bedrückt, wütend und traurig. Als ich es nicht mehr aushielt, wickelte ich mich in die Decke und verließ das Zelt. Ich lief einfach los, bis zum Stadtrand und noch weiter. Ich lief, bis die ersten Strahlen der Morgendämmerung am Horizont auftauchten. Ich lief, bis mir die Beine wehtaten und mein Kopf leichter wurde. Ich wusste, ich musste ihr diesen Brief geben. Auch wenn ich wünschte, sie würde aufhören, an C. zu denken. Auch wenn ich wünschte, sie würde aus dem Fenster schauen, würde mich oder irgendetwas anderes anschauen, anstatt zurück nach Newark oder nach vorne nach Nevada. Ich *musste* es tun.

Als ich zum Campingplatz zurückkam, waren mein Rock

und die Strümpfe patschnass und E. war verschwunden. Ich zog mich um und setzte mich mit meinem Tagebuch auf einen Baumstamm am Lagerfeuer. Der Umschlag war in dem Heft versteckt. Aber E. tauchte nicht auf. Es war noch früh, aber um uns herum erwachten die Leute allmählich. Ich behielt die Tür des Waschraums im Blick, fragte mich, warum sie so lange brauchte. Vielleicht war gar nichts passiert, aber vielleicht lag Ethel auch auf dem Boden unter den Waschbecken. Ich war schon aufgesprungen, um sie zu suchen, da kam sie heraus, so rosig und sauber und lächelnd, dass ich einfach zurücklächeln musste.

»Ich habe beschlossen, dass es sinnlos ist, mir auf dieser Reise ständig Sorgen über alles Mögliche zu machen«, sagte sie. »Was zählt, ist die Reise, nicht das Ziel.« Sie setzte sich neben mich auf den Baumstamm, so nahe, dass ich die Seife an ihr riechen konnte. »Tut mir leid, dass ich so ein Miesepeter war.« Sie sagte noch mehr, viel mehr, aber ich kann mich nicht an alles erinnern. Es spielte ohnehin keine Rolle. Es war völlig egal, was sie sagte. Sie stupste mich an der Schulter an, berührte meinen Arm und stieß alberne Entschuldigungen hervor.

Und wie immer, wenn sie mir so nahe kam, konnte ich nicht mehr richtig denken. Ich dachte nur noch an sie.

Darum bin ich vor so vielen Jahren fortgegangen. Sie heiratete Carl, und ich wollte nicht die Freundin sein, die pflichtgemäß zu Taufen und Geburtstagspartys und Picknicks mit kaltem Hähnchen eingeladen wird. Carl gäbe ihr einen Kuss auf die Stirn, sie hätte ein Kleinkind auf dem Schoß und beide würden mir noch ein Stück Kuchen anbieten. Aber ich wollte etwas anderes als Kuchen. Ich würde ihr gegenübersitzen, zwischen uns der Tisch mit der Spitzendecke, oder neben ihr auf dem Sofa, und würde wissen, dass meine Gefühle überhaupt keine Rolle spielten. Zumindest nicht für sie. Für mich waren sie mein Leben.

Donnerstag

Was für ein Tag. Zum ersten Mal wünschte ich, ich wäre mit dem Zug nach Nevada gefahren.

Aber das hätte auch bedeutet, ohne F. Und ich bin mir nicht sicher, ob ich bereit gewesen wäre, darauf zu verzichten. Wir waren zu viele Jahre lang getrennt.

Abendessen: Backhähnchen, Maiskolben, Schokoladenpudding

Camp	50¢
Benzin	44¢
Hähnchen	72¢
Schraubenschlüssel, 5er Satz	$1.45
Zündkerzen	47¢
Montierhebel	59¢
Reifen	$7.95
Schlauch	$1.50
Wagenheber	$1.55
American-Junior-Pumpe	$4.00
Johnson's Hastee-Reparaturband	50¢
Reifendruckmesser	$1.25
Ventilkappen	40¢
Briefmarke	2¢

22. April 1926

In den besten Plänen entdeckt man plötzlich ein Loch. In diesem Fall eines im wahrsten Sinne des Wortes – und dazu kamen noch Hühnerdraht und eine Pumpe und ein Wagenheber und Flickband, denn all das musste ich heute kaufen. Heute Morgen während der Fahrt frühstückten wir gerade, da hörten wir einen lauten Knall. Das Auto machte einen Satz und kam von der Straße ab. E. stieß einen Schrei aus, und mir fiel das Kuchenstück in die Bluse.

Wir fanden bald heraus, was geschehen war (abgesehen von den Krümeln in meinem Büstenhalter): Wir hatten einen Platten, zum allerersten Mal. Drei junge Männer, die einen Käfer fuhren, hielten an, um uns zu helfen. Sie waren sehr verblüfft, dass wir es ohne eine einzige Reifenpanne von New Jersey bis hierher geschafft hatten. Wenn man sie so reden hörte, dann mussten sie wohl jeden zweiten Tag einen Reifen flicken. Sie zählten eine erschreckend große Anzahl von Dingen auf, die an unserer Blechkiste kaputtgehen könnten, von kleinen Löchern in den Reifen oder einem Platten über kaputte Zündkerzen und leere Batterien bis hin zu ausgebrannten Bändern und Aufhängungen an den Bremsen. Sie tadelten uns, weil wir unsere Tin Lizzie nicht ordentlich gewartet hatten. Mir brach der kalte Schweiß aus bei der Vorstellung, wie einsam die Straßen gewesen waren, an denen wir hätten stranden können.

Sie nahmen uns in die nächste Stadt mit. Während ich ihnen in den Eisenwarenladen folgte, um Dinge wie Schraubenschlüssel, Hammer und weiß der Himmel was aufzutreiben, ging E. ins Lebensmittelgeschäft und kaufte ein Brathähnchen. Zurück am Wagen halfen uns die Jungs dann, den

Reifen zu flicken. Sie reinigten außerdem unsere Zündkerzen, zogen die Bremsbänder an und unterzogen die Kiste einer allgemeinen Inspektion. Dann fuhren sie hinter uns her zum nächsten Campingplatz, und zum Dank bereitete E. Brathähnchen und Mais zu.

E. schien es prima zu gehen, aber ich konnte nicht schlafen. Das Ganze hat mich tief erschüttert. Ich weiß nicht genau, weshalb. Vielleicht ist es die Vorstellung, liegen zu bleiben und nicht mehr weiter zu wissen. Auf jemanden angewiesen zu sein. Ich habe es so viele Jahre lang geschafft, niemals einem Mann einen Gefallen zu schulden. Nicht einmal ein Abendessen mit Brathähnchen. Und heute musste gleich eine ganze Autoladung voll Männer kommen, um uns zu retten. Weiße Ritter in einer Schrottkarre. Das hat mich wütend gemacht, und noch schlimmer war es, E. am Straßenrand stehen zu sehen, ohne zu wissen, ob und wann ich sie zu einem Campingplatz bringen würde. So sehr das an mir nagt und mir den Schlaf raubt, so froh bin ich doch, dass wir schließlich weiterhumpeln konnten. Und dass ich jetzt weiß, wie ich verhindern kann, dass so etwas noch einmal passiert.

Freitag

Heute sind wir lange gefahren und haben es bis Kansas City geschafft. Seit dem Missgeschick gestern war F. so nervös wie ein Reh, sie wollte die Lizzie unbedingt in einer Werkstatt gründlich durchchecken lassen. Während das geschah, ergänzte ich unsere Vorräte.

Bei ihrer Rückkehr brachte sie eine große Packung Gewächshauserdbeeren mit, den Namen eines guten Campingplatzes außerhalb der Stadt und zwei Briefe von A.L. In einem befand sich eine Farbstiftzeichnung von einem gefleckten Pony. Wenn ich die Briefe vor mich hinhalte, kann ich, das schwöre ich, die Abdrücke ihrer kleinen Finger sehen.

Abendessen: Lachskroketten (leicht angebrannt),
Erbsen mit Sahnesoße, Erdbeeren mit süßer Sahne

Camp Hickory Grove	35¢
Benzin	$1.61
Sellerie!	18¢
Zwiebeln	17¢
Erbsen, 4 mittelgroße Dosen	40¢
Mais, 4 mittelgroße Dosen	64¢
Tomaten, 4 mittelgroße Dosen	28¢
Lachs, zwei Dosen	64¢
Briefmarke	2¢

23. April 1926

Heute bis Kansas City gekommen. Ich habe E. erzählt, ich wolle zu einer Autowerkstatt (wahr), aber eigentlich wollte ich an der Hauptpost halten (wahrer), ehe sie dorthin ging (am wahrsten).

Auf der ganzen Fahrt habe ich mit mir selbst gestritten. Nein, ich hätte in St. Louis diesen Brief von Carl nicht verstecken sollen. Nein, ich sollte ihn nicht in meiner Reisetasche lassen. Nein, ich sollte es auf keinen Fall noch einmal tun.

Aber dann stand ich in der Hauptpost von Kansas City, fragte nach postlagernden Sendungen für Mrs. Carl Wilde und kam mir gar nicht besonders gemein vor. Es waren jeweils zwei Briefe von C. und von A.L. da. Die von A.L. wanderten sofort in meine Rocktasche, die beiden von Carl sah ich mir einen Moment lang an. Er hatte in der Schule die gleiche Schreibschrift gelernt wie Ethel und ich, aber die Adressen auf dem Umschlag waren in Blockschrift geschrieben, wie sie ein Metzger für Schilder und Preislisten verwendet. Ich starrte die Umschläge an, mit Namen und Adresse in schwarzer Tinte, und fragte mich, was sie enthielten. Hatte er ihren Namen voller Sehnsucht geschrieben? Hatte er bei jedem E und L an sie gedacht? Oder waren die Buchstaben entschlossen und entschieden geschrieben, in der Hoffnung, es wäre das letzte Mal, dass er ihren Namen schreiben musste?

Als sie diesen ersten Brief, der sie so unruhig und hoffnungsfroh gemacht hatte, von ihm erhalten hatte, wusste ich, dass sie beim Lesen eine rosarote Brille trug. Ich hatte Carls Brief ebenfalls gelesen. E. erkannte darin ein Versprechen, das er nicht gegeben hatte.

Waren die anderen vielleicht genauso, die beiden aus Kansas City und der, den ich in St. Louis eingesteckt hatte? Oder waren sie doch schonungslos genug, um ihre Illusionen zu zerstören? Oder, noch schlimmer, so vage, dass sie sich noch die nächsten eineinhalbtausend Meilen Hoffnungen machte, die zerstört würden, sobald sie die Ranch in Nevada betrat? Diese Briefe für mich zu behalten und Ethel vor dem, was darin stand, zu bewahren, war meine einzige Möglichkeit, sie zu schützen. Die einzige, die mir einfiel, um zu verhindern, dass ihr noch einmal das Herz gebrochen wurde.

Schließlich war ein langsames Vergessen angenehmer als eine große Zurückweisung. Das stimmte. Ich wusste das. Darum hatte ich mich vor so vielen Jahren ganz allmählich aus Ethels Leben zurückgezogen. Das war der Grund, warum ich immer keine Zeit gehabt hatte, wenn Ethel eine gemeinsame Unternehmung vorschlug. Warum ich mir ewig Zeit gelassen hatte, ehe ich auf ihre fröhlichen Postkärtchen antwortete – wenn überhaupt. Warum ich immer seltener zu Besuch kam und schließlich gar nicht mehr.

Ich schützte mich, aber ich schützte auch sie. Wie schnell hätte sich alles verändert, wenn ich ihr das, was ich ihr in meiner Vorstellung immer sagte, tatsächlich gestanden hätte. Wenn sie dann das gesagt hätte, was sie sicherlich sagen würde. Aber unsere Freundschaft auf einen Schlag zu beenden, das wäre zu schlimm gewesen. Das hätte ich nicht ertragen.

Später

E. freute sich über die Briefe von A.L. Dass keiner von C. dabei gewesen war, dazu sagte sie nichts.

»Briefe müssen gefeiert werden«, sagte sie. »Und auch, dass wir in einer Stadt mit einem richtigen Lebensmittelladen sind.« Nachdem wir unser Lager aufgebaut hatten, machte sie sich mit Einkaufstasche und Einkaufszettel auf den Weg zum nächstgelegenen Geschäft. Und ich blieb mit drei Briefen und nicht genug Schuldgefühl im Zelt zurück.

Ich betrachtete die Briefe mit ihrer Blockschrift auf dem Umschlag und fand, sie sahen viel zu normal aus für Briefe, die eine Ehe beendeten. Der Anlass bedurfte einer fließenden Schrift. Diese Handschrift hier nahm man üblicherweise für Einkaufslisten, Spielergebnisse und Zettelchen, die man in der Schule von einer Bank zur anderen reichte. Schrieb er am Ende etwas Wahres und Persönliches? Waren diese Briefe genau das, was Ethel sich erhoffte?

Später

Ich konnte mich nicht mehr zurückhalten, ich habe es getan. Ich konnte nicht länger dasitzen, diese Briefe anstarren und mich fragen, ob ich E. wirklich vor ihnen schützen musste oder nicht.

Also füllte ich den Kaffeetopf und schob ihn über das Feuer. In allen guten Spionageromanen öffnet jemand einen Brief über Wasserdampf, und nirgendwo scheint das ein sonderliches Problem zu sein. Umschläge mit Dampf zu öffnen – um ein Geheimnis zu entdecken, einen Betrug zu verhindern, eine verbotene Liebesaffäre zu beenden – erscheint beim Lesen immer als ziemlich romantisches Unterfangen.

Aber das war es nicht. Es dauerte ewig, bis das Wasser zu kochen anfing, und die ganze Zeit hielt ich diesen elenden kleinen Umschlag in der Hand. Als es dann endlich kochte, verbrannte ich mich. Ich musste in meiner Reisetasche nach einem Handschuh suchen, und dann durchnässten der Dampf und das spritzende Wasser sowohl den Handschuh als auch den Brief. Aber die Klebung löste sich. Der Umschlag ging auf.

Ich weiß nicht, was ich erwartet hatte. Abwehr und Leugnen. Entschuldigungen. Liebesbekenntnisse, Reueschwüre. Seitenweise Wesentliches. Aber in diesen drei Briefen, die feucht nebeneinander auf meiner karierten Decke lagen, stand nichts davon. Kaum zu glauben, aber sie waren sogar noch kürzer als sein erster. Drei Mitteilungen, die, das wusste ich genau, Ethels Herz in keiner Weise erfreuen würden.

Aber ich las sie nicht gleich, denn sie platzte mit ihrer Einkaufstasche in mein Zelt und begann sofort aufgeregt zu erzählen, was sie Tolles gefunden hatte (»Tomaten, zwei

Dosen für achtundzwanzig Cent! Solche Preise habe ich in Newark noch nie gesehen. Und, Flor – Sellerie! Davon habe ich bisher nur gelesen!«) Ich warf mich auf die Decke, über die nassen Briefe, und hoffte, dass ich die Umschläge weit genug unter das Faltbett geworfen hatte.

Als sie plötzlich aufblickte und in ihrem Geplapper innehielt, dachte ich schon, sie hätte sie gesehen. Wie sie mich ansah! Aber sie sagte nur: »Ich wollte dich nicht aufwecken.« Und: »Warum kocht denn das Wasser im Topf?«

Ich streckte mich, gähnte, versuchte, so auszusehen, als hätte sie mich tatsächlich gerade geweckt. »Ich wollte dich mit Kaffee empfangen«, sagte ich und hoffte, dass sie mir glaubte.

Sie strich sich die Haare aus den Augen. Unterwegs hatte sie eine Haarnadel verloren. »Du kümmerst dich immer so gut um mich«, sagte sie. »Danke.«

Kaktusfeigenranch
Nevada

16. April 1926

Liebe Ethel,
ich wünschte, du würdest nicht so oft schreiben. Schreib auf jeden Fall an A.L., aber an mich? Eth, wirklich, das kann nicht gut sein.

Wir haben uns doch noch nie viel geschrieben. Weißt Du noch, als Du mir im Klassenzimmer diesen Zettel zugesteckt hast, der mit der Zeile Herzen unten am Rand? Wir waren in der achten Klasse, das weiß ich noch genau, weil ich gleich danach von der Schule abging. Weder vorher noch nachher habe ich jemals so ein Briefchen bekommen. Weißt du, wie lange ich an der Antwort gesessen habe? Ich habe sie Dir nie gegeben. Sie war auch nicht besonders toll.

Du hast mir ein paarmal geschrieben, als ich drüben in Europa war. Soldaten mit Heimweh freuen sich über alles. Aber vielleicht hatten wir uns damals schon nichts zu sagen.

Carl

Kaktusfeigenranch
Nevada

19. April 1926

Liebe Ethel,
fünf neue Briefe von Dir sind heute Morgen gekommen. Bist Du wirklich schon so lange unterwegs oder schreibst Du zwei Briefe am Tag?

Auch wenn Du es vielleicht nicht glauben kannst, Al hat Dich in den letzten Wochen nicht vergessen. Sie quasselt den Cowboys hier die Ohren voll über Gott und die Welt, auch über Dich. Sie lernt kochen, kannst Du Dir das vorstellen? Gebratenen Fisch, Bratkartoffeln, Fleischeintopf, Rindfleisch in Sahnesoße auf Toast – was ein paar alte Armeeveteranen und Cowboys in einer ausgewischten Bratpfanne eben so hinbekommen. Du würdest beim Anblick unserer »Küche« junge Hunde kriegen.

Du kochst natürlich immer noch am besten. Manchmal muss ich beim Aufwachen an Deine Donuts denken. Aber Eth, wir brauchen mehr als das. Donuts genügen nicht. Eine Heiratsurkunde genügt nicht. Ich dachte, sie würde helfen. Ich dachte auch, Al würde helfen. Aber nach sieben Jahren hast Du den Kartoffelbrei hingeworfen, und ich wusste einfach, dass es so nicht weitergehen konnte.

Carl

Kaktusfeigenranch
Nevada

20. April 1926

Liebe Ethel,
Du schreibst mir immer weiter, und ich weiß nicht, was Du von mir hören willst. Wenn ich es wüsste, würde ich es Dir sagen. Willst Du hören, dass ich meine Meinung geändert habe? Willst du hören, ich komme wieder nach Hause? Das werde ich nicht tun. Ich kann es nicht. Ich will es nicht, und ich weiß, dass Du es auch nicht willst. An diesem Tag, an dem ich Dir zusah, wie Du die Scherben der Schüssel aufgesammelt hast, wusste ich, Eth, dass Dein Herz, wenn ich bleibe, in ebenso viele Stücke zerbrechen wird. Auch wenn Du mir nicht glauben magst – dafür bist du mir viel zu wichtig.

Du kannst alles haben. Das Haus an der Elm Street. Alles, was in der Spardose ist. Mein Fahrrad. Mein Verwundetenabzeichen. Das Bild, das wir an der Strandpromenade gekauft haben. Das Klavier – Du hast es schließlich bezahlt. Du kannst alles haben. Außer … wenn ich das fragen darf? Von allem, was uns beiden jemals gemeinsam gehört hat – kann ich Al behalten?

Ich wusste, dass Du in heller Aufregung sein wirst, wenn Du feststellst, dass ich weg bin und Al mitgenommen habe. Du hättest zur Polizei gehen und mich wegen Entführung anzeigen können. Aber das hast Du nicht getan. Du kennst mich, und Du kennst Al. Du weißt, dass ich nicht einen einzigen Tag ohne sie sein könnte. Und ich will damit nicht sagen, dass Du es besser kannst. Aber, Eth, hör mir zu. Wenn Mütter ihre Kinder allein aufziehen können, warum sollen es Väter dann nicht können? Dürfen wir sie nicht genauso lieben? Ist es uns nicht erlaubt, sie so lange bei uns zu behalten, bis sie von selbst gehen?

Carl

Das Auto hat mitten auf der Straße abrupt angehalten.

BERYL

Warum sagt man eigentlich »stur wie ein Maulesel«?

Die beiden Frauen schauen durch die Windschutzscheibe auf etwas, was sich vor ihnen auf der Straße befindet.

FRANCIE

Du hast recht. Es müsste »stur wie ein Truthahn« heißen.

BERYL

Die rühren sich überhaupt nicht. Hup doch noch einmal.

Sie erheben sich gleichzeitig aus ihren Sitzen, um besser sehen zu können, setzen sich wieder.

FRANCIE

Ich glaube, das ist ihnen egal.

BERYL

Ist das bloß Sturheit? Wenn man sich keinen Deut darum schert, was ein anderer denkt?

FRANCIE

So stur warst du früher auch.

BERYL

Willst du damit sagen, ich bin ein Truthahn?

FRANCIE

(ahmt Truthahn nach)
Koller, koller.

Ausschnitt aus dem unproduzierten Drehbuch *Als sie König war*

KAPITEL 10

1952

Seit sie Newark vor vielen Jahren mit einer einfachen Busfahrkarte verlassen hatte (ohne Rückfahrt, um kalten Füßen und plötzlichem Heimweh keine Chance zu geben), war Louise fast nie aus Los Angeles herausgekommen. Einmal nach San Diego. Nach Bakersfield für einen Dreh. Diese einzige lange Reise während des letzten Krieges, hin und zurück über den Ozean. Und das kurze, rauschhafte Wochenende, als sie und Arnie mit einer Tasche voll Bargeld und einer Heiratserlaubnis nach Palm Springs davonrannten.

Sie hatten gerade *Betsey Barnes auf dem College* abgedreht. Voller Zuversicht dank eines dicken Honorarschecks machte ihr Arnie einen Antrag. Voller Zuversicht dank einer Vertragsverlängerung antwortete sie ihm mit einem Kuss. Sie lieh sich heimlich das Kleid aus, dass sie in Betseys letzter Tanznummer getragen hatte, ein malvenfarbenes Seidenensemble mit schwingendem Chiffonrock und einem perlenbesetzten Jäckchen. Es passte überhaupt nicht zu einer standesamtlichen Hochzeit, nicht einmal in Kalifornien, aber das war Louise egal. Sie fühlte sich darin wie eine Prinzessin und wusste außerdem, dass am Wochenende niemand den Kostümraum überprüfte.

Sie blieben im Hotelzimmer und ließen sich vom Zimmerservice versorgen. Als sie an ihrem letzten Tag im El Mirador endlich nach draußen gingen, fiel einer der seltenen Sturzregen. Sie waren die einzigen Spaziergänger weit und breit, liefen barfuß über die mit Pfützen übersäte Wiese, legten sich in patschnasse Leinenliegestühle und küssten sich unter den tropfenden Arkaden rund um den Pool.

Louise fragt sich, warum sie nie wieder hingefahren sind.

Aber so etwas wie den Grand Canyon hat sie noch nie gesehen. Das ist kein kalifornischer Strand, keine Wüste in Nevada, kein Ferienhotel in Palm Springs. Und schon gar nicht New Jersey. Zu dem Regisseur da oben im Himmel hatte sie immer schon eine ziemlich gute Beziehung, aber dort am Rand des Canyons erkennt sie eine Kunstfertigkeit, deren Ausmaß sie sich bisher nicht vorstellen konnte. Sie begreift, dass es die Geduld vieler Zeitalter braucht, um eine solche Schönheit zu erschaffen.

An Geduld mangelt es ihr zurzeit besonders.

Wie versprochen nimmt Duane sie am nächsten Tag mit auf eine Besichtigungstour hinab in den Canyon. Während sie eine gegrillte Grapefruithälfte verspeist, hübsch garniert mit einer Maraschinokirsche in der Mitte, besorgt er ihnen zwei Plätze für einen Maultierritt den Bright Angel Trail hinab.

»Das soll die beste Art sein, den Canyon zu erkunden«, erklärt er. »Sogar im Winter.«

Louise fragt nicht, wer das behauptet. Möglicherweise Leute, die die Broschüren gelesen haben.

Er überlässt sie ihrer Grapefruit und geht nach oben, um

sich umzuziehen. Es scheint, dass Duane, der perfekte Soldat, auch für diese Gelegenheit ein spezielles Paar Cowboystiefel besitzt. Louise weiß nicht so recht, ob sich in ihrem Korbkoffer passende Kleidung für einen Maultierritt im Dezember findet. Alles, was sie eingepackt hat, ist leicht und luftig, in kalifornischen Pastelltönen und geeignet für das Klima in der Wüste. Sie entscheidet sich schließlich für eine schmale schwarze Hose und ein dazu passendes schwarzes Jerseyoberteil. Es hat einen U-Ausschnitt, nicht zu tief, aber doch so, dass ein bisschen Schlüsselbein zu sehen ist. Und es hat lange Ärmel. Sie hofft, es ist warm genug.

Louise überlegt, dazu die weißen Sportschuhe zu tragen, aber sie kommen ihr für das spartanische Ensemble zu sportlich vor, zu ländlich für ihren städtischen Chic. Stattdessen schlüpft sie in die flachen Schuhe, ein hellroter Farbfleck zum Schwarz der Hose. Die Haare bindet sie zum Pferdeschwanz hoch. So eine Frisur hat sie seit Jahren nicht mehr getragen, nicht seit der Zeit der Betsey-Barnes-Filme, aber sie scheint ihr passend. Vielleicht deshalb, weil Louise immer noch so tut, als wäre sie Anna. Vielleicht auch, weil sie so weit weg ist von zu Hause. Und weil sie sich hier, wo der Himmel sich viele Meilen weit spannt, leicht und jung fühlt und so hoffnungsvoll wie mit achtzehn.

Sie legt nur wenig Make-up auf. Puder, Rouge, heller Lippenstift. Augenbrauen und Wimpern dunkel und elegant. Ein Tupfer Evening in Paris hinter jedes Ohr. Kein Schmuck außer ihrem türkisfarbenen Armband. Kein Hut, keine Handschuhe, keine Handtasche. Mit einem letzten Blick in den Badezimmerspiegel überprüft sie ihr Aussehen. Keine Rüsche, kein Petticoat, keine Feder oder Perle. Einfach und frisch sieht sie aus. Bereit für einen Nationalpark.

Als Louise draußen an der Pferdekoppel Duane trifft, wird ihr klar, wie sehr sie sich geirrt hat. Die wenigen anderen Frauen, die auf die Tour warten, tragen Reithosen oder Männer-Bluejeans, Leinenjacken über den Blusen und Schuhe mit dicken Sohlen. Karierter Wollstoff. Sehr viel karierter Wollstoff.

Mit ihren engen schwarzen Hosen und der Schildpatt-Sonnenbrille sieht Louise vermutlich aus, als wolle sie einen Jazzklub oder eine Lyriklesung besuchen. Oder wie das, was sie ist: Eine alberne Filmschauspielerin, die erfolglos versucht, sich einen Tag lang unters Volk zu mischen. Eine moderne Marie Antoinette. Sie macht kehrt und begibt sich auf die sichere Seite außerhalb der Pferdekoppel, legt eine Hand auf das hölzerne Geländer.

Louise ist keineswegs warm genug angezogen. Beinahe beneidet sie die anderen um ihre Jagdjacken aus Leinen und kariertem Flanell, obwohl sie so hässlich aussehen. Am Nacken friert sie jetzt schon, und das kleine Stück nackter Haut am Knöchel über ihren flachen Schuhen ist weiß und eiskalt. Eine lächerliche halbe Sekunde lang überlegt sie, ob sie noch einmal aufs Zimmer gehen und ihren Nerzmantel holen soll.

Sie glaubt nicht, dass sie schon jemand bemerkt hat – zumindest hofft sie, dass niemand dieses Mädchen gesehen hat, das nicht weiß, was man für einen Maultierritt anzieht –, aber Duane hat sie von der anderen Seite der Einfriedung aus entdeckt und winkt ihr zu. Er sitzt auf einer Holzbank und zieht seine Cowboystiefel an. Sie sind wunderschön verziert, mit silbernen Nieten an den Seiten. Er trägt sogar einen Hut mit breiter Krempe, ganz wie ein richtiger Cowboy. Vielleicht hat er ihn im Souvenirladen des

Parks gekauft. Vielleicht hätte sie sich auch einen kaufen sollen.

Er winkt erneut, aber sie bleibt außerhalb der Einfriedung stehen und rührt sich nicht. »Huu-uu!«, ruft er sogar.

Einige der Leute drehen sich daraufhin um. Vielleicht erkennen sie Louise trotz des Pferdeschwanzes. Zusammen mit den Führern, die Fransenjacken tragen, zählt sie zehn Personen, Männer und Frauen. Eine beschattet ihre Augen mit der Hand und späht zu ihr herüber. Louise würde am liebsten mitsamt ihrer flachen roten Schuhe im Boden versinken. Stattdessen schiebt sie sich die Sonnenbrille zurecht, als würde sie ihr vor den unerwünschten Blicken Schutz bieten. Möglicherweise tut sie das auch.

Duane knotet die Schnürbänder seiner eleganten Herrenschuhe zusammen und hängt sie sich über die Schulter. Er kommt über die Pferdekoppel auf sie zu. »Maultiere sind störrisch«, sagt er und lehnt sich ans Tor. »Sie kommen nicht zu Ihnen, Sie werden schon hingehen müssen.«

Sie zwingt sich zu einem schmallippigen Lächeln, das sie nicht lange durchhält. »Ich kann nicht mitkommen. Es tut mir leid.«

»Warum denn nicht? Es ist doch schon alles bezahlt. Keine Erstattung, heißt es.«

»Ich gebe Ihnen die elf Dollar.«

Er wirft seine Schuhe über das Geländer. »Was ist denn los?«

Es ist komisch, dass Duane schon nach so kurzer Zeit wie ein alter Freund mit ihr redet. Als wäre sie seine kleine Schwester. Oder das Nachbarsmädchen. Sie versucht, sich vorzustellen, einer der Männer im Studio, ein Regisseur, Kabelträger oder Bühnenarbeiter, würde ihr in die Augen sehen und »Was ist denn los?« fragen. Solange sie noch ein Lippenstiftlächeln zeigen kann, interessieren sich diese Männer nicht die Bohne für sie.

Aber Duane stützt die Ellbogen auf das Tor. Er blickt ihr in die Augen. Er will es wirklich wissen.

»Na ja …«, sie zögert. »Ich bin nicht passend angezogen.«

»Die restlichen Maultiere werden gerade noch gesattelt. Sie haben noch Zeit, sich umzuziehen.«

Louise zögert erneut. »Ich habe nichts anderes dabei.«

Sie rechnet damit, dass er lacht. Schauspielerinnen haben stets die richtige Kleidung dabei, für welchen Anlass auch immer. Ein Gottesdienst? Leichtes Wollkostüm in gedecktem Pastell, ein kleines Hütchen mit Schleier, braune Pumps mit niedrigem Absatz. Eine Premiere? Bodenlanges Abendkleid – bitte Dior oder Adrian –, und die nackten Schultern spitzen nur ganz wenig unter einer Stola hervor. Am Strand? Caprihose, Wickelbluse und flache Leinenschuhe. Eine Besprechung, bei der Sie das Studio gerne überzeugen möchten, dass Sie eine ernst zu nehmende, kluge Frau sind? Gelber Glücksschal.

Das weiß Duane sicher alles. Dennoch lacht er nicht. »Wie kann man denn seine Maultierreitausstattung vergessen?«, sagt er mit einem Zwinkern, und nun ist sie diejenige, die lacht.

»Sie ist in meinem anderen Koffer«, bemerkt sie leichthin.

»Aber Sie schenken dieser alten Pferdekoppel wenigstens einen Hauch von Kalifornien.«

Die Damen schauen noch immer zu ihr herüber, sehr verstohlen über die Köpfe ihrer Maultiere hinweg. Zwei der

Männer starren ganz ungeniert Louises schmale Beinbekleidung an. Sie versteckt sich hinter dem Lattenzaun.

»Vielleicht will ich das gar nicht.« Sie zupft an ihrer Hose, die den Schwung ihrer Waden zeigt, ihre Kniekehlen. »Wissen Sie, was ich zu meinem ersten Vorsprechen getragen habe? Ein Abendkleid. Mit einer großen Samtrosette an der Taille und allem Drum und Dran.« Bei der Erinnerung daran lacht sie kurz auf. »Ich habe also Erfahrung darin, aufzufallen wie ein bunter Hund.«

Kurz entschlossen schlüpft Duane aus den Cowboystiefeln mit den Silbernieten und reicht sie über das Tor.

Sie rührt sich nicht. »Die kann ich Ihnen doch nicht wegnehmen.«

Auf Strümpfen steht er im Staub der Einfriedung. »Sie drücken ohnehin an den Zehen.«

Louise ist sich sicher, dass das nicht wahr ist, nimmt die Stiefel aber dennoch.

Sie sind riesig und reichen ihr bis ans Knie; sie ist froh, denn das verdirbt den Männern ein wenig den Spaß am Betrachten ihrer Beine. Duane zieht seine dicken Socken aus und gibt sie ihr ebenfalls. »Stopfen Sie die vorne rein.«

»Wirklich, Sie müssen nicht …«

»Wie viele Männer können schon sagen, sie haben Louise Wilde ihre Socken geliehen?« Er grinst. »Nehmen Sie auch den Hut. Bitte.« Er wartet die Antwort gar nicht ab, sondern stülpt ihr den Hut einfach über den Kopf.

Ganz kurz blitzt ein Erinnerungsbild auf, von einem anderen Hut, der über einen anderen Pferdeschwanz geschoben wurde.

Bei ihrem ersten Ritt vor so langer Zeit hatte Mr. Steve ihr seinen Hut geschenkt. Er rutschte ihr über die Augen, aber mit diesem Hut kam sie sich auf ihrem friedlichen Pony so vor, als würde sie dazugehören.

Auf einmal brennen Louise die Augen, das muss der Staub sein. Sie senkt den Kopf und hofft, dass es niemand bemerkt. Duane gibt ihr nicht gerade sein letztes Hemd, aber es kommt ihr fast so vor. Während sie sich die Stiefel zurechtzieht, wischt er sich die nackten Füße mit einem Taschentuch ab und schlüpft in seine Schnürschuhe.

Dann tritt noch jemand neben sie. Eine farblos wirkende Frau hat die Pferdekoppel durchquert und dabei ihr Tuch von den Schultern genommen. Es ist ein steifes kariertes Ding, von der Art, wie ihre Oma sie trug. Einen Moment lang ist Louise sehr verlegen. Wegen des Schals, wegen der unscheinbaren Frau und weil sie glaubt, Louise bräuchte etwas.

Aber Duane vertreibt die Verlegenheit sofort. Er bedankt sich bei der Frau und nimmt das Schultertuch, legt es Louise um die Schultern und verknotet es. Es riecht leicht nach Talkumpuder. »Besser?«, fragt er.

Normalerweise vergisst sie ihren Text nie, aber hier gibt es kein Drehbuch. »Ja«, sagt sie und räuspert sich. Sie berührt Duanes Hände, die noch mit dem Knoten beschäftigt sind. »Danke.«

Es ist ewig her, seit Louise zuletzt im Sattel gesessen hat, aber sobald sie auf dem Rücken des sanftäugigen Maultiers Platz genommen hat, erinnert sich ihr Körper an das Gefühl. Unter Schmerzen. Nach kurzer Zeit tun ihr die Beine weh, und ihr Hintern ist wund. Ja, es ist ewig her.

Sie hatte ihre erste Sprechrolle nur bekommen, weil sie reiten konnte. Es war ein Western, in dem gesungen wurde.

Nicht so etwas Großes wie die Streifen mit Gene Autry oder Roy Rogers, aber von dieser Art. Cowboys und Gitarren am Lagerfeuer, Balladen, die vor einer Präriekulisse gesungen werden, fröhliche Volkstanzfeste mit sehr viel Bauernkaro. Als jemand die Horde Mädchen vor dem Studio fragte, wer von ihnen reiten könne, hob sie sofort die Hand. Sie war seit dem Aufenthalt auf der Kaktusfeigenranch nicht mehr geritten, damals hatte sie noch Anna Louisa geheißen, sechs Jahre alt mit dunklen Zöpfen, Zahnlücken und sehr viel Entschlossenheit. Die Zöpfe waren verschwunden, aber die Entschlossenheit nicht. Darum schob sie sich an diesem Tag durch die Menge nach vorne und schwor dem Besetzungschef, sie könne reiten wie Annie Oakley. Es hatte funktioniert. Schließlich zählte in Hollywood Mumm immer noch mehr als Talent.

Die farblose Frau sieht nicht so aus, als hätte sie je in ihrem Leben Kühnheit gezeigt, aber sie lässt sich mit ihrem Maultier zurückfallen, bis sie neben Louise ist.

»Entschuldigen Sie die Frage«, sagt sie und nestelt an einem Knopf ihrer braunen Jacke, »aber sind Sie nicht …«

Louise wartet nicht ab, bis sie ausgesprochen hat. »Nein«, sagt sie. Sie will sich nicht mit dieser Frau unterhalten. Sie möchte nicht in die Gesichter blicken, die sich ihr jetzt zuwenden. Sie möchte gedankenverloren dahinreiten und den Himmel und den warmen Sattel unter ihren Beinen genießen.

»Aber Sie sehen genau aus wie …«

»Tut mir leid«, sagt Louise, »aber ich bin es nicht.«

Sie kommt sich beinahe gemein vor, als sie sieht, dass die blasse Frau rot wird und den Blick senkt. Das Mutigste, was diese Frau wahrscheinlich bisher getan hat, war, Hühnercremesuppe anstatt Pilzcreme für den Auflauf zu verwenden. Und dann ist sie neben einen Hollywoodstar geritten, ohne mehr bieten zu können als ein Schultertuch und eine Frage.

Louise hätte Ja sagen, vielleicht auch ein Autogramm an die Kante des Schultertuchs malen sollen, sonst tat sie das ja auch. Es gab Zeiten, da saugte sie diese Art von Aufmerksamkeit geradezu auf, begann zu leuchten wie eine Glühlampe. Aber hier, in diesem äonenalten Canyon, saugt sie nur die Ruhe auf. Statt nach der Unruhe und Geschäftigkeit am Set sehnt sie sich auf einmal nach Frieden.

Kopfschüttelnd gesellt sich die Frau wieder zu ihrem Ehemann. »Das habe ich dir doch gleich gesagt«, zischt er, und jetzt wird Louise rot. Duane dreht sich zu ihr um, sagt aber nichts.

Während sie auf dem Pfad immer weiter nach unten reitet, bemüht sie sich, das alles zu vergessen. Die Zöpfe, die Ranch, das so lange zurückliegende Casting. Die Fans und die Autogramme. Ihre klappernden Zähne. Sie blickt hinaus in den Canyon und auf die Wolken, die von den Bäumen unter ihnen wie auf Stufen aufsteigen in einen Himmel, der sich bis ins Unendliche erstreckt. Keine Hintergrundstory ist so groß wie dieser Himmel.

Die einzigen Geräusche sind das Läuten der Maultierglocken, das Knirschen der Sättel, die Huftritte auf dem abfallenden Fels. Auf dem langsamen Weg nach unten schweigen alle. Neugierige Blicke hinauf zum Himmel oder zum Kraterrand, wo die Gebäude inzwischen nicht mehr zu sehen sind. Mutige Blicke in den Abgrund. Nervöse Blicke nach vorne auf die zuckenden Ohren der Maultiere.

Louise beobachtet einen Vogel. Ein Habicht oder ein Adler, sie weiß es nicht. Er steigt aus den Bäumen herauf, höher und höher, mit angespannten Muskeln. Gewichtslos, mühelos. Sie beneidet ihn.

So mühelos fühlt sich ihr Leben schon seit Langem nicht mehr an. Damals, als sich die Zukunft vor ihr erstreckte, als sie jede angebotene Rolle mit Freude annahm und im Scheinwerferlicht erstrahlte, da kam ihr alles ganz einfach vor. Ihre Karriere lag vor ihr. Sie war glücklich verheiratet. Beides ein Kinderspiel. Wann war es so schrecklich anstrengend geworden?

Sie kommen an einem niedrigen Ast einer verkrüppelten Kiefer vorbei, der mit harschem Schnee überzuckert ist. Seit etwa einem Dutzend Jahren hat Louise keinen Schnee mehr zu Gesicht bekommen. Um sie herum liegt fast nichts, nur eine dünne Schicht auf dem Pfad, die sich auflöst, je tiefer sie kommen, aber sie kann den Schnee riechen. So kalt, so sauber riecht es in L.A. niemals. Sie streckt den Arm aus, bis ihre Finger die Nadeln berühren. Sie fühlen sich eisig und stachelig an.

Duane reitet ihr voraus. Auf dem Maultier sieht er noch größer aus, und seine Haltung wirkt unbequem, die Beine stehen in einem seltsamen Winkel ab. Mit großer Geste hat er sich wie John Wayne auf sein Reittier geschwungen, er wollte sie beeindrucken. Als sie ihn jetzt ansieht, auf und nieder wippend, mit nackten weißen Knöcheln über den eleganten Schuhen, verspürt sie unerwartet Zuneigung zu ihm.

Sie fährt mit den Fingerspitzen durch die steife Mähne des Maultiers. Die Berührung lässt das Tier erzittern. Alles an ihm – die Mähne, der Hals, die schweißigen Flanken – ist warm. Louise spürt es an den Beinen. In ihren Kniekehlen sammelt sich der Schweiß.

Duane dreht sich zu ihr um und sagt über seine Schulter hinweg etwas zu ihr. Der Wind, der durch den Canyon rauscht, reißt ihm die Worte vom Mund. Hat er gefragt, ob ihr der Ritt gefällt? Oder ob sie ihn schrecklich findet? Ob sie einen Schluck Wasser trinken will? Sie nickt, ohne zu wissen, wozu sie ihr Einverständnis gibt. Die Wärme, die Schläfrigkeit, machen sie gleichgültig.

Es kommt ihr vor, als würden sie schon stunden-, tage-, wochenlang dahinreiten, aber die Sonne über dem Rand des Canyons hat sich kaum weiterbewegt. Louise hat ihre goldene Uhr im Hotelzimmer gelassen. Hier unten scheint die Zeit ihre eigene Geschwindigkeit zu haben.

Der Pfad wird schmaler, führt nahe am Abgrund entlang. Die Frau vor ihr in der braunen Jacke stößt einen kurzen Schrei aus. Beinahe hätte Louise über sie gelacht – beinahe, denn in diesem Moment gerät ihr eigenes Maultier etwas zu nahe an den Rand des Pfads. Ein Stein löst sich und poltert in die Tiefe. Um ein Haar hätte sie aufgeschrien. Um ein Haar hätte sie die Zügel angezogen, die Fersen an den Körper des Tieres gedrückt, ihr Möglichstes getan, damit das Maultier stehen bleibt.

Aber sie tut es nicht. Sie löst eine Hand von den Zügeln und drückt sie gegen die Brust. Unter den Fingerspitzen fühlt sie ihren Herzschlag: eins, zwei, drei, vier, fünf, sechs, sieben, acht, neun, zehn. Bei zehn lässt sie auch mit der anderen Hand los. Sie streckt beide Hände aus wie eine Ballerina, balanciert auf dem Rücken des Maultiers und schaut über den Rand nach unten.

In diesem Augenblick ist sie natürlich nicht mehr Louise Wilde. Sie ist die kleine Anna mit den Zöpfen und mit Mumm, die alles tut, was ihr schwerfällt und was Tapferkeit verlangt, und zwar genau deshalb, weil sie solche Angst davor hat.

Fast unmittelbar neben dem Pfad geht es steil nach unten. Ein beinahe lotrechter Abhang. Er ist grün, so grün. Ein mit Schneeflecken durchsetzter Teppich erstreckt sich auf der einen Seite in den Canyon hinunter und auf der anderen Seite wieder hinauf. Es sind Bäume, erkennt sie nach einiger Zeit, Bäume, die so weit entfernt sind, dass sie wie Sträucher aussehen. Bäume, die von hier oben nur ein Farbfleck auf dem Boden des Canyons sind.

In all dem Grün ist der Pfad ein gezacktes braunes Band, er windet sich nach unten wie die Spur einer Schlange im Sand, wie der silbrige Weg einer Schnecke auf dem Fensterbrett, bis er im Jadegrün verschwindet. Nie hätte Louise gedacht, dass der Grund von irgendetwas so weit entfernt sein kann. An diesem so gewaltigen Ort kommen ihr die eigenen Probleme ganz klein vor.

Der Vogel, den sie beobachtet hat, schwebt wieder nach oben, in Spiralen treibt er im Aufwind. Es könnte auch ein anderer Vogel sein. Vielleicht ist das alles, was sie den ganzen Tag tun, jeder einzelne dieser Vögel. Sie verbringen ihre Zeit damit, sich durch den weiten Raum zwischen den Wänden des Canyons treiben zu lassen. Es sieht so leicht aus. Die Arme immer noch wie ein Adler zur Seite gestreckt, beugt sie sich im Sattel vor.

Duane dreht sich erneut zu ihr um, aber als er sie sieht, erstirbt sein Lächeln. »He!«, schreit er und bewegt sich unruhig im Sattel. »Halten Sie sich bitte fest, ja?«

Automatisch greift Louise wieder nach den Zügeln. Sie ist kein Vogel, hat keine Federn, die sie in der Luft halten können. Sie hat nichts außer ihren Träumen, die schnell in sich zusammenfallen.

Beim Aufbruch der Maultierkarawane hat sie sich gefragt, ob Duane ihr vorausreiten oder sich hinter ihr halten würde. Vorne ist er der Anführer, der den Weg bahnt und ihr sagt, wohin es geht. Hinter ihr hat er sie im Blick, achtet darauf, dass sie nicht über den Rand stürzt. Arnie ist immer hinter ihr geblieben, wenn sie Fahrrad gefahren oder zum Hollywood-Sign hinaufgeklettert sind. »So kann ich dich jederzeit auffangen«, hat er immer gesagt. »Lou, ich lass dich nicht fallen.«

Sie hat keine Federn, wird nie welche haben. Aber vielleicht hat sie immer noch Arnie.

Bei der Rückkehr ins El Tovar ist Louise erschöpft. Duane bemerkt es nicht. Er will ein gebratenes Steak und Kartoffeln.

»Keinen Hunger?«, fragt er, als sie am Eingang zum Speisesaal stehen bleibt und ihm seinen Cowboyhut zurückgibt. »Nicht mal auf einen Hamburger? Ich lade Sie ein.«

Sie schüttelt den Kopf, ist aber sogar zu müde, sich zu einem Lächeln zu zwingen. Sie möchte jetzt unbedingt allein sein.

Duane zögert einen Moment. »Trinken wir dann nach dem Abendessen etwas zusammen?«, fragt er beiläufig, zu beiläufig, und fügt hinzu: »Oder …«

Er lässt das Wort in der Luft stehen, und sie weiß genau, was er damit sagen will. Sie hat in ihrem Leben schon zu viele solche Oders gehört: »Natürlich können Sie sich dort in die Warteschlange stellen, zu den anderen Mädchen. Oder …«, »Louise, Süße, willst du wirklich als Hupfdohle versauern? Oder …«. »Ich kann dich auf dem Heimweg an deiner Wohnung absetzen. Oder …«

»Ich fahre morgen früh weiter«, sagt sie und sucht nach einer höflichen Entschuldigung. »Darum sollte ich jetzt wirklich schlafen gehen.«

Eine Sekunde lang erwartet sie, Duane würde noch einmal Oder sagen, vielleicht noch mehr hinzufügen und sie beide in Verlegenheit bringen.

Aber stattdessen sagt er: »Wenn ich die Frage nicht stelle, denke ich mein Leben lang daran, was gewesen wäre, wenn. Verstehen Sie?« Er schluckt.

Sie antwortet nicht.

»Trotzdem, es tut mir leid. Das hätte ich nicht sagen sollen. Ich dachte ... Ach, was spielt das für eine Rolle, was ich gedacht habe. Das war falsch.«

Vielleicht war es falsch. Aber er ist der Erste in der langen Reihe von Odersagern, der sich entschuldigt. Der Erste, der nicht automatisch ein Ja erwartet hat.

»Ich glaube, bei einem Ja hätten Sie überhaupt nicht gewusst, was Sie tun sollen«, sagt sie sanft.

Daraufhin grinst er jungenhaft. »Ich bin ein Mann, also muss ich jetzt natürlich sagen: ›Na klar hätte ich das‹, aber vielleicht haben Sie recht.«

»Ihre Stiefel«, sagt Louise und beugt sich vor, um sie auszuziehen, aber Duane hindert sie mit einer Geste daran.

»Behalten Sie die Stiefel. Sie können sie als eine Art Fanpost an Sie betrachten, Louise.«

»Ich werde jetzt mit Arnie telefonieren.« Sie berührt Duane an der Wange, nur ein einziges Mal. »Und Sie sollten überlegen, Mavis anzurufen.«

Er lächelt bedauernd, vielleicht sogar traurig, dann nickt er. Sie sieht ihm nach, als er in den Speisesaal geht.

»Ich möchte gerne einen Telefonanruf nach Los Angeles

anmelden«, sagt Louise zu dem Mann am Empfang. »Bitten Sie die Vermittlung, es so lange klingeln zu lassen, bis jemand am Apparat ist.« Sie kritzelt die Nummer auf einen Zettel und schiebt ihn über die Theke.

»Möchten Sie etwas trinken, während Sie auf den Anruf warten?«, fragt er.

Am liebsten würde sie sagen: »Ja, einen Manhattan.« Beinahe tut sie das auch. Aber stattdessen sagt sie: »Nichts«, und fügt hinzu: »Vielleicht einen Kaffee.«

Sie zieht sich das Tuch von den Schultern. In der Ecke ist ein Etikett von Montgomery Ward eingenäht. Sie bittet den Hotelangestellten um ein Stück Papier und schreibt: *Danke, dass Sie mir Ihr Schultertuch geliehen haben. Sie sind netter als die meisten anderen. Louise Wilde.* Dann rollt sie das Briefchen zusammen und steckt es unter die Schlinge des Etiketts.

Sie faltet das Tuch und schiebt es dem Mann am Empfang zu. »Das hat mir ein Gast heute geliehen.«

»Natürlich. Wie heißt die Dame?«

»Ich weiß es nicht. Sie sah aus wie Flora Robson.« Bei diesem Hinweis nickt der Angestellte. »Würden Sie dafür sorgen, dass sie es bekommt?«

»Natürlich.«

Louise muss nicht lange warten, bis die Verbindung hergestellt ist. Erstaunlich. Noch ehe sie einmal durch die Hotelhalle gegangen ist, tritt ein uniformierter Page mit einem Telefon auf sie zu, die Schnur zieht er hinter sich her. Ihr fällt beinahe die Kaffeetasse aus der Hand. Der Page greift schnell danach, ehe er ihr das Telefon übergibt.

»Arn?«, fragt sie und klemmt den Hörer ans Ohr. »Bist du das wirklich?«

»Wer sollte denn sonst in unserem Haus ans Telefon gehen?« Er hört sich gereizt an. Das kümmert sie nicht.

Sie umrundet einen riesigen beleuchteten Weihnachtsbaum, nimmt das Telefon mit zu einem Sessel in der Ecke und stellt es sich auf den Schoß. »Rate mal, wo ich bin?«

Eine dumme Frage. Das wird ihr klar, sobald sie die Worte ausgesprochen hat. »Die Vermittlung hat gesagt, es ist das El Tovar.«

Sie hätte besser gefragt, was er gerade macht. Ob er heute etwas gegessen hat. Ob er sich einen frischen Schlafanzug angezogen hat. »Ich bin am Grand Canyon. Da war ich noch nie. Und du?«

Am anderen Ende der Leitung herrscht Schweigen.

»Ich habe einen Maultierritt gemacht. Kannst du dir das vorstellen, ich auf einem Maultier? In Stiefeln und allem.« Sie weiß, dass sie plappert, aber endlich hat sie ihn am Apparat. Sie will nicht, dass er gleich wieder auflegt. »Der Canyon ist viele Meilen breit. Vielleicht sogar endlos. Wenn man auf die Felsen schaut und auf den Fluss unten, und alles, was man sieht, hat die Natur geschaffen … Das wirkt so friedlich. Als ob man aufs Meer schaut, nur ist es mitten im Land. Weißt du, was ich meine?«

In der Leitung knackt es, aber schließlich sagt er: »Ich glaube schon.«

Arnies Stimme klingt jetzt nicht mehr so gereizt. Sie versucht, sich vorzustellen, wo er gerade ist. Vielleicht an seinem Schreibtisch. Vielleicht hat er gelesen oder einfach dagesessen, ein Glas in der Hand, wie sie es so viele Abende getan hatte. Das Klirren von Eis. Möglicherweise telefoniert er in der Küche, wo er sich gerade Rühreier oder ein Sandwich mit gebratener Bologna-Fleischwurst zubereitet.

»Was hast du heute Abend gegessen?«

Sie könnte schwören, dass er seufzt. »Salzcracker.«

»Du kannst doch nicht ewig nur Cracker essen.« Sie richtet sich im Sessel auf. »Mach dir doch ein paar Eier, brat dir ein Stück Leber. Im Kühlschrank sollte noch welche sein. Ich müsste auch noch Käse für überbackene Käsebrötchen haben. Oder du machst dir einen Toast.« Vielleicht ist nicht mehr viel im Kühlschrank. Sie schließt die Augen und versucht sich vorzustellen, was sie in der Speisekammer hinterlassen hat. »Schinkenpaste. Fruchtcocktail. Oder mach dir eine Dose Suppe warm. Auf dem obersten Regal stehen bestimmt noch ein paar.«

Aber als Louise sich die roten Campbell's-Dosen vorstellt, sieht sie Arnie vor sich, der sie von seinem Rollstuhl aus zu erreichen versucht. Nun begreift sie, warum es am anderen Ende der Leitung so still ist.

»Ich bin so ein Dummkopf«, sagt sie leise. »Es tut mir leid.«

»An die Cracker komme ich ran«, sagt er.

Selbst wenn sie alles auf die unteren Regale der Speisekammer gestellt hätte, der Tischbackofen befand sich außerhalb seiner Reichweite. Er schafft es nicht, an der Spüle einen Topf zu füllen, und kann den Herd nicht bedienen, ohne sich dabei den Ärmel anzuzünden.

Mitten in der Eingangshalle des El Tovar steigen ihr Tränen in die Augen. Sie dreht sich zur Wand und wischt sie mit ihrer Manschette ab, was Streifen von Gesichtspuder auf ihnen hinterlässt.

»Ich hatte es beim Aufbruch so eilig, dass ich dir nichts zu essen hingestellt habe. Ich habe nicht einmal daran gedacht!« Die Tränen durchweichen ihren Ärmel und laufen ihr übers Gesicht bis zum Kinn. In den letzten Tagen der Reise hat sie alles ertragen – den leeren Tank, Mr. Steve, die Sperre, die einsamen Nächte –, aber das hier ist zu viel und sie heult das Hoteltelefon nass. »Ich kehre um. Ich mache mich heute Nacht noch auf den Weg. Wahrscheinlich schaffe ich es nicht vor morgen am späten Abend, aber dann mache ich dir Hackbraten oder Bratkartoffeln oder Spaghetti mit Fleischbällchen. Berge davon. Ich koche dir alles, was du willst.«

Arnie sagt nichts, und einen Augenblick lang hat sie Angst, er könnte bereits aufgelegt haben.

Aber dann fragt er leise: »Warum bist du denn nicht in Las Vegas?«

Sie hält den Hörer ein Stück weit weg und zieht die Nase hoch. »Nicht in Las Vegas?« Ihre Tränen versiegen. »Das ist jetzt nicht wichtig.«

»Aber da wolltest du doch hin. Du warst fest entschlossen. Und jetzt reitest du in Arizona auf Maultieren?«

Den ganzen Tag hat sie damit verbracht, auf einem Maultier zu reiten und mit zehn fremden Menschen und Duane Picknick zu machen. Während ihr Ehemann zu Hause saß und sich von Crackern und möglicherweise Tage altem Kaffee ernähren musste.

»Das ist jetzt nicht mehr wichtig.« Ihre Fahrt durch das ganze Land, um Weihnachten zu feiern und ihren Vater zu fragen, ob er sich von ihrer Mutter hat scheiden lassen, das kommt ihr auf einmal so selbstsüchtig vor. »Ich wollte meinen Vater besuchen – zu Weihnachten, weißt du –, aber er kommt auch ohne mich zurecht. Ich gehe hoch, packe meine Sachen und fahre zurück ...«

»Du solltest hinfahren.«

Seine Stimme ist so tief, dass sie nicht sicher ist, ob sie ihn richtig verstanden hat.

»Du solltest hinfahren«, sagt er noch einmal. »Nach New Jersey.«

»Aber ich …«

»Du bist seit Jahren nicht mehr zu Hause gewesen.«

Zuhause. Da ist das Wort wieder. Aber dieses Mal denkt sie nicht an Schnee und Tannen und Weihnachtslieder am Klavier. Sie hört »Zuhause« und erinnert sich an das letzte Weihnachtsfest, als sie Lichterketten um die Fächerpalme im Garten geschlungen hatten und Arnie zwei wunderbar blutige Steaks auf dem Grill zubereitet hat. Sie waren nur zu zweit und haben barfuß in der Hängematte unter dem Sternenhimmel Weihnachtslieder gesungen.

Vielleicht denkt er auch daran. Vielleicht. Denn er fragt: »Du kommst doch wieder zurück, oder?«

Unter Tränen lächelt sie und wischt sich wieder über die Augen. »Ich kann doch nicht ewig in New Jersey bleiben.«

Durch das Knistern der Leitung hört sie: »Bitte komm wieder.«

Und das ist plötzlich alles, was sie braucht. »Ich rufe Pauline an. Sie bringt dir etwas Warmes zu essen vorbei. Ich will nicht, dass du verhungerst.«

»In Ordnung.«

»Und mach deine Übungen, hörst du? Du weißt, dass das sein muss.«

»Lou …«

»Und wenn das Studio anruft, sag ihnen, sie sollen sich zum Teufel scheren.«

Sie stellt sich vor, wie er lächelt. »Mache ich.«

»Was sonst noch? Ach ja, gieß bitte das Usambaraveilchen in der Küche.«

»Lou.« Er macht eine kurze Pause. »Kommst du einfach nach Hause?«

Ihr liegt auf der Zunge: Arnie, du bist mein Zuhause. »Versprochen.«

Francie und Beryl liegen auf einer Decke unter einem Himmel voller Sterne.

FRANCIE

(nachdenklich)
Da oben ist gar kein Platz für den Himmel.

BERYL

So etwas solltest du nicht sagen, Francie. Der Himmel ist immer da. Das geht gar nicht anders.

FRANCIE

Vielleicht ist er ja jenseits der Sterne. Dort, wo das Universum so schwarz wie Samt ist.

BERYL

Nein, nicht so dunkel. Da oben gibt es Wolken und Licht und Eiscreme.

FRANCIE

Wie auch immer, ich bin sicher, dort ist es still.

BERYL

(rutscht ein kleines Stück näher)
Genau wie hier?

FRANCIE

(rutscht ein kleines Stück näher)
Genau wie hier.

Ausschnitt aus dem unproduzierten Drehbuch *Als sie König war*

KAPITEL 11

1926

Samstag

F. war richtig schlecht gelaunt heute Morgen. Sie hat mich beim Frühstück ständig angetrieben. Ich habe mir die Hand am Kaffeetopf verbrannt.

Dabei bin ich es, die von ihrer Tochter getrennt ist. Die kurz vor einer Scheidung steht. Der jeden Morgen alles wehtut, vom Knöchel bis hinauf zur Hüfte, und die Stärkungstropfen in sich hineinschüttet wie eine Alkoholikerin den Schnaps. Welchen Grund hat sie, so grantig zu sein?

Abendessen: Lachsfrikadellen mit Selleriesoße, Toast.

Camp	25¢
Benzin	$ 1.30
Briefmarke	2¢

24. April 1926

Mit Zahnschmerzen aufgewacht. Derselbe alte Backenzahn, mit dem ich schon länger Schwierigkeiten habe. Ich dachte, es wäre besser geworden, aber jetzt ist da wieder dieser stechende Schmerz. Es ist grausam. Dieses Mistding!

Ich habe mit Salzwasser gegurgelt und ein paar Aspirin genommen, aber es hat nicht sonderlich gewirkt. Ich hatte noch diese Flasche Fusel aus St. Louis, damit spülte ich noch eine Aspirin hinunter. Ich wollte nur so schnell wie möglich zum nächsten Campingplatz fahren und mich wieder ins Bett legen.

Aber natürlich trödelte Ethel ausgerechnet heute herum, sie kochte Eier und machte Käsesandwiches fürs Mittagessen. »Es ist so ein herrlicher Morgen!«, zwitscherte sie. Es war abstoßend. Ich wollte keine Sekunde länger hier herumsitzen. Und ein Sandwich wollte ich schon gar nicht.

Später

E. hat mir ein richtig raffiniertes Abendessen gekocht, Lachsfrikadellen mit Sellerie und weißer Soße. Sellerie habe ich noch nie gegessen. Sie sagte, sie wollte mich aufmuntern. Natürlich kam ich mir gemein vor. Als ich später in meiner Reisetasche nach dem Schlafanzug suchte, sah ich Carls Briefe. Jetzt komme ich mir noch gemeiner vor. Ich bin mit Aspirin und Schwarzgebranntem ins Bett gegangen.

Sonntag

Als wir aufwachten, regnete es. A.L. nennt einen solchen Nieselregen mit Pfützen immer »Froschregen«, weil sich die Frösche und die Würmer darin wohlfühlen.

Die Schmerzen haben mich früh geweckt. Knöchel. Hüfte. Und alles dazwischen. Ich habe mehr Stärkungstropfen als sonst eingenommen. Das gab mir so viel Kraft, dass ich aufstehen und zum Waschraum humpeln konnte.

F. war heute Morgen ein richtiger Stoffel.

Abendessen: mit Sirup gebackene Bohnen und Maisbrot

Camp	25¢
Benzin	$ 1.30
Eier	28¢
Briefmarke	2¢

25. April 1926

Der Zahn ist heute noch schlimmer. Ich hatte gehofft, dass es nur eine kleine Entzündung ist, aber ich kann ihn schon durch die Wange spüren. Ich glaube, der widerliche Kerl muss raus. Ich könnte heulen. Zwei habe ich schon verloren. Es ist, als wäre ich wieder acht und verliere einen Zahn nach dem anderen. Mit achtundzwanzig ist das nicht mehr so niedlich.

Später

Ein nervtötender, unablässiger Nieselregen, der meine Laune keineswegs besser machte. Wir sind nicht sonderlich weit gefahren, was E. überhaupt nicht gestört hat. Sie hat die Zeit genutzt und ein Bohnengericht mit Maisbrot gekocht. Gerade als ich auf eine nicht ganz weich gewordene Trockenbohne biss, schob sie mir eine Schüssel zu und sagte: »Dein Lieblingsgericht.« Mir schoss der Schmerz bis in die Schulter. Ich weiß, dass es falsch war (o ja, ich weiß wirklich, dass es falsch war), aber ich fuhr sie an: »Du hast mich so viele Jahre nicht gesehen und glaubst zu wissen, was mein Lieblingsessen ist?« Als wäre sie schuld daran, dass ich sieben Jahre lang aus ihrem Leben verschwunden war. Als wäre es ihre Schuld, dass ich Zahnweh habe.

Ich schwöre, ich wollte mich entschuldigen, aber die Worte blieben mir am Gaumen kleben, und sie ging ins Bett, ohne einen einzigen Bissen zu essen.

Ich machte meine Reisetasche auf, um einen Blick auf Carls Briefe zu werfen. Ich bin wirklich eine miserable Freundin.

Montag

F. war heute beim Zahnarzt und als sie zurückkam, hatte sie einen Zahn weniger. Ich habe ihr warmen Sahnepudding zum Abendessen gemacht. Was hätte ich sonst tun können?

Abendessen: Sahnepudding, ein ganzer Topf voll

Camp	25¢
Benzin	$ 1.00
Zahnarzt	$ 2.50
Sahne, 1 Becher	12¢
Zimt	27¢
Briefmarke	2¢

26. April 1926

Was für eine Erleichterung! Natürlich ist alles schrecklich entzündet, aber DIESER VERDAMMTE ZAHN ist weg. Der Zahnarzt meinte, in meinem Mund sähe es schlimm aus, aber man könnte es wieder in Ordnung bringen. Er hat sich den Kieferknochen angesehen, da ist noch nichts kaputt. So ein Glück. Ein paar Tage (und ein paar Schlucke aus der Flasche, die mir der Zahnarzt zugesteckt hat), dann bin ich wieder auf dem Damm.

Sahnepudding zum Abendessen, daher weiß ich, dass E. mir meine miserable Stimmung verziehen hat. Die Gute.

Dienstag

F. schwört ihr Zahnweh sei jetzt besser, aber ihre rechte Wange ist so geschwollen, dass sie wie ein Erdhörnchen aussieht, und ich habe gesehen, wie sie ein paar Aspirin eingeworfen hat. Vielleicht hätte sie gern, dass ich ihr noch einmal Sahnepudding koche?

Abendessen: –

Benzin 44¢

27. April 1926

Mein verflixter Hals tut weh. Der Zahnarzt, bei dem ich gestern war, hat tausend Eide geschworen, das Problem sei einzig und allein das Zahnweh, aber natürlich mache ich mir Sorgen. Kein Wunder. Vor der Abreise aus New Jersey hat mir Dr. Hunt eingeschärft, worauf ich achten soll. Zahnfäule, die auf den Kiefer übergreift. Gelenkschmerzen. Blutarmut. Schmerzende Knochen. Knochenbrüche. Er hat gesagt, bisher hätte ich noch Glück gehabt, die anderen Mädchen, die bei ihm waren und schließlich im Krankenhaus (oder noch schlimmer) endeten, hatten nie »bloß Zahnschmerzen«. Er schrieb alles auf, all die entsetzlichen Worte wie »Nekrose« und »Krebs« und »mögliche Entwicklung«, damit ich den Bericht einem neuen Arzt in Kalifornien geben kann. Wenn ich es bis dorthin schaffe.

Während E. Frühstück machte, saß ich am Feuer und klappte den Spiegel meines Kompaktpuders ständig auf und zu, bis E. ihn mir wegnahm und mir stattdessen einen Becher Kaffee in die Hand drückte. Dabei wusste ich gar nicht, wonach ich suchen sollte. Wie sieht eine Nekrose des Kieferknochens eigentlich aus? Und würde ich das wirklich bis in die Kehle spüren?

Später

Mittagspause, dabei ist es noch nicht einmal elf. In meinem Hals brennt es wie von Rasiermessern, und mir ist glühend heiß. Die letzten zehn Meilen bin ich mit hochgebundenen Klappfenstern gefahren.

Vielleicht macht mir E. noch mehr Sahnepudding. Das wäre herrlich.

Später

Kann nicht mehr fahren. Kann kaum noch

Mittwoch –

Donnerstag –

Freitag

Die letzten paar Tage habe ich auf einem Stuhl im Krankenhaus verbracht. Am Abend schicken mich die Nonnen weg, und ich muss sie allein lassen. Ich habe im Auto geschlafen, in ihren Pullover gewickelt.

Sie ist jetzt ganz ruhig. Es genügt mir schon, ihr beim Schlafen zuzusehen.

Samstag

Der Doktor spricht von Ludwig-Angina, als sollte ich wissen, was das ist. Eine Entzündung in ihrem Mund und der Kehle, die ihr das Atmen schwermacht. Gerade ging es ihr noch gut, sie kritzelte in ihr kleines Notizbuch, und im nächsten Moment brach sie japsend und mit rotem Gesicht zusammen. Jemand hat mir geholfen, sie ins Krankenhaus zu bringen. Angina, hat der Arzt gesagt. Wegen des verdammten Zahns.

In meinem ganzen Leben hatte ich noch nie solche Angst, nicht einmal, als A.L. ins Schwimmbecken des Olympic Park fiel.

Sonntag

Es war komisch, als sie sie ins Krankenhaus trugen. Ganz blau um die Lippen wühlte sie in ihrer Rocktasche und schob dem Arzt einen Zettel zu. Ich wusste nicht, was darauf stand, aber der Doktor schüttelte den Kopf. »Nein, das ist es nicht«, sagte er, und daraufhin schlief Florrie ein. Die Antwort schien eine Erleichterung gewesen zu sein.

Später suchte ich in ihrer Rocktasche nach dem Zettel. Er stammte von einem Zahnarzt in New York, einem Dr. Hunt. Ich verstand das nicht. Es war eine Art Arztbericht. Symptome, Behandlungen, mögliche weitere Entwicklung. Oben stand ihr Name, aber auch »Diagnose: Radiumvergiftung«, also konnte er nicht von ihr sein. Es waren doch nur Zahnschmerzen. Oder etwa nicht?

Montag

Sehr viel besser heute. Sie hat um einen frischen Schlafanzug gebeten. Mir fiel auf, dass ich mich seit Tagen nicht umgezogen hatte. Als ich ihr das erzählte, und dass ich im Auto geschlafen hatte, sagte sie: »Du meine Güte, Eth!«, und schickte mich fort, ich solle einen Campingplatz finden.

Ich weiß nicht, ob ich das ohne sie schaffe.

Abendessen: eine Dose Suppe, lauwarm

Campingplatz	25¢
Suppe	12¢
Fahrt zum Campingplatz	$1.00

3. Mai 1926

Endlich habe ich mein kleines Heft wieder. E. hat mir die Reisetasche gebracht. Danach habe ich sie weggeschickt. Seit es passiert ist, war sie jeden Tag hier. Sie musste sich ausruhen. Ich vielleicht auch.

Die letzten Tage lag ich mit Fieber im Bett, mir war kalt, ich war wütend, hatte Angst und schämte mich. Eth ist mit mir in einem Rettungswagen gefahren. Sie hat mich gesehen, wie ich im Krankenbett lag, blutete und eitrige Tränen weinte. Sie sah mich beim Benutzen der Bettpfanne. Ich rieche nach Borsäure und Karbollösung.

Aber es ist mehr als das. Sorgen machte ich mir nur um sie. Ich sah sie hinken und Aspirin schlucken. Ich dachte nur an sie, und daher habe ich mich zu spät um den schlimmen

Zahn gekümmert, habe die Anzeichen der Entzündung nicht beachtet, bin zusammengebrochen. Ich habe alles getan, wovor Dr. Hunt mich gewarnt hat. Und bloß, weil ich mir mehr Sorgen um E. machte als um mich selbst.

Vielleicht wäre es besser gewesen, sie wäre überhaupt nicht mitgekommen.

Dienstag

Lange ausgeschlafen. Auf dem Weg ins Krankenhaus einen Blumenstrauß gekauft.

Abendessen: eine Dose Suppe (Tomate), gleich aus dem Topf

Campingplatz	25¢
Suppe	12¢
Ein Dutzend Rosen	96¢

4. Mai 1926

Warum habe ich das geschrieben? Dass es mir lieber wäre, sie wäre nicht mitgekommen? Muss noch die Wirkung des Morphiums sein. Ich habe mich die ganze Nacht nach ihr gesehnt.

Die Stationsschwester, Schwester Benedict, hat mir geholfen, mich frisch zu machen. Körperwäsche, mein chinesischer Pyjama, ein bisschen Gesichtspuder. Sie hat mir die Haare gekämmt und zum Zopf geflochten, mit einem korallenroten Band zusammengebunden. Ich habe Sen-Sen-

Bonbons gekaut, um den bitteren Geruch des Strychnins in meinem Atem zu überdecken, und gehofft, E. würde den klebrigen Verband, mein gerötetes Gesicht, mein Krankenhausbett übersehen.

Als sie kam, brachte sie mir einen kleinen Strauß dunkelrosa Rosen, die, von denen ein Dutzend einen Dollar kosten. Mir hat noch nie jemand Blumen geschenkt. Fast schüchtern trat sie ins Zimmer, den Strauß an die Brust gedrückt. Sie trug ein blau kariertes Kleid, das ich noch nie an ihr gesehen hatte.

Sie setzte sich zu mir, und in den ersten Minuten wussten wir kaum, was wir miteinander reden sollten. Die Schwestern liefen geschäftig um die Betten, zogen Laken glatt, wechselten Verbände, sprachen leise. E. und ich saßen schweigend da, sie zupfte an den Blumen, die sie vergessen hatte, mir zu geben, ich zupfte an meiner Decke.

Schließlich fragte ich sie, wie der Campingplatz sei. »Schön«, sagte sie. »Ausgezeichnet. Ich habe einen Platz unter einer Ulme.« Mehr sagte sie nicht, und ich stellte mir das vor und fragte mich, wie sie es geschafft hatte, alles aufzubauen. Vor allem, wie sie überhaupt zum Campingplatz gekommen war, wo sie doch den Ford T gar nicht fahren konnte.

Offenbar sah sie die Frage in meinem Gesicht, denn sie sagte: »Ach verdammt, jemand hat mich hingefahren, ja? Ein Junge, der zweimal an den Randstein gestoßen ist. Ich habe ihm dafür einen Dollar gegeben, was vielleicht viel zu viel ist, aber ich wusste nicht, wie ich sonst hinkommen sollte.« Jetzt erst fiel mir auf, dass sie schmutziggraue Schatten unter den Augen hatte und ihr Haar nicht richtig gekämmt war. Auch wenn sie nicht im Krankenhaus lag, so besonders gut ging es ihr nicht. »Ohne dich ist es zu dunkel und zu still«, sagte sie. »Diese Zelte sind zu groß für eine Person.«

Mittwoch

Heute habe ich F. nach dem Papier in ihrer Rocktasche gefragt, von diesem Arzt aus der Stadt. Hätte ich es doch nicht getan.

Abendessen: eine Dose Suppe (Erbsen), nur ein bisschen

Campingplatz	25¢
Suppe	12¢

5. Mai 1926

Ethel wusste es nicht. Sie wusste, dass sie krank ist und dass es schlimmer sein muss, als der Arzt ihr sagt, aber sie wusste nichts von der Radiumvergiftung. Sie wusste nicht, dass sie vielleicht sterben wird.

Ich habe ihr erzählt, was Dr. Hunt mir gesagt hat, von den anderen jungen Frauen, die mit entzündeten Zähnen und verrotteten Kieferknochen zu ihm kamen, alles Mädchen, die mit uns bei der U.S. Radium Corporation gearbeitet hatten. Mary, Dotty, Helen, Ruth. Die Namen der anderen habe ich vergessen. Zwei sind bereits tot, andere werden bald sterben.

Sie hat mir alles aufgezählt, was sie hat. Schwindelgefühle. Schmerzen in der Hüfte. Der gebrochene Knöchel, der nie richtig geheilt ist. Ich liege im Krankenhaus, aber ich weiß, weiß ganz sicher, dass sie es ist, deren Knochen voller Radium sind. Und dann zeigt sie mir die Tropfen, die ihr dämlicher Doktor ihr verschrieben hat, und ich erkenne den Namen – es ist das, wovor Dr. Hunt mich gewarnt hat. Jedes Mal, wenn sie eine schlimme Nacht hatte, nimmt sie Parson's Stärkungstropfen. Aber ich weiß, o Gott, es ist nichts anderes als Radiumwasser.

Sie hat geweint. Ich bin mir sicher, ich habe ihr das nicht auf die beste Art beigebracht. Und die Atmosphäre im Krankenhaus, die vielen Nonnen, die weißen Laken, die Medizinfläschchen, das hat auch nicht gerade geholfen. Ich weiß schon seit Wochen, dass ich sterben werde. Dass die Tage, an denen ich den Pinsel in Radiumfarbe getaucht und sie auf meine Lippen getupft habe, Buchstaben auf meinem Grabstein sein werden. Ich weiß das schon seit Wochen, aber Ethel hat es gerade erst erfahren. Und sie hat mehr zu verlieren als ich.

Dienstag

Heute habe ich an C. geschrieben. Nur an C. Und ihm alles erzählt, was F. über das Radium gesagt hat. Dass es noch immer da ist, in meinen Knochen, so viele Jahre danach. Dass es das Zeug ist, was mich krank macht.

Wenn er das weiß, wird er dann Nevada verlassen und heimkommen? Wenn er das weiß, wird er mir dann A.L. wiederbringen? Jetzt ist alles anders. Selbst er muss das begreifen.

Abendessen: eine weitere rot-weiße Dose – Gemüse mit Rindfleisch.

Campingplatz	25¢
Suppe	12¢
Briefmarke	2¢

6. Mai 1926

Als E. gestern das Krankenhaus verließ, sah sie benommen, verwirrt, nur halb anwesend aus. Ich wusste, sie wird vermutlich die halbe Nacht weinend wach liegen. Wie gerne hätte ich sie begleitet, sie im Arm gehalten, bis sie zu weinen aufhörte.

Aber selbst wenn ich mit ihr gehen könnte, würde sie das wollen? Eigentlich will sie nichts anderes, als wieder mit ihrem Ehemann und ihrer Tochter zusammenzuleben. Und dennoch habe ich die letzten Wochen damit verbracht, mich nach ihr zu sehnen, sie anzulügen, ihr so viel vorzuenthalten. So viele Geheimnisse. Die versteckte Krankheit, die versteckten Briefe, die versteckte … Liebe. Und wenn ich ihr endlich etwas gestehe, dann ausgerechnet, dass ich sterben werde und sie vielleicht auch. Kein Wunder, dass sie im Schockzustand gegangen ist.

Vielleicht hat sie die halbe Nacht geweint, aber sie war nicht die Einzige. Natürlich habe auch ich geweint. Es war leichter, als ich noch dachte, ich würde allein nach Kalifornien gehen. Auch wenn mir möglicherweise nur ein paar Tage, Wochen, Monate blieben, in dieser Zeit konnte ich etwas tun, ich konnte Schriftstellerin sein. In meiner Kindheit und Jugend hatte ich die Sonne über dem Ozean auf der einen Seite aufgehen sehen, alles beenden würde ich mit dem Sonnenuntergang über dem Meer auf der anderen Seite. Aber jetzt gehörte Ethel zu meinem Leben. Ich weinte, weil auch sie krank war. Ich weinte, weil sie sich nach A.L. sehnte. Ich weinte, weil ich sie am Ende verlieren würde, auf die eine oder andere Weise. Ich weinte, weil ich angenommen hatte, ich hätte mich endgültig von ihr verabschiedet, damals auf ihrer Schwelle, mit Kartoffelbrei auf meinen Schuhen, und nun musste ich das alles noch einmal tun.

Freitag

F.s Fieber ist wieder gestiegen.

Abendessen: –

Samstag

Immer noch hoch. Habe ihr Nachthemd gehalten, während die Schwester sie mit einem alkoholgetränkten Schwamm abtupfte. Sie ist so viel dünner, als ich es in Erinnerung habe.

Abendessen: –

Sonntag

Immer noch hoch. Die Stationsschwester ließ mich über Nacht bei F. bleiben und ihr einfach nur die Hand halten. Brachte mir starken Tee und Toast, nachdem die anderen Patientinnen eingeschlafen waren.

Abendessen: Toast

Samstag

Beim Aufwachen lag ich ausgestreckt am Fußende von F.s Bett. Sie saß aufrecht da und aß eine Portion Eiscreme.

Sie hat mich wieder davongejagt, um etwas zu essen, mich zu waschen, umzuziehen, zu schlafen. Auf dem Campingplatz könnte ich eigentlich ihre Reisetasche ausleeren und die Wäsche waschen.

Abendessen: Hotdog und Kartoffelsalat auf dem Platz nebenan

Campingplatz (4 Tage)	$ 1.00
Ben-Hur-Wäscheseife, 10 Stück	24¢

10. Mai 1926

E. kam sauber geschrubbt wieder. Sie trug eine graue Bluse, die ausgerechnet in einem Paar Knickerbocker steckte. »Habe ich mir von den Mädchen neben uns ausgeliehen«, sagte sie. »Unsere Sachen hängen zum Trocknen an der Leine«. Ich fragte sie, welche Sachen, und sie sagte: »Alle«. Ich muss panisch ausgesehen haben, denn sie sagte: »Ich habe deine völlig zerknitterten Kleider aus der Reisetasche geholt.« Vermutlich hörte ich mich wie eine zerkratzte Schallplatte an, als ich noch einmal fragte: »Welche Sachen?«, aber sie berührte meine Hand, nur ganz kurz, und sagte wieder: »Alle.«

Sie hat die versteckten Briefe von Carl gefunden. Sie hat sie gelesen, ganz allein am Lagerfeuer und ohne meine mageren Entschuldigungen. Als sie mir das erzählte, schloss ich die Augen, wartete auf eine Ohrfeige oder einen Vorwurf, aber es kam nichts. Sie saß schweigend neben meinem Bett, bis ich die Augen wieder aufmachte und mit einer ganzen Litanei von Entschuldigungen herausplatzte. Ich konnte noch nie gut um Verzeihung bitten, aber Eth war immer schon sehr gut darin, sich das anzuhören. Es war wie eine Beichte. Als ich fertig war, küsste sie mich auf die Stirn, und ich glühte, weil sie mir vergeben hatte.

Sie hatte die Briefe in ihrer Hosentasche mitgebracht. Sie waren ziemlich zerknittert, entweder, weil sie sie so oft gelesen hatte, oder von meiner eigenen Lektüre. »Ich wusste, dass es keine Liebesbriefe sein würden«, gestand sie. »Aber ich dachte auch, sie würden mir mehr wehtun.«

Sie erzählte mir, dass er nicht unrecht hatte. Ihre Ehe sei stets sehr harmonisch gewesen, aber vielleicht sei Harmonie nicht das, was sie bräuchten. Sie hätten nie gestritten, sagte sie, einander nie angeschrien oder mit Geschirr geworfen. Nicht ein einziges Mal. Sie waren sich auch immer einig gewesen. Aber ohne Kämpfe konnte man sich auch nicht küssen und wieder versöhnen. Eigentlich wollte ich das gar nicht so genau wissen. »Vor dem Zubettgehen gibt er mir einen Kuss auf die Stirn, das ist schon das Äußerste an Romantik.«

In diesem Moment brachte mir Schwester Benedict noch mehr Eiscreme, und Ethel sprach ganz leise weiter. Möglicherweise wollen Nonnen nichts über Küsse hören, weder auf die Stirn noch anderswohin. »Carl hat immer gesagt, er hätte geglaubt, kein Mädchen auf der Welt sei bereit, ihn zu heiraten, aber dann hätte ich ihm geschrieben, als er in Frankreich war, und er dachte, ich würde es vielleicht doch tun.« Sie zuckte mit den Schultern und sank in ihrem Stuhl zusammen. »Vermutlich hätte ich es schon wissen müssen, als er vom Schiff kam und mir die Hand schüttelte«, bemerkte sie. »Wer bringt denn aus Frankreich nur ein Händeschütteln mit? Wir waren immer bloß Freunde, ich hätte wohl einfach nicht mehr erwarten sollen.«

Sie hat mir nie erzählt, wie sie sich ineinander verliebten, wie es zu dieser Ehe kam. Ich erinnere mich nur, dass Carl aus dem Krieg zurückkehrte und plötzlich waren wir nicht mehr allein, sondern wieder zu dritt. Sie wirkte glücklich darüber, dass alles wieder so war wie zuvor, aber mir stieß das bitter auf. Ich hatte mich daran gewöhnt, meine Tage ausschließlich mit Ethel zu verbringen. Damit wäre ich bis in alle Ewigkeit glücklich gewesen. Warum war sie das nicht? Warum wollte sie etwas, was ich ihr nicht geben konnte?

Natürlich, da war vor allem A.L. Vielleicht war es das gewesen. Vielleicht hatte sie geheiratet, um ein Kind zu bekommen. Da wäre sie nicht die Erste und auch nicht die Letzte. Aber warum hat Carl ihr das Kind dann weggenommen? »Er ist wirklich ein wunderbarer Vater«, sagte sie. »Das würdest du sofort erkennen, wenn du die beiden miteinander sehen könntest. Richtige Kumpel, allerbeste Freunde. Wenn er Klavier spielt, sitzt sie auf seinem Schoß und sie spielen gemeinsam ›Alexander's Ragtime Band‹. Wahrscheinlich hat sie gerade die beste Zeit ihres kleinen Lebens.«

Ich dachte an all die aufgeregten Briefe, die A.L. geschickt hatte, überall Großbuchstaben und viel zu viele Ausrufezeichen. Sie vermisst ihre Mom, sonst würde sie nicht so oft schreiben, aber sie ist glücklich. Um E.s Willen bin ich dafür sehr dankbar.

Sie weinte nicht, sah aber nachdenklich aus. »Ich war zufrieden, weißt du. In der Ehe mit Carl. Zufrieden. Aber ist das dasselbe wie Glück? Ich weiß nicht.«

Ich wusste es auch nicht. In all den Jahren allein war auch ich zufrieden gewesen, aber jetzt war sie wieder da, mein Herz flatterte, und diese Frage beschäftigte mich ebenfalls.

»Weißt du was, Flor?«, sagte sie. »Carl hat nie meine Hand gehalten. Nicht ein einziges Mal. Kannst du dir das vorstellen? Das hätte mich doch nachdenklich machen sollen.«

Mein Eis schmolz, über unserem geflüsterten Gespräch, dieser Beichte einer komplizierten Ehe hatte ich es völlig vergessen. Ich teilte das Eis in zwei Teile und nahm von meinem Medikamententablett einen weiteren Löffel. »Eth«, sagte ich, »wenn ich Carl wäre, hätte ich gleich nach der Ankunft mit dir Händchen gehalten. Und ich weiß nicht, ob ich deine Hand jemals wieder losgelassen hätte.«

Das stieß ich eilig hervor, weil ich nicht wusste, was ich sonst sagen sollte. Bisher hatte ich nur zugehört, ohne etwas zu erwidern. Vielleicht hätte ich das nicht sagen sollen. Ethel wurde rot, und ich biss mir auf die Zunge. Aber sie nahm die Eisschüssel und aß ein paar Löffel.

»Weißt du noch, dass Carl diesen Zettel erwähnt hat, den ich ihm im Unterricht gab, den mit der Reihe Herzen am unteren Ende?« Sie leckte den Löffel ab, ohne mich anzusehen. »Das war am Tag nach unserem Ausflug zu dritt nach Coney Island, ihr beide hattet mich im Luna Park ins ›Shoot the Cute‹ geschleppt, auf diese riesige Bootsrutsche. Weißt du noch, wie viel Angst ich hatte?«

Natürlich wusste ich das noch. Die arme Ethel musste allein vor uns sitzen, vor Carl und mir. Als das Gefährt nach vorne kippte, griff sie hinter sich und umklammerte unsere Hände. Sie drückte sie ganz fest, bis wir unten auf dem Wasser auftraten.

»Auf dem Zettel stand: *Als ich deine Hand hielt, hatte ich plötzlich nicht mehr so viel Angst. Beinahe hätte ich sie unten nicht losgelassen.*« Nun sah sie von ihrem Eis auf. »Carl hat den Zettel gelesen, aber, Flor, er war für dich.«

BERYL

Es ist so leicht, sich mit dir zu unterhalten.

FRANCIE

Vermutlich, weil du meine besten Sprüche alle schon kennst.

BERYL

Die »besten«?

FRANCIE

(nachdem sie ihr die Zunge herausgestreckt hat)
Das ist so, weil wir uns schon so lange kennen.

BERYL

Carl kenne ich genauso lang, und mit ihm ist es nie so mühelos.

FRANCIE

Natürlich nicht. Er ist ja auch ein Mann.

BERYL

Was hat das denn damit zu tun?

FRANCIE

Frauen sind anders. Wir verstehen einander auf eine Weise, wie Männer es einfach nicht können. Wir klammern uns noch mit den Fingernägeln an Freundschaften fest. Wir lieben heftig und unerbittlich, aber wir wissen auch genau, wie man jemanden verletzen kann. Und wenn wir miteinander reden, dann tun wir das mit dem Herzen.

BERYL

Du hast recht. Deine Sprüche sind die besten.

Ausschnitt aus dem unproduzierten Drehbuch *Als sie König war*

KAPITEL 12

1952

Zum ersten Mal wurde Louise auf Arnie aufmerksam, als er ihr in der Bibliothek einen Zettel zuschob.

Hätte nie gedacht, dass ein Mädchen, das Die Früchte des Zorns *liest, so hübsch sein kann.*

Da hatte sie gerade mit den Dreharbeiten zu *High Noon Hootenanny* begonnen. Es war ihre erste richtige Rolle, der Musikwestern, für den sie aufs Pferd steigen musste. Wenn sie den Leuten im Studio endlich entkommen war, wollte sie nur noch in der Stille der Wilshire Library sitzen. Und das ohne irgendwelches Gezwinker oder unangebrachte Liebeserklärungen.

Sie nahm einen Bleistiftstummel aus ihrer kleinen Handtasche und drehte seinen Zettel um.

Hätte nie gedacht, dass ein Mann, der so gut aussieht, Tarzan im Land des Schreckens *liest.*

Ohne aufzublicken, schob sie das Stück Papier über den Tisch und wandte sich wieder ihrer Lektüre zu.

Als der Zettel wieder zu ihr zurückkam, stand darauf: *Na ja, wenigstens finden Sie mich gut aussehend.*

Jetzt sah Louise doch auf. Eigentlich war er das gar nicht.

Zumindest nicht nach Hollywoodmaßstäben. Zu mager, mit einer dicken Brille und einer schief sitzenden Fliege. Aber die Augen hinter den Brillengläsern waren so blau wie der Ozean. Er lächelte, und auf seiner Wange zeigte sich ein Grübchen. »Hallo, ich bin Arnie«, flüsterte er.

Das trug ihm einen strengen Blick des Bibliothekars ein. Er riss ein weiteres Blatt aus seinem Notizheft.

Ich bin Arnie. Ich bin Schriftsteller.

Sie schrieb: *Darauf wäre ich nie gekommen.*

Am nächsten Tag saß er wieder da. Als er diesmal ein gefaltetes Papier über den Tisch schob, befand sich darin eine rote Tulpe. Sie tat, als hätte sie nichts bemerkt, und las weiter in ihrem Buch.

Am nächsten Tag lag ein Stück Schokolade auf dem Zettel. Sie aß die Schokolade und las weiter.

Am Tag darauf lag das gefaltete Stück Papier auf einem grün eingebundenen Drehbuch. Jetzt blickte Louise endlich auf. Über seiner Fliege lächelte Arnie verschmitzt. Sie entfaltete den Zettel.

Das ist nicht Früchte des Zorns, *aber immerhin ein Film. Wenn Sie es lesen und morgen früh um zehn damit ins Studio kommen, kriegen Sie einen Probedreh.*

Sie hob den Zettel hoch, um den mit Schreibmaschine geschriebenen Titel auf dem Einband zu lesen. *MGM präsentiert: Betsey Barnes, Drehbuch von Richard Rachmann, Sidney Weller und Arnold Bates.*

PS: Ich habe doch gesagt, dass ich Schriftsteller bin.

Drehbuchautor oder nicht, sie hatte keine Ahnung, wie er das mit dem Probedreh eingefädelt hatte.

Aber das spielte keine Rolle. Sie nahm das Drehbuch mit nach Hause ohne Fragen zu stellen, und las es von vorne bis hinten durch. Noch ehe es zehn Uhr war, kannte sie Betsey, so albern sie auch war, in- und auswendig. Und sie bekam die Rolle. Vielleicht, weil man im Studio inzwischen das bisherige Material von *High Noon Hootenanny* gesehen hatte. Vielleicht, weil sie die Möglichkeit gehabt hatte, sich gründlich mit dem Drehbuch, der Handlung und der Figur auseinanderzusetzen. Vielleicht auch, weil ihr ein einziger Mensch in dieser ganzen Stadt geholfen hatte.

Als sie Arnie das nächste Mal in der Bibliothek begegnete, war er es, der *Früchte des Zorns* las. Dieses Mal hatte sie selbst einen Notizblock dabei.

Woher wussten Sie, dass ich Schauspielerin bin?

Ist das in Hollywood nicht jede junge Frau?

Meine Mitbewohnerin ist Garderobiere …

… und wäre gerne Schauspielerin.

Louise blickte von dem Zettel auf und starrte ihn an.

Er leckte seinen Bleistift an.

Die Art, wie Sie Früchte des Zorns *gelesen haben, hat Sie verraten. Sie haben es nicht nur spannend gefunden; Sie wollten es auswendig lernen.*

Taten das nicht alle? Der wichtigste Roman des Jahres. Von allen Seiten mit Preisen ausgezeichnet. Sogar mit dem Pulitzer! Jeder, der in dem Film mitspielen durfte, würde Karriere machen.

Die Dreharbeiten haben schon angefangen, wissen Sie, schrieb er. *Sie filmen draußen in der Wüste. Sie sind zu spät dran.*

Ihre Enttäuschung war wohl deutlich zu sehen, denn er streckte die Hand über den Tisch. Ohne sie zu berühren, aber er kam ihr ganz nahe.

Sie wissen schon, schrieb sie wütend, *dass ich nicht mit*

Ihnen ausgehen werde, nur weil Sie mir diesen Probedreh besorgt haben? Selbst, wenn Sie mich fragen würden.

Er schrieb: *Das weiß ich.*

Die Leiter zu den Sternen führt nicht über Männer mit guten Absichten.

Das weiß ich.

Ich werde es aus eigener Kraft nach oben schaffen. Guten Schauspielerinnen gelingt das.

Das weiß ich.

Wollen Sie irgendwann mal mit mir abendessen gehen?

Ja.

Einen Tag, nachdem sie das El Tovar verlassen hat, erreicht Louise Santa Rosa, New Mexico. Sie hat schon seit einigen Meilen Werbeschilder des Santa Rosa Club Cafe gesehen, mit dem lächelnden Gesicht eines sehr dicken Mannes und Werbesprüchen für Sauerteigbrötchen oder paniertes Steak. Aber das ist nicht das Erste, was ihr kurz vor der Stadt auffällt. Sie bemerkt eine Eisenbahnbrücke über den Pecos River und könnte schwören, dass sie diese Brücke schon einmal gesehen hat.

Sie parkt und steigt aus. Geht um das Auto herum. Etwas an dieser Brücke kommt ihr sehr vertraut vor. Und das hat nichts mit einer verfallenen Scheidungsranch auf dem Weg hierher zu tun. Erst nachdem sie mit ihren Daumen und Zeigefingern ein Rechteck geformt und durch diesen Rahmen auf die Brücke geschaut hat wie auf eine winzige, ferne Filmleinwand, fällt es ihr ein.

Ein paar Minuten später hat sie sich im Club Cafe niedergelassen und wartet darauf, zum ersten Mal paniertes Steak zu probieren. Sie fragt die Kellnerin: »Hier wurde doch *Früchte des Zorns* gedreht, oder?«

Selbst nach den Maßstäben von Santa Rosa, New Mexico, sieht die Kellnerin gelangweilt aus. Auf ihrem Namensschild steht »Bette«, genau wie die Schauspielerin. »Ich hab den Film nie gesehen.« Sie rückt ihre mit Glitzersteinen besetzte Brille zurecht. »Ein Film, in dem Tyrone Power nicht mitspielt, interessiert mich nicht.«

»Ich habe die Brücke wiedererkannt. Der Film wurde 1939 gedreht.«

»Für wie alt halten Sie mich eigentlich?« Ihr Haar ist platinblond gebleicht, die Augen hinter der Brille sind dick geschminkt. Louise kann ihr Alter nicht schätzen.

»Die Filmcrew wäre Ihnen bestimmt aufgefallen. Die Kameras? Die Filmstars? Ein alter, überladener Laster?«

»Ach, der war das? Ja, ich glaube, ich kann mich daran erinnern. Sie haben an der Tankstelle gefilmt und draußen an der Brücke, soweit ich weiß.« Sie öffnet Louises Colaflasche. »Möchten Sie einen Strohhalm?«

»Wissen Sie, um ein Haar hätte ich in dem Film mitgespielt«, sagt Louise. »In *Früchte des Zorns.*« Damit streckt sie die Wahrheit so sehr, dass sie ganz dünn und durchscheinend wird. »Ich hätte zumindest mitspielen sollen.«

»Ja, natürlich hätten Sie mitspielen sollen.« Bette lässt ihren Kaugummi platzen. »Sie und Tyrone Power.«

Das Steak ist heiß und knusprig gebraten, mit einer pfefferscharfen Panade. Es ertrinkt in cremiger Soße, und am Tellerrand balanciert ein turmhohes Biskuitbrötchen. Beinahe hätte sie das Steak wegen der Massen an Soße zurückgehen lassen. Aber es riecht köstlich dekadent, und sie hat keine Lust nachzuschauen, ob auch Hüttenkäse auf der Speisekarte steht.

Es schmeckt auch köstlich dekadent. Sie schneidet das

Steak so schnell sie kann. Die Male, die sie im letzten Jahr Rindfleisch gegessen hat, kann sie an einer Hand abzählen. Und das als Tochter eines Metzgers.

Ihr Vater und sie waren ziemlich gut durch die Jahre der Depression gekommen. Unter der Woche war Louise fürs Kochen zuständig. Andere Mädchen ihres Alters spielten draußen Himmel und Hölle oder trieben sich vor dem Süßwarenladen herum, während sie sich durch die alten Kochbücher ihrer Mutter arbeitete. Cottage Pie. Shrimps in Soße. Höchst merkwürdig geformte Kroketten. Rinktum Tiddy, das war Ei, Käse und Ketchup auf Toast. Auch von Mr. Steve und seinen Cowboys hatte sie ein paar Rezepte aufgeschnappt, etwa Rindfleisch in weißer Soße, Chili con carne oder Slumgullion Stew aus Hackfleisch, Tomaten und Nudeln. Und sie hatte gelernt, dass man auf alles, was aus der Küche kam, Appetit bekommen konnte, wenn man sich vorher nur richtig angestrengt hatte.

Am Sonntag kochte ihr Vater dann ein Essen nach den deutschen Rezepten seiner Mutter. Sauerbraten oder Schnitzel oder ein Stück Fleisch, das in Soße schwamm. Während der Depressionszeit war im Laden nicht mehr so viel los, einige der Stammkunden waren fortgezogen, andere aßen nur noch Hackfleisch und Kotelett. Ihr Vater verarbeitete das nicht verkaufte Fleisch im hinteren Teil des Ladens und betrieb eine Art Suppenküche für die Bewohner des Viertels. Aber dennoch blieb am Wochenende noch eine ganze Menge übrig, meistens das bessere Fleisch, das die Nachbarn sich nicht leisten konnten. Andere mussten ihre Suppe aus Steinen kochen, und die Wildes brieten Steaks und schoben Kronenbraten in den Ofen. Sie lebten gut von den Resten aus der Metzgerei.

Während sie das Steak isst, denkt Louise an die Familie Joad, an die Zwangsvollstreckungen, die Suppenküchen und Brotschlangen. An Sandwiches mit Dosenfleisch und Eintöpfe aus erbettelten Lebensmitteln. Und sie sitzt hier und isst Rindfleisch und Soße im Wert von einem Dollar siebzig, als gäbe es nicht immer noch Zwangsversteigerungen und Familien, die zum Obstpflücken nach Kalifornien reisen. Sie isst das Fleisch und denkt an ihren Vater. Er macht das beste Schnitzel.

Nachdem sie die Rechnung bezahlt und zehn Cent Trinkgeld auf dem Tisch hinterlassen hat, sucht sie sich eine Telefonzelle und meldet einen Anruf nach Newark an. Sie hat die Nummer des Ladens angegeben, aber Hank ist am Apparat.

»Onkel Hank«, sagt sie und umklammert die Telefonschnur, »kann ich Dad sprechen?«

»Ann?«, fragt er. »Warum hat die Vermittlung gesagt, du rufst aus Mexiko an?«

»Es ist nur New Mexico. Ist er da?«

»Schatz, heute ist er nicht hier.« Sie kann am anderen Ende die Klingel an der Ladentür hören. »Ist alles gut bei dir?«

»Ich weiß nicht. Und bei euch? Hat er wieder Lungenentzündung?«

»Es geht ihm prima. Er macht nur eine kleine Pause.« Er verdeckt den Hörer mit der Hand. »Mrs. Keene! Ich bringe Ihnen die Koteletts gleich. Ich habe Anna Louisa am Apparat.«

Louise hat keine Ahnung, wer Mrs. Keene ist – eine der blauhaarigen Umstandskrämerinnen, die lieber in einen Laden gehen, der von zwei pingeligen alten Männern geführt wird –, aber die gemurmelten Rufe im Hintergrund machen ihr klar, dass alle Kunden genau wissen, wer sie ist.

»Onkel Hank«, sagt sie, als er wieder am Apparat ist, »nenn mich doch nicht so.« Sie steht allein in der Telefonzelle, mit einem überflüssigerweise heißen Gesicht. »Ich bin nicht Anna Louisa.«

»Also Fräulein, du kannst mir nicht vorschreiben, auf wen ich stolz bin. Ich kenne dich, seit du mit Rattenschwänzchen herumgelaufen bist. Schon damals hast du mir widersprochen.«

»Nur weil ich dich gemocht habe.« Sie lächelt in den Hörer.

»Sei's drum, eigentlich darf ich es dir nicht verraten, aber dein Dad plant eine Überraschung für dich.«

»Eine Überraschung?«

Gedämpft sagte er: »Mrs. Keene, lassen Sie sich nur Zeit bei der Auswahl der Koteletts. Drei heute? Ich bin froh, dass Mr. Keene seinen Appetit wiedergefunden hat.«

»Onkel Hank?«

»Mädchen, er freut sich wie ein Schneekönig, dass du über Weihnachten nach Hause kommst. Ist gleich losgegangen und hat einen Baum gefällt und all das. Und heute ist er eigens zum Friseur gegangen, um sich dir zu Ehren die Haare schneiden zu lassen.«

»Ach, Dad«, sagt sie. »Er weiß aber schon, dass ich ihn sehen will und nicht das, was von seinen Haaren noch übrig ist?«

»Ann!«, erwidert Hank tadelnd, aber in seiner Stimme ist ein Lachen zu hören.

»Na gut, sagst du ihm, wenn er zurückkommt, dass ich angerufen habe?«

»Natürlich, Schätzchen. Oh, das ist eine hervorragende Wahl, Mrs. Keene! Ich komme gleich und wickle sie Ihnen ein!«

»Sehe ich dich an Weihnachten, Onkel Hank?«

In der Leitung knackst es, und sie fragt sich, ob er gerade die Schweinekoteletts einpackt. Hank bindet die Schnur immer mit großer Geste fest, sodass sich die Kunden wie bei Bergdorf Goodman fühlen. »Ann«, sagt er schließlich, »das würde ich nicht für alles Geld der Welt verpassen.«

Louise verbringt die Nacht in Santa Rosa, in einem Motel mit rotem Dach und Körben voller Hängebegonien. Das Schild am Eingang wirbt mit den Klimaanlagen, aber in ihrem Zimmer ist es so schwül wie in einer Sauna. Sie schlüpft in Shorts und eine leichte Bluse und wirft der Klimaanlage am Fenster einen wütenden Blick zu. Das Gerät schweigt ungerührt. Im Büro am Empfang scheint die Inaktivität der Klimaanlage niemanden zu stören. Nein, es täte ihnen schrecklich leid, aber das sei das letzte Zimmer gewesen. War ja klar.

Sie geht die Straße entlang zu einem Laden, der gerade schließt, und kauft eine Flasche Nehi-Orangenlimonade. Die Limonade ist eiskalt, auf dem Rückweg zum Hotel drückt sie sich die Flasche an den Hals. An der Seite hat das Motel einen kleinen, kläglichen Swimmingpool. Obwohl sie nicht die Absicht hat, sich zu Erholungszwecken einen Badeanzug anzuziehen, schiebt sie das Tor auf. Niemand ist da, abgesehen von einer schlafenden Katze. Die Sonne geht gerade unter, und die roten Strahlen des Motelschildes beleuchten das Wasser. Louise schlüpft aus ihren Sneakern und setzt sich an den Beckenrand. Das Wasser ist lauwarm und mit Blättern übersät, aber sie hängt ihre Füße hinein.

Allerdings hat sie vergessen, dass sie keinen Flaschenöffner hat. Kurz überlegt sie, im Büro darum zu bitten, aber das würde bedeuten, sie müsste die Zehen aus dem Wasser nehmen und über den Parkplatz laufen. Hinter ihr quietscht das Tor. Eine Frau kommt herein, barfuß, in einer gelben Badekappe und einem Bademantel. Es ist Bette, die Kellnerin mit der Glitzerbrille. Sie sieht genauso gelangweilt aus wie zuvor.

Ohne ein Wort tritt Bette neben Louise und nimmt ihr die Flasche aus der Hand. Sie trägt sie zum Zaun, hakt den Rand des Deckels am obersten Brett ein und schlägt auf die Flasche, bis die Kappe abspringt.

»Wie haben Sie das gemacht?«, fragt Louise. Das wäre eine nützliche Fähigkeit, und wenn auch nur als Partytrick.

Bette zuckt die Achseln und legt ihre Brille auf den Zaun. »Ich bin Kellnerin«, sagt sie, als würde das alles erklären.

Die Limonade ist kalt und süß und herrlich. »Herzlichen Dank.«

Bette zuckt erneut die Achseln. Sie lässt ihren Bademantel neben dem Zaun auf den Boden fallen, geht auf die andere Seite des Pools und springt in das rot beleuchtete Wasser.

Als sie zum Luftholen nach oben kommt, muss sie sich ein Zypressenzweiglein von der Nase zupfen.

»Nicht besonders toll, der Pool«, sagt Louise. Sie nimmt einen Schluck von ihrer Limonade und wischt sich mit dem Handrücken den Mund ab.

Bette wischt sich Wasser vom Gesicht. »Poolexpertin?«

»Ich war schon in einigen. Ich bin aus Kalifornien.«

»Oh là là.« Sie wirft Louise einen misstrauischen Blick zu. »Manche von uns nehmen eben, was sie kriegen können.«

Louise fragt sich, warum sie dieses Gespräch überhaupt angefangen hat. »Sie müssen doch nicht gleich so grob werden.«

»Und Sie müssen nicht so viel reden.« Entschlossen dreht sich Bette um und paddelt wieder zur anderen Seite. »Wenn Sie den ganzen Tag gearbeitet hätten, fänden Sie etwas Ruhe am Abend auch nicht schlecht.«

Das versteht Louise. Das Schweigen im Auto, wenn sie nach einem Tag im Studio nach Hause gebracht wird. Der erste Manhattan in ihrem grünen Wohnzimmer, und dann der zweite. Ein Augenblick voller Wermutsüße, ehe sie sich wieder mit Arnie streitet. Sie versteht das.

»Ich habe Whiskey im Zimmer«, sagt sie. »Ich hole ihn.«

»Perfekt«, sagt Bette und klettert aus dem Becken.

Sie trinken ihn aus Wassergläsern mit einem Spritzer Nehi-Orange. Louise weiß nicht so recht, aber Bette besteht darauf. »Fast ein Ward 8«, sagt sie.

Skeptisch nimmt Louise einen Schluck. Überhaupt nicht vergleichbar. »Ja, fast.«

Bette nimmt ihre Badekappe ab und wirft sie neben den Pool. Die Kappe hat auf einer Seite einen langen Riss. Schlappe Strähnen platinblonden Haares hängen herab.

»Wasserstoffperoxid ist besser fürs Haar als Bleichmittel«, sagt Louise.

Abwehrend hält sich Bette eine Hand an den Kopf. »Wer sagt denn, dass ich es bleiche?«

»Ich war auch nicht immer brünett. Als ich siebzehn war, wollte ich Jean Harlow sein.«

Bette fährt sich mit den Fingern durch die kurzen Locken. »Ich habe es selbst gefärbt. Ich wollte aussehen wie diese Monroe, die in *Liebling, ich werde jünger* mitgespielt hat. Ich habe ihr Foto in *Photoplay* gesehen.«

»Nehmen Sie nächstes Mal Wasserstoffperoxid«, rät ihr Louise. »Sie wollen bestimmt nicht kahl sein, ehe Sie dreißig werden.«

Bette tut so, als hätte sie die Bemerkung nicht gehört.

Sie sitzen da, ohne zu reden. Louise trinkt in kleinen Schlucken. Der Alkohol zeigt allmählich Wirkung. Die Leuchtschrift des Motels flackert, in der Nähe des T erlischt eine Glühbirne. Louise gießt sich mehr Whiskey ins Glas.

Sie weiß nicht, warum sich das Gespräch auf einmal so unangenehm anfühlt. Eigentlich kann sie gut mit Leuten reden, es ist schließlich Teil ihres Berufs. Sie beherrscht das Geplauder im Schminksessel, weiß, wie sie bei einem Interview beeindrucken oder sich in Produktionsbesprechungen verteidigen kann. Wie man in den Pausen zwischen den Kostümanproben Klatsch erzählt und beim Cocktail Debatten führt. Wie man lächelt und die von der PR-Abteilung abgesegneten Phrasen den Fans präsentiert. Was Konversation angeht, ist Louise Expertin.

Aber was benötigt diese Szene? Was würde im Drehbuch stehen?

Sie betrachtet Bette, deren Umriss sich vor der Leuchtschrift abzeichnet. Bette hat die Augen geschlossen, ihr feuchtes Haar trocknet allmählich, das leere Glas hält sie locker in der Hand. Louise kann sich nicht erinnern, jemals in einem Film mitgespielt zu haben, in dem eine so alltägliche Szene vorkam – zwei Frauen, die sich mit den Füßen im Swimmingpool entspannen. Sie war noch nie barfuß auf der Leinwand zu sehen. Du meine Güte, wenn das Publikum mitbekäme, dass eine Schauspielerin Zehen besitzt!

Genauer betrachtet hat sie auch im wirklichen Leben eine solche Szene noch nie gespielt. Mit einer Freundin einfach nur dazusitzen und zu plaudern. Manchmal geht sie in der Nachbarschaft zu Donnie Jensen und trinkt dort ein paar Gläser mit. Alle dort sind alte Freunde – Tim, Mack, Ray und Little Eddie Flynn –, aber sie ist immer die einzige Frau. Als Arnie noch das Haus verließ, spielten sie beide regelmäßig Bridge mit den Wellers. Lola Weller war ein Schatz, aber eigentlich waren Arnie und Sidney befreundet, die Frauen waren nur dabei. Pauline ist vielleicht ihre einzige richtige Freundin, aber eigentlich trifft Louise sie immer nur auf ein Stück Kuchen und gemeinsames Jammern über den Krieg. Ihr wird klar, dass sie überhaupt nicht weiß, worüber Frauen so miteinander so reden.

Wenn sie sich die Fotos von ihrer Mutter und Florrie Daniels ansieht, mit ihren lächelnden Gesichtern und der unkomplizierten Freundschaft, fragt sie sich, wie so etwas geht. Sie fragt sich, was sie wohl verpasst.

Louise fährt mit der Fingerspitze über den Rand des Glases und überlegt, was sie sagen könnte. Mit Duane war das Gespräch nicht so mühsam. Selbst mit Steve auf der Kaktusfeigenfarm ist ihr die Unterhaltung nicht so schwergefallen. »Wohnen Sie hier im Motel?«

Bette erwidert verächtlich: »Wer wohnt denn in einem Motel?«

Manchmal kommt es ihr vor, als würde halb Hollywood

in irgendeinem Hotel wohnen. Dem Garden of Allah, dem Sunset Tower Hotel, dem Roosevelt Hotel. William Frawley hat viele Jahre lang im Knickerbocker gewohnt. »Viele Leute tun das.«

»Prostituierte tun das.«

Dazu sagt Louise nichts. Sie wird bestimmt nicht erzählen, dass sie selbst monatelang im Roosevelt gelebt hat. »Gehen Sie immer in Häusern schwimmen, in denen Sie nicht wohnen?«

Bette bläst sich eine Haarsträhne aus dem Gesicht. »Ich arbeite hier, okay?«

»Ich dachte, Sie arbeiten im Café.«

»Ich bin nicht die Erste, die zwei Jobs hat.« Sie wirft einen betonten Blick auf Louises fleckenlose Turnschuhe. »Manche Menschen müssen für ihren Lebensunterhalt arbeiten.«

Louise nimmt einen so großen Schluck Whiskey, dass ihr Tränen in die Augen treten. Was sie jetzt gerne sagen würde, und was ihre Pressebetreuerin möchte, dass sie sagt, sind zwei völlig unterschiedliche Dinge. Als sie das letzte Mal einem aufdringlichen Fan vor dem Brown Derby die Meinung sagte, lautete die Schlagzeile am nächsten Tag: LOUISE DREHT DURCH. »Beiß dir auf die Zunge, Lou«, hat Arnie sie immer ermahnt. »Bleib in deiner Rolle.« *Eins … zwei … drei … vier …* Sie zählt, atmet tief durch und setzt ein Louise-Wilde-Lächeln auf.

»Das muss anstrengend sein«, sagt sie tröstend, vertraulich.

Bette winkt ab. »Na ja, was soll man machen? Ich bin mit einem Typen in den Westen gegangen, ohne zu ahnen, dass er ein Mistkerl ist.«

»Und was hat er getan?«

»Schmarotzt.«

Louise zuckt mit den Schultern. »Männer!« Sie gießt sich noch einmal nach. Dieses Mal schüttet sie nur einen sehr kleinen Schluck Nehi dazu.

Bette richtet sich auf. »Wer sind Sie eigentlich, dass Sie mit mir reden, als wären Sie meine Schwester? Als würden Sie das alles verstehen? Gerade Sie, mit Ihren weißen Shorts und der schicken Karre da draußen.«

Louise zieht die Füße aus dem Wasser. »Warum sind Sie so grob? Sie wissen doch gar nichts über mich.«

»Weiber wie Sie bediene ich jeden Tag im Café. Mache im Hotel Ihr parfümiertes Bett. Sehe Sie durch die Stadt fahren mit Ihren Ehemännern und Ihren Perlenketten und Ihren eleganten Lederhandtaschen.«

»Und Sie kommen nie auf die Idee, dass wir uns diese Perlen und diese Autos vielleicht, nur vielleicht, selbst gekauft haben?« Louise kann sich nicht mehr zurückhalten. »Dass wir genauso arbeiten wie Sie? Dass wir diejenigen sind, die zu Hause das Fleisch auf den Tisch stellen?«

Bette schnaubt. »Dann haben Sie auch so einen Versager daheim?«

Louise hält inne. »Nur weil ein Mann gerade nicht arbeitet, ist er noch längst kein Versager.«

Nur weil es Monate her ist, seit Arnie zum letzten Mal etwas geschrieben hat. Seit er im Büro angerufen hat. Seit er sich eine verdammte Hose angezogen hat.

»Ach ja?«, fragt Bette. »Wie würdest du es dann bezeichnen, Süße?«

Louise schleudert ihr Glas in den Pool, als wäre es daran schuld, dass Arnie zu Hause hockt und Bette fast den Nagel auf den Kopf getroffen hat. Platschend schlägt es auf, orangefarbene und braune Flüssigkeit spritzt heraus. Das Glas treibt durch das Becken davon.

Bette steht auf und nimmt ihre Badekappe und den Mantel. »Schwester, sie sind eben nicht alle Tyrone Power.«

Sie lässt Louise unter dem blinkenden Schild allein zurück.

BERYL

Wenn das Leben Routine wird, übersieht man leicht die kleinen, schönen Dinge.

FRANCIE

Wird das Leben denn so? Meines kommt mir immer viel zu planlos vor, um monoton zu sein.

BERYL

Elternschaft braucht Routine. Der Haushalt verlangt Sauberkeit und ständige Wiederholung.

FRANCIE

Und unsere Reise?

BERYL

Schenkt mir die Freiheit, alles um mich herum wahrzunehmen. Über Kleinigkeiten zu staunen wie den Gesang der Vögel, die herrliche Wärme eines Feuers oder die wunderbare Tasse Kaffee nach einem langen Tag im Auto.

FRANCIE

Oder den Geschmack von angebranntem Toast, wenn deine Freundin für das Frühstück zuständig ist.

BERYL

(nimmt einen Teller mit schwarzem Toast)
Oder das glückliche Gefühl, wenn meine Freundin anbietet, das Frühstück zu machen.

Ausschnitt aus dem unproduzierten Drehbuch *Als sie König war*

KAPITEL 13

1926

Dienstag

F. kommt morgen aus dem Krankenhaus. Ich halte schon ein paar Überraschungen bereit, die sie hoffentlich aufmuntern werden. Und sie für all das andere hoffentlich entschädigen können.

Abendessen: Reis

Campingplatz	25¢

11. Mai 1926

Sie haben versprochen, dass ich morgen nach Hause darf. Soweit unser kleiner Platz ein Zuhause ist.

Ich fühle mich millionenfach besser, aber trotzdem bin ich nervös. Als ich zum letzten Mal draußen war, bin ich vor Ethels Augen zusammengebrochen. Ich habe ihr Angst eingejagt. Das soll nicht noch einmal passieren. Ich will nicht, dass sie mich so sieht.

Meine Fäden wurden gezogen, aber an meiner Wange, dort, wo der Schnitt war, ist eine Narbe geblieben. Schwester Theodore Mary sagte, wenn das alles sei, hätte ich großes Glück gehabt. Besser die Eitelkeit leide als das Leben. Schwester Benedict hat mir die Haare geflochten und gesagt, die Narbe würde mich immer an die Zeit erinnern, als mein Leben in Gottes Hand war.

Ich bin gespannt, ob E. die Narbe bemerken wird. Ob sie jedes Mal, wenn sie mir ins Gesicht schaut, daran denkt, dass ich sie in Kansas beinahe allein gelassen hätte.

Mittwoch

Sie gehört mir!

Den heutigen Tag und den Abend verbringen wir auf dem Campingplatz. Morgen werde ich wieder fahren. Wir beide müssen ein ernstes Gespräch führen.

Abendessen: Suppe, diesmal für zwei

Campingplatz	25¢
St. Rose Hospital, 16 Tage	$64.00

12. Mai 1926

Als ich aus dem Krankenhaus trat, stand da der Ford T, ordentlich am Randstein geparkt. Ethel wartete hoch aufgerichtet neben der Lizzie, in Wollhosen, einer dunklen Bluse, einer offenen Strickjacke und einem einfachen Topfhut aus

Stroh, und hielt die Beifahrertür auf wie ein Chauffeur. Sie wirkte fast nervös, spielte mit den Knöpfen an ihrer Jacke, zog eine Socke hoch, aber sobald sie mich sah, breitete sich ein großes Grinsen auf ihrem Gesicht aus. Sie ließ die Tür offen und rannte über den Bürgersteig, um mich ganz fest in die Arme zu schließen. Mein Rücken war wund von zwei Wochen Bettlägerigkeit, mein Bauch war eingesunken und ich fühlte mich ziemlich zittrig auf den Beinen, aber ich ließ mich von ihr drücken, bis Schwester Theodore Mary mit der Zunge schnalzte und sie ermahnte, mich nicht umzuwerfen.

Ethel sah beschämt aus, ließ mich aber nicht los. Ich beschwerte mich nicht. Unter der Haube hervor blickte uns die Nonne immer noch missbilligend an, vielleicht wegen des unziemlichen Gefühlsausbruchs oder auch wegen Ethels Männerkleidung. »Wir sollten schnell die Kurve kratzen«, flüsterte ich unmittelbar vor Schwester Theodore Marys tadelnder Miene.

Als wir zum Auto gingen, sagte E.: »Ich habe einige meiner Kleider im Secondhandladen verkauft und uns dafür diese Klamotten hier besorgt. Deine sind auf dem Campingplatz.«

Ich hatte erst ein einziges Mal Hosen an, und das war, als ich in eine Flüsterkneipe in Greenwich Village gegangen bin, eine von denen, wo Frauen manchmal Fliege tragen und sich mehr für andere Frauen interessieren als für Männer. Von dem Klub hatte ich gehört, ich hatte sogar einmal einen Abend davor verbracht und von der anderen Straßenseite aus zugesehen, wie Frauen und Männer sich erst nach links und rechts umschauten, ehe sie paarweise hineingingen. Eine Frau in einem wunderschönen Männersmoking – tailliert, sodass man sehen konnte, dass sie bestimmt kein Mann war – kam an mir vorbei. »Wollen Sie nicht hereinkommen?«, sprach sie mich an, dabei hatte ich geglaubt, niemand sähe mich auf meinem Beobachtungsposten auf der anderen Straßenseite. »Sie werden unter Freunden sein.«

Am nächsten Tag kam ich tatsächlich wieder, in einer Hose, die ich einem Nachbarn von der Wäscheleine gestohlen hatte. Vielleicht war es die Hose, vielleicht waren es auch die Gin Rickeys oder die Paare, die viel zu eng beieinander saßen, aber ich war von Anfang bis Ende rot im Gesicht. Die Frau im Smoking war an diesem Abend nicht da, aber ich lernte eine Frau in einem puderrosa Abendkleid kennen. Gemeinsam verließen wir den Klub, und ich brachte sie nach Hause.

So unterwegs zu sein war etwas anderes. Wir kamen ständig an Frauen in Weste und Knickerbockern oder in in hohe Stiefel gesteckten Hosen vorbei. Frauen, die sich die Haare aufdrehten und roten Lippenstift, aber eben auch Männerkleidung trugen. Da hatte es keine Bedeutung, sagte ich mir, dass Ethel jetzt ebenso gekleidet war. Wenn ich mir nur nicht so sehr gewünscht hätte, ein rosafarbenes Abendkleid anzuhaben.

Aber ich lächelte nur und tat so, als würde ich ihre Beine mit keinem Blick würdigen. »Da geht man mal für zwei Wochen ins Krankenhaus, und schon hat sich alles verändert«, sagte ich.

»Oh, und das ist noch längst nicht alles.« Mit großer Geste deutete sie auf die offenstehende Autotür. »Madame, Ihr Wagen wartet.«

Bei der Vorstellung, wieder hinter dem Lenkrad zu sitzen und durch die Straßen von Kansas zu steuern, ohne erneut zusammenzubrechen, wurde mir schwindelig. Doch dann fiel mir auf, dass es die Beifahrertür war, die offen stand, und dass Eth grinste. »Veränderung Nummer zwei. Ich habe Autofahren gelernt!«

In meinem Kopf drehte sich alles, ich wollte mich nur noch auf das Kissen meines Faltbetts sinken lassen. »Ich begebe mich in deine Hände«, sagte ich zu Eth.

Es waren nicht nur das Auto (wie komisch alles vom Beifahrersitz aussieht!) und Ethel, die sich verändert hatten, sondern auch unser Zeltlager. Das war allerdings zu erwarten gewesen. Sie hatte alles selbst aufgebaut und in den letzten beiden Wochen ganz allein hier gelebt. Unser Platz wirkte sehr bewohnt. Der Boden war zertrampelt, und am Feuerplatz häuften sich die verkohlten Holzreste. Überall hingen Wäscheleinen. Eines der Zelte schien eigens für meine Rückkehr aufgebaut worden zu sein, das andere hätte einmal gründlich abgekehrt werden müssen.

Sie steckte mich in mein altes Faltbett, und zum ersten Mal vermisste ich das bequeme Bett im Krankenhaus. Aber das da war mein eigenes, mit seiner kratzigen karierten Decke und dem aufblasbaren Kissen, mit dem Geruch von Zeltleinwand und feuchter Wolle, dem Geräusch der klappernden Töpfe und Pfannen, mit denen Ethel am Feuer hantierte. Vergiss, was ich gestern geschrieben habe. Das ist »zu Hause«.

Donnerstag

Jedes Mal, wenn ich versuche, an Nevada zu denken, fallen mir nur ihre Haare ein.

Abendessen: –

Campingplatz	25¢

13. Mai 1926

Ich hatte E. erzählt, ich wüsste nicht, ob ich die kalten Duschen ertragen könnte. Ehrlich gesagt wusste ich nicht, ob ich lange genug aufrecht stehen konnte für eine Dusche. Darum trug sie die Waschwanne in mein Zelt und stellte unsere sämtlichen Töpfe und Pfannen und Kessel aufs Feuer.

Das Wasser war zwar nur lauwarm, aber sie hatte ein bisschen Fairy-Seife in die Wanne gerieben. Der Rest des Seifenstücks schwamm wie eine Seerose in der Mitte. Milchweiß sprudelte das Wasser darum herum, und die Luft roch warm und frisch. Sie faltete das Bett zusammen, damit es nicht im Weg war. Ich legte meine Kleider über das gefaltete Bett und nahm meine Haarnadeln heraus. Wenn mein Haar nicht hochgesteckt ist, reicht es mir bis zur Taille. Einen Kamm hatte ich vergessen.

Ich stand vor dem Faltbett und platzierte die Handvoll Haarnadeln vorsichtig auf meinem Pyjamaoberteil. Ich war vollkommen nackt, und ein Schwall kalter Luft von draußen jagte mir einen Schauer den Rücken hinab. Ich schüttelte mein Haar nach hinten und drehte mich um.

Das Zelt war offen, und da stand Ethel.

Als ich sie ansah, senkte sie den Blick. Aber sie war da. Sie hatte mich angesehen. Und sie hatte kein Wort gesagt. »Ich habe dein Handtuch vergessen.« Sie hielt ein sauberes Handtuch fest an die Brust gepresst. »Und ich habe dich nicht gefragt, ob du Hilfe brauchst.«

Rote Flecken überzogen meine Arme und meine Brust. Ich spürte sie auch im Gesicht. Erschrocken riss ich meine Pyjamajacke hoch, und Haarnadeln verteilten sich überall. Nein, wollte ich sagen, nein, ich brauche keine Hilfe, aber ich brachte kein Wort heraus, weil sie jetzt aufblickte und mich langsam von unten nach oben betrachtete, ehe sie mir in die Augen sah. Sie hielt immer noch dieses Handtuch, die Arme ganz fest um den Körper geschlungen, aber sie sagte: »Du kommst gerade aus dem Krankenhaus. Du bist noch so schwach wie ein junges Kätzchen. Lass mich dir helfen.«

Und so nickte ich. Was hätte ich sonst tun sollen? Sagen konnte ich nichts.

»Du siehst aus, als wäre dir schwindelig«, sagte sie und betrat das Zelt. Schwindelig? Ja, das stimmte. Mir war, als würde ich fallen. Sie stand ganz nahe neben mir, und das Zelt schien nicht groß genug zu sein. »Sei nicht albern«, sagte sie und nahm mir die Pyjamajacke aus der Hand. »Wir sind schließlich beide Frauen.«

In der Tat, wir waren beide Frauen. Und genau das war das Problem.

Ich fröstelte, aber als ich mich in den Waschzuber setzte, kam mir das Wasser kochend heiß vor. Meine Knie hatte ich bis unters Kinn hochgezogen. Sehr ruhig und still stand sie hinter mir. Ich fragte mich, was sie wohl sah, was sie dachte, was sie vorhatte. Dann spürte ich ihre Finger an meinem Nacken, so zart wie Feenfinger. Sie schob meine Haare zusammen, drehte sie ein und hängte sie mir über eine Schulter. Mein Rücken war nackt und kalt.

»Ach, Flor«, rief sie, »ach, Liebes!« Das Wort durchzuckte mich wie ein Stromschlag. »Du bist so dünn!« Mit einem dieser Feenfinger fuhr sie über die Rippen an meinem Rücken. »Ich kann jeden einzelnen Knochen sehen. Eins, zwei, drei, vier, von einer Seite bis zur anderen.« Ich hielt den Atem an. Die Seife glitt mir aus den Händen.

Sie griff um mich herum nach der Seife und dem herumschwimmenden Schwamm. Ich saß da, ohne mich zu rühren, während sie mir den Rücken einseifte. Ein paarmal hörte ich, wie sie einatmete, als wollte sie etwas sagen, aber sie tat es nicht. Nur der Schwamm und das Wasser unterhielten sich.

Sie hielt inne, ich hörte das Tropfen des Schwamms. »Die andere Seite?«, fragte sie leise. »Dreh dich um.«

Ich bewegte mich nicht.

»Sei nicht albern«, sagte sie noch einmal, aber vielleicht sagte sie es nicht zu mir.

Ich überlegte, ob ich zurückweichen sollte, wie ich es all die anderen Male getan hatte, jedes Mal, wenn sie Picknicks oder Zelte oder Ähnliches erwähnte. Vielleicht war es das immer noch anhaltende Fieber, vielleicht das Morphium, vielleicht die Tatsache, dass sie mich von unten bis oben betrachtet hatte, aber ich wich nicht zurück, diesmal nicht. Stattdessen ging ich auf die Knie und drehte mich um. Diesmal hielt sie den Atem an.

Ich fragte mich, was sie wohl sah. Was sie bei meinem Anblick dachte, mit den wirren Haarsträhnen auf meiner nackten Brust.

Dann beugte sie sich vor und schob meine Haare nach hinten.

Eine Sekunde lang war sie mir so nahe, dass ich sie hätte küssen können. So nahe, dass sie mich hätte küssen können. Vielleicht würde sie es tun. Sie sah mir in die Augen. Biss sich auf die Unterlippe. Und dann senkte sie den Blick. Wandte ihn ab, als fände sie keinen sicheren Ort dafür.

Diesmal war sie es, die zurückwich. »Tut mir leid«, sagte sie, »ich hätte nicht … ich wollte bloß … Du kommst jetzt sicher zurecht.« Sie hielt noch immer den nassen Schwamm in der Hand. »Ich wollte dir eigentlich nur ein Handtuch bringen.«

Sie verließ das Zelt, und ich saß in der Wanne, bis das Wasser kalt war.

Freitag

Fahren lernen
Hosen tragen
Nebenstraßen nehmen
Sehenswürdigkeiten besichtigen
Fotos machen
Den Sonnenuntergang ansehen
Schokolade zum Frühstück essen
Und zum Mittagessen
Und zum Abendessen
~~Nach Nevada noch weiterfahren~~

Abendessen: Buttermais und Tomaten auf Reis

Campingplatz	15¢
Benzin	60¢
Reis	18¢
Zwiebeln	12¢
Tomaten, zwei mittelgroße Dosen	15¢
Mais, zwei mittelgroße Dosen	24¢
Tomatensoße, eine Dose	13¢

14. Mai 1926

Als ich aufwachte, saß E. draußen am Feuer. So hatte ich sie letzte Nacht zurückgelassen. Hatte sie sich seitdem überhaupt bewegt? Sie war in Gedanken, genau wie ich, wenn ich über einer leeren Seite meines Notizheftes brütete. Am liebsten hätte ich sie nicht gestört.

Aber sie sah mich und goss mir eine Tasse Kaffee ein. Mit viel zu ernster Miene sagte sie: »Wir müssen reden.«

Wenn jemand diese drei Wörter sagt, folgt nie etwas Gutes, das schwöre ich. Hätte Carl gewartet, bis sie nach Hause gekommen wäre, anstatt ihr einen Zettel zu hinterlassen, wären seine ersten Worte vermutlich »Wir müssen reden« gewesen.

Meine Handflächen wurden schweißnass. Ich war noch nicht wach genug für so etwas. Es ging um das Bad, dieses dumme Bad. Warum bloß war sie gestern ins Zelt gekommen? Warum hatte ich es zugelassen?

Oder vielleicht ging es um etwas anderes. Eine der hundert Kleinigkeiten, die mir im letzten Monat unterlaufen sind. Zu nahe sitzen. Ihr nachsehen. Im Schlaf »Ich liebe dich« flüstern. Was hatte sie gemerkt?

Ein »Wir müssen reden« genügte, dass ich mir plötzlich sicher war, das war das Ende. Sie würde mich verlassen. Würde mit dem Zug, per Anhalter, zur Not auch zu Fuß nach Nevada weiterreisen. Alles, um mir nach dem gestrigen Vorfall aus dem Weg zu gehen.

Daher stieß ich hervor: »Ich muss mich entschuldigen«, so schnell, um alles Weitere, was sie noch sagen wollte, zu unterbinden. Normalerweise war ich niemand, der immer das letzte Wort haben wollte, aber ich wollte, dass meine Entschuldigung, für alles, das letzte Wort war.

Sie blickte vom Kaffeetopf auf. »Wofür denn?«

»Für …« Was sollte ich sagen?

Sie schob sich die Haare unter den Schal, den sie um den Kopf trug. »Eigentlich sollte ich mich entschuldigen«, sagte sie. »Ich war eine miserable Reisegenossin.« Auch wenn ich ihr darin nicht zustimmte, ließ ich zu, dass sie eine ganze Litanei ihrer Sorgen herunterbetete. Das Auto. Die Straßen. Unser dahinschwindendes Geld. Ihre Blutarmut. Jeder einzelne düstere Campingplatz. A.L. Carl. Carl. Carl. »Und jetzt«, sagte sie, »das Radium.« Sie schwieg einen Augenblick, nestelte an ihrem Schal. »Ich will mir keine Sorgen mehr machen, Flor. Ich will leben.«

Das konnte ich gut verstehen. Oh, sehr gut. Ich hatte nicht mehr daran gedacht, dass ich eigentlich aufgebrochen war, um zu sterben. Stattdessen hatte ich mich in den letzten fünf Wochen lebendiger gefühlt als seit Jahren. Lebendiger als je zuvor in meinem Leben.

Sie las mir eine Liste vor, die sie in ihrem Haushaltsbuch notiert hatte, von all den Dingen, die sie machen wollte. Schokolade essen. Hosen tragen wie ein Entdecker. Sehenswürdigkeiten besichtigen und fotografieren, wie wir es die ganze Zeit schon hätten tun sollen.

Zusammenbleiben.

Später

Heute fuhren wir nur ein kurzes Stück. E. wollte zeigen, wie gut sie Auto fahren konnte, und ich genoss es, auf dem Beifahrersitz zu sitzen und endlich einmal die Landschaft betrachten zu können.

Am Nachmittag auf dem Campingplatz wusch ich mir die

Haare; das hatte ich gestern nicht mehr getan. Ich machte die Waschschüssel halb voll und wusch sie mir neben dem Feuer, in Bluse und Knickerbocker. Während ich das tat, beschäftigte sich E. anderweitig, sie ging zum Lebensmittelgeschäft und kam erst wieder zurück, als ich meine Haare bereits am Feuer trocknen ließ. »Du solltest dir die Haare hochstecken«, sagte sie, während sie die Papiertüte auspackte.

Wir hatten nie darüber geredet, aber das Lagerfeuer war immer unser Wohnzimmer, der Ort, an dem man die Schuhe auszog und die Steckfrisur löste. Ich trug meine schweren Haare am Abend gerne offen. Besonders jetzt, mit dieser neuen dunkelrosa Narbe auf der Wange. »Warum?«, fragte ich.

Sie verstaute Dosen in unserer Lebensmittelkiste. »Weil du hier sitzt, das Haar über den Schultern wie die Venus von Botticelli, und wie soll man dabei etwas erledigen?«

Mein Herz schlug schneller, noch nie hatte mich jemand mit einem Gemälde verglichen. »Ach, es schaut doch eh niemand her.«

Aber sie richtete sich auf. »Ich habe eine Idee« sagte sie. »Wir schneiden uns die Haare ab, kinnlang.«

»Jetzt sofort?«, fragte ich.

»Ja.«

Und das taten wir.

Samstag

Mit meinem neuen Haarschnitt bin ich ein anderer Mensch. Ich fahre schnell. Ich rolle meine Ärmel hoch. Heute früh habe ich meinen Kaffee schwarz getrunken. Ich könnte vielleicht bis nach Kalifornien fahren. Vielleicht.

Abendessen: Fleischklößchen in Tomatensoße

Campingplatz	25¢
Benzin	$2.28
Hackfleisch, im Sonderangebot 10¢/Pfund	

15. Mai 1926

Ausgezeichnete Straßen heute. Gerade und, kaum zu glauben, manchmal sogar gepflastert! Einen Großteil des Weges fuhren wir am Arkansas River entlang. Auf der anderen Seite der Straße erstreckten sich Farmen und grün gefleckte Felder. Wir hielten an, um etwas zu essen (inzwischen gibt es wieder sparsame Erdnussbuttersandwiches), und E. bastelte mir eine Gänseblümchenkette. Sie kennt die Namen sämtlicher Pflanzen – Wilder Hanf und Schwarzäugige Susanne und was weiß ich noch alles –, aber da war eine, pfirsichrosa blühend mit kleinen Blättern, die sie nicht kannte. »Das ist eine Florrie, so nenne ich sie«, sagte sie und band einen Strauß mit geflochtenen Grashalmen zusammen. »Groß gewachsen und schön.« Ich weiß nicht mehr, wann sie sich über mich lustig macht.

Später

Colorado!

Sonntag

Ich hätte nie gedacht, dass ich so gerne am Steuer eines Autos sitzen würde. Vielleicht ist es die Landschaft, die sich vor der Windschutzscheibe erstreckt. Oder dass ich mich beim Fahren so frei fühle, so als könnte ich überall hinfahren und alles tun. Vielleicht ist es meine Begleiterin neben mir.

Abendessen: Makkaroni mit Butter

Mountain View Camp	25¢
Benzin	$2.50

16. Mai 1926

»Wo einst der Cowboy auf seinem wilden, ungezähmten Mustang dahingaloppierte, gleiten nun sanft die Gummireifen der allgegenwärtigen Automobile vorüber.« (Zitat aus unserem kleinen Atlas der National Old Trails Road)

Man kann schon die Rocky Mountains sehen! Sie sind noch weit entfernt, aber besser als das flache Land, durch das wir bisher gefahren sind. Natürlich sind wir ausgestiegen und haben uns gegenseitig vor der noch winzigen Bergkette ganz weit hinten fotografiert.

Statt der Farmen gibt es jetzt immer mehr Ranches. Mit Draht bespannte Zäune, Rinder mit langen Hörnern, gelegentlich ein gebräunter, wachsamer Cowboy, der seine Herde abreitet.

Montag

Wir haben den schönsten Ort der Welt entdeckt. Und er gehört nur uns. Ab und zu vergesse ich völlig, was mich in Nevada erwartet, und ich wünschte, jeder Tag könnte so wie dieser sein.

Abendessen: ein Schokoladenriegel, in der Hosentasche weich geworden und in zwei Hälften geteilt

Benzin	80¢
Hershey-Riegel	5¢

17. Mai 1926

New Mexico!

Ich habe meinen ersten Tafelberg gesehen.

Später

Auf Empfehlung eines anderen Touristen sind wir hinter Raton von der Hauptstraße abgebogen und nach Osten zum Capulin-Vulkan gefahren. Man hat uns erzählt, der Anblick sei großartig, ein einzelner grüner Gipfel, der sich inmitten der Prärie erhebt. »Lust auf ein Abenteuer?«, fragte ich E., und sie griff nach meiner Hand und drückte sie. Wir werden sehen, wohin uns das führt!

Später

Während der Fahrt liegt die Kamera auf meinem Schoß. Jede halbe Meile oder so bitte ich E., anzuhalten, damit ich diese Landschaften auf Film festhalten kann. Die Böden ausgetrockneter Seen, mit Lava überzogene Tafelberge, kleine grüne Flüsschen, Herden von Antilopen, die sich auf der Hochebene sammeln.

Später

Machten halt in Folsom, um am Zugdepot unsere Wasserkanister aufzufüllen. Erwähnten einem alten Mann gegenüber, wo wir hinwollten. Er fragte, ob die Leute, die uns den Tipp gaben, auf den Vulkan hinaufzufahren, uns Kohl verkaufen wollten. Ich weiß nicht, was er damit meint.

Später

Beinahe hätten wir das Radium in unseren Knochen ausgetrickst! Nicht nur einmal, nicht zweimal, sondern dreimal fuhren wir am Rande des Nichts entlang. Großartig? Eher steil, einschüchternd, beinahe unpassierbar. Eine sehr schmale Straße, eher ein Pfad, der sich MEHR ALS DREIHUNDERT METER nach oben windet. Ehrlich. Wenn Gott vorgesehen hätte, dass wir auf Berge steigen, hätte er uns die Hufe von Bergziegen gegeben.

Hätten wir das gewusst, dann wären wir vermutlich auf der National Old Trails Road geblieben und hätten uns diesen Umweg gespart. Auf jeden Fall fuhr außer uns niemand da hinauf. Später erfuhren wir, dass die Straße brandneu war, angelegt von einem alten Parkranger, seinen Maultieren und einem nachgeschleppten Baumstamm. Und der sollten wir unsere arme kleine Lizzie anvertrauen?

Aber wir holten tief Luft und machten uns auf den Weg nach oben. Mehr als einmal musste ich aussteigen und schieben, damit wir nicht zurückrollten. Mehr als einmal unterdrückte ich einen Fluch, wenn E. sich zu mir umdrehte. Denn ihre Augen strahlten, als wäre sie eine Entdeckerin auf dem Weg zum Dach der Welt.

Die Straße führte nicht ganz bis nach oben. Wir mussten unser armes keuchendes Auto stehen lassen und den restlichen Weg zu Fuß gehen.

Aber wir erreichten den Kraterrand, es verschlug uns den Atem und wir sahen sofort, warum es sich gelohnt hatte. »Großartig« war viel zu allgemein. Wir standen unglaublich hoch über der Ebene. Antilopen konnte ich keine sehen und unser Auto weiter unten auch nicht. Nur einen unendlichen Himmel und Bäume, die sich bis in die Ebene hinuntertasteten. Der Gipfel des Vulkans war nicht flach, wie ich von unten aus gedacht hatte, sondern hatte eine Vertiefung, als hätte jemand, als das Gestein noch warm war, seinen Daumen hineingedrückt. Einen Riesendaumen mit einem Durchmesser von dreihundert Metern, meine ich. Der Krater war so grün bewachsen und abfallend wie ein Tal, am Grund lag aschgraues Felsgestein.

Die Sonne ging gerade unter, gelb, rosa und orange glühte der Himmel über der grünen Ebene, die sich unten erstreckte. Und wir standen atemlos da, betrachteten die Bäume und den Himmel und die allmählich aufleuchtenden Sterne. Irgendwann schob Ethel ihre Hand in meine. Und ließ sie nicht mehr los.

Dienstag

Ich habe mich daran gewöhnt, allein aufzuwachen. Aber heute wachte ich warm und sicher auf und dachte mir, ich könnte mich genauso daran gewöhnen, jeden Morgen mit ihr an meiner Seite aufzuwachen.

Abendessen: Haferbrei mit Rosinen. Kaffee

Orchards Camp	50¢
Benzin	\$3.00

18. Mai 1926

Wir haben die Nacht oben am Kraterrand verbracht, lagen ausgestreckt auf den Kiefernadeln, mit unseren Jacken zugedeckt. Als wir in der Morgendämmerung erwachten, hatte E. sich an mich gekuschelt.

Ich wollte eigentlich ein Stück abrücken. Nein, ich habe es nicht getan, aber ich hätte es tun sollen. Stattdessen lag ich da, ohne mich zu rühren, lauschte auf ihren Atem und hielt selbst die Luft an. Vögel sangen, und eine Spinne kroch mir über den Fuß, aber ich bewegte mich keinen Zentimeter. Über uns schwebte ein roter Bussard.

Ich fühlte, wie sie aufwachte. Ihr Atem veränderte sich, und sie streckte die Zehen, die an meinem Bein lagen. Sie setzte sich nicht sofort auf, sondern lag noch ein paar Minuten zusammengerollt da. »Guten Morgen«, sagte ich leise, und nun rührte sie sich. Sie rieb sich die Augen und setzte sich auf. Ihr Gesicht war vom Schlafen gerötet, ihre Bluse am Hals aufgeknöpft, das Haar hing ihr über die Augen. »Tut mir leid«, sagte sie. »Aber du warst so gemütlich und so warm, und ich hatte keine Lust, aufzuwachen.«

»Dann schlaf weiter«, sagte ich.

Später

Fuhren den Berg wieder hinunter (ein weiteres Dutzend Bilder in meiner Kamera). E. ließ mich fahren. Den ganzen Vormittag über war sie schweigsam, vielleicht noch müde. Als wir unten waren, schloss sie die Augen und schlug sie erst wieder auf, als wir in Raton waren.

Später

Zweihundert Meilen heute! Ich bin erschöpft. Wir mussten zweimal tanken, was in diesem Teil des Landes nicht gerade einfach ist. Die Tankstellen liegen so weit voneinander entfernt wie die Sterne.

Mittwoch

Ich male ein Bild für F., weil sie selbst mich niemals darum bitten würde.

Abendessen: Gebackene Bohnen ohne Speck

Camp Grants	50¢
Benzin	$2.33

19. Mai 1926

Heute kamen wir bei Isleta an einem indianischen Pueblo vorbei. So etwas hatte ich noch nie gesehen. Niedrige Häuser aus rotem Lehm kauerten nebeneinander. Vor ihnen standen runde Steinöfen, die fast wie Bienenstöcke aussahen. Schnüre leuchtend roter Pfefferschoten hingen an der Seite jeden Hauses. Frauen mit farbenfrohen Schals, Ponyfrisuren, kurzen Röcken und weißen Fransenstiefeln. Ich hatte nicht gewusst, dass es etwas so ganz Andersartiges gab, mitten in meinem eigenen Land. Zweitausend Meilen und eine ganze Welt entfernt von Newark, New Jersey.

Wir hielten an. Das taten auch andere Leute, alle ausgerüstet mit Reiseführern und Kameras. Irgendwie kam mir das nicht richtig vor. So fremd das alles in meinen Augen wirkte, es waren einfach Menschen, die ihren Alltagsbeschäftigungen nachgingen. Kochen, Wäsche aufhängen, die Kinder zu einem Nachmittagsschläfchen nach drinnen scheuchen. Das war keine Touristenattraktion, es waren ganz normale Leute. Darum ließ ich meine Kamera auf dem Sitz liegen. Betrachtete alles aus dem Autofenster.

Später am Abend bedauerte ich das fast. So sehr das auch ein unerbetenes Eindringen gewesen wäre, wünschte ich doch, ich hätte wenigstens irgendetwas von dem Pueblo festgehalten. Aber dann kam E. um das Lagerfeuer herum und reichte mir ein Blatt Papier. Und darauf hatte sie, in den farbigen Flecken von Wasserfarbe, eingefangen, was ich nicht fotografiert hatte. »Weil ich wusste«, sagte sie, »dass du gerne ein Teil davon wärst.«

Donnerstag

Es gibt so viel zu sehen. Selbst wenn jede von uns ein Dutzend Leben hätte, könnten wir nicht alles schaffen. Mit der Lebenszeit, die uns beiden bleibt, haben wir keine Chance.

Wie viele Nächte es wohl noch sind?

Abendessen: Habe ich vergessen.

Benzin	$1.97

20. Mai 1926

Machten einen Umweg über einen Ort, der Inscription Rock hieß. Jahrhundertealte Gravuren, alle auf Spanisch. Auf dem Weg dorthin kamen wir an den sogenannten Eishöhlen vorbei, die sich in alte Lava und Vulkanasche gegraben haben. Hunderte von Fotos.

Später

Die kontinentale Wasserscheide! E. lachte und sagte, sie hätte nie gedacht, dass sie nicht nur in unseren Schulbüchern stand, sondern tatsächlich existierte. Es war recht enttäuschend, aber das Lächeln in ihren Augen machte alles wieder wett.

Später

Arizona!

Später

Ich bin auf dem Beifahrersitz eingeschlafen, während ich E. zuhörte, wie sie summte und auf dem Lenkrad den Takt klopfte. Als ich aufwachte, befanden wir uns nicht auf einem Campingplatz. Wir parkten am Straßenrand. E. saß draußen auf einem Wasserkanister, ihren Skizzenblock auf dem Schoß, und malte das Licht der untergehenden Sonne auf den Felsen. »Die Painted Desert«, sagte sie, als sie mich kommen sah. »Ich habe sie auf der Landkarte entdeckt und konnte einfach nicht widerstehen.« Die Felsen glühten in Streifen von Orange und Gelb und Rot. »Darüber bin ich sehr froh«, sagte ich.

In dieser Nacht stellten wir unsere Klappbetten unter freiem Himmel auf und schliefen unter den Sternen.

Freitag

Gestern Nacht gab es nur die Sterne, den Himmel und uns. Mir graut davor, wieder in den beiden Zelten zu schlafen.

Abendessen: Kalte Sandwiches und Schokolade.

Grand Canyon National Park	kostenlos!
Benzin	$2.75

21. Mai 1926

E. fährt jetzt immer länger und länger. Sie schaut weder rechts noch links, sondern fährt entschlossen geradeaus. Ich frage mich, ob sie es so eilig hat, nach Nevada zu kommen. Seit einer Weile hält sie nicht mehr an Postämtern an. Sie will auch keine Picknickpausen mehr einlegen.

Heute Morgen war sie sehr still. Schließlich fragte ich: »Ein Penny für deine Gedanken? Obwohl, wir haben nicht mehr viel Geld, gib mir lieber zwei für einen.«

Sie antwortete nicht sofort. »Nichts. Nicht viel.« Sie senkte den Blick. »Mir ist nur etwas klar geworden«, sagte sie. »Aber vielleicht weißt du das ohnehin schon längst.«

Später

Nach dem Mittagessen übernahm ich das Steuer. Aber E. wollte so unbedingt weiterkommen. Als ich sagte, mir wäre es jetzt zu viel, ließ sie mich rüberrutschen und setzte sich selbst wieder hinters Lenkrad. Sie fuhr am Diablo Canyon und den indianischen Felsenwohnungen vorbei. Unser Abendessen aßen wir während der Fahrt, Sandwiches, die ich auf dem Beifahrersitz zusammenklatschte. Die Landkarte wies freundlicherweise auf nette Umwege und Rastplätze hin, aber Ethel hielt nicht an.

Als die Sonne unterging und die Nacht hereinbrach, hielt sie am Grand Canyon. Ich konnte lediglich ein unglaublich großes, dunkles Loch erkennen. Etwas löste sich in ihr, als sie auf den Campingplatz fuhr, den, der sich mitten im Nationalpark befindet, nur wenige Meter vom Rand des Canyons entfernt.

Als ich vom Waschhaus zurückkam, hatte sie das Zelt aufgebaut. Nur eines. Meinen Protest beendete sie mit einem klagenden »Ich bin völlig erledigt.« Ich hätte ihr anbieten können, das zweite Zelt aufzubauen. Das hätte ich vielleicht auch tun sollen. Aber ich sah die beiden Faltbetten im Zelt, mit einer keuschen Lücke dazwischen, und sagte: »Na klar. Warum nicht. In Ordnung.« Sie lächelte und gähnte und krabbelte ins Bett, ohne sich umzuziehen. Das ganze Zelt roch nach Kokosnuss. »Außerdem«, meinte sie, schon halb im Einschlafen, »du schnarchst immer so schön.«

FRANCIE

Lange Autoreisen sind eigentlich wie das Leben. Man fährt dahin, findet aber immer wieder Zeit, anzuhalten und die Landschaft zu genießen. Man sollte nur die Daumen drücken, dass man nicht plötzlich wenden muss.

BERYL

Du und deine Metaphern.

FRANCIE

Ich bin Schriftstellerin. Ich darf das.

BERYL

Manchmal kann man nicht mehr umdrehen. Zu manchen Sachen kann man nicht mehr zurückfahren. Wenn man einmal vorbei ist, ist es vorbei.

FRANCIE

Wie New Jersey?

BERYL

Wie alle diese ersten Male. Das erste Mal das Meer sehen. Erster Kinobesuch. Erster Herzschmerz. Erster Kuss?

FRANCIE

(leise)
Erster Kuss.

BERYL

Bei mir war es Carl. Wusstest du das?
(als keine Antwort kommt)
Wer war es bei dir?

FRANCIE

Frag mich später noch einmal.

Ausschnitt aus dem unproduzierten Drehbuch *Als sie König war*

KAPITEL 14

1952

Louise hat genug von den Prospekten. Sie hat genug vom Herumfahren, von Besichtigungen und ausgiebigen Hamburger-Mittagessen. Als sie an diesem Morgen im Motel auscheckt, entdeckt sie zwischen dem Weihnachtsflitter auf der Empfangstheke einen dieser Lucite-Kalender, bei dem man jeden Tag auf einer Scheibe das Datum einstellt. Er hat die Form eines Roulettetisches.

Es sind nur noch wenige Tage bis Weihnachten. Sie weiß, dass das keine große Rolle spielt. Weihnachten ist, wenn sie ankommt, ganz unabhängig vom Datum. Dad wird den Früchtekuchen für sie aufheben.

Aber es spielt doch eine Rolle. Irgendwie schon. In diesem verkorksten Durcheinander ihres momentanen Lebens ist Heiligabend ein Orientierungspunkt. Bäume werden gefällt, Mistelzweige aufgehängt, Wunschlisten an den Weihnachtsmann geschrieben und mehrfach überprüft. So etwas wie Normalität.

Louise lässt das Frühstück ausfallen und fährt los. Sie hat jetzt eine Landkarte, die sie an einer Tankstelle in Winslow, Arizona, gekauft hat. Eines Abends im Hotel, bei einem Glas

Whiskey, hat sie ihre Route mit einem Kajalstift eingezeichnet, zumindest bis Oklahoma, wo die Karte endet. Es wäre nicht nötig gewesen. Nach dreizehn Jahren Drehbuch-Gehirntraining hatte sie die Route im Kopf.

Am Himmel hängen dicke Wolken, daher hat sie das Verdeck des Champ geschlossen. Immer, wenn sie eine Stadt hinter sich lässt, kajalt sie im Geiste den Namen dick durch. Newkirk, Tucumcari, San Jon. Dann durch ein schmales Stück von Texas. Glenrio, Adrian, Vega. Mittagessen in Amarillo, ein »Super-de-luxe-Schinkensandwich« von der Theke bei Woolworth. Die Speisekarte verspricht: »Es wird Ihnen schmecken.« Es schmeckt ihr nicht.

Um die Abendessenszeit überquert Louise die Grenze zu Oklahoma. Aber sie fährt weiter. Erick, Sayre, Elk City. Immer weiter durch das Land, das sich flach und mit niedrigem Gestrüpp bewachsen vor ihr abspult. In Hinton Junction überlegt sie, es für heute gut sein zu lassen, aber die kleine Stadt ist staubig und still, daher fährt sie weiter nach El Reno, bis zu einem weiß verputzten Hotel, dessen Fassade nach Jahren im Wüstenstaub rosa gefleckt ist.

In der Nähe des Motels findet sie ein Restaurant, dessen Wandfarbe abblättert und das auf einem Schild im Fenster »die besten Hamburger der Welt« verspricht. Nach dem Schinkensandwich, das alles andere als »de luxe« war, knurrt ihr der Magen. Natürlich will sie einen Hamburger.

Drinnen ist es eng, aber hell. Für viel mehr als eine Theke mit Stühlen und einer altertümlichen Kasse an einem Ende ist kein Platz. Aber so schmal die Theke auch ist, ein Weihnachtsstern im Topf und eine Gruppe fröhlich winkender Gurley-Schneemänner passen noch darauf. Über eine Art Cremekuchen wölbt sich eine Glasglocke, eine weitere über einen dicken Schokoladenkuchen. Sie lässt sich auf einen Stuhl direkt neben den Kuchen gleiten und späht durchs Glas.

Eine Kellnerin in einem schlabbrigen rosafarbenen Kleid schiebt sich durch die Schwingtür hinter der Theke. Sie ist schon älter, vielleicht so alt, wie Louises Mutter jetzt wäre, mit grauen Löckchen und Resten von blauem Lidschatten in den Fältchen über den Augen. Sie summt »Lawdy Miss Clawdy« durch einen dicken Kaugummi vor sich hin. Sie hat Louise noch nicht bemerkt.

»Die Melodie wird man nicht so schnell los, nicht wahr?«, sagt Louise.

Die Kellnerin zwinkert. Sie bläst den Kaugummi auf und lässt ihn platzen, während die Tür hinter ihr zuschwingt. Der Gastraum ist leer, und sie wirkt fast enttäuscht, als sie jemanden auf einem der Stühle sitzen sieht. »Tut mir leid, wir haben schon geschlossen.« Sie schiebt den Kaugummi in die andere Wange.

Louise stellt ihre Füße auf die Stange an der Theke. »Auf dem Schild steht ›Geöffnet‹.«

Die Kellnerin legt einen Stapel gefalteter Tücher – Servietten, Schürzen oder Geschirrtücher – am Ende der Theke ab und schlurft zum Eingang. Dort dreht sie das Schild an der Glastür um, bis von der Straßenseite »Geschlossen« zu lesen ist. »Jetzt nicht mehr.«

Louise ist müde. Sie hat genug von Motels und Diners und schlecht gelaunten Kellnerinnen. Genug von der Hitze, die über den Straßen flimmert, von schweißnassen Beinen auf Vinyl, von dem Geruch nach Staub und Asphalt und sonst nichts. Sie hat mehr Tassen zu lange warm gehaltenen Kaffee getrunken, als sie zählen kann, und auf den letzten tausend

Meilen nicht einmal einen auch nur halbwegs trinkbaren Manhattan bekommen. Sie sehnt sich nach ihrem Wohnzimmer in Columbiagrün, nach dem Perkolator in ihrer blau gekachelten Küche, nach ihrem eigenen Bett, in dem Arnie neben ihr atmet, seufzt oder so tut, als würde er schlafen.

Aber diese Kellnerin, mit ihrem verblassten Lippenstift und den weißen Schnürschuhen, ist vermutlich ebenfalls müde. Louise wirft noch einmal einen Blick auf den gefalteten Stapel auf der Theke. Es ist eine Jacke mit Handschuhen.

»Ich will Sie nicht aufhalten, ehrlich. Ich bin nur den ganzen Tag gefahren und bräuchte unbedingt einen Happen zu essen.« Louise stützt die Ellbogen auf die Theke. »Meinetwegen auch ein Stück Kuchen. Könnten Sie mir ein Stück zum Mitnehmen einwickeln?«

Die Kellnerin seufzt und nimmt eine Schürze von einem Haken neben der Küchentür. An ihrem Band ist ein roter Weihnachtsstern aus Email festgeklemmt. »Ich werde Sie bestimmt nicht hungrig fortschicken.« Mit der Schulter schiebt sie die Küchentür auf und schreit nach hinten: »Frankie! Komm mal raus!«

Sie bindet sich die Schürze um, und aus der Küche kommt ein Mann mit einem halb vollen Glas Bier und einem Exemplar von *Der alte Mann und das Meer* unter dem Arm.

»Frankie, wir haben noch jemanden.« Mit dem Kinn deutet sie auf Louise, die auf dem Stuhl an der Theke hockt.

Frankie nickt nur und nimmt einen tiefen Schluck von seinem Bier.

»Kann ich auch eines haben?«, fragt Louise.

Es ist Jahre her, seit sie zuletzt ein Bier getrunken hat. Nicht mehr, seit sie mit Arnie mit einem Paket Hotdogs und einem Sechserpack Brew 102 durch die Woche kam. Damals lebten sie in einer winzigen Wohnung, kaum groß genug für das Klappbett und Arnies Schreibmaschine. Dieses eine geteilte Bier, das sie sich jeden Abend hin und her reichten, während sie auf dem Bett saßen und Drehbücher lasen, war so herrlich wie Champagner.

Sie schlüpft aus ihrer Jerseyjacke und löst die Nadeln, die ihren Hut halten. Es ist ein großer Topfhut, über und über mit glänzenden braunen Federn bedeckt. Als sie ihn auf die Theke legt, sieht es aus, als hätte sich ein Schwarm Spatzen darauf niedergelassen. »Ich hätte gerne ein Bier und einen dieser weltberühmten Hamburger.«

Frankie lächelt ganz leicht und verschwindet in der Küche. Ohne das Buch kommt er wieder zurück, dafür steht sein Bierglas am Rand eines Tellers mit den Zutaten für ein Sandwich. Er hält einen dunkelrosa Ball aus Hackfleisch in einem Papier in der Hand.

»Haben Sie schon einmal einen Burger gegessen, wie wir ihn hier in El Reno machen?«, fragt die Kellnerin, auf deren Namensschild »Ruby« steht, während sie ein Glas mit Bier füllt.

»Ich wusste nicht, dass sie hier anders gemacht werden.«

Ruby grinst und schiebt ihr das Glas zu. »Aber irgendetwas muss sie ja zu den Besten der Welt machen, Lady.«

Das Bier ist von hellgelber Farbe und hat nur eine Spur von Schaum. Louise nimmt einen vorsichtigen Schluck. Es schmeckt scheußlich, aber ehrlich gesagt hat sie Bier noch nie gemocht, nicht einmal damals, als sie sich mit Arnie die abendliche Dose teilte.

»Kartoffelsalat ist aus«, sagt Ruby und zieht einen Teller aus einem Gestell. »Krautsalat?«

»Nein, nein, vielen Dank.« Louise fährt mit dem Finger

über die feuchte Außenseite des Glases. »Nur der Hamburger, das genügt mir schon.« Sie schließt einen Moment die Augen, um das Geplauder der Kellnerin auszublenden. Sie hört das Zischen von Frankies Grillpfanne und riecht gebratene Zwiebeln.

Geschirr klappert und Ruby redet weiter: »Die Leute, die hier vorbeifahren, kennen unsere Hamburger. Dieser Steinbeck, der hat sogar darüber geschrieben.«

Bei dieser Bemerkung reißt Louise die Augen auf. »John Steinbeck? Der Romanschriftsteller?« Es ist, als spukte er wie ein Gespenst entlang der gesamten Route 66.

»Yeah, genau der. Er hat doch dieses Buch mit diesen ganzen Früchten geschrieben.« Ruby winkt ab. »Ich hab's ja nicht gelesen, aber unser Frankie dort schon. Er war überglücklich, als er einen Hamburgerschuppen genau wie unseren in dem Buch gefunden hat.«

Der fragliche Hamburger, eine internationale und literarische Berühmtheit, wird auf einem weißen Teller über die Theke geschoben.

»Na?«, fragt Ruby. Sie und Frankie blicken erwartungsvoll.

Der Hamburger ist flach und knusprig, die Zwiebeln sind ins Fleisch eingebraten. Sie schmeckt die Schärfe von Senf, die Säure des Relishs, die Süße der braun karamellisierten Zwiebeln. Noch ehe sie den ersten gegessen hat, bestellt sich Louise einen zweiten Hamburger. Über die Theke hinweg sieht sie zu, wie Frankie ihn zubereitet. Ein rosafarbener Fleischkloß wird mit einem Spatel flach geklopft, dann wird ein Haufen sehr dünner Zwiebelringe in das bereits bratende Fleisch gedrückt. Ein bisschen Essiggurkenrelish, ein bisschen Senf, ein gedämpftes und gebuttertes Brötchen, und ihr läuft das Wasser im Mund zusammen. Sie trinkt das Bier aus, während sie auf den zweiten Burger wartet, und nimmt nun doch den Krautsalat, den Ruby ihr angeboten hat.

Eine halbe Stunde später schiebt sie sich aus dem Lokal, um drei Hamburger schwerer, aber nur um einen Dollar leichter. Irgendwie fühlt sie sich Steinbeck jetzt näher. Mehr als auf der ganzen bisherigen Fahrt fühlt sie sich als Teil der Route 66.

Manchmal denkt Louise an *Früchte des Zorns* und wie anders alles vielleicht gekommen wäre. Sie war nicht die einzige hungrige junge Schauspielerin in Hollywood gewesen, die das Buch verschlungen und die wenigen Sätze, die Rose of Sharon hatte, auswendig lernte, um irgendwie ein Vorsprechen zu bekommen. Am Ende war Dorris Bowdon die Glückliche. Sie hatte nicht mehr Erfahrung aufzuweisen gehabt als Louise, aber sie war die Freundin des Drehbuchautors. So lief das eben.

Und was hatte Dorris daraus gemacht? Sie heiratete, wurde schwanger und gab den Beruf auf. Louise hätte für diese Rolle getötet. Metaphorisch gesprochen. Für die Chance, vor der Kamera Gefühle zu zeigen, zu torkeln, zu weinen, einfach etwas anderes zu machen, als zu glitzern und zu steppen. Es hätte der erste Schritt auf dem Weg zu etwas Besserem sein können. Die Rolle, die eine ernsthafte Schauspielerin aus ihr gemacht hätte.

Stattdessen nahm sie das Drehbuch, das ihr Arnie Bates über den Tisch der Bibliothek geschoben hatte, und ging zum Vorsprechen. Weil es ein Auftrag war. Weil er, so seltsam er auch sein mochte, an sie glaubte. Und als sie fragten, ob sie singen, steppen und Einrad fahren könne, sagte sie: »Ja, natürlich!«. Was hätte sie sonst sagen sollen? Als Schauspielerin, die während einer Tanzeinlage verhungert, die unter den

Zweitbesetzungen vertrocknet und vor lauter Rollen ohne jeglichen Text bewusstlos wird, sagt man, was man sagen muss. Man nimmt, was angeboten wird. Und wenn ein Produzent dich bittet herumzuhüpfen, dann fragst du, ob du dazu noch mit den Händen wedeln sollst.

Betsey Barnes war kein Steinbeck, aber dafür konnte sie Arnie nicht die Schuld geben. Er war damals schon genauso lange in Hollywood gewesen wie sie und hatte außer ein paar inoffiziellen Drehbuchverbesserungen nichts vorzuweisen gehabt. Da gab ihm sein Freund Sidney Weller eine eilige Überarbeitung. Das Drehbuch war hirnverbrannt, Rachmann, der Lieblingsautor des Studios, hatte es aus einem aufgeblasenen Artikel in einer Frauenzeitschrift zusammengeschustert. Ob Arnie der Sache nicht Glitzer, Glamour und eine gründliche Dosis Technicolor verpassen könne? Und ob er das konnte. Ob Sidney auch wolle, dass er dazu mit den Händen wedelte?

Und so bekam Louise, anstatt in Literaturverfilmungen mitzuspielen, Steppschuhe und einen Rock mit Pfauenfedern, falsche Wimpern und eine große, spritzige Musicalnummer. Sie gewann keinen Oscar, aber sie begeisterte das Publikum und auch den ergebenen Fan in der Werbeabteilung, der ihre Fotos signierte und sie mit einem rosafarbenen Kuss versah. Eine Rolle war eine Rolle, und ein Dutzend Jahre später hat sie immer fünfzig Dollar in der Tasche und besitzt einen Bungalow am Rodeo Drive. So schlimm war *Betsey Barnes* nicht. Warum also dachte sie immer noch darüber nach, was gewesen wäre, wenn?

Arnie hatte sich nie beklagt. Er arbeitete an den Drehbüchern, die ihm das Studio gab. Zuckersüße Musicals, ernsthafte Kostümfilme, gelegentlich ein düsterer Krimi. Er war gut. Dazu kamen ab und zu noch Artikel für eines der Hollywoodmagazine, und, weniger häufig, für eine Zeitung. Er arbeitete immer an zwei oder drei Sachen gleichzeitig. Hollywood liebt Jongleure.

Aber egal, an wie vielen Projekten er gerade saß, egal, wie nahe der Abgabetermin rückte, Arnie war immer zum Abendessen zu Hause. Dieses unausgesprochene Versprechen hatte er in den zehn Jahren ihrer Ehe nur selten gebrochen, und wenn, dann ungern. Daher bekam sie vor Angst Gänsehaut auf den Armen, als er begann, spät nach Hause zu kommen, sich ständig zu entschuldigen und bei abendlichen Anrufen die Tür zu seinem Arbeitszimmer zu schließen. Es wäre nicht das erste Mal gewesen, dass eine Ehe in Hollywood einer hübsch geschminkten Revuetänzerin zum Opfer fiel.

Louise wusch die Wäsche häufiger, um seine Kragen auf Make-up-Flecken und die Unterhemden auf Parfümspuren untersuchen zu können. Einmal erwischte er sie dabei. Er bog um die Ecke und kam ins Schlafzimmer, als sie gerade das Gesicht in sein weißes Oberhemd drückte. Sie empfand Schuldgefühle, als wäre das Ganze ihr Fehler. Und vielleicht war es das auch. Ein paar verpasste Stichworte, und sie benahm sich, als hätte er das gesamte Drehbuch umgeschrieben.

»Was tust du da?«, fragte er.

Das wäre ihre Chance gewesen, der Moment, um ihn zu fragen, ob er sie betrog. Sie waren immer ehrlich zueinander gewesen. Galt das auch noch für ihn? »Ich beiße einen losen Faden ab«, sagte sie stattdessen. Sie hatte Angst vor seiner Antwort.

In jener Nacht schlief Louise bereits tief, als das Telefon

klingelte. Arnie war noch nicht im Bett, er hatte sich in seinem Büro eingeschlossen. Obwohl sie nichts lieber getan hätte, als weiterzuschlafen, kämpfte sie sich aus den Laken. Im Bademantel schlich sie in die dunkle Küche. Sie konnte Arnie im Arbeitszimmer nebenan hören, das Knirschen seines Schreibtischstuhls und sein Murmeln, wenn er in den Hörer sprach. Sie verbiss sich ein Gähnen und nahm mit angehaltenem Atem den Hörer des zweiten Telefons ab.

Sie hatte eine gehauchte Stimme erwartet, vielleicht das eine oder andere Kichern. Liebesgeflüster und das Versprechen, sich bald zu treffen.

Stattdessen hörte sie Arnie sagen: »Ich weiß nicht, Sid, ich glaube, wenn er diesen Satz sagt, verrät er, dass er der Mörder ist«, und Sidney Wellers Stimme antwortete: »Ja, könnte ein bisschen mehr Subtilität vertragen.« Sie legte schnell wieder auf.

Kein Wunder, dass Arnie sich so merkwürdig benahm. Sid war sein Mentor und ein guter Freund, aber er stand auf der schwarzen Liste. Sie konnten einander schwerlich auf einen Kaffee treffen oder über die Telefonanlage des Studios miteinander sprechen. Louise goss Milch in einen Topf, gab eine Zimtstange und einen Schluck Brandy hinein und wartete auf Arnie.

Als er aus seinem Arbeitszimmer kam, lehnte sie an der Küchenarbeitsplatte und trank einen Becher warme Milch. Er blieb auf der Schwelle stehen, barfuß und in einem kurzärmligen Hemd. »Hallo.«

»Ich konnte nicht schlafen«, log sie und goss sich noch einen Becher voll.

»Ich auch nicht.« Er fuhr sich mit der Hand durch die Haare. Er hätte einen neuen Haarschnitt und eine gründliche

Rasur nötig gehabt. Wie hatte sie nur annehmen können, er hätte eine Affäre. »Sid wollte ein Drehbuch mit mir durchsprechen.«

»Woran arbeitest du gerade?«

Er stieß sich von der Schwelle ab. »Ich weiß, woran ich gerne arbeiten würde.« Dabei durchquerte er die Küche und nahm ihr den Milchbecher aus der Hand. »Tut mir leid, dass ich in letzter Zeit so sehr beschäftigt bin.«

Sie fuhr ihm mit der Hand über den Hemdärmel, hinab bis zu den grafitverschmierten Fingern. »Ich verzeihe dir, wenn du mir einen Kuss gibst.«

Er schlang die Arme um ihre Taille und hob sie auf die Küchentheke. Dann küsste er sie, bis sie außer Atem und glücklich und überhaupt nicht mehr schläfrig war. »Du schmeckst nach Weihnachten«, sagte er.

Sie verzieh ihm.

Ehe sie am nächsten Morgen El Reno verlässt, meldet sie einen Anruf bei Arnie an. Es klingelt und klingelt, aber niemand nimmt ab. Sie redet sich beruhigend zu, es sei dort noch zu früh, erst kurz nach sechs. Vielleicht schläft Arn noch. Oder er ist im Badezimmer. Macht sich gerade eine Kanne Kaffee.

Sie wartet fünf Minuten, packt ihren Korbkoffer noch einmal um und lädt ihn in den Kofferraum des Champ, dann versucht sie es erneut. Jetzt müsste er im Bad fertig sein. Zurück im Schlafzimmer, wo er sich frische Shorts und ein Unterhemd anzieht, sich die Haare kämmt.

Er geht nicht ans Telefon.

In El Reno ist es kühl. Sie trägt ihr dunkelblaues Dior-Kleid, langärmlig mit weitem Kragen und einem schwarzen

Unterrock, der hinten unter dem Saum hervorblitzt. Dazu hat sie einen schwarzen Samtturban ausgewählt, der ihr bis über die Ohren reicht. Gestern Abend hat sie ihre weißen Handschuhe ausgewaschen, jetzt trägt sie sie, aber weniger aus Gründen der Eleganz, sondern wegen ihrer kalten Handgelenke. Als sie nach draußen tritt und der Wind die nackte Haut zwischen Ärmel und Handschuhen findet, beginnt sie zu frösteln und stellt fest, dass sie Oklahoma doch nicht mag.

Ehe Louise die Stadt verlässt, macht sie halt beim Diner, um mit einem Teller trockenem Toastbrot für die gestrige Hamburgerorgie Buße zu tun. Natürlich wird dieser Vorsatz durchkreuzt, als sie, schon im Gehen, doch noch ein großes Stück Schokoladenkuchen bestellt. Ruby wickelt es Louise in gewachstes Papier ein und schiebt ihr, als Frankie gerade nicht hinsicht, eine Gabel in die Hand.

Sie hat eine neue Landkarte, auf der sie nun mit Konturenstift plant. Nach ihren Berechnungen gestern Abend, die sie lang ausgestreckt auf dem Motelbett liegend anstellte, ist sie gestern an die vierhundert Meilen gefahren. Bestimmt kann sie heute ebenso viel schaffen. Vor allem, wenn sie zu Mittag während der Fahrt den Schokoladenkuchen isst.

Oklahoma scheint der längste Staat zu sein, durch den Louise bisher gefahren ist. Auf der Karte hat er die Form eines kleinen Stieltopfes. Sie stellt sich vor, in diesem Topf Tomatensuppe zu kochen, dass sie bis nach Kansas spritzt. Als sie am Nachmittag durch Kansas fährt (sämtliche der insgesamt elf Meilen auf der Route 66, die zu diesem Staat gehören), entschuldigt sie sich für die Suppe. Sie kann es nicht leugnen, diese Fahrt macht sie tatsächlich wahnsinnig.

Es ist wirklich so. Louise weiß längst nicht mehr, wie viele

Meilen sie schon gefahren ist. Irgendwann hätte sie schwören können, dass da ein Büffel am Straßenrand steht und sie ansieht. Natürlich ist es nur ein Busch, aber sie denkt immer wieder, diese Büsche wären alle Büffel. Einer nach dem anderen aufgereiht, durch Oklahoma, Kansas und Missouri. Sie durchquert Missouri heute nur zur Hälfte und kann diesen Staat schon jetzt nicht mehr ertragen.

Im Radio sind die Sender immer nur sehr kurz zu empfangen. Gerade noch erfüllt der »Tennessee Waltz« das Auto mit Dreivierteltakt, da kracht und knistert es, und plötzlich ertönt »Blue Tango«. Einmal fängt der Apparat »Silver Bells« ein, aber ehe sie in den Zauber von Schlittenglocken, dem Duft von Schnee und Kiefern eintauchen kann, ist das Lied schon wieder weg. Als sie den nächsten Sender findet und dort »I Saw Mommy Kissing Santa Claus« gespielt wird, schaltet sie ab.

Stattdessen lauscht sie dem Rhythmus der Reifen auf dem Straßenbelag, wie Trommeln, wie Rumbarasseln, bis die Geräusche ineinanderfließen. Durch das Fenster, das einen winzigen Spalt offen steht, pfeift die Luft in einem hohen Ton. Es ist, als hätte sie ihre eigene Band dabei. Eine Weile lang singt sie dazu. Alle Betsey-Barnes-Lieder, alle Songs, denen sie am Abend vor dem Küchenradio lauscht, alle, die sie in letzter Zeit im Kino gehört hat. »Singin' in the Rain« (natürlich), »Skirts Ahoy!«, »April in Paris«, »Bloodhounds of Broadway«. Sie ist besser als Mitzi Gaynor.

Sie versucht sich an »Silver Bells«, aber das Lied ist zu neu, sie kennt den Text noch nicht. Keines der Weihnachtslieder, die sie als Kind zu Dads Klavierbegleitung gesungen hat. Nichts wie »We Three Kings« (das Lieblingslied ihres Vaters) oder »The Twelve Days of Christmas« (ihres). Zu Letzterem hatte sie auch einen Tanz mit allem Drum und Dran einstudiert. Sie überlegt, ob sie ihn noch im Kopf hat.

So viele Meilen, nur in Begleitung ihrer eigenen Gedanken. Sie denkt an Weihnachten. Sie denkt an das Meer. Sie denkt an Arnie im columbiagrünen Wohnzimmer. Sie glaubt, einen weiteren Büffel zu sehen. Mit den Fingern isst sie den Schokoladenkuchen.

Louise denkt über Las Vegas nach, über das Drehbuch, das sie abgelehnt hat. Die Tochter eines Taxifahrers springt für eine befreundete Showtänzerin ein und wird der Star von Las Vegas. »Sie trägt jetzt Tanzschuhe statt Schnürschuhe!«, plärrt der Slogan. Am Ende hängt sie ihre Schnürschuhe endgültig an den Nagel und verlässt die Stadt Ukulele spielend auf der Rückbank des väterlichen Taxis. Für solche Rollen ist Louise inzwischen einfach zu alt.

Sie hat das Drehbuch gelesen. Es war grauenvoll, absolut grauenvoll, aber jemand hat es geschrieben. Jemand hat Arbeitszeit darauf verwendet. Und natürlich könnte sie die Rolle problemlos spielen. Ein Mädchen wird ins Scheinwerferlicht geschoben, verlässt es aber wieder, als es hart auf hart kommt. Aber wohlgemerkt nicht, *weil* es hart auf hart kommt. Sondern weil es zu Hause einfach am schönsten ist. Einen herzlichen Dank an Dorothy Gale und den *Zauberer von Oz.*

Also denkt Louise über das Drehbuch nach. *Die Prinzessin vom Las Vegas Boulevard* lautet der Arbeitstitel. Vielleicht sollte sie zurückfahren. Vielleicht sollte sie dem Studio erklären, dass sie die Rolle doch übernimmt. Aber dann fallen ihr diese anderen Drehbücher ein, geschrieben auf einer alten Underwood-Champion-Schreibmaschine und in die Regale in Florence Daniels' Wohnung gestopft. Geschichten über Frauen, die durchhalten, wenn es hart auf hart kommt.

Frauen, die ihre Schuhe nicht an den Nagel hängen, ob Schnürschuhe oder High Heels. Ja, an die muss sie denken.

Und diese Gedanken lassen sie wieder aufs Gas steigen. Büffel-Büsche fliegen an ihrem Fenster vorbei. Als sie endlich müde ist und nicht mehr weiterfahren mag, ist sie in Rolla, Missouri, und am Verhungern.

Statt an einem Motel macht sie halt an einer Touristensiedlung. Hübsche Reihen kleiner weißer Häuschen mit roten Dächern, die aussehen wie aus einem früheren Jahrhundert. Das Rot und das Weiß lassen sie plötzlich an Zuckerstangen denken. Zerbrochene Zuckerstangen.

Louise steigt aus dem Auto, und sofort ist ihr eiskalt. Nicht kalt genug für Schnee, nicht hier im Nirgendwo von Missouri, aber das ist nicht mehr Oklahoma. Oder New Mexico. Oder Arizona. Oder irgendeiner der anderen Staaten im Westen, durch die sie ein Stück gefahren ist. Sie gräbt ihren Mantel hervor, den rot gefütterten Nerzmantel. Etwas anderes hat sie nicht.

In der Touristensiedlung gibt es auch ein neueres Hotel, mit modernen Zimmern und einem Fernseher in der Lobby, aber sie entscheidet sich für eines der kleinen Cottages. Der Innenraum ist gerade groß genug für ein Bett, einen Stuhl und einen Ständer mit einem Aschenbecher. Die junge Frau am Empfang hat erklärt, der ursprüngliche Besitzer habe in den 1920er-Jahren alte Hühnerställe zu den ersten Cottages umgebaut. Louise weiß nicht, ob sie die Geschichte glauben soll, aber andererseits war sie auch noch nie in einem Hühnerstall. Vielleicht sind solche Ställe geräumiger, als sie sich das vorstellt.

Sie legt den Korbkoffer auf den Stuhl und zieht die Vorhänge zu. Ein rosa-grünes Blumenmuster. Der Stoff ist ausgebleicht und altmodisch. Sie könnten aus der Zeit stammen, als das Häuschen noch ein Hühnerstall war.

Nicht zum ersten Mal fragt sie sich, ob auch ihre Mutter hier haltgemacht hat. Ob sie auf denselben Straßen fährt, in denselben Diners sitzt, durch dieselben Hauptstraßen mit gerade mal drei Häusern spaziert wie ihre Mutter und Florrie Daniels vor so vielen Jahren. Haben sie in Rolla, Missouri, übernachtet? Oder in El Reno, Oklahoma, gegessen? Haben sie am Rand des Grand Canyon gestanden und haben sich danach gesehnt, den Himmel zu berühren, der sich darüber wölbt?

Louise zieht den Pelzmantel aus und legt ihn sorgfältig über die Stuhllehne. Im Zimmer gibt es ein Telefon, und sie meldet ein Telefongespräch nach New Jersey an. Bis gerade eben wusste sie nicht, dass sie unbedingt mit ihrem Vater sprechen muss, aber auf einmal fühlt sie sich unendlich einsam. Da war ihr das Alleinsein erst so herrlich vorgekommen, und jetzt wünscht sie sich nichts mehr als eine Begleitung auf dieser Reise. Wie ihre Mutter sie hatte.

Als ihr Vater abhebt, fragt Louise ihn: »Warum hast du mir eigentlich nie etwas über Moms letzte Reise erzählt?«

»Al?« Sie kann das verwirrte Blinzeln fast in seiner Stimme hören.

»Ist sie die Route 66 entlanggefahren?« Nacheinander zieht Louise sich die Handschuhe von den Händen. »Hat sie Missouri auch so schrecklich gefunden wie ich?«

»Kein ›Hallo‹ oder ›Hi‹ oder ›Wie geht's, alter Knabe‹?«

»Entschuldige.« Sie schickt ihm einen geräuschvollen Kuss durch die Leitung.

»Was ist denn los? Du hörst dich müde an, Al.«

»Das hörst du an meinem Kuss?«

»Wenn ich abhebe und du überschüttest mich mit Fragen, dann ist etwas passiert.«

Die Schnur des Telefons reicht bis in das kleine Badezimmer. »Wenn man den ganzen Tag allein dahinfährt, hat man Zeit zum Nachdenken.« Sie wirft die Handschuhe ins Waschbecken und dreht den Hahn auf.

»Du?« Er lacht glucksend. »Du kannst doch nie lange genug still sitzen, um nachzudenken.«

Louise geht darüber hinweg. »Sei's drum, mir ist klar geworden, dass ich noch nie so lange im Auto unterwegs war. Ich habe dieses Land noch nie von einer Küste zur anderen gesehen.« Sie bearbeitet die Handschuhe mit der Seife. »Aber Mom hat das gemacht, und ich weiß überhaupt nichts über diese Fahrt. In der letzten Woche bin ich die Route 66 entlanggefahren, und ich habe mir gedacht, sie könnte vielleicht dieselbe Strecke genommen haben.«

»Ach, Schätzchen, ich weiß auch nicht viel mehr darüber. Wie soll ich mich denn an die Strecke und den Ablauf einer Reise erinnern, die ich nicht selbst unternommen habe?«

»Du erinnerst dich aber an mehr als ich.« Das Wasser aus dem Hahn ist jetzt nicht mehr warm, sondern brühheiß. Sie dreht es ab. »Ich war damals erst sechs.«

»Al.« Sie kann ihn vor sich sehen, wie er seine Lesebrille abnimmt und sich den Nasenrücken reibt.

»Alles, was ich weiß, ist, dass sie durch das ganze Land gefahren ist und nicht mehr nach Hause kam. Du hast mir nie erzählt, wo sie langgefahren ist, durch welche Staaten sie kam, was sie sich angeschaut hat. Bis ich die Fotos gesehen habe, wusste ich nicht, dass sie mit Florence Daniels unterwegs war. Ich wusste nicht …«

»Fotos?«

Sie hört das Stocken in seiner Stimme und drückt die tropfenden Handschuhe aus. »Ich habe sie in ihrer Wohnung gefunden.«

Er hustet. »Florries Wohnung? Du kennst Florrie?«

»Kannte. Und nein, das kann man eigentlich nicht sagen. Dad, sie ist vor etwa einer Woche gestorben.«

Er ist eine ganze Weile lang still. Louise drückt jeden einzelnen Finger der Handschuhe aus. Wasser spritzt ins Waschbecken.

»Wir waren gute Freunde«, sagt er schließlich. »Alle drei – Flor, Eth und ich. Als Kinder waren wir unzertrennlich. Dann wurden wir erwachsen, schlossen die Schule ab, und dann kam der Krieg. Ich wurde eingezogen, und, tja, dann war alles anders.«

»Das macht ein Krieg«, bemerkt Louise leise.

»Ja, das stimmt.«

Sie breitet die feuchten Handschuhe auf dem Rand des Waschbeckens aus.

»Während ich drüben war, hat mir Eth ein paarmal geschrieben. Flor nicht. Ich wusste, dass die beiden noch immer unzertrennlich waren. Sie sind zusammen in die Arbeit gegangen, zum Tanzen, zu Samstagsmatineen. Manchmal habe ich mich gefragt, ob nach meiner Rückkehr überhaupt noch Platz für mich sein würde.«

»Ach, Dad. Du bist doch den Platz wert.«

»Eth war auch dieser Meinung, aber Flor … Ich weiß nicht. Ich bin mir nicht sicher, ob deine Mutter mit mir auszugehen begann, weil Flor sich zurückgezogen hatte, oder ob es umgekehrt war.« Am anderen Ende der Leitung hört sie Wasser rauschen. Er wäscht sich die Hände oder füllt den Wasserkessel für seinen Abendtee. »Aber du hast Florrie gekannt? Das hast du mir nie erzählt.«

»Ich kannte sie nicht wirklich. Nur flüchtig. Wir haben beim selben Studio gearbeitet. Sie hatte einen Ruf.« Sie fügt hinzu: »Einen ausgezeichneten Ruf.«

»Ich habe alle ihre Filme gesehen«, sagt er, und das überrascht sie nicht.

»Aber dann stirbt sie plötzlich, und ich erbe alles. Ich hätte nicht gedacht, dass sie mich überhaupt wahrgenommen hat.«

»Sie kannte dich.« Eine Schranktür schlägt zu. Es ist der Abendtee. »Wir haben immer Kontakt gehalten.«

»Tatsächlich? Die ganzen Jahre über? Aber ...«

»Al, das Gespräch kostet doch ein wahres Vermögen«, unterbrach er sie. »Ich erzähle dir alles darüber, wenn du hier bist.« Sie stellt sich vor, wie er einen Red-Rose-Teebeutel auspackt. »Pfadfinderehrenwort.«

»Na gut, Dad.« Sie schüttelt sich das Wasser von den Händen. »Ich bin bald da.« Im Hintergrund hört sie eine murmelnde Stimme. »Onkel Hank ist bei dir? Es ist doch gar nicht Sonntag.«

Jetzt ist es ihr Vater, der müde klingt. »Wir machen ein Puzzle.«

»Zirkustiere, wie wir damals? Bären? Der Junge und sein Hund?«

»Eisenbahnzüge.«

»Ich liebe dich so sehr, Dad ...«

»... wie die Prärien groß sind.«

Mit einem Klicken legt er auf, und sie trocknet sich die Hände am Handtuch ab.

Nur einen Moment noch, dann geht sie zum Abendessen.

Ein Sandwich. Hühnersuppe. Vielleicht in dieses Grillrestaurant, von dem ihr die Empfangsdame erzählt hat. Sie sitzt auf dem Bett, schlüpft aus ihren Pumps, lehnt sich zurück, um die Kissen auszuprobieren. Nur einen Moment noch.

Nur einen Moment noch, und sie ist eingeschlafen.

FRANCIE

Kannst du dich erinnern, als wir einmal im Zirkus diese Seiltänzerin gesehen haben?

BERYL

Ob ich mich erinnern kann? Das werde ich nie vergessen.

FRANCIE

Weißt du, damals habe ich nicht ihr zugesehen, sondern den Leuten, die unten das Netz gehalten haben.

BERYL

Wolltest du sehen, ob sie hineinfällt?

FRANCIE

Ich wollte sehen, wer sie auffangen würde.

Ausschnitt aus dem unproduzierten Drehbuch *Als sie König war*

KAPITEL 15

1926

Samstag

Habe für A.L. ein Türkisarmband erstanden. In Silber gefasste Steine, mit eingravierten Eidechsen. Habe einer Hopifrau meinen Schildpattkamm dafür gegeben. Eidechsen mag A.L. noch lieber als Puppen.

Abendessen: Reis

Campingplatz	25¢
Armband	Schildpattkamm, den mir C. am Tag unserer Hochzeit geschenkt hat

22. Mai 1926

Wir sind einen Tag lang am Grand Canyon geblieben. Einen ganzen Tag, an dem wir aufwachen und die Sonne aufsteigen sehen konnten, bis sie tief in den Canyon hineinschien, und sie wieder untergehen sahen, um einem unglaublichen Sternenhimmel Platz zu machen. An diesem Tag vergaßen wir zu schreiben, Fotos zu machen, zu reden. Ein verschwendeter Tag auf unserer eiligen Reise nach Nevada, der in keiner Weise verschwendet war.

Eth war still. Das waren wir beide. Ich wusste nicht, ob sie an Nevada, an Carl oder an die Scheidung dachte. Oder an das Radium in ihren Knochen. Ich wusste allerdings, dass sie an A.L. dachte, als ich sie mit einer Hopifrau verhandeln sah. Sie kam ohne ihren Kamm zurück, aber mit einem Geschenk für A.L. in der Tasche. »Eltern müssen von jeder Reise ein Geschenk mitbringen«, sagte sie. »Etwas von dem Abenteuer weitergeben.«

Ich erwähnte nicht, dass es C. war, der weggefahren ist. Dass sie New Jersey wohl ohne das leere Haus und den Zettel auf dem Tisch ihr ganzes Leben lang nicht mehr verlassen hätte. Dass C. sie in dieses Abenteuer hineingeschubst hatte. »Bereust du es?«, fragte ich. »Das Abenteuer?«

Sie berührte die Stelle an ihrem Haar, wo sie immer den Kamm getragen hatte. »Im Moment nicht«, sagte sie.

Sonntag

Heute früh aufgebrochen. Noch zweihundert Meilen, um darüber nachzudenken, was ich sagen werde.

Abendessen: Reis

Campingplatz	25¢
Benzin	$2.71

23. Mai 1926

Ich wachte auf und die Sonne schien. Unmittelbar vor dem Zelteingang Vögel, Hasen und eine besonders hartnäckige Hummel. Es war beinahe schön. Aber dann kam E. aus ihrem Zelt, streckte sich, gähnte und kratzte sich am Rücken. »Morgen!«, sagte sie. »Ich glaube, wir haben keinen Kaffee mehr. Sollen wir zusammenpacken?« Morgen war vermutlich mein letzter Tag mit ihr, und da verschwendete sie Zeit mit Kratzen und der Kaffeekanne, wo ich doch nur eines wollte: Sie an der Hand nehmen und hierbleiben, in Wo-auch-immer, Arizona, auf ewig. Sie gähnte und die Sonne schien und mein Herz zerbrach in Millionen kleine Stücke.

Später

Während ich die Zelte verschnürte, ging sie zu den Nachbarn und erbettelte sich einen Becher Kaffee. Sie verteilte ihn in unsere beiden Zinntassen. »Wir haben nicht mehr viele Tage«, sagte sie beinahe scheu. »Aber den heutigen schon noch.«

Zum Glück ist Arizona so entsetzlich lang. Denn ich fürchte mich vor Nevada.

Montag

Mein Bauch ist voller Schmetterlinge.
Abendessen: –

Campingplatz	25¢
Benzin	$1.80

24. Mai 1926

Den ganzen Tag sah es so aus, als könnte Eth sich nicht entscheiden. Langsam, schnell. Anhalten, fahren. Erst fuhr sie immer schneller, bis die Lizzie zu wackeln anfing. Und gleich darauf hielt sie mit irgendeiner Entschuldigung am Straßenrand. Hübsche Blumen. Krampf in den Knien. Zu viel Kaffee. Ich glaubte ihr keine davon. Sie ging spazieren und pflückte einen Hut voller Blumen, saß auf dem Trittbrett und flocht Dutzende von Blumenketten, aber eigentlich war sie Tausende von Meilen weit weg. Vielleicht zurück in Colorado oder auf den endlosen Straßen von Missouri. Oder weiter, zu Hause in New Jersey oder noch ferner. Auf jeden Fall nicht kurz vor Nevada. Nicht wenige Stunden von dem Treffen mit ihrer Tochter und ihrem Ehemann entfernt.

Endlich, ungefähr zur Abendessenszeit, hielt sie an. Blieb einfach am Straßenrand stehen und weigerte sich, auch nur eine Meile weiterzufahren. Von der Stelle, an der wir standen, konnten wir die Staatsgrenze bereits sehen. Sie sah vollkommen ruhig aus, aber die Blumenkette in ihrer Hand zitterte. »Ich kann doch nicht mitten in der Nacht bei A.L. auftauchen, wie ein böses Gespenst«, sagte sie. Die Sonne stand gerade knapp über dem Horizont. Sie fragte: »Noch eine Nacht?«

Natürlich.

Dienstag

Ich sah sie von der Straße aus. Wie ein Regenbogen sprang sie aus der Haustür. Zwei schiefe Zöpfe, ein zu großer Overall, Sonnenbrand auf der Nase. Sie bemerkte mich nicht einmal. Rannte hinüber zu einer Pferdekoppel und warf einem riesigen Pferd Luftküsse zu.

Ich schwöre, sie war größer geworden. Doppelt so groß. War das wirklich erst ein paar Wochen her?

Ich rief nach ihr, aber sie blickte überhaupt nicht auf. »Anna Louisa!« und »A.L.!« Und dann so, wie C. sie immer nannte: »Al!« Sie hob den Kopf, grinste plötzlich so breit wie die Sonne und rannte auf mich zu.

F. hatte recht, ich hätte mir keine Sorgen zu machen brauchen, sie könnte mich vergessen haben. Aber ihr war ein Zahn ausgefallen – ihr allererster –, und ich war nicht dabei gewesen, um ihn aufzufangen.

Aber Carl kam mir nicht auf der Einfahrt entgegengerannt. A.L. drückte sich an mich und umarmte mich ganz fest und verpasste mir Küsse direkt auf den Bauchnabel, doch er blieb auf der Veranda der Schlafbaracke stehen. Er war braun und mager und trug ein kariertes Hemd, das am Hals nicht zugeknöpft war. Er hatte sich einen Schnurrbart stehen lassen. Mit zusammengekniffenen Augen sah er zu mir herüber und winkte.

Ausdrücke, von denen ich nicht gewusst hatte, dass ich sie kannte, sammelten sich in meinem Mund wie bittere Galle. Die so lange unausgesprochen gebliebenen Sätze, die Tränen, die ich sechs Wochen lang im Schutz meines dunklen Zeltes geweint hatte. Aber gerade als ich vortrat, als ich den Mund aufmachte, als ich ihm alles, was mir auf dem Herzen lag, sagen wollte, ja, in Ordnung, lassen wir uns doch scheiden, richtete er sich auf. Er sagte: »Schön, dich zu sehen, Eth«, und A.L. schob sich unter meinen Arm, und plötzlich, ganz plötzlich waren all diese Worte verschwunden.

Abendessen: »Cowboy-Eintopf«, wie mir A.L. erklärte

25. Mai 1926

Sie ging fort, so wie ich es erwartet hatte, so wie sie es auch tun musste.

Das Auto war warm. Ich umrundete es, legte den Kopf auf die Motorhaube und weinte.

Mittwoch

Ich kann kaum glauben, dass ich mein kleines Mädchen wieder in den Armen halte. Aber, ach, dort bleibt sie nicht. Zurzeit ist sie ungeduldig. Froh, mich wiederzusehen, aber auch froh, sich wieder etwas anderem zuzuwenden. Sie bleibt den Cowboys immer auf den Fersen. Als ich sie zum ersten Mal auf diesem riesigen Pferd sah, blieb mir fast das Herz stehen. Aber sie winkte meine Sorgen lässig beiseite. »Daddy erlaubt es mir«, sagte sie. »Sie erlauben es mir alle.« Und ich wusste, um A.L. musste ich mir keine Sorgen machen, was immer auch geschah. Sie ist so souverän. So *furchtlos*. So völlig selbstsicher.

Aber sie rannte davon, und ich blieb mit Carl allein.

Darum habe ich unser Zuhause verlassen. Darum bin ich dreitausend Meilen gefahren. Darum habe ich im Zelt geschlafen, über einem Lagerfeuer gekocht und eine störrische Lizzie durch den Schlamm geschoben. Um ihn wiederzufinden. Ihn anzuflehen, nach Hause zurückzukommen.

Aber ich habe nur an das Ziel gedacht. Mit dem Weg hatte ich nicht gerechnet.

Den ganzen Tag – zittrig, empfindlich, sterbenselend. Ich wusste nicht, ob mir die Knochen wehtaten oder das Herz.

Abendessen: Omelettes, Grilltomaten und Rosinenbrötchen

26. Mai 1926

Ich habe A.L. beim Reiten zugesehen. Ihre Haare lassen sich von den Zöpfen nicht ganz bändigen, aber sie hält das Kinn gerade und ihre Augen strahlen. Sie sieht Ethel so unglaublich ähnlich, es haut mich um.

Donnerstag

Es ist gut, dass ich hier bin. Carls Tante Marjorie ist keine sonderlich gute Köchin und die Küche ist so unaufgeräumt wie A.L.s Spielzeugkiste. Allein das Gewürzregal hat mich den ganzen Vormittag gekostet. Sie hatte DREI Gläser Selleriesamen und wusste es nicht einmal. Wer braucht denn so viel?

A.L. hat mir in der Küche Gesellschaft geleistet. Sie hat eine derartige Energie, dass sie mich völlig erschöpft. Ich weiß nicht, warum ich auf einmal so schnell müde werde, das war doch früher nicht so. A.L. schiebt mir einen Stuhl hin für meine Füße und bringt mir kaltes Wasser. Ich weiß, F. hat gesagt, ich soll die Stärkungstropfen nicht mehr nehmen, aber ich glaube fast, sie haben geholfen.

Abendessen: Bohnensuppe, Maisbrot, Streuselkuchen

27. Mai 1926

E. war den ganzen Tag in der Küche. Eine Weile lang hörte ich drinnen A.L.s Stimme, sie sang mit zahnlosem Lispeln, aber als ich durchs Fenster sah, konnte ich Carl nicht entdecken. Nur A.L., die mit einem Besen durch die Küche tanzte, und E., die mit einem Glas und einem schläfrigen Lächeln auf einem Stuhl saß. Der Tisch war voll mit Gewürzgläsern und Dosen mit Mehl und Schmalz. Nach unserer kleinen Campingküche muss das himmlisch sein.

Das Saubermachen war gar keine so dumme Idee von E. Ich habe den Vormittag damit verbracht, die Lizzie zu putzen. Alles habe ich herausgeräumt und beide Zelte zum Lüften ausgebreitet. Aus unserer Lebensmittelkiste kehrte ich das Mehl und aus so gut wie allem anderen den Sand. Dann schrubbte ich den Dreck von sechs Wochen vom Boden und nähte einen Riss in einem der Seitenfenstervorhänge. Das muss alles gemacht werden. Ich kann nicht ewig hierbleiben.

Freitag

Wurde ohnmächtig, als ich heute Morgen aus der Wanne stieg. Ich redete mir ein, das sei bestimmt wieder die Blutarmut, wir hatten uns einfach miserabel ernährt. Aber vielleicht stimmt das gar nicht. Die Welt fühlt sich immer ein wenig fester unter meinen Füßen an, wenn F. bei mir ist. Gestern habe ich sie überhaupt nicht gesehen.

Ich hatte die Entschuldigung schon parat. Ich müsste mit F. reden, damit sie mir das Auto leiht, um zum Lebensmittelgeschäft nach Searchlight zu fahren. In Tante Marjories Küche sei so gut wie nichts vorhanden, würde ich ihr erklären, und ich bräuchte etwas Frisches, mit viel Eisen. Leber, Tomaten, Spinat. Das würde sie mir bestimmt abnehmen, und ich sprach die Sätze übungshalber leise vor mich hin.

Ich fand F. nicht, nur die Lizzie, so leer, als wäre sie von einem Tornado erfasst worden. Kisten, Schlafsäcke, Töpfe und Pfannen, Zelte, Feuergitter, alles lag im Hof verteilt. Ich stolperte über einen Eimer mit kaltem Seifenwasser. Das Saubermachen war längst überfällig gewesen (unsere Socken könnten von allein aufstehen und weglaufen), aber mir wurde eiskalt, wenn ich daran dachte, warum sie das tat. Wollte sie bald aufbrechen?

Abendessen: Brathühnchen, Kartoffelsalat, Apfelmuskuchen

28. Mai 1926

Heute habe ich Wäsche gewaschen. Marjorie hat mir eine größere Waschwanne geliehen als die, die ich, auf dem Dach festgebunden, dabeihatte. Ich wusch alles, was in meiner Reisetasche war (meine staubigen Wollknickerbocker gleich zweimal), außerdem sämtliche Decken und Handtücher. Es war nicht genug Platz auf der Wäscheleine, darum trug ich die letzte Ladung zum Tennisplatz und hängte sie dort über das Netz.

Trotz der Cowboys, der Pferde und der Salbeibüsche hat die Ranch einen Swimmingpool und einen makellosen Tennisplatz, wie man das aus Zeitschriften kennt. E. hat mir erzählt, dass diese Pferderanches für Touristen gedacht sind. Für Leute von der Ostküste, die in den Westen fahren, um einmal ländliche (aber nicht zu ländliche) Ferien zu erleben.

Ich weiß nicht, ob ich das glauben soll. Abgesehen von Marjorie, der Frau mit den messingfarbenen Haaren, der die Kaktusfeigenranch gehört, und den Cowboys, die über dem Stall wohnen, sind wir die Einzigen hier. Marjorie hat mir eine ganze Suite mit mehreren Zimmern überlassen, aber dort hallt es. Ich habe schon überlegt, sie zu bitten, ob ich nicht mein Zelt aufstellen kann. Noch in der Nacht unserer Ankunft ist E. in Carls Zimmer gezogen.

Wie auch immer, heute Morgen bin ich mit meinem Wäschekorb wieder zum Tennisplatz gegangen. Es ist schön ruhig dort. Warmes Pflaster. Rechtecke und rechte Winkel. Unspektakuläre Holzbänke. Ein guter Ort zum Alleinsein. Und dieser Tage war ich das ständig. Aber an diesem Vormittag war noch jemand auf dem Tennisplatz, mit einem Zinneimer voller Tennisbälle.

Sogar zwei Jemands, wie ich feststellte, und eine davon konnte kaum über das Netz schauen. Mit todernster Miene stand Anna Louisa einem der Cowboys auf der anderen Seite des Netzes gegenüber. Steve hieß er, das wusste ich noch. Ich hatte ihn schon öfter auf der Ranch gesehen. Ruhelos und arrogant. Wachsam. Ganz offensichtlich war er A.L. vollkommen ergeben und beschützte sie mit großer Entschlossenheit. Das galt für alle Männer auf der Ranch, aber Steve nannte sie »die Kaiserin« und hob sie persönlich aufs Pferd. Obwohl er angezogen war wie auf einem Gemälde von Remington, hielt er den Schläger wie ein Blaublütiger und schrie A.L. ungeduldige Anweisungen zu. Das schien sie nicht im Mindesten zu beirren. Ihre Schläge waren kraftvoll, weiße Bälle flogen wild durch die Luft. Es sah außerordentlich befriedigend aus.

Ich setzte mich auf eine der Bänke neben dem Platz und sah ihr zu. Sie war wie Ethel in meinen frühen Erinnerungen. Entschlossen. Draufgängerisch. Unermüdlich. Dieses kleine Mädchen erleuchtete den ganzen Tennisplatz.

Nach einer Weile brach sie das Spiel ab. Sie keuchte und griff nach einer zerbeulten Militärtrinkflasche aus Metall. In diesem Moment entdeckte sie mich. Mit einem abwehrenden Wink hinüber zu dem großen Cowboy kam sie zu mir.

»Sie sind Mutters Freundin, stimmt's?« Sie ließ sich auf die Bank neben mich und ein schäbiges Plüschpferd fallen.

»Ich kenne sie schon sehr lange. Seit wir ein bisschen älter waren als du jetzt.«

Darüber dachte sie kurz nach und nahm einen tiefen Schluck aus ihrer Trinkflasche. Sie trug das Türkisarmband, das E. für sie gekauft hatte, es war zweimal um ihr Handgelenk gewickelt. »Ich wusste nicht, dass sie außer Daddy und mir noch andere Freunde hat.«

»Wir hatten sehr lange nicht mehr miteinander gesprochen«, sagte ich. »Manchmal verlieren sich Freunde aus den Augen.«

»Sehen Sie deshalb so traurig aus?«, fragte sie.

Ich war traurig, weil Carl Ethel jeden Abend eine Tasse Kaffee brachte. Sie warf mir dann einen Blick zu, anstatt Gute Nacht zu sagen. Dann folgte sie ihm in sein Zimmer und kam bis zum nächsten Tag nicht mehr heraus. »Ich bin traurig, weil ich mich verabschieden muss«, erwiderte ich.

Erneut winkte sie auf diese wunderbar abwehrende Art. Wenn sie älter war, würde sie Menschen mit dieser Geste zur Verzweiflung treiben. »Das werde ich nicht tun«, sagte sie.

»Was, traurig sein?« Ich rutschte etwas näher. »Oder dich verabschieden?«

»Beides«. Sie ließ Wasser aus der Flasche tröpfeln, nur so zum Spaß. »Ich habe keine Freunde. Ich bin wie meine Mom. Ich rede nicht mit anderen Leuten.« Ihre Stoffschuhe wurden nass. »Wir kommen ganz gut ohne sonst jemanden aus.«

Ich nahm ihr die Metallflasche aus der Hand und stöpselte sie zu. »Das ist aber ein einsames Leben, Miss Anna Louisa.«

Sie streckte das Kinn vor. »Ich brauche keine Freunde. Ich werde Schauspielerin.« Vor sehr, sehr vielen Jahren war es Eth gewesen, die ihr Kinn vorstreckte und fast das Gleiche sagte. »Das Einzige, was ich brauche, ist die Kamera.«

Ich muss Ethel vielleicht verlassen. Ich muss vielleicht Auf Wiedersehen sagen. Aber zu Anna Louisa, die ihre Füße über den Rand des Tennisplatzes baumeln ließ, sagte ich: »Wenn du nach Hollywood kommst, werde ich nach dir Ausschau halten.«

Samstag

Wollte heute Biskuitbrötchen backen. Zog mir den Stuhl ans Regal, in dem die Mehldose stand, und trat beim Hinaufsteigen daneben. Der Schmerz schoss mir durch das gesamte Bein. Ich fiel vom Stuhl und riss dabei die Mehldose herunter.

Der Schmerz ließ mich beinahe ohnmächtig werden, aber ich fuhr mit dem Finger an meinem Bein entlang, und es fühlte sich seltsam an. Das wäre nicht das erste Mal, dass ich mir etwas breche. Mittlerweile dauert es doppelt so lange, bis diese Verletzungen heilen.

Ich riss ein Geschirrtuch in Streifen und wickelte mir diese fest um das Bein in der Hoffnung, sie würden den Knochen zusammenhalten. Da kam Tante Marjorie herein und sah mich, wie ich den Verband verzurrte, während um mich herum überall das Mehl wie eine Schneeschicht lag. Sie sagte nichts, brachte mir aber eine Zigarette. Ich blickte mich nicht einmal um, ob C. vielleicht zusah.

Abendessen: Huhn à la Providence, Biskuitbrötchen, gedämpfter Pudding

29. Mai 1926

Ich hob die Bodenbretter hoch, öffnete die Motorhaube und bemühte mich, alle wichtigen Teile der Lizzie sauber zu machen. Ich reinigte die Zündkerzen, den Unterbrecher, den Vergaser, die Spulen. Ich justierte die Kupplung und die Bremsbacken. Ich wechselte das Öl und (zumindest hoffe ich das) die heiß gelaufenen Lager. Ich versuchte, den Knick in der vorderen Stoßstange geradezubekommen.

Ich arbeitete auch während des Mittagessens und während des Abendessens durch. Irgendwann brachte mir E. ein Stück Hühnerfleisch voll Soße, eingeklemmt zwischen den beiden Hälften eines Biskuitbrötchens. So nahe war ich ihr seit Tagen nicht mehr gekommen. Ich war nicht zu den Mahlzeiten gegangen, sondern hatte mir Lunchpakete aufs Zimmer mitgenommen und dort gegessen. Daher hatte ich sie immer nur aus der Ferne gesehen. Sie hinkte wieder und sah blass aus, aber unter meiner Hutkrempe versteckt genoss ich es, sie zu betrachten.

Nachdem sie mir das Sandwich gegeben hatte, ging sie nicht sofort wieder, sondern trat in den Schatten der Veranda. Dann holte sie tief Luft und fragte, was ich da machte.

Ich wollte ihr die Frage nicht beantworten. Ich bin mir nicht einmal sicher, ob sie sie wirklich stellen wollte. Dann sagte ich: »Ich mache mich zur Weiterfahrt bereit.«

Darüber dachte sie lange und gründlich nach. Ein paarmal öffnete sie den Mund, als wollte sie etwas sagen. Ich beschäftigte mich mit meinem Hammer und der Stoßstange und versuchte zu verbergen, dass ich sie aus dem Augenwinkel im Blick behielt.

Ich überlegte, ob ich einen Witz machen sollte, irgendwas mit Odysseus und dass ich so lang brauchen würde wie er, wenn ich jetzt nicht aufbräche, aber dann fragte sie: »Musst du denn wirklich fahren?«, und die Worte erstarben mir auf der Zunge.

Ehe ich antworten konnte, ehe ich sagen konnte, ja, ich müsse fahren, natürlich, denn wenn ich bliebe, würde ich jeden Tag ein bisschen mehr dahinwelken, tauchte Carl aus dem Speisesaal auf, zwei Tassen Kaffee in der Hand, wie jeden Abend. Er berührte sie an der Schulter, wie jeden Abend, und fragte: »Was ist, Eth?« Und genau wie jeden Abend drehte sie sich um und folgte ihm in die Schlafbaracke.

Ich schlug so fest mit dem Hammer zu, dass die Stoßstange abfiel.

Sonntag

Diese kleine Täuschung. Sie war keine Absicht gewesen.

Am ersten Abend wusste ich nicht, wohin ich gehen sollte. Nach dem Abendessen wollte ich A.L. nicht von der Seite weichen. Sie schlief auf meiner Schulter ein, und ich trug sie in die Schlafbaracke, in der sie wohnen. Sie hatte ein kleines Ausziehbett auf dem Boden neben dem großen Bett. F. war in einem Zimmer weiter unten auf dem Flur. C. putzte sich im Badezimmer die Zähne. Ich legte A.L. in das Ausziehbett und wusste nicht, wo ich schlafen sollte.

Plötzlich fehlten mir der Geruch von nassem Zeltleinen und Holzfeuer, Florries Schnarchen, die Schräge des dunklen Zelts über meinem Bett, die billige Wolldecke, die mich am Kinn kratzte. In diesem Zimmer war es zu still. Keine gedämpften Stimmen vom Lagerfeuer, keine Mundharmonika, kein Wind, der an den Zeltöffnungen zerrte und die

Stangen zum Klappern brachte. Mir fehlte das alles. Mir fehlte Florrie.

Aber ich gehörte hierher, in dieses Zimmer zusammen mit C. und A.L. Das erwarteten alle von mir. Und obwohl er mich verlassen hatte, erwartete das möglicherweise auch C. selbst. Aber C. kam an diesem ersten Abend aus dem Badezimmer, hob A.L. hinauf auf das große Bett und sagte, er schlafe, solange ich hier sei, im Ausziehbett. *Solange ich hier sei.*

Er machte das Licht aus und krabbelte in das Bett unten am Boden. Und dann versuchte ich, mit ihm zu reden. Dann, und seitdem jede Nacht. So vieles wollte ich sagen, so vieles, was ich mir auf der Fahrt in den Westen immer wieder innerlich vorgesprochen hatte. Ich dachte, das ginge im Dunkeln leichter. Aber immer, wenn ich das erste Wort endlich herausbrachte, war er bereits eingeschlafen. Jede Nacht.

Ich habe es nicht geschafft, mit Carl zu sprechen. Ich habe es nicht geschafft, mit Florrie zu sprechen. Ich war immer zu spät dran.

Abendessen: Schinken und Makkaroni, Pflaumensahne
und den Rest habe ich vergessen.

30. Mai 1926

Heute waren die Reifen an der Reihe. Die Lizzie und ihre armen Räder. Ich weiß schon gar nicht mehr, wie oft sie ab- und wieder anmontiert wurden.

Mit den Vorderrädern habe ich angefangen. Die Schläuche

gesäubert und geflickt. Die Mäntel mit Benzin gereinigt. Risse und Schnitte mit Gummimischung aufgefüllt. Jeden Reifen mit 4 atü aufgepumpt. Nach dreitausend Meilen Fahrt war ich Profi.

Der letzte Reifen war allerdings widerspenstig. Selbst mit all meiner Kraft bekam ich den Mantel nicht über die Felge. Es war ein neuerer Reifen – wir mussten ihn nach einer besonders unangenehmen Strecke in Missouri austauschen –, er wollte einfach nicht nachgeben. Ich kannte ein hervorragendes Schimpfwort, das ich von einem Typen in Boonville aufgeschnappt hatte. Carl hatte sich unbemerkt hinter mich gestellt, als ich es ausprobierte. Er zwinkerte und sagte: »Das muss ich mir merken.« Und dann: »Können wir reden?«

Früher waren wir die besten Freunde, zwei Ecken unseres kleinen Dreiecks. Aber im Lauf der Jahre entfernten wir uns alle immer weiter voneinander. Als ich vor sechs Wochen an ihrer Tür klingelte, um mich zu verabschieden, sah ich ihn zum ersten Mal seit Jahren wieder. Wir blickten einander über Ethels Kopf hinweg in die Augen, abwägend, einschätzend, prüfend. Er sah älter und müder aus. Und noch viel länger hatten wir, abgesehen von Kopfnicken und knappen Begrüßungen, kein Gespräch mehr geführt.

Ich war ebenfalls alt und müde. Und ich war wütend. Wütend auf meinen verrottenden Körper. Wütend, dass mir nicht mehr viel Zeit bleiben würde, meine Träume zu verwirklichen. Wütend auf Carl, weil er so dumm gewesen war, zu gehen. Wütend auf Eth, weil sie ihm nachlief.

Aber ich hatte keine Stoßstange mehr, die ich abschlagen konnte, und auch nicht mehr viele Freunde. Sinnloserweise trat ich gegen den Reifen, dann fragte ich: »Hilfst du mir, Carl?«

Wir unterhielten uns, während er den Mantel herunterhebelte und ich den Schlauch herausholte und flickte. Er sprach vom Krieg. Er sprach darüber, dass er bei seiner Rückkehr außer dem Kriegshandwerk nichts konnte. Wie er dann zusammen mit seinem alten Armeekumpan Hank die Metzgerei eröffnet hatte, um sich nicht so haltlos zu fühlen. Aber es war ihm vorgekommen, als hätte sich die Welt ohne ihn weitergedreht. Als hätten E. und ich uns von ihm entfernt. »Ihr ist es auch so vorgekommen«, sagte er. »Sie wollte, dass alles wieder so wird wie vor dem Krieg.« Ich fragte: »Habt ihr deshalb so schnell geheiratet?« Er sagte: »Könnte sein.«

Ich berichtete von den vergangenen sieben Jahren, von den verschiedenen Jobs und meiner eigenen Wohnung. Ich erzählte von der Ausgabe der *Variety*, die zusammengefaltet in meiner Reisetasche lag, und dem MGM-Vertrag am Endpunkt dieser langen Reise.

Als uns nichts anderes mehr einfiel, redeten wir über sie.

Dass wir alle drei Freunde gewesen waren. Dass wir vielleicht immer noch Freunde sein könnten. Dass alles stimmte, wenn Ethel dabei war. »Sie kam die Einfahrt herauf, und auf einmal wurde mir klar, wie sehr ich sie vermisst habe«, sagte er. »So bringt sie uns dazu, bei ihr zu bleiben. Sie verzeiht uns, und wir lieben sie und wollen nie mehr woanders sein.«

Ich fragte nicht, warum er sie eigentlich verlassen hatte. Ich wusste es bereits. Ich hatte es verstanden, während ich seiner Erzählung lauschte, über den Krieg und die Rückkehr nach Hause, über die Metzgerei und Hank und darüber, dass er nicht wusste, wohin er gehörte. Ich fragte nicht, warum er sie nicht noch einmal verlassen würde. Hinter dem Küchenfenster hinkte Ethel vorbei, und ich verstand auch das.

»Also, was machen wir jetzt?«, fragte er.

Denn wir wussten beide, dass Ethel sich nicht entscheiden

würde. Sie würde lieber hierbleiben und bis in alle Ewigkeit Marjories Küche putzen, als zu entscheiden, in welche Richtung es gehen soll. Kalifornien oder New Jersey. Und sie hatte keine Ewigkeit mehr.

Wir stolperten durch Entscheidungen, die keiner von uns treffen wollte. Über Möglichkeiten, die es eigentlich nicht gab. Übereinkünfte. Wir kämpften, bis der Schlauch wieder auf der Felge war. Wir kämpften mit der Zukunft. Der Schlauch war weniger schwierig. »Irgendwann muss ich aufbrechen«, sagte ich zu ihm. Er erwiderte: »Ich auch.«

Als die Sonne schon tief stand, packte ich meine Werkzeugkiste zusammen. »Carl, wir haben das hier nicht gewählt. Keiner von uns. Aber was *können* wir wählen, um weiterzumachen?«

»Florrie«, sagte er, »ich weiß es nicht.«

Montag

Ich war da, und sie haben mich nicht einmal gesehen. Habe ihnen auch noch Limonade gebracht.

Sie haben sich immer an mich gewandt, wenn Entscheidungen zu treffen waren, aber jetzt nehmen sie mir das aus der Hand.

31. Mai 1926

Heute Morgen wachte ich auf, weil der Motor der Lizzie stotternd ansprang. Ich zog einen Morgenmantel über meinen Schlafanzug, trat hinaus auf die Veranda und sah das Auto wegfahren. C. kam ebenfalls aus seinem Zimmer gerannt, barfuß, das Hemd nicht in die Hose gesteckt.

Wir liefen beide hinter dem Auto her. Es fuhr nicht schnell. Über dem Lenkrad konnte ich E.s Kopf erkennen. Ich rief ihren Namen, und einen Moment lang wurde sie langsamer, aber dann stieg sie wieder aufs Gas. Ich schleuderte meine Pantoffeln von den Füßen und sprintete ihr nach.

Da rannte eine Henne über die Fahrbahn, und E. wich ihr aus. Sie rollte in den Zaun der Pferdekoppel und kam mit einem metallischen Knirschen zum Stehen. C. warf sich gegen die Beifahrertür und schrie: ›Al!‹

Ich hatte nicht einmal gemerkt, dass Al mit im Auto war, bis C. die Tür aufriss. Schläfrig und verwirrt saß sie auf dem Beifahrersitz, in ihrem dünnen Nachthemd und mit dem Türkisarmband am Handgelenk. Ein Blutfaden lief ihr über die Stirn. Er zerrte sie heraus und drückte sie so fest an sich, dass ich dachte, sie würde zerbrechen.

E. kletterte ebenfalls heraus, das Gesicht tränenüberströmt, und berührte Als herabhängenden kleinen Fuß. »Ist sie okay?«

»Es geht ihr gut«, sagte C. »Hat sich wahrscheinlich nur erschrocken. Eth, was machst du denn da?«

Sie sah von C. zu mir und wieder zurück. »Ihr zwei habt mich aufgeteilt wie einen Pfirsichkuchen. Ihr habt entschieden, wohin ihr mich schickt, als hätte ich dabei gar nichts mitzureden.«

C. hielt A.L. fest im Arm. »Das haben wir nicht getan, ehrlich. Wir mussten zwischen uns nur einiges zurechtrücken.«

Sie wischte sich über die Augen und sah nicht sehr überzeugt aus. »Und was habt ihr beschlossen, mit mir zu machen?«

Ich trat einen Schritt auf sie zu. Am liebsten hätte ich sie genauso in den Arm genommen wie C. seine Tochter. »Eth, wir haben nichts beschlossen.«

»Darum habe ich es getan«, sagte sie.

Sie wollte wegfahren. Auf dem Rücksitz der Lizzie sah ich ihren Korbkoffer. Eine Kiste mit Lebensmitteln. Das Zelt. Auf dem Boden lag Als Spielzeugpferd. Sie hatte nicht einmal Auf Wiedersehen gesagt.

In C.s Miene las ich, dass ihm das auch soeben klar geworden war. »Wohin wolltest du denn?« Er setzte A.L. auf dem Boden ab, ließ sie aber nicht los.

Sie biss sich auf die Lippen. Jetzt weinte sie wieder. »Ich weiß es nicht. Ich dachte, ich wüsste es.« Sie schlang die Arme um ihren Körper. Wann war sie denn so dünn geworden? »Aber ich habe nicht mehr viel Zeit.«

Erst jetzt sah ich den Glanz in ihren Augen, die Röte ihrer Wangen, das leichte Schwanken, während sie neben der Lizzie stand. Ich hatte sie seit Tagen nicht mehr gesehen – richtig gesehen.

Ich dachte nicht lange nach. Ich ging die wenigen Schritte hinüber zu ihr und legte die Arme um sie. Ich roch Kokosnussöl und spürte das Flattern ihres Herzens an meiner Brust.

Ich fing sie auf, ehe sie fiel.

Beryl klettert stolpernd aus dem Ford.

BERYL

Du hättest sie fast überfahren!

FRANCIE

Zum Glück habe ich sie nicht überfahren, sonst müsste ich jetzt eine Woche lang Federn aus dem Kühlergrill pulen.

Beide sehen einer unbeeindruckten Henne nach, die über die Prärie davonjagt.

BERYL

Ist das alles, was dir dazu einfällt? Keine Entschuldigung? Keine Tränen? Sie hätte vielleicht ein Dutzend Waiseneier hinterlassen.

FRANCIE

Warum bist du so traurig? Du magst Hühner doch ohnehin am liebsten, wenn sie tot sind.

BERYL

Du bist gemein.

FRANCIE

Und du bist albern. Gestern Abend gab es Brathuhn. Du hast drei Portionen gegessen.

Mit übertriebener Geste tupft sich Beryl die Augen mit einem Taschentuch ab.

FRANCIE

Warum ist dieses Huhn wohl über die Straße gelaufen?

BERYL

Warum?

FRANCIE

Um Beryls Bratpfanne zu entkommen!

Ausschnitt aus dem unproduzierten Drehbuch *Als sie König war*

KAPITEL 16

1952

Nach Moms Tod fühlte sich Dad in seiner neuen Rolle als Witwer sehr unwohl. Er wusste nie so recht, wie er anderen Leuten davon erzählen sollte. »Ethel ist westwärts gegangen«, sagte er oft. Die sechsjährige Anna Louisa, die den Soldatenausdruck nicht kannte, verstand das wörtlich. Schließlich war ihre Mutter durch das gesamte Land gefahren, von Küste zu Küste. Nach einer Weile kamen Anna Louisa sogar Zweifel, ob überhaupt ein Begräbnis stattgefunden hatte. Vielleicht brachte sie in der Erinnerung etwas durcheinander. Schlüsselblumen, Tränen, ein schattiger Platz unter einer Akazie – das könnte doch auch ganz etwas anderes gewesen sein. »Sie ist westwärts gegangen«, sagte Dad, und Anna Louisa stellte sich vor, dass ihre Mutter bis nach Kalifornien gefahren war und nie mehr zurückkommen wollte.

Sie war zwar noch ein Kind, aber es war albern, wirklich. Die vielen Tränen, die nassen Taschentücher. Die Karten mit Trauerrand, auf denen Lilien abgebildet waren und etwas in einer Schrift stand, die sie nicht entziffern konnte. Das schwarze Band um den Ärmel ihres Mantels. Der Geruch der Schlüsselblumen. Sie wusste es, sie wusste es ganz sicher, aber sie grübelte dennoch. Bei jeder Samstagsmatinee betrachtete sie, während sie an ihren Fruchtgummis kaute, die Gesichter auf der Leinwand genau. Vielleicht, ganz vielleicht war Mom doch nicht tot. Sondern nur westwärts gegangen.

Noch lange, nachdem sie alt genug war, um es besser zu wissen, lange, nachdem ihr Vater sich mit ihr hingesetzt und ihr alles erklärt hatte über das Radium, das in Moms Knochen gewandert war und dort Rabatz gemacht hatte, sah sich Louise jeden Samstag diese Filme an.

Möglicherweise war das, diese untergründige Hoffnung eines Mädchens, das seinen Kummer nicht akzeptieren wollte, der Grund dafür, dass Louise bei ihrer Ankunft in Los Angeles 1938 insgeheim erwartete, ihre Mutter zu sehen. Diese Hoffnung war ihr nicht wirklich bewusst, aber als sie aus dem Bus stieg, blickte sie suchend in die Menge.

Natürlich war ihre Mutter nicht da. Schlüsselblumen.

Während sie auf der Route 66 dahinfährt, begreift sie plötzlich, dass der Bus vor vierzehn Jahren vermutlich genau diese Strecke genommen hatte. Er war vielleicht durch Arizona und Oklahoma und mitten durch das endlose Missouri gefahren. Beim Blick auf die Ausdehnungen von Illinois, Indiana und Ohio, die auf ihrer Landkarte verzeichnet sind, fragt sie sich allmählich, ob Missouri wirklich das Schlimmste ist, was dieses Land zu bieten hat.

Die Reise damals war das letzte Mal, dass sie mit einem Bus gefahren ist. In ihrer Zeit als Zweitbesetzung konnte sie sich nicht mehr leisten als ihre eigenen zwei Beine. Danach wurde sie vom Studio mit einem Wagen abgeholt und wieder nach Hause gebracht. Und nun – sie tätschelt das braune Armaturenbrett des Champ – hat sie ein eigenes Auto.

Ihre Mutter wartete nicht auf sie, als sie damals, noch als Anna Louisa Wilde, aus diesem Bus stieg, aber – jetzt fällt es ihr ein – Florence Daniels war da.

Natürlich wusste sie damals nicht, wer Florence Daniels war. Nur dass, während sie mit ihrem Koffer am Busbahnhof stand, eine große Frau aus der Menschenmenge hervortrat. Sie hatte rotblonde Haare und trug weite Hosen, genau wie Katharine Hepburn.

»Suchen Sie jemanden?«, fragte sie.

In diesem Moment begriff Anna Louisa, dass sie an ihre Mutter gedacht hatte, und ihr Gesicht wurde heiß. »Sie ist nicht da.«

»Aha«, erwiderte die Frau, und ihre Miene wurde sanft. Sie hatte helle Wimpern und sehr blaue Augen. »Brauchen Sie einen Ersatz?«

Obwohl die Frage aus heutiger Sicht verständlich ist, damals war sie seltsam, Anna Louisa kannte diese große Frau schließlich nicht. Sie nestelte an ihrem Koffer. Sie war achtzehn Jahre alt und allein.

Die Frau bemerkte es und lächelte. »Darf ich Ihnen zeigen, wo Sie ein Taxi finden? Sie wirken so verwirrt wie ein neugeborenes Kätzchen.«

Niemand hatte Anna Louisa jemals mit einem neugeborenen Kätzchen verglichen. Mit einem Fohlen, das schon. Oder einem Maultier. Einmal mit einer Wölfin. Aber ein Kätzchen, das ertrug sie nicht. Sie straffte die Schultern. Schließlich trug sie das Haar wie Loretta Young, und die Locken saßen immer noch gut. Sie war bereit für Hollywood.

»Herzlichen Dank, aber ich brauche keine Hilfe. Ich komme schon zurecht.«

Im Gesicht der Frau war immer noch dieses winzige

Lächeln zu erkennen. »Davon bin ich überzeugt. Diese Stadt wird Sie nicht fressen.«

Plötzlich fühlte sich Anna Louisa eher wie eine Tigerin als wie ein Kätzchen.

»Aber sollten Sie jemals einen Ersatz für denjenigen suchen, der Sie eigentlich hätte abholen sollen, nun, dann melden Sie sich bei mir.« Die Frau ließ ihre Handtasche los und reichte ihr die Hand, wie ein Mann. »Florence Daniels. Ich bin bei MGM. Drehbuchautorin.«

Hätte Anna Louisa zu diesem Zeitpunkt bereits gewusst, wie die Branche funktionierte, dann hätte sie beides genommen, die Hand und das Kontaktangebot. Aber sie war jung und noch so grün hinter den Ohren, dass sie glaubte, sie könnte es in Hollywood allein schaffen, nur mit Talent und reiner Willenskraft. Daher ergriff sie die Hand der älteren Frau und sagte nur: »Ich bin … Louise. Und ich sollte mir wirklich ein Taxi suchen.«

Florence Daniels trug keine Handschuhe. Ihr Händedruck war fest. Die frisch getaufte Louise war sich nicht einmal sicher, ob ihre Art Hände zu schütteln überhaupt korrekt war.

»Na dann, Louise«, sagte die andere. Der Name hörte sich, als sie ihn aussprach, irgendwie richtig an. »Ich wünsche Ihnen viel Glück.«

Vielleicht war es der neue Name, vielleicht die unerwartete Begrüßung oder die Zusicherung, die Filmmaschine werde sie nicht auffressen, aber mit diesen guten Wünschen fühlte sich Louise nicht mehr so allein.

»Danke.«

Mit einem letzten Händedruck ließ Florence Daniels los und verschwand in der Menge am Busbahnhof.

Als Louise Missouri verlässt, fällt ihr auf, dass sie das abgegriffene Exemplar von *Früchte des Zorns* in Rolla vergessen hat. Seit sie es von der Farm mitgenommen hat, hat sie jeden Abend darin gelesen. Beim Umblättern der Seiten konnte sie die Tinte, den Klebstoff und das Papier der Wilshire Library beinahe riechen. Es war wie ein Wiedersehen mit alten Freunden.

In St. Louis hält sie vor einer Buchhandlung an, um ein neues Exemplar zu kaufen. Sie hat sich daran gewöhnt, mit dem Buch in der Hand einzuschlafen. Es macht die Nächte eine Spur weniger einsam. Auf dem Regal in der Buchhandlung steht neben *Früchte des Zorns* auch der neueste Roman von Steinbeck, *Jenseits von Eden*. Kurz entschlossen kauft sie beide.

Louise ist sich nicht ganz sicher, weshalb sie das tut. Vielleicht, weil sie *Früchte des Zorns* zur Hälfte gelesen hat und sich nicht mehr erinnern kann, was passiert, nachdem Tom den Hilfssheriff erschossen hat. Vielleicht, weil es Jahre her ist, seit sie zuletzt ein neues Buch gekauft hat. Das Letzte war, wie ihr plötzlich einfällt, *Peony* von Pearl S. Buck. Vielleicht aber auch, weil das Einzige, was sie in der letzten Woche kurz entschlossen erstanden hat, ein weiterer Hamburger war.

In St. Louis verlässt sie die Route 66. Auf der Landkarte biegt die Straße nach Norden ab, nach Chicago. Stattdessen fährt sie auf der Route 40 weiter durch Illinois. So zeichnet der Konturenstift eine geradere Linie hinüber nach New Jersey.

Der Mann, der an der Sunoco-Tankstelle ihrAuto auftankt, erzählt, das sei früher die National Old Trails Road gewesen. »Das war damals, als es noch keine richtigen Landstraßen gab, wissen Sie.« Er hat den Hut auf seinen grauen

Locken nach hinten geschoben und plaudert mit ihr. Louise hat den Eindruck, dass er in dieser braunen Ecke von Illinois nicht oft einen Gesprächspartner findet. »Die Straße war nicht einmal gepflastert. Damals gab es nur den Mann, seinen Ford Model T und die endlose Straße.«

Den Mann oder die Frau, denkt Louise, als sie wieder auf die Straße zurückfährt. Oder zwei Frauen mit einer Kamera und improvisierten Tagebüchern.

Obwohl *Jenseits von Eden* und *Früchte des Zorns* auf dem Beifahrersitz mitfahren, ist sie nicht mehr im Steinbeck-Land. Natürlich gibt es auch hier Schildkröten und Staub und heruntergekommene Farmer, aber wer schreibt über sie? Kein großer Schriftsteller porträtiert den Mittleren Westen in all seiner zweifelhaften Schönheit. Es gibt kein Meisterwerk, das Ohio oder Illinois feiert. Zumindest fällt ihr keines ein. Aber als sie auf der kurvigen Route 40 an hübschen Bauernhöfen vorbeikommt und über Hauptstraßen fährt, wo es aus roten Ziegelsteinen gebaute Supermärkte und übervolle Viehfutterverkaufsstellen gibt, fragt sie sich, warum eigentlich. Diese ländlichen Straßen und die Maisfelder, die begierig auf die Ankunft des Frühlings warten, haben so etwas Friedliches. Sie würde solche Bücher lesen.

Als Louise nach Indiana hineinfährt, beginnt es zu schneien.

Schon eine Weile lang ist sie an weiß bestäubten Bäumen und braunen Feldern mit schneebedeckten Furchen entlanggekommen. Zeichen für den Dezember, aber ohne wirklichen Niederschlag. Doch als sie die unsichtbare Grenze zwischen den Staaten überschreitet, ist es, als hätte der Himmel plötzlich die Erlaubnis erhalten loszulassen – Schnee, der erst im Licht ihrer Scheinwerfer treibt, sich dann auf der

Windschutzscheibe sammelt und schließlich in weißen Wirbeln über die Straße fegt.

Sie beobachtet die Schneeflocken, und dabei übersieht sie den Hirsch, der auf die Straße tritt.

Erst weiß sie nicht, was es ist. Ein brauner Fleck inmitten der weißen Landschaft. Ein brauner Fleck, der ihr entschlossen im Weg steht. Als er sich nicht bewegt, stößt Louise einen Fluch aus und reißt das Lenkrad nach rechts. Reifen quietschen, und sie schlittert auf den Randstreifen.

Es ist ein Hirsch. Kein besonders großer und kein besonders entschlussfreudiger. Er steht im Schneetreiben, starrt sie durch das Seitenfenster hindurch an und rührt sich nicht von der Stelle. Weit genug auf der Straße, um ein Hindernis zu bilden, aber nicht weit genug, um auf die andere Seite zu wechseln.

Der Hirsch verharrt gelassen, doch Louise klopft das Herz bis zum Hals. Der Champ ist kaum einen halben Meter vor einem Baum zum Stillstand gekommen. Abgesehen von ihrem geweihtragenden Freund liegt die Straße verlassen da. Wenn sie den Baum gerammt hätte … Schließlich gelingt es ihr, die Hände vom Lenkrad zu lösen. Sie sind eiskalt. Als sie nach ihrer Handtasche greift, die nun auf dem Boden liegt, beschließt der dumme Hirsch endlich, das Weite zu suchen.

Der Schnee ist nicht tief und der Randstreifen relativ flach, aber es ist so glatt, dass ihre Räder einfach durchdrehen. Sie braucht einen Abschleppwagen oder ein paar starke Schultern oder Ähnliches, um aus diesem Schlamassel wieder herauszukommen.

Sie schlüpft aus den Schuhen und reibt sich die Zehen. Im Auto wird es bereits kalt. Der Wind pfeift durch die Spalte an der Tür. Vielleicht sollte sie bleiben, wo sie ist. Die Füße hochlegen und lesen, bis jemand wie Duane anhält und ihr aus der Patsche hilft. Mit hohen Schuhen und einem Dreitausend-Dollar-Mantel ist sie auch wirklich nicht passend angezogen.

Aber es wird niemand kommen, das weiß Louise. Kein Filmheld mit Winterreifen und perfektem Timing. Sie kann nicht ewig hier am Straßenrand bleiben. Der nächste Besucher könnte ein Bär sein. Gibt es Bären in Indiana? Jedenfalls weiß sie nicht sicher, dass es keine gibt.

Sie zieht die Schuhe wieder an, knöpft den Mantel zu und stößt die Tür auf.

Draußen ist es kalt. Der Wind fährt in den Kragen ihres Nerzmantels. Der Hirsch hat auf der Straße Hufabdrücke hinterlassen, aber die Reifenspuren ihres Wagens sind schon fast nicht mehr zu sehen. Schneeflocken verfangen sich in ihren Wimpern. Seit sie New Jersey verlassen hat, hat sie keinen Schnee mehr gesehen. Sie hat ganz vergessen, wie sanft er ist, wie still, wie schnell er auf Wangen und Nase schmilzt. Ihren kleinen Schleierhut hat sie im Auto gelassen, und ihr Haar ist bereits feucht. Sie legt den Kopf in den Nacken und fängt mit der Zunge eine Schneeflocke. In diesem Schneetreiben mitten im Land ist sie auf einmal wieder sechs Jahre alt.

Sie geht zur Vorderseite des Autos und schiebt probeweise ein wenig, aber der Wagen bewegt sich kein bisschen. Sie versucht, eine Schulter unter die Haube zu stemmen. Hält sich am Baum fest und drückt mit dem Rücken. Holt aus und tritt dagegen. Nichts.

Knöcheltief steht sie im Schnee und starrt die rote Motorhaube an, bis ihr einfällt, dass sie die Handbremse angezogen hat.

Als dieses Hindernis beseitigt ist, stellt sie sich wieder vor den Wagen. Diesmal gerät er ins Schwingen, wenn sie schiebt. Er bewegt sich sogar beinahe.

Louise hat die letzten eineinhalb Jahrzehnte tanzend verbracht. In ihrer ersten Zeit in Hollywood ging sie täglich zum Steppunterricht, bis sie mit den Besten mithalten konnte. Später übte sie im verspiegelten Tanzstudio tagelang neue Nummern, mit brennenden Waden. Immer noch eine Wiederholung und noch eine, sie tanzte Walzer und Tango, ritt und schwamm, lächelte und sang. *Stark?* Kann sie.

Louise stemmt die Füße gegen den Baumstamm und schiebt erneut. Schiebt, als müsste sie all die vielen Male ausgleichen, die sie angewiesen wurde, beiseitezutreten und jemand anderen übernehmen zu lassen. Schiebt für die vielen Male, die man ihr sagte, sie solle sich nicht wehtun, sich keinen Nagel abbrechen, nicht ins Schwitzen kommen. Sie schwitzte. Und trug dabei hochhackige Schuhe.

Zentimeter für Zentimeter rollt der Champ zurück auf die Straße. Ihre Schuhe sind voller Schnee, die Handschuhe durchgeweicht, aber sie gibt nicht nach. Schneeflocken sprenkeln die Motorhaube. Als das Auto auf der Fahrbahn steht, stößt sie einen lauten Schrei aus, und es ist ihr egal, ob die Bären sie hören.

Sie greift durch die Beifahrertür, um die Handbremse wieder anzuziehen, steigt aber noch nicht gleich ein. In ihrem Dreitausend-Dollar-Mantel lässt sie sich in den Schnee fallen und macht den schönsten Schneeengel, den sie jemals gemacht hat.

Wegen des Schnees muss Louise langsamer fahren, aber sie ist nicht müde. Vielleicht ist es das Snickers, das sie bei ihrem letzten Halt gekauft hat, vielleicht ist es der Schnee, der noch immer in ihren Schuhen schmilzt, vielleicht das wiedergefundene Bewusstsein, dass sie mehr ist als Lächeln und Ukulelen. Kurz überlegt sie, ob sie die Nacht durchfahren soll. Lastwagenfahrer machen das.

Sie hält an, um ein Truthahnsandwich zu essen, und dann noch einmal für eine Tasse Kaffee. Als es erneut zu schneien beginnt, öffnet sie das Fenster und lässt die Flocken hereinwehen.

Als das Gähnen schließlich überhandnimmt, ist sie schon halb durch Ohio. Die Flocken fallen jetzt schneller, und sie findet ein billiges Motel. Der Parkplatz ist sehr voll. Sie ist nicht die Einzige, die warten will, bis der Schneesturm vorbei ist.

Louise breitet ihren Nerz über zwei Stuhllehnen zum Trocknen aus und schenkt sich einen Whiskey ein. Anstatt mit dem Eiseimer zum Empfang zu gehen, bricht sie draußen einen Eiszapfen ab und versenkt das ganze Ding in ihrem Glas. Dann macht sie es sich mit ihrem Drink, einem Buch und dem Schnee vor dem Fenster im Bett gemütlich.

Die Romanfiguren in *Jenseits von Eden* sind großartig. Manche abstoßend, manche herzzerreißend, manche unnötig rechtschaffen. Sie hassen und sie lieben ohne Maß. Beim Lesen beißt sich Louise in den Daumen, gespannt verfolgt sie, wie sie gegen das Schicksal ankämpfen, wie sie nach Hoffnung und Freiheit streben.

Eine der Figuren, Lee, erwähnt das hebräische Wort *timshel*, das in der Bibel oft als »du sollst« übersetzt wird. Gott wirft Kain aus dem Garten Eden mit dem Befehl, er solle die Sünde überwinden. Aber *timshel*, sagt Lee, bedeutet eigentlich »du mögest« – es ist kein Befehl, sondern eine Wahlmöglichkeit.

Kain kann die Sünde überwinden, aber er hat es selbst in der Hand. Die anderen Figuren folgen blind dem, wie sie glauben, vorherbestimmten Weg. Doch wenn *timshel* »du mögest« heißt, und sie missachten die Gelegenheit, eine Entscheidung zu treffen, zu wählen und etwas zu verändern, nun, dann beeinflusst das den Lauf der ganzen Geschichte.

Eine Seite nach der anderen verschlingt Louise, bis sie aufblickt und feststellt, dass es Mitternacht und das Eis in ihrem Whiskey geschmolzen ist. Früher hat sie jeden Abend vor dem Einschlafen gelesen. Sie und Arnie, eng aneinandergekuschelt unter dem Lichtschein der einzigen Lampe am Bett. Selbst als sie sich eine zweite Nachttischlampe leisten konnten, lasen sie abends noch immer Schulter an Schulter.

Louise hat oft darüber gelacht. Sie hat Arnie deshalb immer geneckt: »Siehst du, wie wir aneinander hängen?« Sie denkt das auch heute noch, nur dass sie nun jeder für sich an einer Seite des Bettes hängen. Sie hängen fest in der Dunkelheit, im Schweigen, in der sturen Untätigkeit. Einmal, kurz nach seiner Rückkehr, hat er den Rollstuhl sein Gefängnis genannt. Sie hätte nicht sagen können, was ihr Gefängnis war. Das Studio? Ihre Ehe?

Aber in diesem Hotelbett, mit einem Buch und einem Whiskey, verdünnt mit geschmolzenem Eiszapfen, fragt sie sich, ob es diese Gefängnisse überhaupt gibt. Sie hat noch nie ein Auto angeschoben, weil ihr immer erzählt wurde, sie sei nicht stark genug. Hat nie eine dramatische Rolle bekommen, weil sie angeblich nicht gut genug war. Hat Arnie nie gesagt, wie sehr sie ihn vermisste, weil sie nicht tapfer genug war. Du sollst scheitern.

Louise stellt den Whiskey auf den Nachttisch und lässt ihn warm werden. Dann feuchtet sie einen Finger an und zieht ihn über die Mitte der Seite. »Du mögest«, liest sie laut vor und begreift, dass sie, um wie die Figuren des Romans dem »Du sollst« beharrlich folgen zu können, eine neue Übersetzung braucht. Dass nur wenig in ihrem Leben absolut festgeschrieben ist. Dass sie scheitern kann oder auch nicht. Dass sie dieses Drehbuch selbst schreiben muss.

BERYL

Was für eine Geschichte schreibst du eigentlich in dein kleines Notizbuch? Eine tragische? Lustige? Herrlich romantische?

FRANCIE

Alles drei.

BERYL

Das ist zu kompliziert. Geschichten können doch nicht alles drei auf einmal sein.

FRANCIE

Ich weiß nicht. Und was ist mit unserer?

Ausschnitt aus dem unproduzierten Drehbuch *Als sie König war*

KAPITEL 17

1926

1. Juni 1926

Der Arzt kam aus Searchlight.

Er war fünfzig, sechzig Jahre alt. Vielleicht achtzig. Er kam auf einer durchgerittenen Stute an, in einem fettigen Ledermantel und mit einer Brille so dick, dass seine Augen groß wie Sterne waren. Seine medizinischen Instrumente bewahrte er in der Satteltasche auf. Marjorie nannte ihn »Doc«, als sie ihn mit einem Wangenkuss begrüßte, und vielleicht war das seine ganze medizinische Qualifikation. Aber das war besser als nichts.

Trotz des Mantels waren seine Hände makellos sauber. Fast eine Stunde lang untersuchte er sie in der Schlafbaracke und befragte sie mit sanfter Stimme. Als er auf die Veranda zurückkam, ließ er uns warten, bis er sich eine Velvet-Zigarette gedreht und sie bis auf einen winzigen Stummel aufgeraucht hatte.

Er sagte, sie habe sich vor Kurzem das Bein gebrochen und es wachse schief zusammen. Ein gebrochenes Bein? Ich konnte sehen, dass Carl ebenso verblüfft war. Sie hatte darüber nie ein Wort verloren. Hinkte sie deshalb wieder? Weil sie mit einem gebrochenen Schienbein herumlief?

Carl ging hinein, um sie zu fragen. Durchs Fenster hörte ich, wie seine Stimme immer lauter wurde.

»… mit einem Geschirrtuch bandagiert, Eth?«, sagte er und: »Warum achtest du nicht auf dich?«

Ich wusste, dass er erschrocken, traurig und wütend zugleich war. Als sie einschlief, kam er heraus, und ich schenkte ihm einen Whiskey ein.

Der Doc sagte, sie müsse operiert werden.

2. Juni 1926

Ich saß eine Weile bei ihr, während Doc Robinson alles für die Operation vorbereitete. Er musste den schiefen Knochen neu ausrichten. Carl sollte bei A.L. bleiben und sie von dem provisorischen Operationssaal fernhalten, aber er trieb sich ständig auf der Veranda herum und stellte durch das Fenster hindurch Fragen.

Eine Sache, die zugleich gut und erschreckend ist: Der Arzt sagte, der Bruch sei spontan geschehen. Gut, denn das bedeutete, Eth hatte nichts getan, was ihn verursacht hatte, sie war nicht unvorsichtig oder rücksichtslos gewesen oder so etwas. Aber erschreckend ist es auch, weil, nun ja, Knochen sollten das nicht tun.

E. wirkte nicht überrascht. Ich fragte mich, ob sie schon andere spontane Brüche hatte, von denen sie niemandem etwas erzählt hat.

Später

Etwas stimmt nicht, aber der Arzt will weder Carl noch mir sagen, was es ist. Er schickte Steve in die Stadt, um ein Mikroskop aus seiner Praxis zu holen. Ethel schläft. Doc Robinson sitzt auf der Veranda, raucht eine Zigarette nach der anderen und wartet.

Später

Carl und ich trieben uns draußen herum. Marjorie kam, um A.L. ins Bett zu bringen. Doc Robinson schob sich die dicke Brille auf die Stirn und spähte eine halbe Ewigkeit in ein Mikroskop. Es war schon beinahe dunkel, als er wieder aus dem Haus kam. Ethel schlief noch immer. »Diejenige, die es angeht, sollte als Erste erfahren, was mit ihr los ist.« Er schob seine Brille zurecht. »Ihr beiden geht jetzt ins Bett. Wir reden miteinander, wenn sie wach ist.«

Ohne weitere Fragen folgte mir Carl in meine Schlafbaracke. Das Bett war groß genug für uns beide. Wir schliefen nicht, aber kurz vor der Morgendämmerung nahm er meine Hand.

3. Juni 1926

Wir saßen links und rechts neben Ethel, und jeder von uns hielt eine ihrer Hände, während der Arzt berichtete, was er entdeckt hatte. Einen Tumor, mitten auf dem Knochen in ihrem Bein. Das hatte er sich in seinem Mikroskop angesehen. Einen Tumor.

Carl begann still zu weinen, und ich auch, glaube ich, aber Eth drückte lediglich unsere Hände so fest, dass sie wehtaten. Sie sagte kein einziges Wort.

Später

Den ganzen Nachmittag saßen wir abwechselnd an ihrem Bett. Meistens schlief sie. Carl gab vor, in einem Groschenroman zu lesen. Ich gab vor, zu schreiben. Wir beide gaben vor, uns keine Sorgen zu machen.

Irgendwann am späten Nachmittag, als die Sonnenstrahlen schräg über das Bett fielen, kam Doc Robinson zurück. Er hatte ein sauberes Hemd angezogen und roch nach Talkumpuder. Er sagte, er wolle nicht unhöflich sein, aber er würde sie gerne noch gründlicher untersuchen. Ethel schickte mich aus dem Zimmer, ich sollte eine Tasse Tee machen.

Als der Arzt endlich ging, war der Tee kalt geworden. Ethel saß aufrecht im Bett und knöpfte sich das Nachthemd zu. »Er hat noch mehr gefunden«, sagte sie mit fester Stimme. »Mehr Gewächse. Hier …« – sie berührte die Seite ihrer Hüfte –, »… und hier.« Sie fasste sich an den Rumpf.

Ich fragte, ob er das heilen könne. Ich war mir sicher, dass er das konnte. Ein Arzt, der ein eigenes Mikroskop besaß? Ich vertraute ihm.

Aber sie schüttelte den Kopf. »Er könnte schon versuchen, es zu operieren, aber Flor … wir wissen es doch beide.«

Das stimmte, aber deswegen musste man die Hoffnung doch nicht aufgeben.

»Ich will diese Zeit nicht mit Hoffen verbringen«, sagte sie. »Ich will sie mit dir verbringen.«

4. Juni 1926

Heute bin ich an der Reihe, A.L. vom Krankenzimmer fernzuhalten. Carl sitzt dort mit Eth, und sie reden miteinander. Ich nehme an, das ist gut so. Sie erzählt ihm alles über die Reise. Er erzählt ihr alles über die Scheidung. Ab und an schnappe ich durch das offene Fenster ein Wort auf. Keiner von beiden hört sich wütend an. Vielleicht traurig. Aber für Wut sind wir alle viel zu still geworden.

Später

Nach einer Weile kam er heraus und nahm meinen Platz am Schachbrett ein. Eth schlafe, sagte er, sie sei erschöpft vom vielen Reden. Ich konnte ihm keine Fragen stellen, nicht wenn A.L. vor uns saß und aus den roten Schachfiguren einen Turm baute, aber ich fragte: »Besser?« Er nickte. »Ich habe ihr alles gesagt«, berichtete er. »Noch ehe ich ein einziges Wort herausbrachte, hatte sie mir schon verziehen.«

A.L. zupfte ihn am Ärmel und fragte: »Was, Daddy, was?«, aber er sah mich über ihren Kopf hinweg an. »Jetzt bist du dran«, sagte er.

5. Juni 1926

Heute ging ich davon aus, dass ich mit A.L. Tennis spielen sollte. Carl dachte das ebenfalls. Als wir nach ihr suchten, fanden wir sie lang ausgestreckt auf ihrer Mutter liegend, wie eine Zudecke. Den dunkelhaarigen Kopf hatte sie unter Ethels Kinn gedrückt, und sie drehte sich nicht einmal um, als wir ins Zimmer kamen. »Mom hat gefroren«, sagte sie. Unter ihrer Wange war das Laken nass. »Helft ihr mir?«

Und wir krochen ins Bett, Carl und ich, jeder auf eine Seite. Wir hatten uns so bemüht, das kleine Mädchen aus dem Krankenzimmer fernzuhalten, um sie davor zu bewahren, das Sterben ihrer Mutter mit ansehen zu müssen, an Ethels Seite zu leiden. Wenn wir aufmerksamer gewesen wären, hätten wir bemerkt, dass Anna Louisa ganz still und allein gelitten hatte.

Und so lagen wir alle mit Ethel in dem schmalen Bett. Carl zu ihrer Rechten, ich zu ihrer Linken, und A.L. auf ihr ausgestreckt. Ethel zwischen uns fühlte sich heiß an und zitterte, aber sie hob eine Hand und legte sie auf den Kopf ihrer Tochter. »Du riechst nach Sonnenschein«, sagte sie, und zum ersten Mal weinte sie.

6. Juni 1926

»Hilf mir bitte, ein Bad zu nehmen«, bat mich Ethel.

Ich wusste, es würde nicht wie beim letzten Mal sein, an diesem warmen, verschwiegenen Nachmittag im Zelt. Erstens hatten wir diesmal eine richtige Badewanne. Fließend Wasser. Flauschige Handtücher. Marjorie gab mir sogar eine Flasche mit Rosenwasser, das ich ins heiße Badewasser gießen sollte.

Mit großer Zärtlichkeit half ich ihr beim Ausziehen. Es war Liebe, aber eine Liebe, die von der Nacktheit im Zelt weit entfernt war. Der Augenblick damals war allergrößtes Begehren gewesen, aber das hier war Bedürftigkeit.

Unter der Bandage war ihr Bein entzündet und rot, es

nässte. Sie war schrecklich dünn, mit tiefen Höhlen unter den Schlüsselbeinen.

Ich legte den Boden der Badewanne mit Handtüchern aus, damit sie weicher saß, und half ihr mit dem ganzen Körper, abgesehen vom rechten Bein, in das nach Rosen duftende Wasser.

»So hast du dir das nicht vorgestellt, stimmt's?«, fragte sie.

Beinahe hätte ich Nein gesagt, dann hielt ich inne. Mir wurde klar, was sie gesagt hatte. Als ob sie es wüsste. Als ob sie es die ganze Zeit gewusst hätte. Ich blickte auf und sah ihr in die Augen.

»Du musst es mir nicht erzählen«, sagte sie.

Aber diese Worte, die mir zwischen hier und New Jersey tausendmal im Mund eingefroren waren, tauten nun auf. »Dir was erzählen?«, fragte ich. »Dass ich dich liebe?«

Die Worte hallten im Raum.

Sie lächelte und berührte meine Wange, und da, in diesem dampfigen, nach Rosen duftenden Badezimmer, musste auch sie mir nichts mehr erzählen.

7. Juni 1926

Heute Vormittag bekam Ethel Atemprobleme.

Ich holte mein Notizbuch und begann, ihr das Drehbuch vorzulesen, an dem ich schrieb. »Es handelt von zwei Freundinnen, die in einer alten Klapperkiste durchs Land fahren«, sagte ich. Platte Reifen, verregnete Campingplätze und gelegentlich auch eine Flasche billigen Gins kamen darin vor. Unter der Oberfläche köchelte Liebe, und Krankheit jagte sie wie ein kopfloser Reiter vor sich her. Aber die Freundinnen, sie waren glücklich. Was auch immer danach geschehen würde, diese gemeinsame Zeit konnte ihnen niemand nehmen.

Ab und zu nahm mir Ethel das Heft aus der Hand und las eine Zeile noch einmal vor. Einmal griff sie nach meinem Bleistift und fügte in zitternder Schrift selbst eine Zeile hinzu. Ich musste immer wieder eine Pause einlegen, damit sie Atem schöpfen konnte. Und um die Tränen in meiner Stimme zu verbergen.

Ich ging ihr eine Tasse Tee holen. Als ich zurückkam, lag sie auf der Seite, vor sich im Bett das Heft. »Es ist noch nicht fertig.«

»Natürlich nicht«, sagte ich. »Unsere Geschichte geht doch noch weiter, oder?«

Sie gab keine Antwort.

Doc Robinson gab ihr etwas Morphium, und danach wurden ihre Augen träumerisch. Ehe sie in den Schlaf glitt, nahm sie meine Hand und zog mich nahe an sich heran. Ihre Lippen berührten mein Ohr, und sie flüsterte: »Schreib mir eine letzte Szene.«

Ich saß neben dem Bett, hielt ihre Hand in der einen und den Bleistift in der anderen Hand. Sie schlief, und ich schrieb die letzte Szene, die ihr zustand.

Sie sollte sie niemals lesen.

8. Juni 1926

Ich badete Ethel noch einmal. Diesmal half mir Carl dabei. Wir wuschen sie und zogen ihr, in gegenseitigem Einverständnis, die Knickerbocker und die Bluse an, die sie in den letzten Wochen getragen hatte.

Wir arbeiteten langsam. Ich wusste, wenn das getan war, wenn sie unter dem Akazienbaum draußen im Garten lag, dann gab es keinen Grund mehr für mich, noch länger zu bleiben. Carl wusste das auch. Er würde zurückfahren nach New Jersey, in ein stilles Haus zusammen mit A.L., und ich würde weiterfahren nach Kalifornien. Daher beeilten wir uns nicht, weil wir diese letzten Augenblicke mit ihr, aber auch miteinander noch brauchten. Mir fiel ein, was A.L. vor ein paar Tagen gesagt hatte, über die Weigerung, sich zu verabschieden. Vielleicht war es das, was wir gerade taten.

»Ich lasse von mir hören«, sagte ich, eher aus Höflichkeit als aus Überzeugung.

Er ließ mir die Höflichkeit nicht durchgehen. »Das hast du auch gesagt, als ich zur Army gegangen bin.«

Damals war der Grund dafür kleinliche Eifersucht gewesen. Ich hatte nicht geschrieben, weil ich ihn vergessen wollte. Und ich wollte, dass Ethel ihn vergaß. Das tat sie natürlich nicht. Sie vermisste ihn, ohne dass ich davon wusste.

Ich hatte mir nicht vorstellen können, dass Liebe unendlich war. Dass weder Entfernung noch Zeit sie verringerten. Herzen können brechen und dennoch weiterschlagen. »Es tut mir leid«, sagte ich.

»Ich habe viele Jahre ohne eine meiner besten Freundinnen verbracht«, sagte er, »und werde ein ganzes Leben ohne die andere verbringen. Bitte versprich mir, dass du es wirklich tust.«

»Ich verspreche es.«

10. Juni 1926

Ich schlug mein Notizbuch erst wieder auf, als ich am Pazifik stand.

Mit zitternden Händen und Furcht im Bauch fuhr ich aus Nevada fort. Ich hätte nicht einmal sagen können, wovor ich Angst hatte.

Vielleicht vor dem, was mich in Kalifornien erwartete, dem unsicheren Abgrund von Arbeit, einer Wohnung, neuen Freunden.

Vielleicht davor, zu wissen, wer ich war.

Vielleicht vor der Stille im Auto. Der Einsamkeit.

Oder vielleicht, möglicherweise, ganz bestimmt … vor einer Zukunft ohne sie.

Ich fuhr, bis ich den Ozean hören konnte, und dann stieg ich aus und ging zum Strand. Von einer Küste zur anderen. Ich ließ meine Schuhe im Sand stehen und lief weiter, bis meine Zehen das Wasser berührten. Jede Welle nahm ein bisschen etwas von meiner Angst mit sich und spülte sie hinaus ins Meer.

Und ich schlug mein Notizbuch auf.

Ich blätterte alle Tagebucheinträge durch, voll mit schmerzlicher Sehnsucht, blätterte durch die Seiten meines Drehbuchs und entdeckte, dass Ethel etwas hinterlassen hatte.

Auf der allerletzten Seite hatte sie in zarten Buchstaben ein Echo des Zettels geschrieben, den sie vor so vielen Jahren im Klassenzimmer losgeschickt hatte. »Als ich deine Hand hielt, hatte ich plötzlich nicht mehr so viel Angst.«

Und genauso plötzlich galt das auch für mich.

KAPITEL 18

1926

Szene: Ein Campingplatz irgendwo zwischen der Wüste und dem Ozean. Braun-, Gelb-, Orangetöne unter einem unglaublich blauen Himmel. In der Ferne hört man Menschen reden, das Klappern von Töpfen und Pfannen, ein einzelnes Hundebellen. Nach dem schräg einfallenden Licht zu urteilen, ist es später Nachmittag.

In der Mitte steht ein Ford Model T, die Türen offen. Auf einer Seite des Wagens kniet BERYL neben einem Lagerfeuer und pellt gekochte Kartoffeln. Auf der anderen Seite baut FRANCIE gerade ein schräges Zelt auf, das am Dach des Autos befestigt ist. Beide haben etwas abgetragene Reisekleidung an – Knickerbocker und braune Blusen. Francie hat ein Tuch um den Hals geschlungen, Beryl eines um den Kopf.

Beryl summt vor sich hin, während sie die Kartoffeln über dem Topf schneidet. Francie arbeitet schweigend, sie scheint in Gedanken versunken. Dass eine Stange ins Rutschen gekommen ist, bemerkt sie erst, als sie ihr auf die Zehen fällt.

FRANCIE

(flucht)

Sie ist eindeutig eine Frau, die nicht oft flucht. Es ist ihr offensichtlich peinlich.

BERYL

(blickt lachend über ihre Schulter hinweg)
Pass bloß auf! Von denen hast du bloß zehn Stück.

FRANCIE

(zwingt sich zu einem Lächeln, obwohl das auf der anderen Seite des Autos nicht zu sehen ist)
Tut mir leid.

Beryl steht auf und geht, die soeben geschälte Kartoffel noch in der Hand, um den Wagen herum.

BERYL

Geht es dir gut?

FRANCIE

(beim Anblick von Beryl wird ihr Lächeln strahlend)
Ja.

BERYL

(nicht ganz überzeugt)
Na, dann pass auf *(mit plötzlichem Zwinkern)*, dass du dir keinen Splitter einziehst. Ich muss diese Kartoffeln fertigkriegen.

Sie kehrt zurück zum Lagerfeuer und summt weiter. Francies Lächeln verschwindet. Beide schauen zur Seite, mit dem Rücken zum Ford T.

FRANCIE

(schließlich)
Beryl *(zögert)*, bist du sicher, dass du das nicht bereuen wirst?

BERYL

Das Abendessen? Nein. Du kennst meine Gefühle, was Kartoffelbrei angeht.

FRANCIE

Ich meine das ernst.

BERYL

Na gut. Dass ich was bereuen werde?

FRANCIE

Dass du mit deinem Koffer dem Auto nachgelaufen bist.

BERYL

(die Hände ruhig, für einen Moment)
Natürlich nicht. Unser Abenteuer ist noch nicht zu Ende. Ich habe den Pazifischen Ozean noch nicht gesehen.

FRANCIE

Ich weiß, aber …

BERYL

(fast beiläufig)
Ach was, ich würde dich nicht verlassen, Francie.
(gießt Milch ein)
Das ist unser gemeinsames Abenteuer.

FRANCIE

Ich weiß, Beryl. Das weiß ich.
(lehnt sich an die Zeltstange und schaut hinüber zur anderen Seite des Wagens, wo Beryl ist)
Aber das habe ich nicht gemeint. Nicht, als ich von der Ranch weggefahren bin.

In diesem Entwurf des Drehbuchs haben sie die Ferienranch mit ihren Holzkakteen, den Zimmern mit Aussicht und gedämpftem Licht verlassen. Der Vorhang ist nicht gefallen, der donnernde Applaus lässt noch auf sich warten, das Orchester hat sich noch nicht zum Finale aufgeschwungen. In einer theatralischen Wiederholung zwischen den Akten war Beryl einem hinter der Bühne ratternden Automotor nachgerannt. Und … Klappe.

FRANCIE

(wiederholt)
Das habe ich nicht gemeint.

BERYL

Was hast du dann gemeint?

FRANCIE

Hast du bedauert, dass du beim ersten Mal hinter meinem Auto hergerannt bist? Als diese ganze Sache ihren Anfang nahm?

BERYL

(den Kartoffelstampfer in der Hand)
Ihren Anfang? Wann hat sie denn wirklich begonnen?

FRANCIE

(ohne nachzudenken)
1908. Da waren wir zehn.
(ohne das Schweigen auf der anderen Seite zu bemerken)
Du bist zur Probe für das Schultheaterstück gekommen, das ich geschrieben hatte – dieses gefühlsduselige, moralisierende Ding. Keiner von den Jungs wollte damit irgendetwas zu tun haben, und so bist du vorgetreten und hast erklärt, du würdest den König Heinrich spielen. Ehrlich gesagt hatte ich viel zu viel Angst vor dir, um Nein zu sagen.
Ich war ängstlich, beeindruckt und neidisch.
Und total verknallt.

Beim letzten Wort zuckt Beryl zusammen.

FRANCIE

So hat es angefangen. Kannst du dich noch erinnern?
Von da an waren wir unzertrennlich.

Als wäre das Auto durchsichtig, starrt sie dorthin, wo Beryl ist. Auf Beryls Gesicht zeichnet sich Beklommenheit ab.

FRANCIE

Bist du noch da?

BERYL

Ja.
(schüttelt den Kopf und steht auf)
Ich kann mich erinnern. Dieses alberne Theaterstück.
(stampft Kartoffeln und Milch im Topf mit dem Drahtstampfer)
Ha!
(mit überflüssigem Nachdruck)
Du hast recht.

FRANCIE

Das habe ich.
(richtet sich auf)
Du hast nicht gefragt.

BERYL

Was gefragt?

FRANCIE

(leise)
Was eigentlich an diesem Tag angefangen hat.

Beryl antwortet nicht. Sie ist damit beschäftigt, die gestampften Kartoffeln in eine Keramikschüssel zu geben, Butter hinzuzufügen, sie zu salzen.

Francie steht aufrecht da und drückt ihre Handflächen gegeneinander. Sie sieht aus, als wollte sie vor dem Zelt auf und ab marschieren. Als wollte sie unter der Zeltlein-

wand Schutz suchen und überhaupt nichts mehr sagen. Wäre diese Szene tatsächlich so geschehen, dann hätte sie es wohl getan. Wenn sie wirklich so dagestanden hätten, zwischen sich nichts als der Ford Model T, dann hätte Francie vielleicht die Nerven verloren, so wie das in all den anderen Szenen auf allen anderen Campingplätzen der Fall war.

Aber diese Szene ist ihre letzte Chance. Ihre einzige Chance. Sie hat sie geschrieben, um zu sagen, was sie sagen muss. Um sich selbst noch ein bisschen Zeit zu geben. Schließlich ist sie die einzige Schauspielerin, die sich noch auf der Bühne befindet.

Daher versteckt sich Francie in dieser Version der Szene, die sie schon hundertmal im Kopf durchgespielt hat, nicht im Zelt. Sie geht um das Auto herum. Sie geht dorthin, wo Beryl mit ihrer Keramikschüssel neben dem Feuer steht. Und küsst sie.

FRANCIE

Das da hat an dem Tag angefangen, als du vor mich getreten bist und erklärt hast, du wirst mein König sein. Das.

Beryl lässt die Schüssel mit dem Kartoffelbrei fallen.

Hier folgt ein Monolog. Lang und sehr romantisch. Ein Monolog, der jahrzehntelange Sehnsucht verrät und um ein Versprechen für Jahrzehnte bittet. In diesem Drehbuch ist die Zukunft so lang wie das Papier der Drehbuchautorin. Auf diesen Seiten gehört ihnen die Ewigkeit.

Aber der Monolog wäre gar nicht nötig. Es ist ein Stummfilm geworden, mit Nahaufnahmen der Gefühle, die sich in den Gesichtern abzeichnen, und Gesten, die lauter sind als Worte.

Beryl senkt als Erste die Augen und bückt sich, um sich die Schuhe abzuwischen. Francie wartet einen Augenblick, dann geht sie wieder zurück, um das Auto herum, wo das zweite Zelt immer noch zusammengefaltet daliegt. Sie fängt an, es aufzufalten. Auf der anderen Seite hebt Beryl die zerbrochenen Hälften der Schüssel auf. Sie summt dabei »California, Here I Come«. Francie lächelt und legt das zweite Zelt zurück in den Wagen.

Jetzt kann der Vorhang fallen.

KAPITEL 19

1952

Es steht groß auf der Titelseite. *MOULIN ROUGE* VON AMERICAN-LEGION-MÄNNERN BELAGERT.

Die Fortsetzung auf Seite neun klingt nicht so schlimm. Es war nur eine Handvoll Demonstranten bei der Premiere, weitgehend unbeachtet vom eleganten Publikum und den Hunderten von Fans, die auf Autogramme warteten. John Huston kümmerte sich gar nicht um sie. Aber auf den Fotos sieht es schrecklich aus. Plakate mit Johns Namen und dem von José Ferrer. Wörter wie »Verbot« und »Kommunist«. Louise wird ganz übel.

»Noch Kaffee?«, fragt die Kellnerin des Diners, aber Louise winkt ab. Als ihre Bratkartoffeln und der Toast serviert werden, ist ihr der Appetit vergangen. Sie liest den Rest der Zeitung, blättert aber immer wieder zurück zu den Fotos.

Die Kellnerin schaut Louise über die Schulter, als sie kommt, um den Tisch abzuräumen. »Grässlich, nicht wahr?«

Louise schiebt den Teller mit den nicht angerührten Bratkartoffeln beiseite. »Das stimmt. Da steigt man am Abend der Premiere aus dem Auto, schon ganz nervös wegen der Kritiken, und dann wird man so empfangen.« Sie tippt mit dem Finger auf die Zeitung. »Der arme John«, sagt sie, in erster Linie zu sich selbst. »Der arme José! Auf diesem Bild sieht er wirklich erschüttert aus.«

Die Kellnerin starrt über ihre Kaffeekanne hinweg ins Leere. »Ich habe die Schauspieler gemeint. Diese grässlichen Roten, die herumlaufen und so tun, als wären sie echte Amerikaner.« Sie greift nach Louises Tasse und verschüttet versehentlich Kaffee über die Zeitung. »Das ist nicht in Ordnung.«

Louise verlässt das Lokal, ohne ein Trinkgeld zu hinterlassen, was sie noch nie getan hat.

Vor neun Monaten hatte Arnie zum ersten Mal davon gehört, dass er möglicherweise auf der Liste stand.

Louise war gerade in der Küche und briet für Arnie eine Mischung aus Steakfleisch und Kartoffeln, als es an der Tür läutete. Vielleicht war es Pauline mit einem Stück Kuchen oder der Zeitungsjunge, der das Geld einsammelte. Sie erwarteten niemanden, nicht so kurz vor dem Abendessen.

Es war keiner von beiden. Als Louise aus der Küche kam und sich die Hände an der Schürze abtrocknete, standen Arnie und ein Bote der Western Union auf der Veranda. Arnie kicherte, während er ein Telegramm las, ohne auf den erwartungsvoll dastehenden Boten zu achten, der auf ein Trinkgeld hoffte. Louise holte ihre Handtasche und angelte ein 5-Cent-Stück heraus.

»Nein, das ist schon zehn Cent wert.« Arnie reichte ihr das Telegramm und nahm aus ihrer Kleingeldbörse ein weiteres Fünf-Cent-Stück.

Das Telegramm kam von Charlie, war aber an Arnie gerichtet.

WIR SOLLTEN UNS TREFFEN, EHE DU DIE STADT VERLÄSST. MITTAGESSEN MIT R. KENNY?

»Hat er die Überraschung verdorben?«, wollte Louise wissen. In zwei Wochen war ihr Hochzeitstag. »Wohin fahren wir?«

»Es ist die Art von Überraschung, die unbedingt verdorben werden sollte«, erwiderte Arnie, und nun wusste sie, dass es nicht um ein Wochenende in Palm Springs oder sonst etwas Nettes ging. »Tut mir leid, Kleines. Charlie will nur besonders schlau sein. Er schickt mir codierte Telegramme.«

Ihr hatte Charlie noch nie ein codiertes Telegramm geschickt. »Also ein geheimes Mittagessen mit *meinem* Agenten und ›R. Kenny‹, wer auch immer das ist. Da darf ein Mädel aber schon eifersüchtig werden.«

Jetzt kicherte Arnie nicht mehr. Auf dem Bürgersteig steckte der Western-Union-Bote sehr langsam seine zwei Fünf-Cent-Stücke ein. Und Louise wurde plötzlich klar, dass der Code durchaus durchschaubar war.

»R. Kenny. Robert Kenny. Einer der Rechtsanwälte der Hollywood Ten.« Sie sprach leiser, ihr war auf einmal übel. »Oh, Arn. Was hast du getan?«

Der Bote holte seinen Lieferplan aus der Tasche. Von nebenan winkte ihnen Pauline über ihre Gießkanne hinweg zu. Arnie fasste Louise bei der Hand und zog sie ins Haus.

»Ich hätte es dir schon noch erzählt«, sagte er und machte

die Tür zu, »ehrlich, Lou. Ich meine, ich habe mir immer gedacht, dass ich irgendwann auf die Liste gerate …«

»Auf die Liste …«, flüsterte sie und ließ sich gegen die kühle Eingangstür sinken.

»Hör zu.« Er legte ihr die Hände auf die Schultern und drückte sie gegen die Tür. »Ich habe für Sid den Strohmann gegeben. Dieses Drehbuch über das Mädchen in dem Pfirsichgarten? Das hat er geschrieben und an mich weitergegeben, damit ich meinen Namen draufsetze. Charlie teilt mir mit, dass das aufgeflogen ist. Das Komitee kennt meinen Namen. Charlies Botschaft, über Robert Kenny und die Stadt verlassen, damit warnt er mich, ich solle abhauen. Mir steht eine Zwangsvorladung ins Haus.«

Hätte Arnie sie nicht festgehalten, wäre Louise auf den Boden gerutscht.

»Lou? Hast du gehört, was ich gesagt habe?« Er ließ eine Schulter los und berührte ihre Wange. »Sprich mit mir.«

Sie konnte ihn nicht ansehen. »Ich kann nicht.«

»Bitte.«

Sie roch Zwiebeln. »Das Abendessen brennt an.« Sie duckte sich unter seinen Armen weg.

Es war bereits angebrannt – die Kartoffeln und die Zwiebeln nur noch ein verkohlter Haufen auf dem Boden der Pfanne –, aber vor allem wollte sie allein sein. Sie wollte sich über die Spüle beugen, tief durchatmen, sich kaltes Wasser über die Hände laufen lassen, etwas anderes sehen als Arnies Augen.

Er hatte sie angelogen. Diese ganzen Wochen, die er sich in seinem Büro eingesperrt hatte, weil er angeblich an dem Drehbuch arbeitete. In diesen Wochen hatte er heimlich mit

Sidney Weller telefoniert, der gerade auf die schwarze Liste gekommen war, Gift in Hollywood. Die ganze Zeit über hatte er so getan, als hätte das Komitee sie überhaupt nicht im Blick.

Arnie war ihr in die Küche gefolgt. »Ich wollte nicht, dass das passiert«, sagte er. »Louise, bitte, das musst du mir glauben.«

Sie nahm die Pfanne vom Herd.

»Wenn du jetzt nicht darüber reden willst, wann dann?«

»Diese Frage könnte ich genauso dir stellen.« Sie stach mit dem Rand des Pfannenwenders auf die verbrannten Kartoffeln ein. »Du wolltest ja offensichtlich auch nicht darüber reden.« Die Kartoffeln rührten sich nicht von der Stelle. »Wann hattest du vor, mir von Sid zu erzählen? Wann hattest du vor, mir zu sagen, dass du deine und meine Karriere aufs Spiel setzt, um einem Freund zu helfen?«

»Lou, sei doch nicht so.«

Sie fuhr herum. »Wie denn? Wütend, weil mein Ehemann mich nicht eingeweiht hat? Voller Angst, weil er so ein dummes Risiko eingegangen ist?«

Sanft nahm er ihr den Pfannenwender aus der Hand. »Lou.« Sie hatte nicht gemerkt, dass sie ihn noch immer in der Hand hielt. »Je weniger du weißt, desto sicherer bist du.«

Er stellte die Pfanne ins Spülbecken, drehte den Hahn auf und verließ die Küche. Als er mit zwei großen Whiskeys zurückkehrte, zitterten ihre Hände nicht mehr.

Sie nahm das Glas entgegen, dankbar, dass sie etwas zum Festhalten hatte. Ihr kurzer Wutanfall war verflogen, jetzt fühlte sie sich plötzlich erschöpft. »Können wir uns hinsetzen?«, fragte sie.

»Ich schalte den Herd ab.«

Sie ließ sich aufs Wohnzimmersofa sinken und hörte, wie er in der Küche mit den Töpfen klapperte, die Pfanne abspülte, das Steak zurück in den Kühlschrank legte, den Abfall nach draußen brachte. Unter einem Haufen Post entdeckte sie seine Mahagonipfeife. Während sie wartete, füllte Louise sie mit Old-Holborn-Tabak. Ein paar Minuten später kam Arnie ins Wohnzimmer und hatte zwei Erdnussbuttersandwiches auf sein Glas gestapelt. An Teller hatte er nicht gedacht.

Er biss sofort in sein Brot, doch sie ließ ihres auf ihrem Knie liegen. Sie hatte immer noch die Schürze an. Da waren noch zu viele Fragen, darunter viele, auf die es keine Antwort zu geben schien, und so fragte sie leise: »Warum, Arn?« Das wollte sie am dringendsten wissen.

Er antwortete nicht sofort. Erst aß er sein Sandwich auf und starrte dann in den hin- und herschwappenden Whiskey in seinem Glas. Nun lachte er nicht mehr, sah vor allem müde aus. »Vor Sid werden sämtliche Türen zugeschlagen. Er darf noch nicht einmal eine Radiowerbung schreiben, geschweige denn ein Drehbuch. Als er mich anrief und mich bat, für ihn den Strohmann zu geben, sagte er, er glaube nicht, dass ich es tun würde, nicht um alles Geld der Welt. Aber alle anderen würden kein Wort mehr mit ihm wechseln, keiner würde ihm helfen oder ihm auch nur einen roten Heller anbieten. Was sollte ich da sagen?« Er nahm einen Schluck von seinem Whiskey und wischte sich mit dem Handrücken den Mund ab. »Sid würde mir, wenn ich barfuß laufen müsste, die Stiefel geben, die er an den Füßen trägt. Freunde tun das.« Auf der Suche nach seiner Pfeife klopfte Arnie seine Jackettaschen ab.

Louise reichte sie ihm. »Ich mag Sid sehr – das weißt du –, aber ich finde, das hätte er nicht von dir verlangen dürfen. Er musste doch wissen, was passieren würde.«

»Das wusste auch ich. Lou, glaube nicht, ich hätte das hier nicht erwartet.« Er stellte sein Glas auf dem Couchtisch ab und nahm ein Streichholzbriefchen aus dem Aschenbecher. »Die eine Hälfte der Leute, die ich kenne, versteckt sich in Mexiko. Die andere arbeitet als Hausmeister oder Aushilfsköche. Und die andere Hälfte tut ihr Möglichstes, um weiterhin das machen zu können, was ihnen am Herzen liegt, selbst wenn das bedeutet, dass sie im Schutz eines Strohmanns arbeiten müssen.«

»Das sind zu viele Hälften«, murmelte sie, und der Whiskey hatte gut genug gewirkt, dass sie beide lächeln mussten.

Arnie zündete die Pfeife an. »Ich habe zugesagt, weil ich wusste, dass es mich ohnehin irgendwann treffen würde. Ich würde auf einer der Listen landen. Und wenn ich auf meinem Weg nach unten nicht noch jemandem nach oben helfen kann, dann bräuchte ich mich doch gar nicht erst fallen zu lassen, oder?« Er warf das abgebrannte Streichholz in den Aschenbecher. »Wenn es gefährlich ist, einem Freund zu helfen, in welcher Welt leben wir dann?«

»Ich weiß nicht. Einer schrecklichen. Einer misstrauischen.« Sie lehnte den Kopf an das rostfarbene Sofakissen. »Heute habe ich in der Zeitung gelesen, dass Kommunisten die Kindergärten ›infiltriert‹ hätten. Arn, ich habe Angst.«

»Das musst du nicht.« Er hob ihre Füße auf seinen Schoß. »Dr. Seuss arbeitet noch an seiner Neufassung des *Kommunistischen Manifests*. Soweit ich weiß, kommt darin ein Erdferkel vor.«

Sie gab ihm einen Tritt. »Du Trottel, das meine ich ernst.«

Er fing ihren Fuß auf. »Ich auch. Na ja, so mehr oder weniger.«

»Wir leben in einer Zeit, in der Kindergärtnerinnen politisch verdächtig sind. Um wie viel mehr gilt das dann für einen klugen und rechthaberischen Drehbuchautor? Einen, der früher durchaus die eine oder andere politische Kundgebung besucht hat.«

Er legte den Finger an die Lippen. »Pssst.«

»Als du den Strohmann für Sid gemacht hast, bist du gesprungen, und jetzt haben sie dich gefangen.« Sie trank und bedauerte, dass in dem Whiskey keine Eiswürfel waren. »Du stehst auf der Liste. Und wirst vorgeladen werden.«

»Ja, aber was wollen sie mich fragen? Es gibt keinen Beweis. Sid und ich waren sehr vorsichtig.«

»Das sagen die jungen Mädchen auf den Autorücksitzen auch immer.«

»Jeder weiß doch, dass beim ersten Mal nichts passiert.«

»Hast du vor, das noch einmal zu machen?«

»Na ja, wenn der Richtige kommt …«

»Denk an deinen guten Ruf!«

Das Gewitzel erstarb. Denn genau der stand auf dem Spiel.

Sie trank ihr Glas aus, goss sich aber nicht nach. »Warum albern wir herum?«

»Du weißt doch, was Gene Kelly gesagt hat. Ein Clown wird von der ganzen Welt geliebt.«

»Das ist aber eine ernste Sache.«

»Die Welt ist voll mit ernsten Sachen«, gab er zurück. »Krieg. Smog. Republikaner. Wir können sie nicht aus dem

Drehbuch streichen, aber wir können um sie herum schreiben. Sie lächerlich machen. Doppeldeutige Dialoge verfassen, die den Abscheu deutlich erkennen lassen.«

Das Telegramm lag auf dem Couchtisch. Arnie stellte sein Glas mitten darauf.

»Also, Lou«, fragte er, »was soll ich tun?«

Als wüsste sie alle Antworten. Als hätte sie auch nur eine einzige parat. »Ich hole uns erst einmal frische Drinks.«

Es war eine Hinhaltetaktik. Sie ging sogar in die Küche, um Eis zu holen. Sie wollte Zeit zum Nachdenken gewinnen.

Arnie war stur. Er war wie Tom Joad aus *Früchte des Zorns*. Er hielt an seinen Prinzipien fest und pfiff auf die Folgen. Sie fragte ihn nicht, was er jetzt tun würde, weil sie es wusste. Er würde nicht zu dem Termin mit Robert Kenny gehen. Stattdessen würde er sich vor der Vorladung drücken oder vor das Komitee treten und die Aussage verweigern, ehe er auch nur einen einzigen Namen nannte. Er würde niemals nachgeben.

Darum hatte er sie gefragt. Seine eigene Antwort kannte er bereits.

Louise ließ sich Zeit beim Einfüllen der Eiswürfel und beim Mixen der beiden Whiskeys mit Wasser. Arnie saß ohne Brille und mit geschlossenen Augen zurückgelehnt auf dem Sofa. Die Post lag auf dem Beistelltisch. Größtenteils Rechnungen. Ein Brief ihres Vaters. Die *Los Angeles Times*, aufgefaltet bei einem Artikel über Carepakete, die nach Korea an Truppen in Pusan geliefert wurden. Auf dem Telegramm von Charlie hatte Arnies Glas einen feuchten Abdruck hinterlassen, der genau die Worte DU DIE STADT VERLÄSST einkreiste.

Louise wusste, wie sie ihn vor Gerüchten, vor dem Komitee, vor dem Ganzen hier schützen konnte. Es gab Redakteure, die mit ihm gearbeitet hatten und die ihm wohlgesonnen waren. Sie konnte er jetzt anrufen. Das würde er ihr nicht verweigern.

Als sie sich wieder setzte, schlug er die Augen auf.

»Du musst etwas richtig Patriotisches tun«, sagte sie. »Etwas, wogegen nicht einmal das Komitee für unamerikanische Umtriebe etwas sagen kann.«

»Was zum Beispiel?«

»Du könntest deinen Teil zum Kampf gegen den Kommunismus beitragen.« Sie reichte ihm das Glas. »Und nach Korea gehen.«

Bei jedem Halt versucht Louise, Arnie zu erreichen. Und sie hält oft an. Tankstellen. Diner. Der Billigladen am Rand von Pennsylvania, wo sie verzweifelt ein Paar Ohrenschützer kauft. Jenseits des Mittleren Westens ist die Straße zermürbend hügelig, und ihr ist kalt. Am Nachmittag hat sie bereits mehr Tassen Kaffee getrunken als jemals an einem Drehtag. Aber sie kann noch so oft anhalten, noch so oft in Los Angeles anrufen, Arnie geht nicht ans Telefon.

Und während sie im Auto sitzt und nichts anderes tut, als durch die Windschutzscheibe zu starren und nachzudenken, vermisst sie ihn die ganze Zeit. Sie will seine Stimme hören. Sie will ihm sagen, dass es ihr leidtut.

Diese Entschuldigung ist schon seit Monaten überfällig. Es ist ein Schuldgefühl, das sich seit dem Telegramm mit der Mitteilung, er sei im fernen Korea verwundet worden, in ihr aufgebaut hat. Es frisst sie innerlich auf.

Diese nie ausgesprochene Bitte um Verzeihung, die uneingestandene Schuld ist der Grund, weshalb sie immer wieder bis zehn zählen muss. Weshalb sie tief durchatmet und lächelt, ehe sie die Eingangstür öffnet. Weshalb sie nicht meckert, sondern immer weiter die Dosen mit den Salzcrackern kauft. Arnie sitzt im Rollstuhl und ist unglücklich, und sie weiß, dass sie schuld daran ist.

Als er damals das Telegramm von Charlie bekam, als sie damals mit Whiskey auf dem Sofa lagen und nervös witzelten, hatte sie panische Angst. So schrecklich erschienen ihr die Gefahren zu Hause, dass sie die echten Gefahren in Korea nicht erkannte. »Bring dich in Sicherheit«, sagte sie. »Zieh in den Krieg.«

Bei der Erinnerung daran wird ihr heiß. Und im nächsten Augenblick wird sie wütend über dieses Erröten, über ihre nicht ausgesprochene Schuld, ihre Trägheit. Sie hatte monatelang Zeit, sich zu entschuldigen, Arnie um Verzeihung zu bitten. Sie schlägt aufs Lenkrad. Die Hupe ertönt. Obwohl es ein Versehen war, entspricht das Geräusch ihrer Stimmung, und sie drückt die Hupe immer wieder. Ein überholender Autofahrer verlangsamt und starrt sie durch die Scheibe hindurch an, aber ihr Ärger ist verflogen. Sie bedeutet ihm mit einer Geste, dass alles in Ordnung ist. Vielleicht stimmt das auch.

In der nächsten Stadt hält Louise an, um einen Kaffee zu trinken und ein Stück Streuselkuchen zu essen. Zum tausendsten Mal meldet sie ein Telefongespräch nach Los Angeles an, niemand geht an den Apparat. Sie isst den Kuchen auf und meldet ein weiteres Gespräch an, diesmal mit der Western Union. »Ich würde gern ein Telegramm senden, an Mr. Arnold Bates, Beverly Hills, Kalifornien. ›Gemeinsam sind wir stark. Es tut mir leid, dass wir überhaupt getrennt waren. Lou.‹«

»Ist das ein Festtelegramm?«
»Wie bitte?«
»Noch irgendwelche Weihnachtsgrüße?«
»›Fröhliche Weihnachten, Arn‹«, sagt sie. »›Ich liebe dich.‹«

KAPITEL 20

Ausschnitt aus »Vorkommen von Knochentumoren bei Radium-Zifferblatt-Malerinnen« in *The Journal of Practical Cancer Research* (1931)

Fall 10: Beendete die Beschäftigung als Zifferblattmalerin bei guter Gesundheit. Keine Anämie. Keine Kiefernekrose. Heiratete und bekam ein Kind. Fünf Jahre später Schmerzen und Schwellungen im Knöchel. Dann Schmerzen im ganzen Bein und im Bereich des Fußwurzelknochens. Anämie. Zwei Spontanbrüche, einmal der Oberschenkelknochen und einmal der Schienbeinknochen. Kein Test auf Radioaktivität zu Lebzeiten. Autopsie.

E.W., weiß, weiblich, Alter achtundzwanzig Jahre, arbeitete von 1917 bis 1919 als Zifferblattmalerin. Sie heiratete, gab die Arbeit als Zifferblattmalerin auf und bekam im Jahr darauf ein Kind.

Nach der Geburt ihres Kindes 1920 wurde eine

Anämie festgestellt. Dies wurde der Schwangerschaft zugeschrieben, sie erhielt Leberextrakt.

1924 bekam sie Schmerzen im rechten Knöchel und begann zu hinken. Röntgenbilder zeigten keine Auffälligkeiten. Im Lauf der nächsten zwei Jahre soll sie, Berichten zufolge, zudem Schmerzen im gesamten Bein und gelegentlich in der linken Hüfte verspürt haben. Im Dezember 1925 erlitt sie beim Hinabsteigen einer Verandatreppe einen Spontanbruch im Oberschenkelknochen, direkt über dem rechten Knie. Zur festen Kallusbildung musste die Patientin zwölf Wochen lang Gips tragen. Im Frühjahr 1926 verschlimmerte sich der Schmerz im Knöchel und im Fuß, und es zeigte sich eine Schwellung über dem Fußwurzelknochen.

Sie litt unter Ohnmachtsanfällen und Gewichtsverlust, der Hausarzt Dr. A. G. Glass bestätigte die frühere Diagnose einer Anämie. Zur Behandlung verschrieb er Parson's Stärkungstropfen, ein patentgeschütztes Arzneimittel mit Radiumwasser.

Ein weiterer Spontanbruch des Schienbeinknochens im Mai 1926 wurde nicht behandelt. Die Fraktur hatte sich verschoben und erforderte, als Dr. Barro Robinson sie entdeckte, eine Wiedereinrichtung per Operation. Dabei wurde ein Tumor am Schienbein entdeckt, nahe der Bruchstelle. Große Teile des Tumorgewebes wurden entfernt und untersucht, festgestellt wurde ein schnell wachsender Knochentumor.

Ein Röntgenapparat stand nicht zur Verfügung, aber bei einer Tastuntersuchung entdeckte Dr. Robinson am linken Becken der Patientin ein Gewächs, das bis in den Bauchraum reichte. Er berichtete, sie sei abgemagert gewesen und habe leichtes Fieber gehabt.

Im Verlauf der folgenden Woche entwickelte die Patientin starke Atembeschwerden. Sie bekam kaum noch Luft und die Schmerzen wurden schlimmer. Sie erhielt regelmäßige Morphiumgaben, eine Operation zur Entfernung des Tumors am Becken stand zur Debatte. Der Tod trat am 7. Juni 1926 ein, fast sieben Jahre, nachdem die Patientin ihre Tätigkeit in der Zifferblattfabrik aufgegeben hatte.

AUTOPSIE, vorgenommen von Dr. Barro Robinson, Kreisarzt im Clark County, Nevada: Die Autopsie bestätigte einen großen Tumor an der Hüfte, mit einem Durchmesser von etwa 15 Zentimetern. Ein weiteres kleines Sarkom wurde am unteren Ende des rechten Schienbeinknochens entdeckt. Der Oberschenkel- und Schienbeinknochen sowie der Fußwurzelknochen der rechten Seite wiesen Anzeichen strahlenbedingter Knochenentzündung auf.

HISTOLOGISCHE UNTERSUCHUNG: Proben des Tumors an der Hüfte zeigten einen stark zellulären, schnell wachsenden Knochentumor. Proben des rechten Beckenknochens wiesen blutbildendes Knochenmark vom megaloblastären Typ mit vielen unreifen Zellen auf.

EINSCHÄTZUNG DER RADIOAKTIVITÄT: Wurde in diesem Fall nicht vollständig vorgenommen. Von der Qualität her sind die Knochen radioaktiv.

ANMERKUNG: Ein Gerät zur Messung der radioaktiven Strahlung war nicht vorhanden. Allerdings hatte Dr. Barro Robinson zuvor bereits Minenarbeiter behandelt, die auf dem Colorado Plateau Radiumerz schürften. Sein histologischer Befund einer strahlenbedingten Knochenentzündung passt zur früheren Tätigkeit der Patientin, und zusammen mit dem Vorliegen von Knochentumoren liegt nahe, dass es sich um einen Fall von durch Radium hervorgerufener Krebserkrankung handelte.

◆ ◆ ◆

KANZLEI BELZER & BELZER
NEWARK, N.J.

Carl L. Wilde
18 Daniel Street
Newark, N.J.

15. November 1926

Sehr geehrter Mr. Wilde,
bezüglich Ihrer Anfrage muss ich Ihnen mitteilen, dass die Verjährungsfrist bereits verstrichen ist, und zwar zwischen dem Zeitpunkt, als Ihre verstorbene Gattin die Tätigkeit in der Zifferblattfabrik beendete, und dem Zeitpunkt der Diagnose. Allerdings gibt es Präzedenzfälle, die wir zu unseren Gunsten einsetzen können. In den jüngsten Fällen von Marguerite Carlough, Sarah Maillefer und Hazel Kuser (Sie haben über diese Klagen gegen U.S. Radium vielleicht in den Zeitungen gelesen) wurde argumentiert, dass die Verjährungsfrist nicht bereits mit der Entlassung beginnen sollte, sondern erst dann, wenn Symptome auftreten oder eine Diagnose gestellt wird.

Sie sagen, Dr. Martland habe den Fall Ihrer Gattin geprüft. Sein Ruf als Fachmann für derartige Fälle dürfte für unsere Klage hilfreich sein. Besitzen Sie Kopien von Mrs. Wildes Arbeitsakten und den Krankenakten, die im Zusammenhang mit der Radiumvergiftung stehen? Wurde eine Autopsie vorgenommen?
Hochachtungsvoll
Harold Belzer, Jr., Esq.

◆ ◆ ◆

Weiterer Prozess gegen
Radium Corporation

ANWALT AUS NEWARK VERLANGT AUSGLEICHSZAHLUNG FÜR FAMILIE VON VERSTORBENER ZIFFERBLATTMALERIN

TOD DURCH RADIOAKTIVE FARBE

Witwer: Meine Frau wurde
jahrelang falsch diagnostiziert

Die Anwaltskanzlei Belzer & Belzer aus Newark kündigte gestern an, die United States Radium Corporation auf Zahlung von $15000 zu verklagen. Grund ist der Tod von Mrs. Ethel Wilde, die starb, nachdem sie in deren Fabrik in Orange, N.J., Uhrenzifferblätter mit Leuchtfarbe bemalt hatte. Die Rechtsanwälte führen an, Mrs. Wildes Tod sei Folge einer Radiumvergiftung durch die radioaktiven Substanzen in der Leuchtfarbe gewesen. Die Zifferblattmalerinnen waren angewiesen worden, die Pinsel mit dem Mund zu befeuchten, wodurch sie täglich gewisse Mengen an Radium und Actinium schluckten. Wie die Rechtsanwälte angeben, habe man den Frauen nichts von dem Risiko gesagt, sondern behauptet, die Leuchtfarbe verleihe ihrer Haut einen gesunden Schimmer.

Mr. Carl L. Wilde aus Newark, N.J., der Witwer von Ethel Wilde, strengt den jüngsten Prozess gegen die Firma an. Er gibt an, seine Frau sei in den letzten Jahren bei verschiedenen Ärzten gewesen, die Anämie und Rheumatismus feststellten, ehe der Arzt Dr. Barro Robinson aus Clark County, Nevada, die verschiedenen Symptome und Tumore der Patientin als Radiumvergiftung erkannte. Für Mrs. Wilde kam die Diagnose zu spät.

Dieser Prozess folgt dicht auf die kürzlichen Klagen der Familien von drei ehemaligen Zifferblattmalerinnen, Miss Marguerite Carlough, Mrs. Sarah Maillefer und Mrs. Hazel Kuser. Dr. Harrison S. Martland, Arzt im Essex County und Chefpathologe des Newark City Hospital, ist zuständig für die klinische Untersuchung von betroffenen Zifferblattmalerinnen.

In den drei vorhergehenden Fällen wurden vor einiger Zeit außergerichtliche Vergleiche geschlossen.

◆ ◆ ◆

Carl Wilde
18 Daniel Street
Newark, N.J.

12. Januar 1927

Lieber Carl,
sogar hier bei uns habe ich über den Prozess gelesen. Es ist lächerlich, dass es darüber überhaupt eine Auseinandersetzung gibt. In letzter Zeit habe ich alles über Radium gelesen, was ich in die Finger bekommen konnte. Aus dem Kostümfundus habe ich mir eine Brille besorgt, um in der Bibliothek der medizinischen Fakultät Zeitschriften durchsehen zu können. Alle Autoren sagen (oder haben gesagt), dass Radium ein schreckliches Zeug ist, das, wenn man es ständig futtert, im Körper entsetzliche Verheerungen anrichtet. Ich habe so viele Beweise, dass ich jederzeit eine Reihe von Fachleuten präsentieren könnte, die von hier bis New Jersey reicht.

Ich wünschte, ich hätte das alles schon vor Jahren gelesen. Ich wünschte, ich hätte es gewusst, ehe ich mit dieser Stellenanzeige der Uhrenfabrik an Ethels Tür klopfte und fröhlich fragte: »Na, was hältst du davon, Eth?« All diese leidvollen Jahre, die ich ihr hätte ersparen können. All die Jahre, die ich dir und A.L. hätte ersparen können. Carl, trotz allem, was geschehen ist, und obwohl es nichts mehr ändert, es tut mir leid.

Mit aufrichtigen Grüßen
Florrie

◆ ◆ ◆

Ausschnitt aus »Wilde vs. United States Radium Corporation«

Der Kläger, Ehegatte der Verstorbenen, hat, in seiner Eigenschaft als Generalbevollmächtigter und Nachlassverwalter, ein Gerichtsverfahren anhängig gemacht bezüglich der Schäden, die durch die der Verstorbenen zugefügten Verletzungen und ihren daraus folgenden Tod am 7. Juni 1926 entstanden sind.

Ethel D. Wilde, vertreten durch den Kläger und verstorben ohne Testament, war von der Beklagten, der United States Radium Corporation, vom 9. September 1917 bis zum 14. März 1919 angestellt gewesen, um Uhrenzifferblätter mit einer Leuchtfarbe zu bemalen. Diese Farbe enthielt unlösliche Radium- und Actiniumsulfate in einer Mischung von 1 Teil radioaktivem Sulfat auf 40 000 Teile Farbe. Die Verstorbene arbeitete 5 Tage in der Woche, bemalte durchschnittlich 250 Zifferblätter pro Tag und spitzte nach jeder der vierzehn Ziffern (1–12, die 6 wurde nicht gemalt) den Pinsel mit den Lippen an. Wenn sie pro Ziffer durchschnittlich 1 mg Farbe ableckte, so nahm die Verstorbene bei 250 Zifferblättern pro Tag und 5 Tagen in der Woche in den 18 Monaten ihrer Anstellung rund 34 000 Mikrogramm Radium auf. Bereits 2 Mikrogramm Radium, in den Knochen festgesetzt, haben sich als tödlich erwiesen.

Während die Verstorbene bei der Beklagten angestellt war, wurden keinerlei Maßnahmen unternommen, um die Zifferblattmalerinnen zu warnen oder sie vor der Belastung durch das Radium in der Farbe und der in der Luft der Fabrikräume vorhandenen Strahlung zu schützen.

◆ ◆ ◆

Carl Wilde
18 Daniel Street
Newark, N.J.

11. April 1927

Lieber Carl,
als ich heute Abend die Zeitung gelesen habe, konnte ich es gar nicht glauben. Der Prozess ist schon wieder verschoben worden? Also wirklich, sie sind herzlos.

Aber während sich das so hinzieht, frage ich mich doch, Carl, ob du nicht eigentlich schon gewonnen hast. Du hast Ethels Namen in die Zeitungen gebracht. Du hast es geschafft, dass U.S. Radium mit dem Rücken zur Wand steht. Du hast es geschafft, dass die Leute im ganzen Land lesen, wie ein weiterer David sich gegen diesen großen Goliath zur Wehr setzt. Solche Geschichten sind es, die den Menschen Mut machen. Solche Geschichten sind es, über die ich schreibe.

Übrigens, hast du Der Dichter und der Dieb *gesehen? Ich war eine aus der »schweigenden Masse«, die daran mitgearbeitet hat. Im Abspann steht natürlich nichts davon, aber ich habe bei der Arbeit an diesem Drehbuch eine Menge Farbbänder verbraucht.*

Was hält eigentlich A.L. von all dem? Weiß sie, was da im Gerichtssaal verhandelt wird?

Mit herzlichen Grüßen
Florrie

◆ ◆ ◆

UNITED STATES RADIUM CORPORATION	
Nr. 10166	Orange, N.J., 23. Sept. 1927
ZAHLEN SIE GEGEN DIESEN SCHECK AN	Carl L. Wilde $ 1000.00
--- Eintausend ---	DOLLAR

◆ ◆ ◆

Carl Wilde
18 Daniel Street
Newark, N.J.

15. Oktober 1927

Lieber Carl,
investieren? Wer bist du, J.D. Rockefeller? Ich bleibe strikt bei der Schuhschachtel unter dem Bett (es ist eine Buster-Brown-Schachtel, die nie mehr als einen Dollar vierzig enthält). Eine Bank habe ich noch nie betreten. Investieren Leute wie wir überhaupt?

Aber es ist ja wohl wirklich eine riesige Summe (wenn man den Zeitungen glauben kann; Genaueres muss ich gar nicht wissen.) Aber Eth wäre glücklich, wirklich, ganz bestimmt. Wenn sie wüsste, dass A.L. aufs College gehen oder reisen kann, oder was immer sie sonst gern tun möchte. Was du auch beschließt, das solltest du wissen.

Von Herzen
Florrie

◆ ◆ ◆

NATIONAL BANK OF NEWARK NEWARK, N.J. HINTERLEGT VON C. L. Wilde		
NEWARK, N. J. 23. Oktober 1927		
BITTE JEDEN SCHECK EINZELN AUFFÜHREN		
WÄHRUNG		
GOLD		
SILBER		
SCHECKS		
U.S. Radium Corp.	1000	00
GESAMT $	1000.00	

◆ ◆ ◆

BÖRSE IM STURZFLUG –
MILLIARDENVERLUSTE

Panikverkäufe lassen Börsenkurse abstürzen

WALL STREET UNTER SCHOCK

Börsenwerte auf historischem Tiefstand

◆ ◆ ◆

NATIONAL BANK OF NEWARK

NEWARK, N.J.
HINTERLEGT VON
C. L. Wilde

NEWARK, N. J. 30. Oktober 1929		
WÄHRUNG	1000	00
GOLD		
SILBER		
GESAMT $	1000.00	

◆ ◆ ◆

METZGEREI RICHTET ESSENSAUSGABE EIN

Suppenküche im Hinterhof versorgt die Nachbarn

Die ortsansässigen Metzger Carl Wilde und Henry Perry bieten Hilfe an. Nichts soll in ihrer Metzgerei verschwendet werden, wenn so viele Bewohner unserer Stadt unter der Depression leiden. Nach jedem Verkaufstag werden die Fleischreste zu einer Suppe verarbeitet und an jeden hilfsbedürftigen Bewohner ausgegeben, der einen Suppenteller mitbringt.

Für diese Unternehmung haben Mr. Wilde und Mr. Perry die Unterstützung der gesamten Nachbarschaft gewonnen. Sie stellen das Fleisch zur Verfügung, andere Händler aus der Gegend steuern ebenfalls ihre übrig gebliebenen Lebensmittel und Dosenware bei. »Steinsuppe« nennt das Mr. Wild, nach einer Geschichte, die er seiner Tochter vorliest. »Jeder gibt ein bisschen etwas, und zusammen ergibt das sehr viel.«

Die beiden Männer, die als Soldaten im letzten Krieg dienten, eröffneten gemeinsam die Metzgerei nach ihrer Entlassung aus der Armee.

◆ ◆ ◆

Carl Wilde
18 Daniel Street
Newark, N.J.

12. September 1930

Lieber Carl,
hier läuft alles prächtig! Na ja, so prächtig, wie es eben laufen kann, wenn man nicht mehr als ein paar Cent in der Tasche hat. Aber das ist L.A., wo sich ein Mädel mit Donuts und einem Lächeln durchschlagen kann.

Ich habe jetzt eine Zimmergenossin, eine Sängerin namens Paulette. Sie hat eine seidenweiche Stimme und besitzt einen Zylinder. Ich habe sie in einer der Flüsterkneipen in der Nähe kennengelernt. Sie stand auf der Bühne und zunächst dachte ich, sie wäre ein junger Mann. Aber Hollywood ist doch immer wieder für eine Überraschung gut!

Hast du Rose bei Sonnenuntergang *gesehen? Sie haben meinen Namen falsch geschrieben, aber er steht im Abspann!*

Von Herzen
Florrie

◆ ◆ ◆

Sehr geehrter Mr. Wild,
ich danke Ihnen, dass Sie mich heute Morgen aufgesucht haben. Beiliegend finden Sie Anna Louisas Noten aus dem laufenden Schuljahr. Wie Sie dem Bericht entnehmen können, ist sie eine sehr gute Schülerin, aber ihr Benehmen in der Klasse entspricht in keiner Weise dem Standard unserer Schule. Sogar heute, im Anschluss an unser Gespräch, kam es zu einem weiteren Vorfall. Als Miss Flanigan das Klassen-

zimmer kurz verließ, nutzte Anna Louisa die Gelegenheit und vollführte einen Stepptanz auf dem Lehrerpult. Ein solches Verhalten kann nicht geduldet werden. Sollte so etwas noch einmal vorkommen, wären wir gezwungen, Sie zu bitten, für Ihre Tochter eine andere Lehranstalt zu suchen.

Hochachtungsvoll
Mr. Peter Ball, Direktor
McCall Street Elementary School

◆ ◆ ◆

Carl Wilde
18 Daniel Street
Newark, N.J.

1. August 1932

Lieber C.,
nur ein schnelles Briefchen, um dir meine neue Adresse zukommen zu lassen. Ich bin endlich aus dem Hollywood Studio Club ausgezogen! Jetzt lebe ich in einem winzigen Apartment mit einer neuen Wohngenossin, einer Chorsängerin namens Lorelei. Sie stammt aus Iowa. Bis wir uns kennenlernten, wusste ich nicht, dass es tatsächlich Menschen gibt, die aus Iowa kommen.

Ich will nicht wie ein völliger Tollpatsch wirken und versuche, mir das Kochen beizubringen. Hast du vielleicht eines von Eths alten Kochbüchern, das du mir schicken könntest? Sie hat immer gesagt, mit einer Krokette könnte einfach jeder Eindruck schinden.

F.

AUS DER KÜCHE VON E.W.:

Hühnerkroketten

2 Tassen klein geschnittenes, gekochtes Hühnerfleisch
1 kleine gehackte Zwiebel
½ TL Selleriesalz
¼ TL Pfeffer
1-2 Tassen dicke weiße Soße
zerbröselte Cracker
1 Ei, geschlagen

Das Hühnerfleisch mit der gehackten Zwiebel mischen. Mit Selleriesalz und Pfeffer würzen. So viel weiße Soße unterrühren, bis sich eine feste Masse bildet. In gleich große Portionen aufteilen, mindestens 2 Esslöffel für jede Krokette. In Zylinderform bringen. Jede Krokette erst in den Bröseln wälzen, dann im geschlagenen Ei und schließlich erneut in den Bröseln. In viel heißem Fett frittieren, bis sie goldbraun sind. Mit einem Klacks weißer Soße servieren.

◆ ◆ ◆

NEWARK ARTS HIGH SCHOOL
NEWARK, N.J.

Anna Louisa Wilde
18 Daniel Street
Newark, N.J.

15. Juni 1933

Sehr geehrte Miss Wilde,
wir freuen uns, Sie im kommenden Schuljahr an der Newark Arts High School als Schülerin begrüßen zu dürfen. In einem nachfolgenden Schreiben erhalten Sie Informationen zu den Kosten, der Anmeldung und den notwendigen Unterrichtsmaterialien.

Hochachtungsvoll
Mr. A.G. Hathaway

◆ ◆ ◆

Carl Wilde
18 Daniel Street
Newark, N.J.

15. November 1933

Lieber Carl,
ich schicke dir meine neue Adresse. Ich bin schon wieder umgezogen, in ein Apartment, das ein paar Zentimeter größer ist als das letzte. Die Mitbewohnerin heißt Betty und arbeitet als Zigarettenverkäuferin im Cocoanut-Grove-Nachtklub. Sie kann kochen, also ist jetzt Schluss mit den angebrannten Kroketten.

Hier ist es viel ruhiger als im Hollywood Studio Club, und wenn Betty am Abend in der Arbeit ist, komme ich auch mal dazu, an meinen eigenen Sachen zu schreiben. Noch immer habe ich es nicht geschafft, dass jemand aus dem Studio wenigstens mal einen kurzen Blick auf eines meiner Drehbücher wirft, aber sie haben mir die erste Fassung einer Adaption anvertraut. Es geht um Paula Fredricks' Roman Schleier der Einsamkeit. Hast du ihn gelesen? Ich hoffe nicht, denn es ist ein schreckliches Gesülze. Aber derzeit ist es eben MEIN schreckliches Gesülze, und ich bin fest entschlossen, daraus etwas zu machen, wofür die Leute ein paar Cent an der Kinokasse ausgeben wollen. Die Heldin ist ein bisschen fade, aber ich werde ihr etwas mehr Rückgrat geben. Joan Crawford? Vielleicht.

Florrie

◆ ◆ ◆

HAROLD J.R. PRINGLE, M.D.
NEW YORK, N.Y.

Carl L. Wilde
18 Daniel Street
Newark, N.J.

15. Juni 1934

Betrifft: Anna Louisa Wilde

Sehr geehrter Mr. Wilde,

vom Labor habe ich die Ergebnisse der Gewebeproben erhalten und sie geprüft, zusammen mit den Proben, die bei der klinischen Untersuchung Ihrer Tochter entnommen wurden. Ich bin zu dem Schluss gekommen, dass bei Anna Louisa keinerlei Anzeichen der Krankheit ihrer Mutter zu finden sind. In ihrem Körper konnte keine Strahlung festgestellt werden, Röntgenaufnahmen zeigen eine normale Knochenstruktur. Zwar weist sie eine leichte Anämie auf, aber die Werte sind für ein vierzehnjähriges Mädchen im normalen Rahmen. Ansonsten ist sie von guter Gesundheit. Für ihr Alter ist sie groß, hat gute Reflexe und einen starken Pulsschlag. Für die Gliederschmerzen, die Sie erwähnt haben, kann ich keine medizinische Ursache finden, daher vermute ich, dass sie, entsprechend ihrem Alter und ihrer körperlichen Aktivität, auf das Wachstum und das Training zurückzuführen sind.

Bitte setzen Sie sich mit meiner Praxis in Verbindung, falls Sie noch Fragen haben, aber ich versichere Ihnen, Sie müssen sich derzeit um die Gesundheit Ihrer Tochter keine Sorgen machen. Sie ist eine gesunde Jugendliche im Wachstum.

Hochachtungsvoll

Dr. H.J.R. Pringle

◆ ◆ ◆

Carl Wilde
18 Daniel Street
Newark, N.J.

12. Dezember 1934

Lieber Carl,

falls du den Abspann von Schleier der Einsamkeit *gesehen hast, mein Drehbuch wurde verworfen. Ich habe jetzt den Auftrag bekommen, ausgerechnet* Miss Ogilvy *zu adaptieren.*

Ich frage mich, ob sie eigentlich wussten, wem sie diese Geschichte anvertrauen. Der Roman ist von Radclyffe Hall. Ich habe ihn mir am Tag seines Erscheinens gekauft, noch am selben Abend gelesen und mich in den Schlaf geweint. Vielleicht wussten sie es und dachten, ich könnte diese Tränen, diese Einsamkeit, diese aufgestaute Enttäuschung in das Drehbuch einbringen.

Meine derzeitige Mitbewohnerin Evangeline ist ebenfalls Autorin. Ich dachte, dann hätten wir mehr gemeinsam. Meine letzten Mitbewohnerinnen hatten nicht viel mehr zu bieten als ein hübsches Gesicht. Aber als ich Evangeline eine Seite von dem, woran ich gerade arbeitete, zeigte, sagte sie nur: »Das Leben ist schon traurig genug, da brauchen wir nicht auch noch solche Storys.«

Wenn es dich nicht gäbe, weiß ich nicht, ob ich überhaupt mit jemandem reden könnte.

Florrie

◆ ◆ ◆

Der erste Jahrgang der
Newark Arts High School
präsentiert

EIN MITTSOMMERNACHTSTRAUM

Die Darsteller (in alphabetischer Reihenfolge)

Miss Kate Barnes
Mr. Chester Floyd
Mr. Ulrich Pennbottom
Miss Gladys Woods

In den Nebenrollen (in alphabetischer Reihenfolge)

Mr. Augustus Buck
Miss Doris Ann Streeter
Mr. Francis Tillis
Miss Elizabeth Yates

Außerdem spielen mit (in alphabetischer Reihenfolge)

Miss Vera Jean Blaine
Miss Aldona Finklestein
Miss Penelope Gainor
Miss Hazel Gibbs
Mr. Archibald Knute
Miss Ruth Prescott
Mr. Trent Valentine
Miss Anna Louisa Wilde

Carl Wilde
18 Daniel Street
Newark, N.J.

15. Mai 1935

Lieber Carl,
ich habe die Nase voll von zeitweiligen Arrangements, ständig wechselnden Mitbewohnerinnen und billigen, vollgestopften Apartments. Mir ist, als hätte ich mein ganzes Leben lang auf etwas Dauerhaftes gewartet. Was die ersten beiden Dinge angeht, so habe ich es noch nicht gefunden, aber das Letzte schon. Carl, ich habe mir eine Wohnung gekauft! Sie ist nicht groß, aber neu und sonnig und mit leuchtenden Bougainvilleen vor den Fenstern. Und vor allem: Sie gehört mir!

Für die Wohnung muss ich Miss Ogilvy *danken, der armen, traurigen »William« Ogilvy. Hast du den Film inzwischen gesehen? Natürlich wurde er bereinigt und den ungeschriebenen Produktionsregeln angepasst (ein ahnungsloser Zuschauer sieht in ihr nichts anderes als eine junge, burschikose Frau mit kurz geschnittenen Haaren), aber ich habe mein Bestes getan. Natürlich musste ich immer wieder heulen, während ich an dem Drehbuch arbeitete, schließlich weiß ich, wie sich ein solches Mädchen fühlt, eben wie am anderen Ufer. Ich habe mich bemüht, der Geschichte eine Prise Hoffnung zu geben. Denn das, C., brauchen wir doch, Leute wie du und ich, oder? Dauerhaftigkeit, Hoffnung und das Gefühl, irgendwo dazuzugehören.*

Mit den allerherzlichsten Grüßen
Florrie

◆ ◆ ◆

Der zweite Jahrgang der
Newark Arts High School
präsentiert

VIEL LÄRM UM NICHTS

Die Darsteller (in alphabetischer Reihenfolge)

Mr. Chester Floyd
Miss Doris Ann Streeter
Mr. Francis Tillis
Miss Gladys Woods

In den Nebenrollen (in alphabetischer Reihenfolge)

Miss Kate Barnes
Mr. Augustus Buck
Mr. Ulrich Pennbottom
Miss Anna Louisa Wilde

Außerdem spielen mit (in alphabetischer Reihenfolge)

Miss Vera Jean Blaine
Miss Aldona Finklestein
Miss Penelope Gainor
Miss Hazel Gibbs
Mr. Archibald Knute
Miss Ruth Prescott
Mr. Trent Valentine
Miss Elizabeth Yates

Carl Wilde
18 Daniel Street
Newark, N.J.

1. Juli 1936

Lieber Carl,
hier läuft alles bestens. Ich habe einen neuen Schreibtisch bekommen und auch ein neues Gehalt. Sicher hat niemand erwartet, dass Miss Ogilvy *ein so großer Erfolg wird. Während der Arbeit am Drehbuch dachte ich noch, es würde ein ganz stiller Film.*

Gerade arbeite ich an einer Adaption von Elizabeth Cromwells So ist die Liebe. *Der Roman ist eine einzige Abfolge von hübsch beschriebenen Cocktailkleidern, aber die Dialoge sind klug, und im ganzen Text findet sich nicht ein einziger alleinstehender, einsamer Mann. Tut mir leid, wenn ich dich entäusche …*

Mit den allerherzlichsten Grüßen
Florrie

◆ ◆ ◆

Der dritte Jahrgang der
Newark Arts High School
präsentiert

DER WIDERSPENSTIGEN ZÄHMUNG

Die Darsteller (in alphabetischer Reihenfolge)

Mr. Chester Floyd
Miss Doris Ann Streeter
Mr. Francis Tillis
Miss Anna Louisa Wilde

In den Nebenrollen (in alphabetischer Reihenfolge)

Miss Aldona Finklestein
Mr. Ulrich Pennbottom
Mr. Trent Valentine
Miss Gladys Woods

Außerdem spielen mit (in alphabetischer Reihenfolge)

Miss Kate Barnes
Miss Vera Jean Blaine
Mr. Augustus Buck
Miss Penelope Gainor
Miss Hazel Gibbs
Mr. Archibald Knute
Miss Ruth Prescott
Miss Elizabeth Yates

Carl Wilde
18 Daniel Street
Newark, N.J.

7. Februar 1937

Lieber Carl,
es macht mich wütend, Dich so voller Zweifel zu sehen. Natürlich fühlst Du dich sehr verletzlich, und das ist auch Dein gutes Recht. Schau Dir die Welt doch an. Wie könnten wir uns anders fühlen? Schließlich bleiben wir ewige Außenseiter, nie können wir jemandem gegenüber offen sein, manchmal nicht einmal uns selbst gegenüber.

Aber vielleicht geht es Dir und mir besser als den meisten von uns. Ich lebe hier in Hollywood, umgeben von meinen Freunden und meiner Arbeit, und Du lebst dort mit Hank. Wir haben Menschen, die uns glücklich machen. Und, weißt Du, wir haben auch einander. Alte Freunde sind wie alter Wein, sie werden immer besser. Dreitausend Meilen sind für den U.S.-Postdienst doch ein Klacks.

Immer die Deine

F.

◆ ◆ ◆

Newark Arts High School

Diese Urkunde bestätigt, dass

Anna Louisa Wilde

den vom Bildungsministerium festgelegten
Studiengang auf der Newark Arts High School
erfolgreich abgeschlossen hat und dafür ein

Diplom

erhält.

Überreicht im Auftrag des Bildungsministeriums
des Essex County und für die Newark Arts High School,
Newark, New Jersey

am vierten Tag im Juni 1938

◆ ◆ ◆

Carl Wilde
18 Daniel Street
Newark, N.J.

12. August 1938

Lieber Carl,
ich weiß. Ich vermisse sie selbst jeden Tag. Aber Du darfst A.L. dafür nicht die Schuld geben. Sie hat das gesagt, weil sie Eth kaum kannte. An was, das vor deinem sechsten Lebensjahr geschah, kannst Du Dich denn noch erinnern? Ich mache mir um A.L. keine Sorgen. Sie ist jung und vielleicht ein bisschen rebel-

lisch, aber sie wird ihre Mutter immer lieben. Und auch Dich, mein lieber Freund, wird sie immer lieben.

In Liebe

F.

◆ ◆ ◆

WESTERN
UNION

NEWARK NJ
1 OKT 1938 21:45

FLORENCE DANIELS=
BLAUE ENGEL APARTMENTS HOLLYWOOD CALIF=

4 OKT 18:49 GREYHOUND BUSBAHNHOF=
SAG MIR BESCHEID WENN SIE ANGEKOMMEN IST=
SOLANGE SIE UNTERWEGS IST WERDE ICH MIR SORGEN MACHEN=

C.

KAPITEL 21

1952

Die Dunkelheit ist bereits hereingebrochen, als Louise Newark erreicht. Heiligabend. Es hat begonnen zu schneien, schwere, träge Flocken sprenkeln ihre Windschutzscheibe. Als sie in das Viertel kommt, wo ihr Vater wohnt, sind die Häuser und Straßen mit frischem Schnee bedeckt. Obwohl sie in Newark noch nie mit dem Auto unterwegs war, findet sie sich von selbst zurecht. Diese Straße hier fühlt sich an wie ein knirschender Fahrradsattel aus Leder, die da schmeckt nach Eis am Stiel und die wie das Wasser, das aus einem Hydranten spritzt. Mit jeder Querstraße rutscht sie ein Jahr weiter zurück in der Zeit. Als sie vor dem Haus ihres Vaters parkt, ist sie wieder Anna Louisa.

Eine Stechpalmengirlande aus Plastik, gekrönt von einer mächtigen roten Schleife, umrahmt die Eingangstür. Durch das Fenster in der Tür sieht sie einen prächtigen Weihnachtsbaum, geschmückt mit bunten Lichtern, einer Lamettagirlande, silbernen Glasperlenketten und jeder Menge Weihnachtsschmuck. Das Fenster hat Spalten am Rand, und sie kann das Klavier ihres Vaters hören, jemand spielt »Stille Nacht«.

Der Weg durch den Vorgarten wurde vor Kurzem freigeschaufelt, aber jetzt liegt dort schon wieder eine Schneeschicht. Als Kind war das immer ihre Aufgabe. Schneeschaufeln. Mittendrin ließ sie sich immer von den Schneehaufen auf beiden Seiten des Weges ablenken, die geradezu danach bettelten, dass jemand hineinsprang. Dann musste sie auch noch Schneeengel machen, auf die Schneeengel folgten Schneebälle und schließlich der unausweichliche Schneemann.

Louise ist abgelenkt und übersieht die Eisplatte auf dem Weg. Ihr Koffer trägt zwar keinen Schaden davon, wohl aber ihr Ego. Glücklicherweise ist das aber alles. Eigentlich hatte sie nicht vor, die schneebedeckte Wiese so gründlich zu untersuchen, tut es nun aber doch. Sie rappelt sich auf und schüttelt kniend den Schnee von ihrem Mantel.

Die Eingangstür öffnet sich. »Al?«

»Daddy!« Sie steht auf und wischt sich den Schnee von den Knien ihrer schwarzen Hose.

Zerknittert und etwas verwirrt steht er auf der Schwelle, er sieht aus, als hätte sie ihn aus einem Nickerchen mit dem *Reader's Digest* vom Sofa geholt. Er wirkt älter, als sie ihn in Erinnerung hat. Seine Haare sind grauer geworden. Er hat eine Lesebrille über die Stirn geschoben. In seiner tannengrünen Wolljacke sieht er aus wie ein zerstreuter Professor. »Was machst du denn da draußen?«

Sie antwortet mit einem Schneeball und trifft den Türrahmen.

»He!« Er wischt sich ein paar weiße Schneereste von der Schulter. »Das ist nicht fair!«

»Tut mir leid«, sagt sie ohne Überzeugung.

Er beugt sich vor und kratzt schnell selbst einen Schneeball zusammen. »Das glaube ich dir nicht.« Ohne im Mindesten zu zielen, wirft er den Schneeball. Louise bleibt ungerührt stehen, während die weiße Kugel in einem nahen Busch landet.

Die Klaviermusik hört auf. »Ist das Ann?« Hank kommt aus dem Wohnzimmer und späht über den Kopf ihres Vaters hinweg. Er war schon immer so groß und schlaksig wie ein Storch und hatte dünnes Haar. Jetzt ist er vollständig kahl.

»Hallo, Onkel Hank.« Louise wirft einen weiteren Schneeball von einer Hand zur anderen. »Dad und ich spielen ein bisschen.«

»Spielen? Das war ein Hinterhalt!«, sagt ihr Vater grinsend. Von einem Haken hinter der Tür nimmt er seinen Wollmantel. Die schwarze Pelzmütze, die er aus der Tasche zieht, kennt sie noch aus ihrer Jugend. »Jetzt bist du fällig.«

Die Schneeballschlacht ist kurz und voller Gelächter. Hank bringt ihnen zwei Paar Handschuhe. Das Paar, das er Louise reicht, ist ihr zu groß und riecht nach dem Aqua Velva, das er immer schon trägt. Sie schlüpft hinein und hilft ihrem Vater dabei, die untere Kugel eines Schneemanns zu rollen.

»Warum ist Arnie diesmal nicht mitgekommen?«, fragt ihr Vater, während er die Kugel weiterschiebt. Sie ist noch nicht größer als eine Wassermelone. »Ist ganz schön lang her, seit ich ihn zum letzten Mal gesehen habe.«

Louise versucht ein Ablenkungsmanöver. »Weil du dich weigerst, uns in L.A. zu besuchen.«

»Nach all diesen Abstürzen? Mich bekommst du in kein Flugzeug.« Er hält inne, als die Kugel ihm bis zur halben Höhe der Schienbeine reicht.

»Dann musst du dir eben ein Auto anschaffen, um mich

zu besuchen.« Sie nickt zu dem Champ hinüber, der in der Einfahrt steht.

»Da ist es doch viel einfacher, am Telefon so lange herumzujammern, bis du nachgibst und nach New Jersey kommst.«

Sie weiß, dass er nur Spaß macht, aber sie legt die Hand auf seine. »Tut mir leid, dass es diesmal so lange gedauert hat.«

Mit einem lauten Schniefen drückt er ihr die Hand. »Bei dieser Kälte läuft mir immer die Nase.« Er zieht einen Handschuh aus und sucht in seiner Manteltasche nach einem Taschentuch. »Du hast meine Frage wegen Arnie nicht beantwortet. Konnte er nicht mitkommen? Es ist doch Weihnachten.«

Weihnachten in dem kleinen Haus am Rodeo Drive, das bedeutet Bing-Crosby-Platten, Lichterketten, Tom-und-Jerry-Filme und englisch gebratene Steaks. Aber sie sagt: »Ach, das hat in Hollywood nicht viel Bedeutung.« Sie bemüht sich um einen flapsigen Tonfall. »Man sagt zwar ›Glitzerstadt‹, aber mit Weihnachten hat das nichts zu tun. Der einzige Tag, an dem wir freibekommen, ist Cecil B. DeMilles Geburtstag.«

Klugerweise fragt er nicht nach, warum sie dann eine ganze Woche Zeit hatte, um durch die Vereinigten Staaten zu fahren. »Dann hat Arnie wohl viel Arbeit.« Er macht sich daran, eine weitere Schneekugel zu rollen.

Selbst als Arnie noch arbeitete, gab es zwischen ihnen eine Absprache: zwischen Weihnachten und Neujahr nichts als Bücher und Pantoffeln und Nickerchen am späten Nachmittag. »Schrecklich viel Arbeit.«

Ihr Vater löst sich von seiner Kugel. »Al.« Er legt Louise

eine behandschuhte Hand unter das Kinn und hebt ihr Gesicht an. »Hör doch auf, dir um deinen Text Sorgen zu machen. Für das Leben gibt es kein Drehbuch, mein Mädchen.«

»Das sollte es aber«, beharrt sie.

»Nichts da. Keine Choreografie. Kein Arrangement. Keine Filmmusik. Du improvisierst, redest aus dem Stegreif und hoffst, dass du die richtigen Co-Stars hast.«

»Die habe ich.« Dessen war sie sich nicht ganz sicher, als sie sich in Los Angeles auf den Weg machte, aber jetzt weiß sie es genau. »Aber hat er sie auch?«

»Ich habe gesehen, wie der Junge strahlt, sobald du einen Raum betrittst.« Er gibt ihr einen Kuss auf die Stirn. »Ja, er hat sie.«

Louise klopft die Seiten der unteren Kugel glatt. »Es geht ihm nicht gut«, sagt sie schließlich. »Seit er zurückgekommen ist.«

»Das ist bei keinem so, zumindest nicht gleich.«

»Es sind jetzt drei Monate, Dad.«

»Kindchen, weißt du eigentlich, wie lange es gedauert hat, bis ich nach meiner Rückkehr aus Frankreich nachts wieder richtig schlafen konnte?«

Sie schüttelt den Kopf.

»Länger als drei Monate.« Er reibt sich den Schnee von den Handschuhen. »Soldaten bekommen meistens nicht viel Schlaf. Sie sind es nicht mehr gewöhnt, in Sicherheit zu sein, Ruhe zu haben und noch eine Menge anderer Sachen. Und ich war nicht mal ein Soldat.«

»Er stößt mich ständig weg.«

Ihr Vater runzelt die Stirn. »Und was hast du getan?«

Sie lässt sich auf die Fersen sinken. »Ich bin weggegangen.«

Eine ganze Weile lang schweigt ihr Vater. »Gehst du wieder zurück?«

»Hast du das denn getan?«, fragt sie plötzlich. »Du bist doch auch weggegangen. Diese Ranch, auf der wir vor so vielen Jahren in Nevada waren, das war eine Scheidungsranch.« Schnee schiebt sich über die Ränder ihrer Handschuhe und berührt ihr Handgelenk.

»Deine Mutter ist uns auf die Ranch gefolgt. Sie wollte sich wieder versöhnen. Stattdessen ist … Nun, sie ist dort gestorben.« Er blinzelt, weil ihm Schneeflocken in die Augen fallen. »Kannst du dich nicht mehr erinnern?«

Nein, sie weiß es nicht mehr, nicht mehr genau. Da ist nur noch die Akazie, der klebrige Strauß Schlüsselblumen, das Weinen ihres Vaters. Das unerklärliche Loch unter dem Baum. Eine Frau, die nach Djer-Kiss roch, hielt sie fest, bis sie nicht mehr weinte. »Ein wenig.« Eiskalte Schneeflocken fallen Louise in den Nacken. »Ich kann mich erinnern, wie sich eine Beerdigung anfühlt. Ich wusste nicht mehr, dass es in Nevada war.«

»Das Radium hat sie umgebracht«, sagt er. »Eine Arbeit, die sie während des Krieges ganz kurz gemacht hat. Es hat sich herausgestellt, dass sich diese ganzen Mädchen mit jedem Anlecken des Farbpinsels vergiftet haben.« Er stapelt eine zweite Schneekugel auf der ersten. »Sie haben beide dort gearbeitet, aber Ethel hat es erwischt.«

»Dad, auch Florrie ist gestorben«, erinnert sie ihn leise. »An Krebs.«

Er seufzt und fährt sich mit der Hand über den Nacken. »Dann hat sich das Radium nur Zeit gelassen.«

Louise zieht sich die Handschuhe aus, um den hineingefallenen Schnee herauszuschütteln. »Als du nach Nevada gefahren bist, wusstest du doch nicht, dass Mom sterben wird. Bitte sag mir, dass du es nicht wusstest.«

»Natürlich nicht, Al. Und als ich es erfuhr, war mir klar, dass ich das nicht machen konnte. Das mit der Scheidung.«

Louise verschränkt die Arme und schiebt ihre eisigen Hände unter die Achseln. »Dad, warum wolltest du dich eigentlich von Mom scheiden lassen?«

Die Haustür öffnet sich, gelbes Licht fällt auf die plattgetretene Wiese. Hank kommt heraus, mit einer Karotte, einer Pfeife und einem Schal für den Schneemann. Und einem weiteren Schal, den er ihrem Vater zärtlich um den Hals legt. »Ihr beiden, ich habe heißen Kakao«, sagt er.

Diese eine kleine Geste erklärt tausend andere, die sie im Lauf der Jahre übersehen hat. Diese Essen am Sonntagabend, zu denen Hank immer Zitronenmeringetorte mitbrachte und blieb, bis sie ins Bett ging. Wie die beiden Männer zusammen kochten und sich die Zeitung teilten. Die Duette, die sie eng nebeneinandersitzend auf dem Klavier spielten. Dieses eine Mal, als sie Hanks Lesebrille auf dem Nachttisch fand.

Louise sieht, wie ihr Vater sich umdreht, als er Hanks Stimme hört, und wie mitten im Schneetreiben ein Lächeln auf sein Gesicht tritt. »Perfekt«, sagt sie und meint es auch so.

Hank hilft ihnen beiden auf. »Fürs Abendessen habe ich gerade eine Fleischpastete mit Erbsen in den Ofen geschoben. Kein besonderes Essen für Heiligabend, aber dein Vater wusste nicht, wann du kommst.«

»Das hört sich herrlich an.« Sie stellt sich auf die Zehenspitzen und gibt ihm einen Kuss auf die Wange. »Ich bin froh, dass du da bist, Onkel Hank.«

Sie könnte schwören, dass der alte Mann rot wird.

Sie sind auf dem Weg ins Haus, als das Quietschen von Bremsen Louise auf der Veranda innehalten lässt. Sie dreht sich um. Ein Taxi hält am Randstein vor dem Haus ihres Vaters. »Kommt der Weihnachtsmann heutzutage schon mit dem Taxi?«, sagt sie.

Ihr Vater kratzt sich den Kopf unter der Mütze. »Hank, erwarten wir noch jemanden?«, fragt er.

Aber nicht der Weihnachtsmann steigt aus dem Taxi, sondern ihr Agent Charlie, der eine alberne Mütze mit Ohrenklappen trägt.

»Mein Agent«, erklärt sie ihrem Vater und Hank. »Er hasst die Kälte so sehr, dass er niesen muss, wenn er nur daran denkt. Was um Himmels willen tust du hier?«, ruft sie.

Charlie wirft Louise über das Dach des Taxis hinweg einen Blick zu und zündet sich eine Zigarette an. »Ich war gerade in der Gegend.«

»Lügner.«

»Na ja, ich war in New Jersey.« Er steckt das Feuerzeug zurück in die Hemdentasche. »Ich komme vorbei, um dir ein paar Weihnachtsgeschenke zu bringen.«

»Vielleicht bist du doch der Weihnachtsmann.«

»Was?«

»Vergiss es.«

Charlie geht um das Taxi herum zum Bürgersteig. »Geschenk Nummer eins, wir haben den Pot geholt.«

Sie zwinkert. »Welchen Pot?«

»Poker?«, fragt ihr Vater.

Charlie grinst. »Sozusagen. Erinnerst du dich an deine Anweisung, dass ich bluffen sollte, Lulu?«

Das Studio. Der Vertrag. »Wir … wir haben gewonnen?«

»Ein paar Kleinigkeiten müssen wir noch ausbügeln, aber ich habe dir einen neuen Vertrag besorgt.« Das sagt er fast beiläufig. »Er ist nicht perfekt, aber du bekommst Mitspracherecht beim Drehbuch und einen netten kleinen Haufen Kohle noch obendrauf.«

Sie klatscht in die Hände und wirbelt herum. »Wir haben gewonnen!« Sie gibt sowohl ihrem Vater als auch dem verblüfften Hank einen Kuss mitten auf den Mund.

»Geschenk Nummer zwei …« Vorsichtig tappt er den Weg zur Veranda herauf. »Ich habe für dich ein Drehbuch zur Durchsicht dabei. Wir gehen damit zum Studio. Es benötigt noch ein bisschen Überarbeitung, aber …«

Sie verspürt einen Anflug von Enttäuschung. »Das habe ich doch schon einmal gehört.«

Charlie hebt einen Finger. »Das Original stammt von Florence Daniels.« Er scheint es zu genießen, wie sich in ihrem Gesicht allmählich Begreifen abzeichnet. »Ich bin bei dir zu Hause vorbeigefahren, um nach deinem nichtsnutzigen Gatten zu schauen, und weißt du was? Er war schon halb fertig mit der Revision eines von Daniels' Drehbüchern.«

Hinter Louise murmelt ihr Vater: »Sie hat Drehbücher hinterlassen?«, aber Louise kann ihm nicht sofort antworten.

Stattdessen sagt sie ungläubig zu Charlie: »Er … er hat sie gelesen? Arn hat sie gelesen?«

»Er musste sich sogar von der Nachbarin ein neues Farbband für seine Schreibmaschine besorgen lassen«, verkündet Charlie und stellt einen Fuß auf die untere Stufe. »Nachdem er sich die Tinte von den Fingern gewaschen hatte, durfte ich einen Blick darauf werfen. Es handelt von zwei Freundinnen und einem Ford Model T. Wie ich schon sagte, es braucht noch ein bisschen Überarbeitung, aber …«

Diesmal ist Charlie derjenige, der einen Kuss bekommt. Sie wirft ihn beinahe rückwärts hinunter in den Schnee. »Du bist noch besser als der Weihnachtsmann.«

Aber er sagt: »Warte mal«, und geht zurück zum Taxi.

Der Taxifahrer öffnet gerade den Kofferraum. Er stellt erst einen Koffer auf den Bürgersteig und dann einen zusammengefalteten Rollstuhl. Er glitzert im Schein der Rücklichter.

Louise steigt die Verandastufen hinab.

Die hintere Tür des Taxis geht auf. »Fröhliche Weihnachten, Lou.«

Im Nu ist sie den Weg entlanggelaufen und kniet am Randstein im Schnee.

»Eigentlich wollte ich dir eine Nachricht schicken«, sagt Arnie. Das Licht von der Veranda beleuchtet die Rückbank des Taxis und fällt auf sein Gesicht. »Schließlich bin ich doch ein Autor.«

»Eine Nachricht?« Sie nimmt seine Hand, ohne um Erlaubnis zu bitten. »Das ist doch langweilig.«

Arnie trägt einen alten Tweedmantel und einen Filzhut. Sie hat ganz vergessen, wie gut er mit Hut aussieht.

»Ich hoffe, du hast nichts dagegen. Ich hätte dir sagen sollen, dass ich komme.« Auf dem Sitz neben ihm sieht sie einen Strauß angewelkter Flughafenblumen.

»Etwas dagegen?« Sie lässt seine Hand los. Hinter ihr auf dem Bürgersteig scheppert der Rollstuhl, als Charlie ihn auseinanderklappt. »Leg mir die Arme um den Nacken.«

»Was?«

»Du kannst Onkel Hanks Fleischpastete ja schlecht hier im Taxi essen.« Sie schiebt ihm den Arm um den Rücken.

Er weicht zurück. »Charlie kann mir helfen, mich in den Stuhl zu setzen. Du weißt nicht …«

»Arn.«

Er sieht sie an, und sie erinnert sich an seinen ersten Blick damals am Tisch in der Bibliothek. Augen so blau wie das Meer.

»Das ist es doch, was Liebe bedeutet, oder? Man zieht einander abwechselnd hoch.«

Er holt tief Luft und schüttelt ihren Arm ab. Dann dreht er sich so, dass er ihr gegenübersitzt. »Dann lass mich dir zeigen, wie es geht.« Seine Stimme ist leise. »Ich will nicht, dass du dir wehtust.«

Der Schmerz in ihrem Herzen, den sie seit Monaten mit sich herumträgt, lässt plötzlich ein wenig nach. »Und dann, Arn? Wage es nicht noch einmal, mit dem Rücken zu mir einzuschlafen.«

»Räum nie wieder den Bildband über Klimt auf den Speicher«, sagt er.

»Zieh nie wieder zweimal hintereinander denselben Pyjama an«, kontert sie.

»Lass nie wieder das Wohnzimmer neu streichen.«

»Versteck nie wieder eine Vorladung vor mir.«

»Geh nie wieder weg.«

Louise schluckt und schüttelt nur den Kopf. »Was hast du wegen der Anhörung beschlossen?«

Er zuckt die Achseln und versucht, gelassen auszusehen. »Es ist schon eine Weile her, seit ich mich zum letzten Mal so richtig mit jemandem gestritten habe.«

Sie stößt den Atem aus und nickt. »Dann tun wir das.«

»Zusammen?«

»Bis zum Schluss.«

Er streckt die Hand aus, streicht ihr über die Wange und durchs Haar. »Kommen jetzt der Sonnenuntergang und das langsame Ausblenden?«

»Das Ende?« Sie richtet sich auf, bis sie auf einer Höhe sind. Und küsst ihn, wie sie das schon vor Monaten hätte tun sollen. »Das ist doch erst der zweite Akt.«

DANKSAGUNG

Von 1917 bis in die 1940er-Jahre hinein arbeiteten Tausende von Frauen in amerikanischen Fabriken und malten Leuchtziffern auf Armbanduhren. Solche Uhren waren vor allem in den Schützengräben des Ersten und Zweiten Weltkriegs sehr gefragt. Die dabei benutzte Farbe enthielt Radium und Actinium, was dem Zifferblatt das auf den dunklen Schlachtfeldern so wertvolle Leuchten verlieh. Diesen Frauen wurde erklärt, dass sie, um die Ziffern deutlich schreiben zu können, den Pinsel mit den Lippen anspitzen müssten. Das sei vollkommen ungefährlich, hieß es, im Gegenteil, das unvermeidliche Schlucken der Farbe würde ihnen ein »gesundes Strahlen« schenken. Da in den ersten Jahrzehnten des 20. Jahrhunderts eine ganze Reihe von Medikamenten und Haushaltsprodukten auf Radiumbasis verkauft wurden, wirkte diese Behauptung gar nicht so abwegig.

Diese Arbeiterinnen wären von der Geschichte vergessen worden, hätte ihre Tätigkeit nicht böse Folgen gehabt. Im Jahr 1923 tauchten immer mehr Zifferblattmalerinnen in New Jersey, Connecticut und Illinois mit einer Reihe erschreckender Symptome bei Zahnärzten und Ärzten auf. Blutarmut. Zahnverlust. Nekrose des Kieferknochens. Spontane Knochenbrüche. Knochenverletzungen. Krebs. Zunächst wiesen medizinische Fachleute, die von den Radiumfabriken bezahlt wurden, die Behauptungen zurück und brachten die ehemaligen Zifferblatt-Malerinnen in Verruf, indem sie Syphilis diagnostizierten. Aber Frauen, die im Arbeits-und Gesundheitsministerium von New Jersey und bei der Verbraucherschutzorganisation National Consumers League tätig waren, scheuten den großen Aufwand nicht, der nötig war, um die Legitimität der Ansprüche der Arbeiterinnen zu beweisen und anerkennen zu lassen. Rechtsanwälte übernahmen die Fälle und reichten Klagen gegen die Unternehmen ein, die mit Radiumfarbe arbeiten ließen. Einige Frauen akzeptierten von den Firmen angebotene Entschädigungszahlungen, aber fünf von ihnen, die nichts mehr zu verlieren hatten, zogen bis vors Gericht. Die Presse sympathisierte mit ihnen und nannte sie die »Radium Girls«. Letztendlich hatten ihre Prozesse eine Neuformulierung der Arbeitsgesetze zur Folge und die Einführung industrieller Standards, die bis heute Gültigkeit haben.

Auch wenn meine Zifferblattmalerinnen Romanfiguren sind, basieren ihre Erlebnisse doch auf den realen »Radium Girls«. Ich habe Zeitungsartikel, Medizinzeitschriften und Gerichtsakten von damals gründlich nach Details über ihre Fälle durchsucht. Damit wollte ich nicht nur meinen Figuren Leben einhauchen und sie glaubhaft erscheinen lassen, sondern auch diese Frauen verstehen, die trotz ihrer verzweifelten Lage so hartnäckig blieben. Ich hoffe, ich bin ihnen gerecht geworden. Diesen Roman widme ich den Frauen, die trotz der Einschränkungen und ihrer sich verschlechternden Gesundheit weiterkämpften, damit die

Arbeitsplätze und das Leben ihrer Kinder und Enkel sicherer werden würden.

Beim Schreiben dieses Buches habe ich mehr Zeit mit Landkarten, Broschüren und Postkarten von damals verbracht als mit anderen Menschen, aber es gibt doch einige (Menschen, nicht Postkarten), denen ich meinen allerherzlichsten Dank aussprechen möchte.

Anne Speyer, weil sie mir geholfen hat, mein Schreiben so zu schleifen, dass die Gefühle in den Geschichten von Louise, von Ethel und Florrie bestmöglich offenbar werden.

Courtney Miller-Callihan für ihr unermüdliches Vertrauen, als ich nur kurz andeutete, was ich schreiben wollte, und mich dann hinter alten Landkarten und Reiseführern verschanzte.

Rebecca Paul, weil sie, was Arnies Heilungsprozess und seine Behandlung angeht, mein Resonanzboden war. Und auch dafür, dass sie meine Schwester ist.

Danielle Lewerenz und Rebecca Burrell, weil sie sich geduldig alles über meine Frustrationen, meine Überlegungen und meine endlosen »coolen historischen Fakten« angehört haben.

Allen anderen, Freunde oder Fremde, die irgendwann unschuldig fragten: »Und worum geht es bei der heutigen Recherche?«

Unendlich dankbar bin ich auch Jim, Ellen und Owen, weil sie meine begeisterten Antworten auf unsere Standardfrage beim Abendessen – »Und was hast du heute gelernt?« – so lange erduldet haben. Nun sind sie auf jedes überraschende Gespräch über den Wasserkühler beim Autocamping im frühen 20. Jahrhundert bestens vorbereitet. Dafür werden sie mir später einmal dankbar sein.